Wei Zhang
Satellit über Tiananmen

Roman

Elster & Salis wird vom Bundesamt für Kultur mit einem
Förderbeitrag für die Jahre 2021–2024 unterstützt.

Wei Zhang
Satellit über Tiananmen
Roman

Verlag Elster & Salis AG, Zürich
info@elstersalis.com
www.elstersalis.com

Lektorat Kristina Wengorz und André Gstettenhofer
Korrektorat Gertrud Germann
Satz Ulrike Groeger
Umschlagbild und Illustration innen Laurence Altenburger
Umschlaggestaltung André Gstettenhofer
Zitatnachweis Seite 7 Fjodor M. Dostojewski, »Die Dämonen«, i.d.Übs. von E.K. Rahsin, 1908.

Gesamtrealisation www.torat.ch
Gesamtherstellung CPI Books GmbH, Leck

1. Auflage 2022

ISBN 978-3-03930-026-6

Printed in Germany

This book is dedicated to my American mother,
the photographer Ann Parker,
who has brought me closer to the light!

Für Roland, Sebastian und Laurence.

Für Prof. em. Günther Klotz, Virologe und Physiker.

曰：“耳目之官不思，而蔽於物，物交物，則引之而已矣。心之官則思，思則得之，不思則不得也。此天之所與我者，先立乎其大者，則其小者弗能奪也。此為大人而已矣。”
孟子

Mong Dsi sprach: Die Sinne des Gehörs und Gesichts werden ohne das Denken von dem Sinnlichen umnachtet. Wenn Sinnliches außer ihm auf Sinnliches in ihm trifft, so wird der Mensch einfach mitgerissen. Das Gemüt ist der Sitz des Denkens. Wenn es denkt, so erfüllt es seine Aufgabe, wenn es nicht denkt, so erfüllt es sie nicht.

Beides zusammen ist uns vom Himmel verliehen. Wenn wir zuerst das Höhere in uns festigen, so kann es uns durch das Niedrigere nicht geraubt werden. Die das tun, das eben sind die großen Menschen.

Menzius (372–289 v. Chr)

Der Mensch fürchtet den Tod, weil er das Leben liebt... und so hat es die Natur gewollt.

Das Leben ist Schmerz, das Leben ist Angst, und der Mensch ist unglücklich. Jetzt ist alles Schmerz und Angst. Jetzt liebt der Mensch das Leben, weil er Schmerz und Angst liebt. Und so hat man´s gemacht. Das Leben wird einem jetzt für Angst und Schmerz gegeben, und hierin liegt der ganze Betrug. Jetzt ist der Mensch noch nicht jener Mensch. Aber es wird einen neuen Mensch geben, einen glücklichen und stolzen. Wem es ganz einerlei sein wird, zu leben oder nicht zu leben, der wird der neue Mensch sein.

Die Dämonen, Fjodor M. Dostojewski

1

Dicht an der Außenmauer des Werksgeländes der Dongshan-Stahlfabrik wand sich eine Straße entlang, die wie eine Nabelschnur das untere Dongshan umschloss. Wenn man aus dem Haupttor der Fabrik auf diese Ringstraße trat, nach links abbog und an einer Müllkippe vorbeiging, erblickte man zwei Straßen, die sich über den Hang erstreckten. Die Neubergstraße war die obere und kürzere Straße. Von Weitem glich sie einer tiefen Messerkerbe, die auf halber Höhe den Bergabhang durchschnitt.

An ihrem Umzugstag stieg Großmutter Guo, den Arm auf Guo Min gestützt, beim Haupttor der Fabrik aus dem Bus.

»Es ist nur ein Katzensprung vom Stahlwerk bis nach Hause«, sagte Guo Min.

Großmutter Guos Vollmondgesicht strahlte vor unverhohlenem Mutterstolz wie eine Leuchtreklame. Mutter und Sohn überquerten die Ringstraße, und Guo Min wies auf zwei Häuser gegenüber der Müllkippe, die nicht gerade eine Augenweide waren. »Hier fängt die Altbergstraße an. Es sind nur noch wenige Schritte«, erläuterte er.

Großmutter Guo schlug ein flotteres Tempo an.

»Siehst du, das ist unsere Siedlung!«, rief Guo Min und zeigte auf eine Reihe von vier Wohnblöcken.

Großmutter Guo trat einen Schritt zurück, streckte die Brust heraus und richtete den Blick hinauf, als wenn sie zu einem hohen Berg aufschauen müsste.

Die vier zweistöckigen Wohnblöcke galten schon damals, in den späten Fünfzigerjahren, als nicht besonders hoch, aber es hieß dennoch, die Siedlung ziehe sich in einer geraden Reihe in die Höhe wie vier Kraniche, die sich über einer Schar Hühner in die Lüfte erhöben. Hinter der Neubergsiedlung zog sich der Dongshan-Bergzug steil zum Gipfel empor und wies im Gegensatz zur Altbergstraße eine markante Steigung auf. Ringsum konnte Großmutter Guo kein einziges Gebäude entdecken, das ihre Siedlung überragte.

»Findest du nicht auch«, fragte die Mutter den Sohn, »dass unsere neue Siedlung ein apartes hellgelbes Kleid anhat? Wer nicht blind ist, wird über ihre Schönheit staunen.«

Sie konnte sich nicht erinnern, dass an dem Haus, in dem ihre alte Wohnung war, ein Verputz auch nur zu erkennen gewesen wäre. In der jungen Volksrepublik herrschte Materialmangel. 1957 steckte der sozialistische Aufbau mitten im zweiten Fünfjahresplan. Allenthalben musste am Baumaterial gespart werden, um nach dem Sozialismus den Kommunismus errichten zu können.

Behutsam legte sie ihre Hand auf die Mauer neben dem Hauseingang. »Schau dir nur diese Farbe an«, sagte sie. Zärtlich strich sie mit ihren Fingern über das Mauerwerk, als wenn es der Flaum frisch geschlüpfter Küken wäre.

»In den vier Wohnblocks leben insgesamt zweiunddreißig Familien. Jeder Block ist in zwei übereinanderliegende Wohneinheiten mit je vier Familien aufgeteilt. Jede von ihnen ist gleichberechtigt, und alle Wohnungen sind gleich groß, lauter Einzimmerwohnungen mit je fünfzehn Quadratmetern und hohen Decken«, erläuterte Guo Min, der, als er erfahren hatte, dass ihm eine Fabrikwohnung an der Neubergstraße zugeteilt werde, die Wohnung und die Straße mehrere Male nach der Arbeit ausgekundschaftet hatte.

Mutter und Sohn gingen die dreistufige massive Sandsteintreppe zur Haustür empor. Aus dem gemeinsamen Eingangsbereich führte eine breite Treppe hinauf in den ersten Stock, wo sich auf dem offenen Treppenabsatz zwei geräumige Küchenbereiche für die oben wohnenden Familien befanden. Beim Kochen oder Essen konnte man sich bequem mit den Nachbarn im Erdgeschoß unterhalten.

Oben stellte Großmutter Guo fest, dass die Wohnungen direkt neben dem Treppenhaus jeweils noch ein abgeschrägtes Zimmer unter der Treppe zugeteilt bekommen hatten. Sie zeigte auf den langen Gang, der von jeweils zwei Familien genutzt wurde. »Wir stellen einfach unseren Esstisch in den Gang hinaus«, schlug sie vor. »Wenn die Nachbarn gegenüber ein Treppenzimmer mehr haben, dann nutzen wir den Gang als Esszimmer, damit wieder Gerechtigkeit herrscht.«

Guo Min war voll des Lobes über die neue Küche. In ihrer alten Wohnung hatten sie sich einen Kochherd im Gang mit zwei weiteren Familien teilen müssen. »Wenn ich koche, kannst du ungestört im Zimmer Mittagsschlaf machen, und wenn du und Lili in der Wohnung mit Gästen plaudert, kann ich in der Küche in Ruhe das Essen zubereiten.«

Die Mutter nickte eifrig bei allem, was der Sohn ihr zu erzählen hatte. Bisher hatte Guo Min noch nie so viel Anerkennung von seiner Mutter bekommen. Welch ein berauschender Moment war das für die beiden!

Vor dem Abendessen winkte Großmutter Guo ihre Nachbarin Li Yun zu sich. Die beiden Frauen setzten sich in den langen Flur.

Unaufgefordert erklärte Großmutter Guo der Nachbarin, dass ihr Sohn dadurch, dass sie noch bei ihm wohne, sogar Anspruch auf eine Wohnung mit zwei Zimmern hätte erheben können. Zumal sie sich seit langer Zeit einen Enkelsohn wünsche. Für den Kleinen habe sie sich sogar schon einen Namen ausgedacht! Er solle Fu, »Glück«, heißen, weil er anders als seine Großmutter und seine Eltern in der neuen Gesellschaft das Licht der Welt erblicken und unter der roten Flagge mit den fünf Sternen aufwachsen würde. Wenn also bald drei Generationen unter einem Dach wohnten, benötigten sie auf alle Fälle den langen Flur …

Bevor Li Yun etwas erwidern konnte, fuhr Großmutter Guo unbeirrt fort: Ihr gefielen die hohen Decken der Wohnung besonders. In ihrer früheren Wohnung sei es immer sehr stickig geworden, es habe ihr stets an frischer Luft, an Qi, gefehlt. Am liebsten hätte sie im Sommer und auch im Winter bei offenen Fenstern und Türen geschlafen, wäre sie nicht wegen der Gedanken an Diebe davor zurückgeschreckt.

Jetzt, nach ihrer Pensionierung, würde sie ihren Sohn unterstützen, denn ihre Schwiegertochter Lili – der »faule Knochen«, wie sie sie nannte – sei sich zu gut dafür, auch nur den Wok in die Hand zu nehmen. Guo Min bleibe also nichts anderes übrig, als nach Feierabend für alle eine Mahlzeit zuzubereiten. Schon als Kind habe er lernen müssen, für seine Mutter und sich selbst Nudelsuppe zu kochen, da sie selbst als Weberin in der Textilfabrik in drei Schichten habe arbeiten müssen. Er sei bis heute ein begeisterter Koch geblieben.

Wie gerufen stand in diesem Augenblick Guo Min mit zwei dampfenden Schalen in den Händen vor ihnen.

Beim Abendessen fragte er Lili und die Mutter: »Sind wir nicht wunschlos glücklich angekommen?« Der Blick seiner Froschaugen strahlte wie zwei Wunderkerzen.

Er konnte gar nicht aufhören, von der Küche und der Wohnung zu schwärmen. Am Ende rühmten sich Mutter und Sohn des großen Privilegs, dass ihre Siedlung zu Dongshan-Stahl gehörte. Diese besondere Wohnung hatte Guo Min nur zugeteilt bekommen, weil er Angestellter der Stahlfabrik war. Jetzt gehörten sie zum exklusiven Kreis der Bewohner der Neubergsiedlung.

*

Wie es kam, dass Großmutter Guo zur Parteisekretärin befördert wurde, darüber wurde allerlei gemunkelt. Sie habe sich bei der Kontrolle der Familienbücher durch den Polizisten Zhang lediglich danach erkundigt, wo sie denn nun ihren Beitrag für die Parteimitgliedschaft bezahlen müsse, hieß es. Da bislang nie einer der Bewohner der Neubergstraße eine solche Frage gestellt habe, offensichtlich also kein Parteimitglied in dem Arbeiterquartier lebe, habe der junge Mann erst einmal große Augen gemacht. Zum Ausdruck seines Respekts nannte er die alte Frau von da an »Großmutter Guo«, und alle im Quartier taten es ihm nach. Bald darauf wurde offiziell verkündet, dass Großmutter Guo zur ersten Parteisekretärin der Neubergstraße ernannt worden sei.

Großmutter Guo war es aber nicht genug gewesen, Parteisekretärin für lediglich eine einzige Straße mit zweiunddreißig Familien zu sein. Und obwohl sie von einigen Alteingesessenen aus dem Quartier gewarnt worden war, die Altbergstraße sei »politisch hochkomplex«, sie fasse da eine heiße Kartoffel an, ließ sie die Neuberg- mit der Altbergstraße zu einer Einheit verschmelzen. Diese taufte sie dann »Harmoniedorf«. Seither amtierte Großmutter Guo als Parteisekretärin des gesamten unteren Dongshan-Berghangs.

In den Augen der Neuberger hatte sich Großmutter Guo damit alles selbst eingebrockt. Dongshan-Stahl sei ein tiefes Wasser, hieß es, und an der Altbergstraße lebten allerlei bunte Vögel.

Von Guo Min hatte die neue Parteisekretärin sich über die Geschichte des Harmoniedorfs aufklären lassen. 1938, während des Antijapanischen Krieges, war das Zhongyuan-Stahlwerk aus dem Zentrum des Landes ins bergige südwestliche Dongshan evakuiert und der Betrieb in einem Bunker bis zur japanischen Kapitulation 1945 fortgeführt worden. Nachdem dann der nationalistische Anführer Chiang Kai-shek nach seiner Niederlage im Bürgerkrieg gegen die Kommunisten mit seinen Anhängern nach Taiwan geflohen war, hatte am 1. Oktober 1949 vom Tor des Himmlischen Friedens aus der Große Vorsitzende Mao Zedong die Gründung der Volksrepublik China verkündet. Die Siedlung an der Neubergstraße, die in der neuen Gesellschaft vom Dongshan-Stahlwerk für seine Arbeiter erbaut wurde, stand damit im Zeichen des Neuen. Vor der Errichtung der Siedlung an der Neubergstraße hatte es gar keine Altbergstraße gegeben – die historischen Villen am Bergabhang waren seit je lediglich mit ihren eigenen

Namen bezeichnet worden. Erst nachdem die Neubergstraße so getauft worden war, nannte man die untere Straße in Anlehnung daran eben Altbergstraße. Die Villen und Einfamilienhäuser dort mochten dreißig bis fünfzig Jahre vor der Neubergsiedlung gebaut worden sein. Damit trennte vor allem die politische Gesinnung die beiden Straßen: der Gegensatz zwischen der neuen und der alten Gesellschaft.

Die Neubergstraße sei also ganz klar und eindeutig die einzige echte Straße im Quartier, stellte Großmutter Guo fest.

Am Morgen nach der Gründung des Harmoniedorfs unternahm die Gründerin ihre erste Inspektion der Altbergstraße. Sie trug eine kurzärmelige Bluse, eine halblange Hose aus changierender dunkelbrauner Seide, und in der Hand schwenkte sie energisch einen runden Palmfächer. Am Ende ihres Wohnblocks nahm sie eine Abkürzung und stieg über den schmalen, steilen Pfad direkt zur Altbergstraße hinab. Lange war noch zu vernehmen, wie ihre stampfenden Schritte auf den Steinplatten verhallten.

Am Abend saß die neue Parteisekretärin dann auf einem Bambushocker vor dem Hauseingang, den Rücken gegen die Mauer gestemmt, und zeterte wie eine gestrenge Türgöttin herum. Währenddessen wedelte sie sich mit dem Palmfächer kräftig Luft zu, wie wenn sie ein Feuer belüftete. Die Altbergstraße sei bloß ein Teller voll losen Sandes. Die abbröckelnden Wände und die Dachziegel, auf denen schon Moos und Gras wüchsen, seien verrutscht und geborsten. Die verfallenen Villen schienen wie vom Himmel gefallen und dabei so zerquetscht wie verrutschte Tortenstücke. Sei vor der

Beschlagnahmung jede Villa von einer Familie bewohnt worden, stehe inzwischen jeder Familie nur noch ein Zimmer zu, sodass in einer Villa bis zu sechs oder sieben Familien untergebracht seien. Die Leute seien so eng zusammengepfercht, alle würden sich gegenseitig auf die Füße treten, es sei der reinste Schweinestall!

Guo Min bemühte sich, seine Mutter zu trösten. Zwischen Neubergstraße und Altbergstraße bestehe eben dieser unübersehbare Unterschied: Während Dongshan-Stahl ein eigenes Universum darstelle, verrichteten die Altberger ihre Arbeit in einer Reihe von privaten und halbprivaten Betrieben; die Straße sei ein Sammelbecken für Menschen, die kein Universum besäßen.

Großmutter Guo wusste, worauf Guo Min damit hinauswollte. An der Neubergstraße wohnte die befreite Arbeiterklasse, die neue gesellschaftliche Elite. Die Altberger hingegen waren ehemalige Land- und Villenbesitzer oder deren Nachkommen, die neuen Klassenfeinde, die allesamt von der Wolke Nummer sieben geradewegs hinab ins Fegefeuer gestürzt waren. Sie würden es niemals schaffen, eine Anstellung bei Dongshan-Stahl zu finden, und würden somit nie »echte Dongshaner« werden, wie man die Fabrikarbeiter nannte.

Die Parteisekretärin ließ den Blick bis zum Horizont schweifen, wo sich der breite Dongshan-Fluss dahinwand. Das Ufer erstreckte sich über Dutzende Kilometer, und der Großteil des verschlungenen Mäanderlaufs gehörte zum Fabrikareal. Das Dongshan-Werk-Universum, hatte Guo Min ihr vorgeschwärmt, lasse sich von keinem Aussichtspunkt aus ganz überblicken.

»Wie groß ist Dongshan-Stahl eigentlich?«, fragte sie. »Stimmt es, dass die Fabrik eine eigene Bahnlinie, einen Flugplatz und einen Flussschiffhafen besitzt?«

Guo Min lachte auf. »Alles, was du da vorne siehst, gehört zu Dongshan-Stahl.« Mit dem Zeigfinger deutete er zunächst auf die Fabrikmauer, dann auf die dahinterliegende Fabrik, auf die Wohnungen der Fabrikangestellten darum herum. »Außerdem gibt es drei große fabrikeigene Krankenhäuser. Wenn du krank wirst, kannst du dort zum Arzt gehen.«

»Darf ich das wirklich?«

»Warum nicht?«

»Ich bin doch keine Angestellte von Dongshan-Stahl.«

»Die Kinos und Theater von Dongshan-Stahl in der Stadt sind doch auch für alle zugänglich. Ich glaube sogar, dass für Familienangehörige der Arztbesuch kostenlos ist.«

Großmutter Guo nickte zufrieden.

»Verstreut über die Hügel von Dongshan gibt es zudem zehn Schulen und auf dem Fabrikgelände eine Reihe fabrikeigener Badehäuser«, fügte Guo Min an. »Vielleicht bringe ich dich einmal dorthin zum Duschen, wenn der Pförtner es uns erlaubt.« Er hob den Arm und deutete über seine Schulter. »Außerdem ist da noch das obere Dongshan – zuoberst am Berg wohnen unsere Kader, die politisch absolut Makellosen.«

Großmutter Guo verdrehte die Augen. »Die solltest du nicht beneiden. Meide sie lieber.«

Guo Min pflichtete der Mutter bei: »Du hast wahrscheinlich recht. Im Vergleich zu den Altbergern können wir große Genugtuung empfinden, aber gegenüber den großen

Haien kommt man sich doch unbedeutend vor wie Krebse in einem Walfischmaul. Aber glücklich ist, wer weiß, wann es genug ist.«

»Dennoch sollten wir uns Gedanken darüber machen, wie wir früher oder später unsere Wohnung vergrößern können. Irgendwann schlafen bei uns plötzlich drei Generationen in einem Zimmer. Das empfinde ich auch ohne den Vergleich mit euren Kadern als Zumutung. Zum Glück wohnen wir in der Nähe der Fabrik, da musst du einfach nur den Arm ausstrecken, um dir notfalls etwas unter den Nagel zu reißen. Die Werkstatt ist für uns eine wahre Schatztruhe. Für einen Ausbau braucht man eine Menge Materialien. Aber ich erinnere mich an die launischen Pförtner aus der Weberei, die alle mehr oder minder bissige Hunde waren. Wurde jemand auch nur mit einer Handvoll Nägel am Eingang erwischt, konnte er noch so viele Kotaus machen oder Geschenke bringen, es gab stets ein Affentheater. Am Ende rannte der Pförtner sogar ins Büro des Parteisekretärs. Wenn jedoch das Materiallager derart in der Nähe ist wie bei uns, kann man darauf hoffen, sich jedes Mal ein wenig bedienen zu können. Vergiss nicht, der Zugang zu allerlei Werkzeug und Baumaterial ist ein Vorrecht, auf das man als Arbeiter stolz sein kann. Jedenfalls sollten wir uns von bissigen Pförtnern nicht vom Ausbau der Wohnung abhalten lassen!«

Eine Weile saßen sie schweigend da, als Guo Min seine Mutter vor sich hinmurmeln hörte: »Wer nimmt am frühen Morgen oder in der Abenddämmerung die Fabrik in Augenschein? Es sind die Arbeiter, die in unmittelbarer Nähe zum Werksgelände wohnen. Sobald alle Lichter auf dem Werksgelände angeschaltet sind wie jetzt, rollt sich vor dem Harmoniedorf ein leuchtender Teppich aus, der aus vielzähligen Rohren und Fabrikgebäuden gewoben ist. Darüber ragen die Schornsteine Hunderte von Metern hoch in den Himmel empor, als könnten sie eine Verbindung zum Jadekaiser im Himmel oben schaffen.«

2

»Die Frau hat bestimmt eine Bärentatze verzehrt«, flüsterten sich die Neuberger über ihre Parteisekretärin zu. So wie Großmutter Guo marschierte niemand sonst durch die Straßen – wie ein gereizter Panther im Käfig, gefährlich mit dem runden Palmfächer wedelnd.

»Wir bauen zwei große sozialistische Straßen durch das Harmoniedorf!«, verkündete sie gerade lauthals, obwohl niemand sonst zu sehen war. Die Dongshan-Arbeiter waren um diese Uhrzeit längst in den Fabriken, und die Hausfrauen standen noch in der Küche und räumten nach dem Frühstück die Wohnungen auf. Nur Ningning und Mei spielten vor dem Hauseingang der Parteisekretärin.

Ningning stieß der Freundin den Ellenbogen in die Rippen. Sie fand Großmutter Guo beeindruckend, wie diese mit ihrem Palmfächer wie mit einem Schwert in der Luft herumfuchtelte. »Hast du auch schon einmal Bärentatze gegessen?«, fragte sie.

Mei schüttelte den Kopf. »Vom Bärentatzen-Essen fängt einem angeblich das Herz an zu brennen.« Ningning staunte mit halb offenem Mund, während ihre Freundin altklug sagte: »Mit einer Bärentatze im Bauch muss man durch den Regen gehen, um das Feuer im Herzen zu löschen.«

»Warum isst dann Großmutter Guo Bärentatze?«

»Bärentatze enthält viel Protein. Aber man kriegt sie nicht auf dem Markt, sondern nur in der Apotheke.«

»Vielleicht teilt Großmutter Guo das nächste Mal ihre Bärentatze mit Longlong. Sein Fieber will einfach nicht sinken.«

»Dein Bruder würde davon stark werden wie ein Balken.«

Longlong war Ningnings Zwillingsbruder, doch die beiden Geschwister ähnelten sich nicht im Geringsten. Longlong und sie seien nur deshalb so unterschiedlich, weil sie eine halbe Stunde früher als Longlong geboren worden sei, erzählte Ningning stets. Deshalb sei sie bis heute einen halben Kopf größer als er. Sie habe einfach früher als er begonnen zu trinken und als Erste mit dem Wachsen angefangen. Außerdem esse sie auch das, was Longlong nicht möge. Für Ningning war das eine einleuchtende Erklärung dafür, dass er immer so blass aussah und so oft krank war.

Longlongs hohes Fieber und der Durchfall erfüllten die Mama mit Sorge, und wenn sie sich unter solchen Druck gesetzt fühlte, erinnerte sie Ningning daran, dass diese sich schon immer alles weggegrapscht habe. Dadurch habe ihr Bruder schon im Bauch zu wenig Nährstoffe bekommen.

Ningning fand das ungerecht. Außerdem war es falsch von ihrer Mama gewesen, ihren Bruder Longlong, »Drache«, zu nennen. Mit seinen schmalen Mäusebacken würde er wirklich nie ein furchterregender Drache sein. Sie selbst würde auch lieber anders heißen als Ningning, »stilles Mädchen«. Der falsche Name, davon war sie überzeugt, hatte Longlongs Krankheit überhaupt erst ausgelöst.

»Ich habe Mama gesagt, was du mir erzählt hast: dass Zwillinge eigentlich eine einzige Person sind«, vertraute Ningning ihrer Freundin an. »Und dass, wenn Longlong stirbt, auch ich nicht mehr weiterleben kann. Sie war total sauer, am liebsten hätte sie mir eins auf den Po gegeben.«

Dabei hatte Ningning ihre Mama überhaupt nicht ärgern wollen, das lohnte sich nämlich überhaupt nicht.

Ningnings Mutter, Li Yun, war Laborantin bei Dongshan-Stahl. Damit war sie die einzige echte Dongshan-Frau an der ganzen Neubergstraße.

»Zwar besetzt deine Mama keine richtige Kaderstelle in der Fabrik, aber als Laborantin steht sie weit über den gewöhnlichen Fabrikarbeiterinnen, da sie keine körperliche Arbeit verrichtet«, erläuterte Mei ihrer Freundin.

Immer wieder aufs Neue staunte diese darüber, was Mei alles wusste. So viele ihrer Ausdrucksweisen bekam sie zum ersten Mal zu Ohren. Mei kannte sich wirklich gut aus, und was Mei nicht wusste, das wusste bestimmt ihre Mutter. Die war zwar keine echte Dongshanerin und las auch keine Bücher, aber sie konnte Hände und Gesichter lesen.

Meis Mutter war nicht ihre richtige Mutter. Frau Jiang war die Schwester ihres leiblichen Vaters, also eine Tante von Mei. Jiang Minhui und ihr Mann, Wu Mianzi, der ebenfalls bei Dongshan-Stahl arbeitete, waren bereits mehrere Jahre verheiratet, aber lange Zeit kinderlos geblieben. Nun hatte Frau Jiang ein kleines Mädchen geboren und Mei so eine kleine Schwester namens Schneeweiß bekommen.

Als ihre Mutter das Neugeborene zum ersten Mal in ihren Armen gehalten hatte, hatte sie ihrem Mann zugerufen: »Die ist ja weiß wie Schnee.«

»Dann soll sie Schneeweiß heißen«, hatte der Vater erwidert.

Und wirklich war Meis Schwester weiß wie Schnee, wohingegen Mei und Frau Jiang eher dunkelhäutig waren wie nach einem rotglühenden Sommer. In der Sonne glänzten die Gesichter der beiden wie blankes Kupfer.

Ningning kam es seltsam vor, dass Mei ihre leiblichen Eltern nicht vermisste. Aber Mei meinte, die an der Neubergstraße seien ihre Eltern. Ihr Vater war ebenfalls ein echter Dongshaner.

Indessen kam Großmutter Guo wieder zurückmarschiert. Ihr gefielen eigentlich weder die Altberg- noch die Neubergstraße. Wütend schimpfte sie vor sich hin: »Die mit ihren Stolperpfaden, so dünn und verwickelt wie ein Schafsdarm, sollen die sich doch zum Teufel scheren! Die schmalen, holprigen Wege sind es nicht würdig, Straßen genannt zu werden.« Sie brüllte die Straße hinunter: »Wenn ich gerade bis in die Altbergstraße hinuntergerollt wäre, wäre ich direkt in den Himmel aufgestiegen.«

Die Parteisekretärin war zwar etwas rundlich, aber es war doch schwer vorstellbar, dass sie den engen Weg hinabgerollt wäre. Die zwei kleinen Mädchen, ihre einzigen Zuhörerinnen, kicherten bei der Vorstellung von der rollenden Großmutter Guo.

Ningning fragte ihre Freundin: »Woher will Großmutter Guo denn wissen, dass sie nach dem Tod in den Himmel aufsteigt? Es kommt doch auch vor, dass man in die Hölle hinabstürzt, oder?«

»Ich glaube, als unsere Parteisekretärin hat Großmutter Guo ein besonderes Karma. Sie ist anders als die übrigen Leute hier im Harmoniedorf. Wahrscheinlich würde sie wirklich in den Himmel aufsteigen«, antwortete Mei. »Aber ich glaube, niemand trägt so viel böses Qi in sich wie Großmutter Guo. Ist dir nicht auch aufgefallen, wie das böse Qi sich in ihrem wabbeligen Bauch aufstaut? Wenn sich der Bauch noch weiter aufbläht, dann zerplatzt er eines Tages wie ein Ballon.«

Andächtig hörte Ningning ihrer Freundin zu. Mei konnte genauso beeindruckend reden wie ihre Mutter.

Plötzlich hielt Mei inne und blickte mit zusammengekniffenen Augen in die Ferne. »Siehst du dort die Rauchfahne, die Großmutter Guo von der Stirn aufsteigt?«, flüsterte sie.

Ningning drückte ihre Augenlieder zusammen wie Mei, um schärfer zu sehen, konnte aber beim besten Willen keinen Rauch über Großmutter Guo erkennen. »Hm. Wahrscheinlich hast du recht«, sagte sie schließlich. »Komm, wir spielen ›Großmutter Guo schimpft‹. Wer ihre Worte am besten wiederholen kann, hat gewonnen. Einverstanden?«

Schnell merkten die beiden Mädchen, wie schwierig es war, Großmutter Guos Schimpftiraden nachzuahmen.

*

Als Guo Min nach seiner Nachtschicht nach Hause kam, fand er seine Mutter an der Mauer beim Hauseingang, wo sie reglos wie stilles Wasser auf einem Bambushocker saß.

Sie litt gerade darunter, dass sie als neue Parteisekretärin gar nicht so richtig berühmt geworden war. Polizist Zhang, der Grünschnabel, war schuld daran! Seit er sie »Großmutter Guo« nannte, taten es ihm alle im Harmoniedorf gleich, niemand redete sie mit ihrem Titel als »Parteisekretärin« an. Auch fragte sie sich, warum er damals nicht durch die beiden Straßen im Harmoniedorf marschiert war und allen Bewohnern ihre Ernennung lauthals verkündet hatte. Ihre Berufung zur Parteisekretärin war doch wohl kein Geheimnis! Und jetzt zeigte sich der Grünschnabel hier nicht einmal mehr.

Guo Min hatte aus der Fabrik gedämpften Reis mitgebracht, dazu noch zwei dicke weiße Rettiche und etwas Sellerie. »Wenn die Rettiche auf den Markt kommen, können die Ärzte ihre Praxen schließen«, zitierte er grinsend seine Mutter, bevor er direkt in die Küche ging.

Seine Mutter folgte ihm. »Du brauchst nicht zu kochen, niemand ist hungrig. Du hast gestern Abend so viel gekocht, die Reste habe ich in die Anrichte gestellt.«

Guo Min warf einen Blick auf die plumpe Figur der Mutter. Ihre festen Pausbacken, die zwei Polstern glichen, zeugten von ihrem gesunden Appetit. Zwischen ihren weitläufigen Wangen und den mondsichelartig geschwungenen Augenbrauen, die entfernt an reife Ähren erinnerten, waren ihre schmalen Augen leicht nach oben gebogen. Früher hätte es gewiss viele Schmeichler gegeben, die von ihrem Gesicht geschwärmt hätten, sie gleiche der Kaiserin von Japan. Doch wer wusste in den revolutionären Zeiten noch, wie die Kaiserin von Japan aussah? Gewiss hatte auch keine Kaiserin von Japan jemals so viel böses Qi in sich getragen wie die Parteisekretärin vom Harmoniedorf.

Im Vergleich zur Mutter war Guo Min hingegen dünn wie ein in der Luft wehendes Schilfrohr. Sein schmales Gesicht hatte die Form eines Sonnenblumenkerns, seine vorstehenden Froschaugen erinnerten an ein vorzeitig gealtertes Kindergesicht aus einem Hungergebiet. Sein Lächeln, das irgendwo zwischen einem breiten Lachen und einem scheuen Grinsen lag, hatte etwas Rätselhaftes, doch es galt weder der Mutter noch den Nachbarn, sondern einzig und allein Lili.

In einem Punkt waren sich Großmutter Guo und Guo Min aber ähnlich: Sie hatten beide pechschwarzes und teerglänzendes Haar wie Gockelfedern. Großmutter Guo trug die Haare bis auf Ohrhöhe, während Guo Min eine Frisur wie der Große Vorsitzende trug, mit nach hinten gekämmten Haaren. Das verlieh ihm einen Anflug von Überheblichkeit und Großmut. Doch trotz seiner kühnen Frisur hatte Guo Min nichts von einem Anführer an sich, weil er stets guckte wie ein scheues Reh. Ningning fragte sich eher, ob es mit seinem Grinsen zu tun hatte. Ihre Mama ließ sich bei jeder Gelegenheit anmerken, dass sie für dieses aufsässige Grinsen nichts übrig hatte. Das habe etwas Rüpelhaftes, etwas Grimassenhaftes an sich, fand sie.

»Wir werden zwei kommunistische Straßen bauen«, weihte die Parteisekretärin ihren Sohn in ihre Pläne ein, während der das Gemüse neben dem Herd ablegte. »Wir wärmen zum Mittagessen einfach die Reste auf. Ich möchte mich von dir über die kommunistischen Straßen beraten lassen.«

Guo Min blickte im schwachen Schein der nackten Glühbirne an der Zimmerdecke auf seine klein gewachsene Mutter hinab.

»Weißt du, den Kommunismus erreichen wir erst nach dem Sozialismus.«

Guo Min widersprach nicht, sondern grinste lediglich wie zur Antwort auf den ständig beleidigt wirkenden Ausdruck auf dem Vollmondgesicht seiner Mutter.

Für den Bau der sozialistischen oder kommunistischen

Straßen hätte Großmutter Guo sogar ihr Mittagessen geopfert. Ihre Aufgabe als Parteisekretärin bestand schließlich im Dienst am Volk! In den vielen Jahren als Parteimitglied in der Weberei hatte sie gelernt, mit Verantwortung umzugehen.

»Nun sag schon. Was denkst du?«, drängte sie ihren Sohn.

»Bevor man eine solche Aufgabe angeht, muss man planen. Wir leben schließlich in einer Planwirtschaft«, sagte Guo Min.

»Na, dann planen wir beide gemeinsam, im Harmoniedorf zwei sozialistische Straßen zu bauen, die zu zwei kommunistischen Straßen weiterentwickelt werden«, antwortete die Mutter. »Glaubst du, wir können den Zement, den Sand und alles andere für den Bau der Straße von Dongshan-Stahl beziehen?«

»Es wird schwierig, das Material, das für den Bau von zwei Straßen benötigt wird, in der Fabrik abzuzweigen.« Es war Guo Min ein Rätsel, wie er solche Mengen aus der Fabrik schmuggeln sollte.

Den Einwand ließ Großmutter Guo nicht gelten. Guo Min musste ihr nun zu der hinter dem Haus gelegenen Felswand folgen.

»Was würdest du sagen, wenn wir den Sandstein hier abbauen würden, um daraus unsere Straßen zu bauen?«, fragte sie.

»Vielleicht wäre das eine Idee. Hast du schon mit Herrn und Frau Xu darüber gesprochen? Zwischen ihrem und unserem Wohnblock gibt es einen Felsabschnitt, an dem offenbar schon einmal mit dem Abbau des Sandsteins angefangen wurde. Dort entstünde dann Raum für einen Dorfplatz, auf den im Sommer die Sonne nicht schiene. Ein kühler, schattiger Platz für alle während der drückenden Hitze. Das wäre doch schön, nicht?«

Großmutter Guo nickte glückselig.

Am Abend erzählte Ningning ihrer Freundin: »Zuerst bauen sie noch das Himmelbett fertig, dann aber fangen die Bauarbeiten an den Straßen an. Weißt du eigentlich, warum es Himmelbett heißt?«

»Auch die Parteisekretärin muss zuerst himmlisch gut schlafen, bevor sie mit der Arbeit beginnen kann«, erklärte Mei.

3

Nach dem Essen, als ihr Mann und die Kinder einen Mittagsschlaf machten, schlich Frau Jiang allein zu Großmutter Guo hinüber. Sie lehnte sich mit gestrecktem Arm gegen den Türrahmen und richtete sich vor der Parteisekretärin auf.

»Der Straßenbau wird uns nur böses Feng-Shui verursachen. Damit schneiden wir uns ins eigene Fleisch«, sagte sie mit großer Überzeugung und riss damit die Parteisekretärin aus ihrem Mittagsschlaf.

Großmutter Guo richtete ihren Blick starr auf die Nachbarin, rührte sich aber nicht vom Fleck.

Frau Jiang redete eifrig weiter: »Wir dürfen auf gar keinen Fall mit den Bauarbeiten beginnen.« Mit dem Zeigefinger deutete sie auf ihren noch wabbeligen Bauch. »Bei der Geburt meiner Tochter hat mein Körper viel Qi verloren. Ich brauche die Ruhe meines Monatsbettes, um mich gut zu erholen.« Sie stockte kurz, um nach Luft zu schnappen. »Niemand würde sich freiwillig unter ein Messer legen. Aber wenn wir so leichtsinnig tief in die Erde graben, begehen wir denselben Fehler, als wenn wir aufs Geratewohl einen menschlichen Körper bei jeder Kleinigkeit operieren würden. Die Erde verliert ihre Energie, wofür wir sehr lang mit schlechtem Feng-Shui werden büßen müssen. Und das zeigt sich schon. Heute Morgen hat mein Mann völlig unerwartet eine eigenartig grünliche Hautfarbe bekommen. Es ist, als würde grünes Moos auf seiner Haut wachsen.«

In der neuen Gesellschaft wurde Feng-Shui als Aberglaube verurteilt und nicht mehr geduldet. Die alten Feng-Shui-

Meister wie Frau Jiangs Vater waren lange tot oder lagen im Sterben. Die Zeiten waren vorbei, als man auf den Dörfern noch bei jedem Anliegen zum Feng-Shui-Meister gegangen war, um für ein Vorhaben ein Glücksdatum zu erfragen – für das Haareschneiden ebenso wie für die Eheschließung oder die Zeugung von Kindern. Früher hatten die Menschen weite Wege zu ihrem Feng-Shui-Meister in Kauf genommen. Sie brachten ihm eine geräucherte Schweinshaxe, einen Sack feinen Reis, eine Flasche selbst gebrannten Schnaps, zwei Meter Wollstoff, eine neue Bettdecke oder einen neuen glänzenden Kochtopf mit, dazu noch einen Zehn-Yuan-Schein. Feng-Shui bedeutete wörtlich Wind und Wasser, und beide Elemente waren unbestimmt und schwer zu lesen und zu deuten. Jiang Minhuis Vater, ein alter, sehr bekannter Meister, hatte daher stets seinen Kompass bei sich gehabt, um seine Ausführungen wissenschaftlich zu untermauern. Sie erinnerte sich, wie großzügig ihr Vater gegenüber seinen Klienten war. Zeigte jemand am Schluss der Beratung statt Geschenken nur seine leeren Hosentaschen vor, pflegte er schmunzelnd zu sagen, er werde dafür im nächsten Leben sicher ein gutes Karma erfahren. Er hatte sie in die Geheimnisse der Elemente eingeweiht, und sie war überzeugt, den von den Menschen herbeigeführten Niedergang mithilfe des Feng-Shui vorhersehen zu können.

»Wir fügen uns selbst schweres Unheil zu. Am Ende werden wir von schlimmen Krankheiten und einem traurigen Schicksal heimgesucht. Jegliche Harmonie wird zerrüttet sein«, warnte Frau Jiang die Parteisekretärin. »Wenn wir uns heute weigern, der Feng-Shui-Lehre unsere Ehrfurcht zu erweisen, wird es bald auch mit dem Harmoniedorf bergab gehen.«

Um die möglichen Auswirkungen der Missachtung des Feng-Shui zu illustrieren, erzählte die heimliche Feng-Shui-Meisterin Großmutter Guo die Geschichte ihrer Hochzeit. Als ihr Mann Wu Mianzi im Jahr 1950 mit seinem Bruder für das Vaterland in den Krieg gezogen sei, sei er ein unverwüstlicher Kerl gewesen, groß und stämmig. In ihrem Dorf habe die neue Gesellschaft damals gerade angefangen, den Feudalismus der alten Gesellschaft zu Grabe zu tragen. Auch die Feng-Shui-Lehre sei infrage gestellt worden. Ihrem Vater sei das Wissen darum von einem Tag auf den anderen genommen worden, abgestellt wie beim Zudrehen eines Wasserhahns. Als Wu Mianzi aus dem Krieg wieder in sein Dorf heimgekehrt sei, habe die Lehre vom Feng-Shui ihren Platz vollständig eingebüßt gehabt. Ihr Vater habe als Feng-Shui-Meister nichts mehr zu sagen gehabt – nicht einmal, was das Hochzeitsdatum der eigenen Tochter betroffen habe. Und dann sei er genau auf dieser Hochzeit gestorben. Dabei habe er vielsagend mit dem Zeigefinger auf ihre Wange gedeutet.

Frau Jiang stockte, um sich zu räuspern.

Als sie heute vor dem Spiegel gestanden habe, sei ihr aufgefallen, wie deutlich ihre hohen Wangenknochen inzwischen zu erkennen seien. Sie frage sich, weswegen ihr Mann von diesen Killerwangenknochen, so wurden sie vom Volksmund genannt, bestraft werde.

Sie stieß einen langen Seufzer aus.

Es habe so viele Jahre gedauert, bis sie schwanger geworden sei, und nun sei ihr Mann nach der Geburt ihrer schönen

Tochter Schneeweiß, noch bevor ihr Monatsbett vorüber sei, im Gesicht grün angelaufen. Sie sei sich sicher: Ihre prominenten, Unheil verkündenden Wangenknochen würden Wu Mianzi ebenso ins Grab bringen. Frau Jiang flehte laut: »Das ist die durch Menschen verursachte Strafe. Gnädiger Himmel, lass meinen Mann am Leben!«

Aber mit dem Schicksal konnte man ja feilschen. Man musste nur wissen, wie man sein Feng-Shui vervollkommnen konnte. Wegen der Missachtung der Lehre würde es den Menschen niemals gelingen, Unheil abzuwenden. Man sagte, zwischen dem Himmel und der Erde herrsche das Gesetz, das nur ein erfahrener Meister auszulegen vermöge. Die Dorfbewohner hätten sich das verdient. Ihr Vater sei schließlich an gebrochenem Herzen gestorben, weil seine Stimme verboten worden und sein Rat ungehört geblieben seien. Doch von nun an werde sie für ihren Vater die Stimme sein. Sie werde im Untergrund dafür kämpfen, dass die Feng-Shui-Lehre wieder Gültigkeit erhalte.

Großmutter Guo fehlten sowohl die Zeit als auch die Geduld, um Frau Jiang weiter zuzuhören. »Hör zu!«, unterbrach sie sie. »Ich bin deine Parteisekretärin und glaube an den Kommunismus – nicht an Feng-Shui. Was du da erzählst, ist das reinste feudalistische Gift. Feng-Shui ist Aberglaube, und Aberglaube ist dasselbe wie Religion. Und von der hat Marx gesagt, sie sei wie Opium für das Volk.«

Die Parteisekretärin zog ihre Mundwinkel in die Breite und dachte zurück an die vergangenen Zeiten. Sie hatte ihren Sohn Guo Min allein großgezogen, da waren viele Momente gewesen, in denen sie weder aus noch ein gewusst hatte. In solchen Situationen war sie stets zu einem Blinden in ihrem Bezirkszentrum gegangen, der aus der Hand hatte lesen können. In ihrer Verzweiflung hatte sie erfahren wollen, was als Nächstes auf Guo Min und sie zukommen würde. Dafür war sie sogar bereit gewesen, tief in die Tasche zu greifen. Hätte sie damals doch nur gewusst, dass sie einst mit Guo Min in der Neubergstraße wohnen würde!

Ihre Entscheidung stand felsenfest: Am nächsten Sonntag würde sie die Neu- und die Altberger mit Hämmern und Steinmeißeln vor ihrer Tür versammeln. Pünktlich um acht Uhr würden die Bauarbeiten der zwei sozialistischen Straßen im Harmoniedorf beginnen, die letztlich zu den ersten kommunistischen Straßen der Stadt Dongshan werden würden.

»Unter der Führung des Großen Vorsitzenden und der Partei haben wir die Befreiung erlangt«, sagte die Parteisekretärin. »Im Sozialismus leben wir als Herren und Herrinnen der Gesellschaft. Wovor fürchtest du dich also noch?«

»Wollen Sie denn nicht auch Großmutter werden?«, schleuderte Frau Jiang der Parteisekretärin jetzt unverhohlen ins Gesicht. »Ihre Schwiegertochter möchte Ihnen doch bestimmt bald einen Enkel schenken.« Die Untergrund-Feng-Shui-Meisterin stemmte sich vehement wie ein Stier dagegen, dass die Erde unter ihren Füßen am darauffolgenden Sonntag ihr Qi verlor. »Man kann nicht die Erde ihr Qi ausströmen lassen und sich zugleich wünschen, dass die Welt und das Volk heil und gesund bleiben. Ihre Schwiegertochter und die anderen jungen Frauen aus dem Harmoniedorf werden nicht mehr gebären können.«

Frau Jiang sah, wie sich das strenge Antlitz der Parteisekretärin verdunkelte, gleich einer Regenwolke, die über dem Horizont aufzog. Wieder wurde sie sich ihrer hohen Wangenknochen bewusst. Sie war heute zu ihrer Parteisekretärin gekommen, weil sie nicht wusste, wie lange der grüne Moosbefall auf der Haut ihres Mannes noch weiterwuchern und ob er nicht sogar sein Leben verlieren würde. Sie wollte ihm so schnell wie möglich einen Sohn schenken, damit der Ahnendienst in der Familie Wu nicht mit ihm erlosch.

Großmutter Guo hatte ihre großen Schicksalsschläge schon lange hinter sich: die Frühgeburt ihres Sohns und den frühen Tod ihres Mannes – im Alter von zweiundzwanzig Jahren war sie bereits verwitwet. Hätte sie bei einer dieser Fügungen des Himmels durch verbessertes Feng-Shui um ihr Schicksal feilschen können? Doch wenn ihr das gelungen wäre, hätten sie und die Partei sich nicht gefunden.

Die Partei und das Feng-Shui standen sich wie Feuer und Wasser gegenüber. Auf den Versammlungen wurde den Parteimitgliedern stets vor Augen geführt, wie das Feng-Shui die Menschen abstumpfe. Feng-Shui sei ein Zaubertrank und wirke auf den gesunden Körper wie Schnaps. Der Mensch werde angefressen, die Leber und die Haut würden korrodieren, dann werde der Verstand zersetzt. Zum Schluss werde nicht mehr als ein erlöschendes Streichholz in einem Abwasserkanal übrig bleiben. So wie bei ihrem Mann, der sich in die Hölle gesoffen hatte. In der neuen Gesellschaft jedoch werde die Menschheit von den zerstörerischen Kräften von Feudalismus und Kapitalismus erlöst werden. Im

Harmoniedorf würde sie alles unternehmen, damit das feudalistische Gedankengut von allein erlosch.

Frau Jiang fuhr sich mit den Fingern über ihre spitzen Wangenknochen, die noch immer weiterzuwachsen schienen. Nach der Adoption der kleine Mei hätten Wu Mianzi und sie den Wegrand vor ihrem Hauseingang aufgeräumt und zu Ehren des Feng-Shui einen Maulbeerbaum gepflanzt, erzählte sie. Dank der Adoption, aber auch dank des Baumes sei sie dann bald schwanger geworden.

Die Parteisekretärin staunte darüber, in welchen Redeschwall sich Frau Jiang hineingesteigert hatte.

Solle sich jetzt von dem Glück verheißenden Feng-Shui verabschieden und dabei zusehen, wie Wu Mianzi vor ihren Augen grün anlaufe und langsam zerfressen werde? Die Familie werde ihren Maulbeerbaum auf gar keinen Fall für den Straßenbau entfernen lassen. Schneeweiß liege noch in den Windeln, aber ihr Mann werde bei günstigem Feng-Shui bestimmt wieder mehr Farbe in sein Gesicht bekommen und sie würden gemeinsam durchhalten, bis ihre Tochter eines Tages heiratete und ihnen einen Enkel schenkte.

Nachdem sie sich geräuspert hatte, fragte Frau Jiang die Parteisekretärin: »Ist Ihnen denn nicht aufgefallen, dass ich hohe Wangenknochen habe, die meinem Mann nach dem Leben trachten?« Sie hielt kurz inne und betonte dann noch einmal, ihr Maulbeerbaum müsse bleiben, damit das Qi der Erde nicht wegfließe.

Nach dieser Auseinandersetzung konnte die Parteisekretärin bei ihrem Mittagsschlaf keine Ruhe mehr finden. Was Jiang

Minhui über den Zusammenhang zwischen dem Gebären und dem Qi der Erde gesagt hatte, wirbelte in ihrem Kopf durcheinander. Diese Frau hatte sie gerade schmerzhaft daran erinnert, dass sie im wahrsten Sinn des Wortes eine Großmutter ohne Enkel war. Warum war ausgerechnet sie von diesem Schicksal betroffen? In diesem Leben hatte niemand so viel geschuftet wie sie. Es gab im Harmoniedorf keine zweite Familie wie die ihre: Guo Min und sie hatten beide ein eigenes Einkommen, kein Kind konnte sich eine bessere Familie wünschen.

Sie wälzte sich auf ihrem Himmelbett hin und her und war von brennender Scham erfüllt. Frau Jiang hatte sie in die Enge getrieben. Welches Verdienst hatte ihr denn in ihrem letzten Leben gefehlt? Wessen hatte sie sich schuldig gemacht? Die giftige Scham wand sich um ihr Herz wie eine Schlange. Es war alles vorbestimmt.

Das Bild des neugeborenen Guo Min schwebte ihr erneut vor Augen: Er wog gerade einmal zweieinhalb Kilo, lag auf ihrer Brust, winzig und schwach wie ein zu früh geborenes Kätzchen. Ihm fehlte sogar die Kraft, um an ihrer Brust zu trinken. Ihr Mann, vom Schnaps abhängig, soff sich kurz nach der Geburt des Sohnes ins Grab. War das nicht schon Bestrafung genug? Nach dreißig Jahren Witwendasein konnte nicht alles umsonst gewesen sein! Wozu hatte sie eigentlich all die Jahre hindurch gelitten? Nur um ihre Schwiegertochter, den »faulen Knochen«, zu versorgen? Damit diese ihr Leben bei ihr und ihrem Sohn in vollen Zügen genießen konnte? Leicht konnte die ganze Gesellschaft der dekadenten Untugend des bourgeoisen

Lebensstils verfallen – wie eine Epidemie würde sie das Volk zersetzen.

Bewusst blieb die Parteisekretärin auf ihrem Himmelbett liegen. Sie wollte mit voller Absicht auch einmal faulenzen, nachdem sie ihr ganzes Leben hindurch so schwer geschuftet hatte.

Eine Tür weiter lag auch Wu Mianzi niedergeschlagen im Bett und grübelte.

1950, mit neunzehn Jahren, war er schon einen halben Kopf größer als sein dreieinhalb Jahre älterer Bruder gewesen. Zusammen waren sie in den antiamerikanischen Widerstandskrieg zur Unterstützung von Korea gezogen. Sein Bruder war bei einem Napalm-Angriff ums Leben gekommen, während Wu Mianzi heimgekehrt war. Er hatte die Frau geheiratet, die vor dem Krieg mit seinem älteren Bruder verlobt gewesen war, war aus dem Militärdienst entlassen und der Firma Dongshan-Stahl als Elektriker zugeteilt worden.

»Unser Leben ist wie die Blüte des Sesams, die Schritt für Schritt erblüht«, hatte Wu Mianzi seiner Frau bei ihrer Hochzeit gesagt.

Als sie ihn bei der Beerdigung ihres Vaters auf ihre hohen Wangenknochen hinwies, hatte er sich darüber lustig gemacht: »Wenn nicht mal der Krieg mich ins Nirwana befördern konnte, sollten deine hohen Wangenknochen es lieber aufgeben, mich umbringen zu wollen.«

Er habe schon immer Schwein gehabt im Leben. Was ihn nicht umgebracht habe, habe ihn nur noch stärker gemacht.

Wu Mianzi konnte seiner Frau eigentlich gut nachfühlen,

dass sie mit großer Entschlossenheit gegen den Eingriff in die Erde kämpfte, und als Jiang Minhui von der Parteisekretärin zurückkam und sich neben ihn auf den Bettrand setzte, stellte er fest: »Es gibt für eine so vollschlanke Rentnerin doch überhaupt keinen Grund, sich selbst zu bemitleiden. Hätte ihr Mann sich nicht ins Grab gesoffen, hätte sie mit ihrem Kind den ganzen Tag zu Hause bleiben können, wäre nur um den Herd herumgetanzt und nicht Parteisekretärin des Harmoniedorfs geworden.«

Frau Jiang forderte ihren Mann daraufhin auf, weniger zu sprechen. »Das Reden kostet dich jedes Mal Qi.«

Ihr wäre es lieber gewesen, wenn Wu Mianzi seine Gesundheit geschont hätte. Der Körper eines Menschen war schließlich keine Maschine, die man nötigenfalls durch eine neue ersetzen konnte.

*

Als der Sonntag kam, schlüpfte Mei bereits früh am Morgen zu Ningning hinüber und erzählte ihrer Freundin, dass ihre Familie an jenem Tag kein Gift einatmen wolle und deshalb nicht an den Bauarbeiten der kommunistischen Straßen teilnehmen werde.

»Nein, hör mir zu! Zuerst werden die sozialistischen Straßen errichtet!«, stellte Ningning richtig. Warum konnte Mei eine sozialistische Straße nicht von einer kommunistischen Straße unterscheiden?

Mei ließ sich nicht beirren. »Gute Luft ist für meinen Vater lebenswichtig. Sein Bruder ist im Krieg an Gift gestorben.«

Ningning guckte die Freundin mit aufgerissenen Augen an. Sie hatte wirklich keine Lust, sich von Mei den sozialistischen Straßenbau im Harmoniedorf madig machen zu lassen. Lieber wollte sie auf die Straße hinaus, wo bald Trubel herrschen würde. Doch bevor sie etwas sagen konnte, war Mei wieder nach Hause zurückgeflitzt, um auf gar keinen Fall das Gift beim Straßenbau einzuatmen. Sie war Ningning einfach zur Tür hinaus entwischt.

Als sie auf den Gang trat, stand Lili allein dort und gähnte. »Was machst du denn hier so früh, Mädchen?«, fragte sie verwundert.

»Wir beginnen doch pünktlich um acht Uhr mit dem Bau unserer sozialistischen Straße!«, erwiderte Ningning und eilte an ihrer Nachbarin vorbei.

Im Haus ging Großmutter Guo von Tür zu Tür und klopfte mit ihrem Palmfächer dagegen. In einer halben Stunde sollten alle im Harmoniedorf mit Hämmern und Steinmeißeln bereit sein, damit es losgehen konnte. Dann zog sie weiter, um auch die Altberger zu wecken. Die Parteisekretärin wollte im entscheidenden Moment auf Nummer sicher gehen.

Um Punkt acht Uhr waren fast alle Bewohner des Harmoniedorfs versammelt, und die Parteisekretärin verkündete feierlich den Beginn des Straßenbaus.

Keine Stunde später verließ sie die Baustelle und klopfte an die Tür von Jiang Minhui. Ihre Aufregung war ihr deutlich anzumerken, sie kam schon an der Türschwelle direkt auf ihr Anliegen zu sprechen.

»Die ganze Nation beteiligt sich am Aufbau der neuen Gesellschaft. Alle Bewohner im Harmoniedorf arbeiten heute unter Einsatz ihrer gesammelten Kräfte für die sozialistischen Straßen, jeder nach seinen Fähigkeiten!« Sie räusperte sich heftig.

Frau Jiang erkundigte sich, ob sie der Parteisekretärin ein Glas Wasser bringen dürfe.

»Nein, nicht nötig«, lehnte diese dankend ab. Sie deutete mit dem Palmfächer auf Frau Jiangs Stirn und schwenkte ihn heftig, bevor sie fortfuhr: »Wir sind unserem Großen Vorsitzenden und der Partei aus ganzem Herzen dankbar. Ohne sie könnten wir von dem neuen Leben nur träumen. In deinem Fall aber …«

Großmutter Guo stockte mitten im Satz und streichelte Frau Jiang über die Schulter, als wolle sie die Nachbarin beschwichtigen. Dann holte sie tief Luft und sagte: »Wenn ihr euch nicht am Bau der sozialistischen Straßen beteiligen wollt, solltet ihr euch überlegen, ob ihr dem Vaterland nicht anders noch besser dienen könntet. Du solltest der neuen Gesellschaft Söhne gebären, so schnell du kannst! Du hast ja von Natur aus ein breites Becken. Mit acht Söhnen wird dir dann der Titel einer Ehrenmutter verliehen!«

Jiang Minhui blieb stumm wie ein Fisch und fing an, Schneeweiß zu stillen. Beim Anblick des fleißigen kleinen Saugmauls verdunkelte sich das Gesicht der Parteisekretärin.

»Hör mir doch noch einmal zu! Bei mir bekommst du den Titel einer Ehrenmutter schon mit acht Söhnen. Auf dem Steinplatz-Areal müssen die Frauen zehn Söhne gebären für diesen Ehrentitel.«

Die Parteisekretärin atmete wie ein Blasebalg. Ihr schmaler Blick verriet, dass sie sich durch das Schweigen ihrer Nachbarin beleidigt fühlte.

»Ich wiederhole, ich mache für dich eine Ausnahme. Als Ehrenmutter wirst du an jedem Feiertag mit Reis, Zucker oder Erdnüssen für deinen besonderen Beitrag zum Kommunismus entlohnt.« Sie hielt kurz inne. »Ich will dem Großen Vorsitzenden im Harmoniedorf mehr Ehrenmütter schenken als das Steinplatz-Areal.«

Frau Jiang schüttelte heftig den Kopf wie eine Glühbirne an ihrem Kabel im Sturm. »Nein, acht Söhne werde ich niemals haben, niemals!«

»Und warum nicht?« Die Parteisekretärin fuchtelte mit dem Palmfächer in der Luft herum, als wenn sie auf der Kommandobrücke eines Schiffs einen neuen Kurs zu geben hätte. »Hör zu! Unsere Nation braucht Söhne, um die Heimat zu verteidigen. Du kannst deinen Mann fragen, wie viele seiner Genossen im Koreakrieg gegen die amerikanischen Imperialisten gefallen sind, sogar sein eigener Bruder! Unsere neue Republik braucht viele Soldaten. Du solltest wissen, dass es eine ehrenvolle Aufgabe ist, für die Heimat starke Söhne zu gebären.«

In diesem Augenblick hätte Großmutter Guo am liebsten auch Lili zusammengestaucht – der faule Knochen war sogar zu faul zum Gebären! Die Schwiegertochter der Parteisekretärin hätte ein Vorbild für die Frauen im Harmoniedorf sein müssen. Stattdessen stand sie selbst jetzt hier und flehte Jiang Minhui an, sich einen Ehrenmuttertitel zu verdienen. Alle Frauen im Harmoniedorf sollten dem Großen

Vorsitzenden und der Partei ihre Dankbarkeit mit Söhnen beweisen!

Die Parteisekretärin konnte nicht mehr, es war ihr alles zu viel. Sie hatte bereits beim sozialistischen Straßenbau die Menschen mit dem Griff ihres Palmfächers auf beiden Straßen gleichzeitig antreiben müssen. Niemand durfte faulenzen! Sie wedelte sich noch heftiger Luft zu.

Mittlerweile war Schneeweiß nach dem Stillen eingeschlafen. Sanft legte Jiang Minhui ihre Tochter ab und führte Großmutter Guo an der Schulter in ihre Wohnung zurück.

»Legen Sie sich hin«, sagte sie leise zu ihrer Parteisekretärin, die nicht widersprach und sich rücklings auf ihr Himmelbett fallen ließ.

Frau Jiang breitete ihre Handflächen auf dem runden Bauch der Nachbarin aus. Mit rhythmischen Kreisbewegungen arbeitete sie sich vom Bauch an aufwärts bis zum Hals, als wenn sie den letzten Rest Zahnpaste aus einer Tube auspressen wollte.

Als sie einen hellen Rülpser vernahm, hörte Jiang Minhui auf. Das böse Qi war gewichen.

Die Parteisekretärin musterte die Frau mit dem fremden Einschlag vor sich. Ihre Gesichtshaut war dünn wie Seidenpapier, braun wie geräuchert, glänzend und duftend nach reifem Sommer. Jiang Minhui war eine kleine, magere, aber zähe Frau. Großmutter Guos Gesicht erblühte wie eine selige Sonnenblume.

»Nicht viele Frauen haben von Natur aus ein gebärfreudiges Becken, in dem mehr als ein kräftiger Knabe Platz finden kann«, nahm sie ihren Gedanken von vorhin wieder auf. Nach der Massage und dem Rülpser klang die Stimme der Parteisekretärin wieder so laut wie eine Glocke. »Aller Anfang ist schwer. Aber nach der ersten Geburt werden alle weiteren Söhne reibungslos hervorschlüpfen, einer noch schneller als der andere.«

Jiang Minhui lächelte ziemlich verlegen. Sie musste an ihren grüngesichtigen Mann denken. »Und wer wird mir helfen, so viele Söhne großzuziehen? Mein Mann ist krank.«

»Du hast den Großen Vorsitzenden und die Partei, die dich dabei unterstützen werden.«

Für Großmutter Guo gab es da keine Zweifel: Frau Jiang konnte sich doch nicht weigern, am sozialistischen Straßenbau teilzunehmen und dann keine Ehrenmutter werden wollen! Die Parteisekretärin war fest dazu entschlossen, die Verpflichtungen des Volkes gegenüber dem Großen Vorsitzenden und der Partei zu erfüllen.

4

Zwei Tiger sind zu viel für einen Berg, und bis zum Einzug der Parteisekretärin war Frau Xu die einzige Tigerin im Quartier gewesen.

Nach dem zweiten langen Arbeitstag auf der Straßenbaustelle versammelten sich mehrere Frauen in der Dämmerung unter deren Phönixbaum. Brauchten sie überhaupt eine Parteisekretärin, wenn nur ein einziges Parteimitglied im Harmoniedorf lebte?

Frau Xu und ihre Unterstützerinnen dachten laut darüber nach, dass es im Grunde egal war, ob sie nun sozialistische oder kommunistische Straßen bauten – in jedem Fall brauchten sie dafür zuerst einmal genügend Baumaterial. Wo sollten sie das herbekommen?

Auch Frau Jiang stand bei den Frauen unter dem Baum. Sie und Frau Xu waren nicht gerade Busenfreundinnen, aber das spielte augenblicklich keine große Rolle. Frau Jiang suchte dringend eine kluge Gesprächspartnerin, mit der sie über ihre Besorgnis sprechen konnte, und da war die gescheiteste in der Neubergstraße, Frau Xu, gerade die richtige. Man merkte Jiang Minhui an, wie wichtig ihr ein Gespräch mit Frau Xu war. Das war fast so wie beim Anstehen vor der Toilette, wenn es wirklich dringend war.

Als die anderen Frauen sich verabschiedet hatten, kam sie ohne Umschweife zur Sache: Schließlich gehe es um das Leben ihres Mannes. Sie deutete mit den Fingern auf ihre hohen Wangenknochen, die so hoch wie Stalagmiten wuchsen.

»Dafür kannst du doch nichts«, erwiderte Frau Xu.

»Mein Mann hat sein Leben für die Zukunft der neuen Generation in Korea eingesetzt, heute aber ist der Bau einer Straße wichtiger geworden als sein Leben.« Frau Jiang machte keinen Hehl aus ihrer maßlosen Enttäuschung. »Warum haben wir denn Mei adoptiert? Und für wen hätte ich sonst Schneeweiß geboren?« Man merkte ihr den Ärger an, der wie eine Sturmflut durch die Dämme brechen wollte. »Müssen wir denn ständig weitere Opfer bringen? Soll etwa mein Mann dem sozialistischen Straßenbau geopfert werden? Und ist es etwa sein Schicksal, als Opfer zu enden?« Ihre an den Himmel gerichtete Frage endete: »Muss das denn sein?«

Auch wenn die Flut ihrer Tränen bald wieder trocknete, ihr bodenloses Leid schien sie in die Tiefe eines Meeres zu ziehen.

»Ich bin doch nicht die Parteisekretärin«, sagte Frau Xu.

»Sie sind aber doch die klügste Frau an der Neubergstraße.« Frau Jiang betonte, dass sie in ihrem Leben auf keinen Fall acht Söhne gebären wolle. Wu Mianzi habe sie nach der Hochzeit aus ihrem Bergdorf hierher in die Stadt Dongshan geführt. Sie sei wunschlos glücklich und werde den Rest ihres Leben ihrem Mann mit den Kindern überallhin folgen.

Sie nahm darauf einen Schluck Chrysanthemenblütentee und warf einen Blick auf den leeren Blusenärmel der Tigerin. »Mit ihnen hat es das Leben ja auch nicht gerade gut gemeint«, sagte sie.

Über das blasse Antlitz von Frau Xu huschten zwei rosarote Wölkchen, die ihrer feinen, hellen Haut einen Seidenglanz verliehen. Ob sie sich durch diese Bemerkung geschmeichelt oder gekränkt fühlte, war ihr nicht anzusehen.

Fast schien es aber, als wäre ihr eine Fischgräte im Hals steckengeblieben. Ihr Blick verdunkelte sich nicht, machte aber einen andächtigen und nichtssagenden Anschein, fast wie bei einer Katze.

Frau Xu hatte eigentlich nichts von einer Tigerin an sich. Ihre Stimme klang hell und trocken. Unter dem lichtdurchfluteten Himmel hing ihr kastanienbraunes Haar wie edle Seide auf ihre Schultern herab. Mit ihren feinen Gliedern verströmte sie eine beinahe zärtliche Eleganz. Obgleich ihr ein Arm fehlte, schwebte sie schwerelos wie eine Fee durch die Straßen. Ihr Gesicht war so filigran wie ein Porzellanteller aus der Ming-Zeit. Direkt neben Frau Jiang wirkte ihr kleines Gesicht aber so blass, als wenn es gebleicht worden wäre.

Allein die Tatsache, ihre Sorgen mit Frau Xu geteilt zu haben, tröstete Jiang Minhui, und auf dem Heimweg dachte sie darüber nach, dass sie doch eigentlich in einer schönen Wohnung wohnten, die sie dank ihres Mannes bezogen hatten. Sie hatte eine vollständige Familie, einen liebvollen Mann und zwei süße Töchter. Vielleicht hatte sie doch das große Los gezogen.

Das Gefühl, ein großes Los gezogen zu haben, hatte auch Großmutter Guo. Eine Kollegin aus der Weberei hatte damals in einer Pause erwähnt, dass Dongshan-Stahl neue Arbeiter rekrutiere. Als sie zu Hause Guo Min davon erzählt hatte, war dieser zunächst ganz eingeschüchtert gewesen von dem ehrfurchtgebietenden Namen des Stahlwerks. Alle wussten, dass die große Dongshan-Stahlfamilie mit besonderen Privilegien ausgestattet war. Das Stahluniversum stemmte den Himmel wieder empor, falls er einmal herabzustürzen drohte, und der Staat unterstützte es dabei. Dongshan-Stahl war zu groß, um unterzugehen. Die Schwerindustrie war das Lebenslicht des Landes und musste sich unter allen Umständen immer weiterentwickeln.

»Wenn es in der Fabrik Platz für vierzigtausend Arbeiter gibt, dann wird sich dort auch noch für dich ein Plätzchen finden«, hatte sie ihn ermutigt. Sie konnte sich nicht vorstellen, dass alle anderen besser waren als ihr Sohn.

Heute war sie nur allzu froh darüber, dass sie ihm damals gut zugeredet hatte. Guo Min hatte seine Chance ergriffen und war ein Dongshan-Mitarbeiter geworden. Dank ihm waren sie in eine dieser Vorzugswohnungen eingezogen, und sie war sogar Parteisekretärin des Harmoniedorfs geworden. Als solche konnte sie jetzt zum sozialistischen Straßenbau aufrufen. Für dieses Privileg war sie so dankbar, dass sie sich verpflichtet fühlte, nun auch von allen anderen Neubergerinnen, Jiang Minhui eingeschlossen, die gleiche Dankbarkeit einzufordern. Sie spornte die Bewohner der beiden Straßen an, ihre Anstrengungen noch zu verdoppeln, damit das Harmoniedorf noch vor dem Steinplatz in die Phase des Kommunismus eintreten würde.

Der 1. Mai, der Tag der Arbeit, sollte ein großer Straßenbautag werden. Bereits in der Morgendämmerung setzte sich Großmutter Guo vor den Hauseingang, um ihre großen Baupläne zu schmieden. Am Tag der Arbeit sollte man mit Feuereifer arbeiten. Der sozialistische Straßenbau würde fortgesetzt und das Gewirr aus falschen Gedanken von Frau

Jiang aufgelöst werden. Sobald alle im Harmoniedorf verstanden hatten, warum der sozialistische Straßenbau der Dreh- und Angelpunkt von allem war, würde niemand mehr daran zweifeln. Die fehlenden Baumaterialen hatten sich doch letztlich immer auftreiben lassen.

Herr Xu saß ebenfalls bereits vor dem Eingang seines Wohnblocks auf der Sandsteintreppe. Er war Koch in der Kantine Nummer 13, die direkt hinter dem Haupttor der Fabrik lag und eine von Dutzenden Fabrikkantinen war, die das ganze Jahr rund um die Uhr geöffnet hatten. Er hatte einen kupferbraunen Teint und war etwa Mitte dreißig. An dem Morgen trug er ein weißes T-Shirt, die entblößten Arme wirkten eher fettgepolstert als muskulös.

Nachdem Großmutter Guo ihm einen Gruß zugerufen hatte, nickte er ihr zurückhaltend zu. Der muffige Schimmelgeruch der Wände in seiner Wohnung störe ihn, erzählte er ihr. Deren Rückseite liege zu nahe an diesen roten Sandsteinfelsen, aus denen andauernd Wasser tropfe. Feuchtigkeit dringe in die Mauer und in das Zimmer. Lieber nehme er daher hier auf seinem »Thron« vor dem Eingang Platz. »Hier atme ich frei und ungestört. So atme ich das Gift wieder aus.«

Er ließ seinen Blick hinauf zu den hohen Schloten schweifen, aus denen gerade dichter Qualm quoll, der sich wie eine dramatische Gespenstererscheinung allmählich in der dünnen Luft auflöste. Der Anblick, erklärte Herr Xu, erinnere ihn an das Waschen von Tintenfischen im weißen Emaillebecken der Kantinenküche: Wenn die tiefschwarze Tinte ins klare Wasser schieße, breite sie sich wie eine düstere Wolke darin aus, die seine Hände in einer undurchdringlichen Finsternis verschwinden lasse.

Mit einem etwas scheuen Lächeln wandte er sich wieder der Parteisekretärin zu: »Wenn jemand wissen will, wie es Dongshan-Stahl geht, dann braucht er bloß zu den Schornsteinen hinaufzublicken, ob die Rauchsäulen in den Himmel steigen, oder er kommt in meine Kantine, um den Puls der Fabrik zu fühlen.«

Bevor er sich erhob und auf den Weg in die Kantine machte, sinnierte er laut darüber, dass an diesem Tag der Frühling vorbei sei. Es werde einen brütend heißen Tag geben.

*

Als Guo Min nach Feierabend nach Hause kam, erzählten ihm die am Eingang des Dorfes spielenden Kinder, zwei Nachbarinnen hätten seine Mutter auf der Altbergstraße gefunden. Sie hab einen Hitzschlag erlitten, aber nachdem man die Akupunkturpunkte unter ihrer Nase gedrückt und die Haut auf zwei Akupunkturpunkten an ihren Armen zusammengeklemmt habe, bis diese wieder durchblutet gewesen seien, sei sie aus der Bewusstlosigkeit aufgewacht.

Guo Min lief direkt zu seiner Mutter, die in ihrem prächtigen Himmelbett lag.

Matt deutete sie auf das Thermometer, das Li Yun ihr ausgeliehen hatte. Sie sei verblüfft gewesen, zu sehen, wie die Quecksilbersäule im Laufe des Tages angestiegen sei. Und dann sei ihr Blick zufällig auf eine Ameise gefallen, die an einer Mauerecke in der Sonne gelegen habe wie auf einem

Grill. Und es habe ihr geschienen, als steige von dem kleinen Ameisenkörper bereits eine dünne Rauchfahne auf. Die Bullenhitze habe auch mit der kleinen Ameise keine Gnade gehabt.

Guo Min sah, wie der Mutter Tränen in die Augen stiegen. Eine Ameise sei ja schließlich auch ein Lebewesen, und wer könne schon wissen, als welches Wesen man im nächsten Leben wiedergeboren werde. Was, wenn die Ameise in ihrem vergangenen Leben ein Großer Vorsitzender gewesen sei?

Er half seiner Mutter, einige Schlucke kalten Tees zu trinken. »Die Hitze ist glücklicherweise inzwischen vorüber«, tröstete er sie und erzählte, wie am Nachmittag plötzlich ein ohrenbetäubender Knall zu hören gewesen sei. Dongshan-Stahl habe eine Kugel in den Himmel geschossen, um die Wolken abregnen zu lassen.

»Sogar dazu ist Dongshan-Stahl in der Lage!«, sagte er stolz. Es habe nur eine kurze Weile gedauert, dann sei es gewesen, als ob ein schwarzes Netz den Himmel überzogen hätte. Auf einmal habe es angefangen zu donnern, als ob der wütende Himmelsgott in Erscheinung getreten wäre: Ein heftiger Platzregen sei auf die Dächer der Nachbarschaft herabgeprasselt.

Von dem Regen hatte Großmutter Guo nichts mitbekommen. Sie murmelte vor sich hin: »Regen hat eben keine Augen. Er fällt einfach auf alle Straßen, alle Dächer, alle öffentlichen Plätze, auf die Köpfe der wahren Dongshaner ebenso wie auch auf die von der Altbergstraße. Die Altberger profitieren genauso davon.« Sie blickte hoch zu Guo Min und sagte: »Ich freue mich für die Altberger. Das ist soziale Gerechtigkeit.«

Übrigens habe es einen Streit zwischen Frau Xu, der Tagesmutter der beiden Zwillinge, und Li Yun gegeben, erzählte Guo Min. Bei Longlong habe sich in der Hitze die Flamme hinter der Stirn wieder entzündet. Li Yun gebe die Schuld dafür ihrer Tochter. Wäre Ningning nicht wie ein auf die Weide getriebenes Schaf ständig mit den Freundinnen nach draußen spielen gegangen und hätte sie nicht mit Krethi und Plethi den ganzen Tag geschwatzt, wären das Fieber und die Krankheit gar nicht durch sie auf den Bruder übertragen worden! Ningning selbst sei viel zu robust, um krank zu werden, aber sie bringe ständig Viren mit nach Hause. Li Yun habe von ihrer Tochter verlangt, drinnen beim Bruder zu sitzen, um zu vermeiden, noch weitere Viren von außen auf Longlong zu übertragen.

Frau Xu halte das für Unsinn. Die Mutter sei völlig durchgedreht, habe sie gesagt. In ihren Augen wäre das Gegenteil das einzig Richtige gewesen, damit Ningning sich nicht auch noch ansteckte.

Nein, er glaube nicht, dass das Zerwürfnis zwischen den beiden Frauen wirklich ernst sei.

Doch jetzt sei die Mutter lange genug wachgeblieben. Sie solle sich weiter ausruhen.

*

»Ich mache dir ein Himmelbett als Hochzeitsbett«, hatte ihr Vater Großmutter Guo versprochen, noch bevor die Heiratsvermittlerin überhaupt vor der Tür gestanden hatte. Sie war eine typische Vatertochter: Nach dem Tod ihrer Mutter war sie vom Vater allein großgezogen worden.

Als er ihr dann vor der Hochzeit das rot lackierte Himmelbett in seiner Tischlerwerkstatt gezeigt hatte, hatte ihr Vater über sie gelacht: »Deine Wangen leuchten noch röter als der Lack.«

»Das Bett ist viel zu groß, Vater!«, hatte sie protestiert.

»Es ist so groß wie eine Schlafkammer, nicht wahr? Es ist ein Bett für die ganze Familie. Es soll allen meinen Enkelkindern Platz bieten.«

Guo Min hatte ihr gesagt, in der schönen Einzimmerwohnung sei genügend Platz für zwei Betten. »Wir können dein Himmelbett neben unser schmales Bett stellen. Dazwischen hängen wir ein Tuch, das wir am Tag zur Seite ziehen und zum Schlafen wieder zumachen.«

Beim Umzug hatte Guo Min zusammen mit seinen Kollegen den Baldachin, die beiden seitlichen Nachttische und die Stufenleiter abtrennen müssen, um das sperrige Ding durch die Tür zu bringen. Nachdem die Männer das Bett wieder zusammengesetzt hatten, füllte das Himmelbett das Zimmer mit seinen fünfzehn Quadratmetern fast vollständig aus.

Ihr Himmelbett war Großmutter Guos Festung. Weil sie befürchtete, dass sie sich vor rheumatischen Rückenschmerzen wieder im Bett wälzen würde, zündete sie eine rote Kerze an. Umhüllt vom warmen Schein der flackernden Flamme ruhte sie wie Ihre Majestät in ihrem Refugium. In dem tanzenden Kerzenlicht erblickte sie einen Phönix, der aus der Flamme emporstieg.

Das Bett war aus erlesenem Mahagoniholz. Es stand so fest und aufrecht auf dem Boden wie der heilige Berg Tai. Sie blickte hinauf zum oberen Ende des linken Bettpfostens, der mit ihrem Lieblingsvogel verziert war. Dieser war eines der stolzen Werke ihres Vaters gewesen, der ein Wunderland aus geschnitzten Vögeln und Blumen geschaffen hatte, die nun in Scharen die Nachttische und die Stufenleiter bevölkerten.

Die Enkelwünsche ihres Vaters waren zu hochfliegend gewesen: Sie hatte nur ein einziges Kind zur Welt gebracht. Der üppige Platz in ihrem Himmelbett war nie recht genutzt worden.

Nachdem Guo Min seine Lehre in der Gießform-Werkstatt abgeschlossen hatte, hatte er ihr ein modernes Bett schenken wollen. Sie ahnte sogleich, was ihrem Sohn vorschwebte. Ein Himmelbett galt mittlerweile als ein »feudalistisches Relikt«. Guo Min machte sich große Sorgen, dass seiner Mutter als Parteimitglied irgendwann daraus ein Schaden entstehen könnte. Die Frage, ob sie jetzt als Parteisekretärin den Sozialismus und Kommunismus so wichtig nehmen könnte, um auf ihr Himmelbett zu verzichten, stellte sie sich lieber nicht.

Nachdem sie das Geschenk eines neuen Bettes abgelehnt hatte, hatte Guo Min als pietätvoller Sohn vorgeschlagen, ihr einen Sarg anfertigen zu lassen, denn einen Sarg noch zu Lebzeiten zu erwerben, würde nach alter Sitte das Leben der Mutter verlängern helfen. Von seinem Meister kaufte er kostbares Zhennan-Naturholz, das nicht mit Gold aufzuwiegen war. Der hatte es schon seit vielen Jahren für den Sarg seines Schwiegervaters gelagert. Der alte Mann aber war überraschend als Konterrevolutionär gestorben und verdiente auf gar keinen Fall einen so feinen Sarg. Guo Min wollte einen bekannten Zimmermann damit beauftragen, aus dem erlesenen Holz den Sarg anzufertigen. Jeden der Einwände seiner Mutter, dass das doch viel zu kostspielig sei, hatte er abgewiesen. Es war des Himmels Willen, als der Parteisekretär von Guo Mins Werkstatt selbst mit dem erstklassigen Sargholz für die eigene Mutter liebäugelte und Guo Min sein Vorhaben aufgeben musste. Er tat das zwar ungern, fügte sich jedoch – auch wegen der schönen Wohnung in der Neubergstraße.

In diesem Moment hörte Großmutter Guo ihren Sohn ins Zimmer kommen, um die Tür und das Fenster zu schließen. Kaum war er aus dem Zimmer gegangen, prasselten schwere Regentropfen gegen die dünnen Fensterscheiben. Sie fühlte sich mutterseelenallein in der grenzenlosen Finsternis. Seit mehreren Nächten schlief sie kurz und oberflächlich wie eine junge Katze.

Die frische Morgensonne drang durch das Moskitonetz und warf zittrige Schattenmuster auf die Bettdecke. Das goldene Licht huschte über ihre entblößten Arme und Hände. Großmutter Guo blieb noch eine kurze Weile reglos liegen wie eine Eidechse, die sich an der Sonne erwärmte.

Dann schlüpfte sie auf einmal unter der Bettdecke hervor.

Der sozialistische Straßenbau konnte losgehen!

5

Nach einer Probenacht hatte Guo Min beschlossen, der Mutter das Zimmer allein zu überlassen. Lili und er schliefen vorläufig in der Küche, bis er hinter der Küche ein weiteres Schlafzimmer ausgebaut hätte.

Das passte Großmutter Guo aber nicht. Der »faule Knochen« nahm jetzt ihren Sohn allein in Besitz, konnte sein Yang beliebig aussaugen, ohne aber ihm dafür einen Sohn zu gebären und ihr einen Enkel zu schenken.

»Du warst es, die mich für ihn ausgesucht hat«, erwiderte Lili kichernd.

»Richtig! Ich war so blind, dir auf den Leim zu gehen«, brüllte sie die Schwiegertochter wutentbrannt an.

Bei ihrer Hochzeit war Lili Waise gewesen, und auf dem Hochzeitsfest hatte Großmutter Guo noch allen Gästen verkündet, dass sie von diesem Tag an auch für Lili eine Mutter sein werde.

Lili war ein Wunschkind gewesen, und zwar gleich von zwei Frauen: von derjenigen, die sie auf die Welt gebracht hatte, und von deren älterer Schwester, Frau Ye. Letztere adoptierte Lili direkt nach deren Geburt.

Die beiden Schwestern stammten aus einer besonders kinderreichen Familie. Der Vater hatte mehrere Male geheiratet, und jede Frau schenkte ihm noch mehr Kinder. Frau Ye war die älteste Tochter und begann trotz ihrer Kinderlähmung schon früh damit, ihre jüngeren Geschwister zu betreuen und Hausarbeiten zu verrichten.

Trotz ihrer Krankheit machte sie schließlich eine Ausbildung zur Krankenschwester. Sie war gerade dem Krankenhaus am südlichen Flussufer zugeteilt worden, als ihre jüngste Schwester Hui zur Welt kam. Die ohnehin schon lange schwächelnde und kränkliche Mutter erlag eine Woche später einer Lungenentzündung. Frau Ye zog wieder nach Hause, sorgte für die Familie und pflegte ihren Vater, während sie aber weiterhin auch als Krankenschwester tätig blieb. Sie machte sich keine falschen Hoffnungen über ihre eigenen Heiratschancen. Wer hätte denn schon eine verkrüppelte Jungfer mit einer großen Kinderschar und dazu noch einem kranken Vater gewollt? Umso mehr gab sie sich ihrer neuen Aufgabe als Mutter hin, überschüttete alle mit ihrer scheinbar grenzenlosen Mutterliebe und bestätigte stets ihre Selbstaufopferungsbereitschaft. Hui war noch mitten in ihrem Architekturstudium, als sie heiratete und ein Kind bekam. Nur zu gerne überließ sie ihrer Schwester ihr erstgeborenes Kind zur Adoption. Frau Ye strotzte vor Glück und Stolz einer Mutter, als die Hebamme ihr das in ein Tuch gewickelte Baby überreichte. Sie hielt es Hui schnell unter die Augen und rief dabei: »Guck nur, sie ist schön wie eine weiße Lilie!«

Lili wuchs so wohlbehütet wie in einem Gewächshaus auf. In Frau Yes Augen war Lili die betörendste und reinste Lilie am ganzen Flussufer von Dongshan. Lili musste nicht auf jüngere Geschwister aufpassen und auch am Morgen keinen Familiennachttopf leeren. Sie war Mamas Kanarienvogel, der seinen Platz auf dem Balkon hatte, gleich unter der Dachrinne, von wo er in die Welt hinausguckte und das sehr zu genießen schien.

Lili war neunzehn, als sie die Mittelschule abschloss. In diesem Sommer entdeckte Frau Ye an sich die Zeichen einer schweren Hautkrankheit. Sie war inzwischen alt und wusste, dass sie nicht mehr allzu lange zu leben haben würde. Sie setzte sich auf den Balkon und hörte andächtig zu, wie das Flusswasser zu ihren Füßen rauschte.

Am nächsten Tag stattete sie Frau Deng einen Besuch ab, die im Ruf stand, häufig als Ehestifterin zu fungieren. »Meine Tochter ist wie eine Perle auf meiner Handfläche«, verkündete ihr Frau Ye. Der künftige Ehemann habe sich darum zu kümmern, dass ihre Lilie immer den sonnigsten Platz auf seinem Fensterbrett finde, damit sie Jahr für Jahr zauberhaft erblühen und ihren herrlichen Duft über das ganze Flussufer verströmen könne.

Nur wenige Tage später ging sie mit Lili zu Frau Deng. Guo Min wartete mit seiner Mutter bereits eine halbe Stunde – so wollten es die Heiratssitten: Die Seite der Männer musste auf die der Frauen warten. Schon von der Türschwelle aus erblickte Lili den gutaussehenden jungen Mann, der mit zwei Frauen mittleren Alters an einem quadratischen Tisch saß. Frau Deng stellte Großmutter Guo als Parteimitglied und Teamleiterin der Weberei-Werkstatt Nummer 2 vor. Diese wolle vor allem eine gute Ehefrau für ihren einzigen Sohn, betonte die Eheanbahnerin. Er sei Angestellter im berühmten Kombinat Dongshan-Stahl. An Lili und Frau Ye hatten Großmutter Guo und Guo Min nichts auszusetzen, und auch Frau Ye sprach Guo Min und seiner Mutter rasch ihr Vertrauen aus. Sie hatte es mit der Eheschließung ihrer Tochter eilig. Der Hochzeitstermin wurde auf den Neujahrstag festgesetzt. Den Silvesterabend wollte Lili noch allein mit ihrer Mutter verbringen.

Nach einem reichhaltigen Festessen öffnete Frau Ye den Hochzeitsschrank und führte ihrer Tochter die darin enthaltenen Schätze der Mitgift vor, die sie extra hatte anfertigen lassen: acht seidene Bettdecken in verschiedenen Farbtönen, von zartem Rosa bis zu feurigem Rot; jede zeigte unterschiedliche handgestickte Motive, von Blumen, Fischen, Vögeln bis zu einer Flusslandschaft.

Frau Ye nahm das zum Anlass, auf die verborgenen Dinge zwischen Frauen und Männern zu sprechen zu kommen. Beim ersten Mal könne es wehtun, vielleicht sogar bluten. Da Blutflecken aus Seidendecken nicht rauszubekommen seien, solle sie lieber in der ersten Nacht eine andere Decke benutzen.

Lili umarmte ihre Mutter und flüsterte ihr etwas ins Ohr.

»Das kann doch nicht sein!«, fuhr die Mutter empor und stieß die Tochter unwirsch von sich. Dass sie am Abend vor der Hochzeitsfeier erfahren musste, dass ihre Tochter keine Jungfrau mehr war!

Frau Ye brüllte herum wie eine Löwin, sogar ihre Hand rutschte ihr aus. Ihr Mutterherz blutete, und je zorniger sie auffuhr, desto stärkeren Schmerz empfand sie, und je heftiger ihr Herz schmerzte, desto mehr brach sie in Wut aus. Ihr verschwamm alles vor den Augen.

»Vergiss deine Hochzeit!«, war das Letzte, was Lili von ihrer Mutter hörte.

Lili und Guo Min hielten die dreimonatige Trauerzeit für Frau Ye ein. Erst im Frühling wurde die Hochzeit dann gemäß den Plänen der verstorbenen Mutter pompös begangen.

Früh am Morgen holte eine geschmückte Sänfte Lili, die ganz in Rot gekleidet wartete, ab. Während die vier Männer mit der Brautsänfte vorausschritten, folgte der rot lackierte Hochzeitsschrank, der ebenfalls von vier kräftigen Männern gestemmt wurde. Ihr Hochzeitszimmer war mit frischen weißen Lilien geschmückt.

Lili hatte unter ihrer sozialen Stellung geheiratet, aber die diesbezüglichen Befürchtungen ihrer Mutter erwiesen sich als überflüssig. Sie war eine Prinzessin auf einer Erbse, die sich, wenn sie es gewollt hätte, nie wie gemeines Volk hätte abrackern müssen. Sie besaß ein großes Haus am Flussufer, das sie weitervermietet hatte, und ihre Mutter hatte ihr ein kleines Vermögen hinterlassen. Allein die Mitgift hätte für ein halbes Leben gereicht.

6

Frau Xu hatte nicht vor, den Straßenbau zu sabotieren. Warum hätte sie das auch tun sollen? Nach der Ankündigung des sozialistischen und kommunistischen Straßenbaus durch die Parteisekretärin war ihr die Idee gekommen, dass sie und ihr Mann die Gelegenheit nutzen könnten, endlich den Vorplatz vor ihrem Haus zu vergrößern. Der war doch nur so groß wie ein Badehandtuch. Das Paar gab Großmutter Guo sogar recht, dass die Neubergstraße die Bezeichnung »Straße« überhaupt nicht verdiene.

Nach der Fertigstellung der Siedlung war vor den Häusern lediglich ein schmaler Trampelpfad zurückgeblieben, den sie unter Mithilfe einiger Nachbarn schrittweise gepflastert hatten. Genau in der Mitte – dort stand schon ewig der Phönixbaum – hatten sie den Weg, der nicht einmal diese Bezeichnung verdiente, zu einem kleinen Vorplatz erweitert. Unter dem weit ausladenden Baum versammelten sich seitdem oftmals Frauen aus der ganzen Straße. Frau Jiang, die heimliche Meisterin, hatte die besondere Bedeutung dieses Ortes aus professioneller Sicht längst erfasst und verkündete entsprechend der Feng-Shui-Lehre: »Der Phönixbaum auf dem Vorplatz liegt im Herzen des Berghangs. Er ist ein idealer Ort. Zwei weiße Tiger steigen seitlich vom Berge ab. Das ist eine vorzügliche Lage, an der die Herrscherin in den Genuss des günstigsten Feng-Shuis kommt. Der Herrscher selbst ruht in der Mitte – wie in der Verbotenen Stadt und genauso wie auf dem Brett des chinesischen Schachspiels. Hier um den Phönixbaum herum sammelt sich das günstige Qi.«

Der Abhang unterhalb des Platzes aber war mittlerweile abgerutscht und wurde sogar langsam gefährlich. Immer wieder waren dort Wurzeln des Baumes freigelegt worden und hingen in der Luft. Anlässlich des sozialistischen Straßenbaus schlugen die Xus daher geschwind vor, den Abhang aufzuschütten, damit die Wurzeln wieder von Erde bedeckt wären. Dass dadurch auch die Fläche ihres Vorplatzes verdoppelt würde, erwähnten sie lieber nicht.

Frau Jiang unterstützte diesen Wunsch sofort: »Frau Xu weiß genau, was richtig ist. Sie ist nicht nur die Klügste unter den Frauen im Harmoniedorf, ihre wahre Autorität hat sie zudem dank des günstigen Feng-Shuis des Ortes erlangt.«

Damit wollte sie sagen, die weise Frau füge sich dem Feng-Shui. Sie und ihr Mann schützten ihren Phönixbaum, anstatt die Erde aufzuwühlen. Damit ließ sich auch verblüffend einfach erklären, warum Frau Xu sogar durch den Zuzug und die Beförderung von Großmutter Guo zur Parteisekretärin nicht von ihrem Platz in der Rangordnung hatte verdrängt werden können. Sie war offensichtlich gut durch das günstige Feng-Shui geschützt und ruhte in einer natürlichen, gleichsam angeborenen Autorität. Mit ihrer jetzigen Kritik am sozialistischen Straßenbau gab sie nur wieder einmal zu verstehen, wer im Quartier eigentlich das Sagen hatte.

Nachdem sie mit ihrem Appell bei Großmutter Guo auf die Nase gefallen war, hatte sich Frau Jiang klar für ihre Favoritin unter den beiden Tigern entschieden. Von jetzt an ging sie mit jeder auch nur sesamkorngroßen Angelegenheit zuerst zu Frau Xu.

Auch Frau Song und Frau Pu nahmen fast jeden Tag ihre Plätze unter dem Phönixbaum ein. Ihnen war der Straßenbau egal. Warum sollten sie irgendeine sozialistische Straße bauen? Die beiden wohnten am anderen Ende der Straße, wo niemals jemand freiwillig vorbeikam. Wenn sie sich mit anderen Frauen des Quartiers treffen wollten, kamen sie einfach zu Frau Xu und setzten sich unter den Phönixbaum. Im Gegenzug bezeugten die beiden Frau Xu ihre Solidarität und trugen so zur Bildung einer Front gegen Großmutter Guo bei. Wollte man die Situation mit den Verhältnissen auf einem Schachbrett vergleichen, müsste man sagen, dass Großmutter Guo wie eine Generalin ohne Armee dastand, während Frau Xu ein komplettes Heer um sich versammelt hatte.

Der sozialistische Straßenbau war die erste Volksbewegung, zu der Großmutter Guo an der Neubergstraße aufgerufen hatte. Eine solche Bewegung hätte aus dem Volk kommen müssen und ihm dienen sollen. Waren etwa alle Anwohner so blind, dass sie nicht zwischen Volk und Feind unterscheiden konnten?

Großmutter Guo wurde von ohnmächtigem Zorn gepackt. »Ihr müsst Stellung beziehen! Wer nicht gegen Chiang Kaishek ist, der liebt den Großen Vorsitzenden nicht. Wer noch nicht auf den Kommunismus eingeschworen ist, hat nicht verstanden, wer das Proletariat befreit und den Feind besiegt hat. Wer keinen Hass gegen die Ausbeuter verspürt, der wird auch keine Straße für den Sozialismus bauen«, beschimpfte sie die Frauen unter dem Baum.

Ihre Wut ebbte erst ab, als ihr Magen zu schmerzen begann.

Als sie nach dem Abendessen Li Yun im Gang traf, versuchte die Parteisekretärin, mit ihrer Nachbarin ins Gespräch zu kommen. Sie und Li Yun lagen auf der gleichen Wellenlänge, zumal sie beide Witwen waren.

Sie machte eine einladende Geste und sagte fröhlich: »Gönn dir mal eine Pause.« Sie schob einen Hocker zu Li Yun hinüber. »Hast du nicht auch gemerkt, was wir beide gemeinsam haben?«

Bevor Li Yun etwas erwidern konnte, gab sie sich selbst die Antwort: »Ich würde mir aufrichtig wünschen, mehr Frauen wie dich im Harmoniedorf zu haben. Hör mal, ich habe damals, als ich Guo Min allein großgezogen habe, auch arbeiten müssen, genau wie du heute. Aber heute leben wir in einer anderen Zeit, das sagt jeder, und du gehörst zu einer vollkommen neuen Generation.«

Li Yun verstand nicht, was Großmutter Guo damit andeuten wollte, konnte ihr aber nur beipflichten.

Großmutter Guo warf ihrer Nachbarin einen Blick zu und fragte etwas leiser: »Wie lang ist es her, dass dein Mann verstorben ist?«

Li Yun sah sie mit einem vielsagenden Blick an und erzählte es ihr: An einem Bahnübergang war ihr der Träger einer ihrer Taschen gerissen. Sie selbst war hochschwanger gewesen, und der zukünftige Vater hatte sich schnell umgedreht, um die Tasche und den Inhalt aufzulesen. Dabei war er von dem herannahenden Zug erfasst worden und umgekommen.

Großmutter Guo nickte verständnisvoll, nur um sogleich zu fragen: »Willst du dir nicht vielleicht einen neuen Mann suchen? Der könnte uns dann auch beim sozialistischen

Straßenbau unterstützen.« Sie hielt einen kurzen Augenblick inne, bevor sie fortfuhr: »Die Zeiten haben sich geändert. Wir leben jetzt in der neuen Gesellschaft, in der Witwen noch einmal heiraten können. Nicht einmal Geschiedene schämen sich, heute noch ein zweites Mal zu heiraten; du musst dir also keine großen Gedanken machen. Es gibt, was die eheliche Treue angeht, in diesem Fall keine Vorurteile mehr.«

Li Yun erzählte, dass sie nicht vorhabe, wieder zu heiraten, bevor sie ihre Zwillinge großgezogen habe. Longlong und Ningning seien sowohl im Charakter als auch in ihrer Gesundheit so unterschiedlich, dass sie ihr als Mutter viel zu viel Sorgen bereiteten.

»Betreut Frau Xu schon lange die Zwillinge für dich?«, fragte nun die Parteisekretärin.

Li Yun berichtete mit angespanntem Blick auf Großmutter Guo, dass sie anfänglich an Frau Lu als Tagesmutter gedacht habe, weil die direkt über ihr wohne. Außerdem sei deren Sohn Qiangqiang im selben Alter wie Longlong und Ningning. Schon in der ersten Woche nach ihrem Einzug habe sie daher ihre Zwillinge bei der Hand genommen und sich mit ihnen aufgemacht, um Frau Lu und Qiangqiang kennenzulernen. Als Geschenk habe sie einen Beutel Milchpulver mitgenommen. Aber Frau Lu habe ihr die Tür direkt vor der Nase wieder zugemacht, sie sei gerade mit dem Stillen ihres Sohnes beschäftigt. Enttäuscht sei sie mit den Zwillingen wieder abgezogen. Inzwischen habe sie festgestellt, dass Frau Lu die Wohnung fast nie verlasse; immerhin komme Qiangqiang inzwischen ab und zu zu Longlong zum Spielen.

Über Herrn Lu erzählte man sich, dass er einen Unfall gehabt habe, und auch über die Geburt von Qiangqiang kursierten übrigens die seltsamsten Gerüchte, die sie aber nicht weiterverbreiten wolle.

Sie höre Herrn Lu oft in der Wohnung über ihnen, aber niemals dessen Frau, erzählte Li Yun weiter. Nur ab und zu erhasche sie einen Blick auf die Nachbarin, wenn diese vor der Küchentür kauernd Kleider oder Socken flicke. Frau Lu sei zwar ziemlich groß, aber sie gebe gewöhnlich keinen Mucks von sich, die Frau sei stumm wie ein Fisch.

Qiangqiang, der jüngere Sohn, werde oft vergessen, wenn man über die Mutter rede, die zwei so hübsche Kinder wie Xiamei und Ganggang geboren habe. Li Yun lachte auf. Der Vater erscheine aber allen so sonderbar, dass man dem eigenartigen Paar wirklich nicht zugetraut hätte, so vorzügliche Kinder auf die Welt zu bringen.

Großmutter Guo pflichtete ihr bei. Darüber habe sie sich auch schon oft gewundert.

Der Vater, Lu Jianling, sei schon immer ein richtig jähzorniger, impulsiver Kerl gewesen. Wann immer sie ihn oben mit seinen wilden, hektischen Schritten durchs Zimmer poltern höre, male sie es sich wie ein quirliges Bühnenbild in ihrem Kopf aus. Sie stelle sich vor, dass er, der ja fast einen Kopf kleiner als seine Frau sei, unvermittelt wie von einer Sprungfeder getrieben aufspringe und dieser eine Ohrfeige in ihr Pferdegesicht versetze.

»Das würde dann sicher so laut schallen, dass ich es noch im Parterre hören könnte«, sagte Li Yun.

Die Parteisekretärin versicherte ihr, dass sie das vorläufig lieber für sich behalten wolle, um die Gerüchte nicht noch weiter anzufachen.

Nach der enttäuschenden Absage durch Frau Lu betreue jedenfalls Frau Xu die Zwillinge. Sie habe anfangs Bedenken gehabt, was aber nicht daran liege, dass Frau Xu einarmig sei und selbst keine Kinder habe, eher daran, dass ihr Gesicht die blasse Kälte eines Stahlrohrs ausstrahle. Sie wisse zudem, dass Frau Xu auch nicht viel von ihr halte. Ihr Vertrauen gelte umso mehr Herrn Xu. Unter dessen kupferfarbenem Gesichtsteint sei so viel Sonnenschein in seinen jungen Jahren gespeichert worden, dass sogar im Winter ein wenig Sommer herrsche.

»Wenn er in der Küche steht, haben seine Gerichte stets ein südwestliches Flair und duften nach Chili und anderen kräftigen Gewürzen«, erzählte sie Großmutter Guo.

Ningning und Longlong seien letztlich bei der Familie Xu sehr gut aufgehoben. Frau Xu verbringe reichlich Zeit mit den Zwillingen, und Herr Xu bringe abends nach der Arbeit Essen aus der Kantine nach Hause.

»Kantinenkoch, Arzt und Metzger sind ja unsere Traumberufe, nicht wahr?«, sagte sie und verzog ihr Gesicht zu einer Grimasse.

*

Bai Yongliang arbeitete im selben Labor wie Li Yun, doch als ihren Kollegen hätte sie ihn nicht bezeichnet. Der junge Mann war nach seinem Maschinenbaustudium an der technischen Hochschule in der Provinzhauptstadt der Fabrik zugeteilt worden. Er war erst ein halbes Jahr bei Dongshan-Stahl, als Li Yun seinen Namen zum ersten Mal hörte.

In der Reparaturwerkstatt hatte es während der Morgenschicht an der Drehbank von Bai Yongliang einen Defekt gegeben. Die Drehspindel war ausgefallen, doch zum Glück war niemand verletzt worden.

Herr Ye, der Produktionsteamleiter, fand vor Ort eine abgebrochene Schraube auf dem Boden.

»Eine kleine Schraube kann an einer Drehbank einen schwerwiegenden Unfall auslösen. Die Ursache liegt aber in dem fehlerhaften Verhalten des jungen Mannes«, bewertete er die Situation und war überzeugt, dass Bai Yongliang seiner Sorgfaltspflicht nicht nachgekommen war.

Herr Ye war Kader der untersten Ebene, und bevor Bai Yongliang seinem Team zugeteilt worden war, hatte diesem noch nie ein Studierter angehört.

Schon vor der ersten Begegnung hatte er sein Unverständnis darüber geäußert, warum um Himmels willen ausgerechnet ihm dieser junge Mann zugeteilt werden solle. Die Studierten wurden, wenn überhaupt, nur für kurze Zeit in die Werkstatt geschickt, um Praxiserfahrung zu sammeln. In den meisten Fällen wollten sie aber lieber ihre bequemen Rattansessel und ihre Kaderposten oben im Büro behalten. Herr Ye hatte sich gefragt, ob es sich bei Bai Yongliang vielleicht um eine Ausnahme handle oder ob der mit seinem im Handumdrehen ergatterten Praxisdiplom ausgestattet dann gleich mit dem Hubschrauber in die Provinzhauptstadt zurückgebracht werde, um dort ein wichtiges Amt zu übernehmen. Herr Ye hatte eine blühende Fantasie.

Mit dem ganzen Werkstattteam hatte Herr Ye dann aber eine Willkommensfeier für Bai Yongliang organisiert. Als Leiter hielt er eine Rede über die allgemeine Praxis, die Verantwortung und die Wichtigkeit der technischen Aufsicht durch einen Ingenieur. Seine Tochter hatte ihm geholfen, die umfangreichen Aufgaben von Bai Yongliang auf einer halben Seite Papier zu formulieren. Er trug alles genau so vor, wie er es mit ihr zu Hause geübt hatte. Dann führte er seine berühmten Erbstücke vor: die vier Drehbänke, die die Werkstatt besaß. Sie waren schon bei Ausbruch des Antijapanischen Krieges auf dem Fluss nach Dongshan transportiert worden und bis Kriegsende im Bunker in Betrieb gewesen.

»Kamerad Bai ist Maschinenbauingenieur. Er wurde uns von oben zugeteilt und übernimmt ab heute die technische Aufsicht über den Betrieb unserer Drehbänke«, erklärte er den Arbeitern dort.

Bai Yongliang huschte ein freches Grinsen über das Gesicht.

Herr Ye empfand das als vollkommen unseriös, zudem der entsprechenden Situation unangepasst und jenseits aller Ehrerbietigkeit.

Bald stellte er fest, dass Bai Yongliang bei jedem Augenkontakt grinste, bei jedem Wortwechsel, sogar schon beim ersten Händeschütteln mit den Kollegen. Gegenüber Frauen, und ganz besonders bei den jüngeren, setzte er ein ausgesprochen frech wirkendes, breites Grinsen auf. Das waren nun wirklich Manieren, die im Kommunismus nichts zu suchen hatten. Was für eine Niete!

Gerade einmal eine Woche nach dem ersten Unfall

geschah schon die nächste Katastrophe. An der Drehbank verlor die junge Auszubildende Honghui den Zeigefinger ihrer linken Hand. Da sich der Unfall zudem während der Nachtschicht ereignete, war es aussichtslos, schnell einen Notarzt in die Werkstatt zu rufen.

Ein freches Grinsen konnte unter solchen Umständen zu keiner Lösung beitragen. Ganz im Gegenteil: Die Produktion wurde sofort wegen des Verdachts auf Sabotage eingestellt.

Bai Yongliang aber war Hans im Glück. Er landete wegen des Vorfalls nicht im Gefängnis, sondern wurde lediglich zum Putzdienst ins Testlabor versetzt.

Der Laborleiter machte gegenüber Li Yun und den Kollegen ohne Umschweife klar: »Der gehört eigentlich gar nicht hierher.«

Genau wie alle anderen Kolleginnen gewöhnte sich Li Yun dennoch schon bald an Bai Yongliang. Als Frau Xu einmal an einem schlimmen Durchfall litt, war Li Yun gezwungen, die Zwillinge mit ins Labor zu nehmen. Ohne Bai Yongliang hätte sie an dem Tag keine Versuche durchführen können. Er spielte mit den beiden Kindern und nahm sie zum Mittagessen in die Kantine Nummer 13 mit.

Während sie dort noch draußen anstanden, entdeckte Ningning plötzlich Herrn Xu, schnell war sie mit ihrem Bruder in die Küche entschwunden. Herr Xu war ein großer Kinderfreund und hatte unendliche Geduld mit den Kleinen.

»Zeigt mir, Kinder, was hat euch Herr Xu in eure Schüsseln gefüllt?«, fragte Bai Yongliang, als Ningning und Longlong aus der Küche zu ihm hinüberstürmten.

»Speck in roter Soße«, antwortete Longlong fröhlich.

Ningning hob den Schüsseldeckel an, zeigte Bai Yongliang den Inhalt und erklärte mit geheimnisvoller Stimme: »Das muss unter uns bleiben. Herr Xu hat gesagt, Speck in roter Soße sei sein Aushängeschild.«

Abends, vor dem Einschlafen, erzählte Longlong seiner Mutter stolz, dass er und Ningning für so viel Essen nicht einmal etwas hatten bezahlen müssen, und er fragte seine Mutter, wann sie wieder einmal mit ins Labor und zu Onkel Bai gehen dürften.

Es dauerte nicht lange, bis immer mehr Frauen sich von Bai Yongliang abhängig machten.

So bat Honghui ihn darum, dass er ihren Sohn ins Bad begleite. Und da er ihr noch immer einen Finger schuldete, half Bai Yongliang ihr zudem, einen neuen Herd aus Zement in ihrer Küche zu errichten. Bei seinen Erledigungen verlief er sich ständig, sodass es statt zehn Minuten oder einer halben Stunde zwei oder drei Stunden dauerte, wenn er die schmutzigen Laborkittel der Kolleginnen zur Reinigung brachte, unterwegs noch schnell einen kleinen Einkauf erledigte oder ein paar Medikamente für jemanden aus der Klinik abholte. Wegen seiner Tollpatschigkeit blieb er gelegentlich einen halben oder fast einen ganzen Tag von seinem Arbeitsplatz fern. Wenn die Personalkontrolle vorbeikam, hatte er halt Pech, aber noch weiter konnte er nicht mehr degradiert werden.

Bald war man in der Fabrik der Meinung, der Mann sei nicht ganz dicht. Sein Name – Bai gleich »hell«, Bai Yongliang gleich »für immer hell« – sei ein Witz, ganz genau wie seine Erscheinung: Die winzigen Augen sahen aus wie Schafskot, und seine kurzen Augenbrauen endeten über diesen Punkten so abrupt, als wenn einem Kalligrafen unerwartet die Schreibtinte ausgegangen wäre. Und dann immer dieses Grinsen!

Dennoch hatte Bai Yongliang auch Freunde in der Fabrik, etwa Zhou Shihui, der in der Firmenhierarchie noch über dem Laborleiter stand und zu den wichtigen Persönlichkeiten von Dongshan-Stahl gehörte. Zhou Shihui war ebenfalls Maschinenbauingenieur, im Gegensatz zu Bai Yongliang allerdings ein praktizierender, genau wie seine Frau Chen Li. Frauen als Ingenieurinnen waren bei Dongshan-Stahl zwar nichts Ungewöhnliches, aber als Paar fielen sie schon überall auf.

Zhou Shihui war hochgewachsen und schmalgliedrig. Sein feiner Hals und die klaren Gesichtszüge stellten die Ästhetik der Männlichkeit auf die Probe und wirkten auf beiderlei Geschlechter verführerisch. Schon früh im Leben hatte er seinen Ehrgeiz gleichmäßig und beständig kultiviert, sodass er jetzt die Früchte ernten konnte. Nach seinem Studium heiratete er Chen Li, und kaum ein Jahr später wurde seine Tochter Mimi geboren. Im selben Jahr wurde Zhou Shihui vom Ingenieur direkt zum Produktionsleiter befördert. Als ein Jahr später noch ein Sohn auf die Welt kam, war Zhou Shihui bereits zum Abteilungsleiter aufgestiegen. Die Familie Zhou galt in der ganzen Fabrik als vorbildlich. Zhou Shihui scharte einen rasch wachsenden Freundeskreis um sich, darunter auch Bai Yongliang, der sogar als sein bester Freund galt. Anders als Li Yun, die sich von hochrangigen Kadern fernhielt und ein Mauerblümchen blieb, pflegte Bai Yongliang ganz ungeniert gute Beziehungen mit ihnen.

Wenn man Bai Yongliang beobachtete, schien er immer sehr beschäftigt zu sein, die Frage aber blieb, womit nur. Und würde er je eine Frau finden? Bisher hatte noch keine einzige der älteren Kolleginnen versucht, ihn mit einer jungen Frau zu verkuppeln, obwohl es sonst für solche Frauen nichts Lohnenderes gab, als eine Ehe zu stiften. Sie wollten so ihre eigenen enttäuschenden Ehen wiedergutmachen und ihren »meisterhaften Blick für die großen Menschheitsfragen«, wie sie das nannten, für andere nutzbar machen. Bei Bai Yongliang aber wussten sie nicht weiter. Sehnte sich nicht jeder nach Feierabend danach, endlich nach Hause gehen zu können? Bai Yongliang aber blieb oft noch bis in die Dämmerung hinein in der Werkhalle.

»Was für einer ist der denn? Wer nicht nach Hause geht, wird nie eine Familie gründen«, sagten die Frauen. »Keine Frau will einen Mann, der in der Fabrik zu Hause ist.«

7

So zahlreich wie die Tropfen eines Regengusses fielen die Blicke der Nachbarn auf Li Yun. Die unauffällige Pflanze, die bisher im Halbschatten ausharrt hatte, das Mauerblümchen, wurde mit einem Mal der Sonne ausgesetzt.

»Onkel Bai hat uns Zement gebracht.«

Die ganze Neubergstraße hatte es gehört, als die Zwillinge ihrer heimkehrenden Mutter die Neuigkeit zuriefen.

Großmutter Guo, die neben den Kindern stand, erklärte: »Der Zementsack steht in deiner Küche. Der junge Mann hatte es so eilig. Ich habe ihm Tee angeboten, aber er wollte lieber sofort in die Firma zurückkehren.« Die Aufregung war ihr deutlich anzumerken: Bai Yongliang erschien ihr wie ein richtiger Glücksfall. »Er hat den Zementsack auf einem Fahrrad gebracht!«, stammelte sie bewundernd.

Am Mittag war Bai Yongliang mit einem Zementsack auf dem Gepäckträger seines Fahrrades durch die Neubergstraße gerollt. Auf diesem Weg, der, wie Großmutter Guo sagte, so schmal wie ein Schafsdarm war, hatte man noch nie ein Fahrrad gesehen. Sogleich kam eine Schar von Kindern herbeigerannt. Nachdem Onkel Bai den Zement abgeladen hatte, durfte Longlong sogar auf den Fahrradsattel steigen, und Ningning durfte einige Male die Klingel betätigen. Rasch aber schwang sich Bai Yongliang wieder auf den Sattel und verabschiedete sich von den Kindern. Sein leicht gekräuseltes Haar wehte im Fahrtwind.

In ganz Dongshan gab es mehr echte Dongshaner als Fahrräder, und auch für diese war ein Fahrrad ein echtes Luxusobjekt. Nirgends gab es Geschäfte, bei denen eines im Schaufenster zu sehen gewesen wäre. Bai Yongliang mit seinem Fahrrad kam allen vor wie der Sputnik. Rasch waren er und sein Fahrrad in der ganzen Stahlfabrik bekannt und so etwas wie Gemeingut geworden. Es kursierte das Gerücht, dass er mit dem Rad sogar einmal einen ihm völlig unbekannten Passanten zum Bahnhof gefahren hatte. Auch Kollegen konnten sein Fahrrad ausleihen, wenn sie das Fahren lernen wollten.

»So ein Idiot! Der glaubt wahrscheinlich, er und sein Fahrrad befänden sich bereits im Kommunismus«, dachten alle.

Als Li Yun Bai Yongliang von dem sozialistischen Straßenbau im Harmoniedorf erzählt hatte, und dass sie nicht wisse, wie sie die dafür notwendigen Materialien durch das Fabriktor schmuggeln sollte, hatte dieser sich sofort bereit erklärt, ihr zu helfen.

Bai Yongliang war ein Volltrottel, konnte sich das aber leisten. Jeder, der sich nicht vor seinem Tod oder dem Gesichtsverlust fürchtete, konnte sich das leisten, und Bai Yongliang musste nicht einmal um den Verlust seines guten Rufs bangen, er hatte nämlich keinen zu verlieren.

Während Li Yun sich in die Küche zurückzog, um das Abendessen zuzubereiten, marschierte Großmutter Guo durch die Neubergstraße und bog schließlich in die Altbergstraße ein, wo sie laut wie ein wandernder Lautsprecher verkündete: »Li Yuns Kollege hat einen halben Zentner Zement für unsere beiden sozialistischen Straßen gespendet.« Tatsächlich war es sogar ein ganzer Zentner gewesen. Auf ihrem Weg durch die Altbergstraße zurück zur Neubergstraße, ergänzte sie stattdessen: »Li Yuns Kollege Bai Yongliang hat uns außer Zement auch noch Kalk gebracht. Endlich kann der sozialistische Straßenbau mit voller Kraft angegangen werden!«

Erst nach dem Abendessen – zwei Gemüsegerichten und einer Suppe mit Fleischbällchen – und nachdem sie Ningning und Longlong ins Bett gebracht hatte – erst Gesichter, Hände und Füße waschen –, fiel Li Yun der Zementsack wieder ein, der noch immer mitten in der Küche stand.

»Mach dir keine Sorge. Guo Min wird dir helfen, ihn am Sonntag zur Baustelle hinüberzuschleppen«, versprach ihr Großmutter Guo, die sich zu Li Yun in den Flur gesetzt hatte. »Ich habe heute deinen Freund genau beobachtet. Der junge Mann heißt doch Bai Yongliang, oder?«

Li Yun saß reglos wie ein Nagel auf ihrem Hocker. Großmutter Guo wedelte mit ihrem Palmfächer kurz über Li Yuns Stirn, bis ein Anflug von Lächeln deren Mundwinkel umspielte.

»Ich habe ihn für dich begutachtet. Vor mir brauchst du dich nicht zu genieren, ich könnte schließlich deine Mutter sein. Wie heißt es doch: Vier Augen sehen mehr als zwei.«

Als Li Yun noch immer nichts sagte, fuhr die Parteisekretärin fort: »Bai Yongliang hat einen kräftigen Körperbau. Ich glaube, er ist sogar stärker als Guo Min.« Sie schaute Li Yun kurz eindringlich in die Augen. »Allerdings kommt er mir sehr jung vor. Ich schätze, er ist deutlich jünger als Guo Min, und auch jünger als du, nicht wahr?«

Li Yun stand schweigend auf und ging in ihre Wohnung, um das Licht zu löschen. Die Kinder waren schon eingeschlafen.

Vor einigen Wochen hatte sie die Zimmerwände weiß gestrichen. Am liebsten hätte sie bei der Gelegenheit auch die Decke erneuert, aber die war zu hoch gewesen; allein hatte sie die Möbel nicht abdecken können. Passend zu den neu gestrichenen Wänden hatte sie sich einen beigefarbenen Vorhang gegönnt und war damit die Erste, die in der Straße die Fenster verhängte. Das letzte Dämmerlicht sickerte durch den beigefarbenen Stoff und fiel ins Zimmer. Das schwindende Tageslicht flackerte noch einmal kurz vor dem endgültigen Verlöschen.

Großmutter Guo saß noch eine Weile ungeduldig im Flur. Es hatte angefangen zu nieseln, und ein kühler, nasser Hauch drang durch die geschlossene Eingangstür herein. Schließlich stand sie auf, ging in ihre eigene Wohnung und stieg sogleich in ihr vom Baldachin gekröntes Himmelbett.

Nach einer Weile rief sie Guo Min zu sich, er solle sich doch mal kurz zu ihr auf den Bettrand setzen.

»Mach dir keine Sorgen«, versprach dieser ihr, »natürlich helfe ich am Sonntag beim Transport des Zementsacks, und ich werde auch das Anmischen übernehmen.« Freude und Umsicht sprachen aus seinen Froschaugen.

Die Gespräche zwischen Mutter und Sohn waren stets entspannt, es ging friedlich hin und her wie in einem Tischtennisspiel. Schon wenn sie sich früher nach einem langen Arbeitstag am Webstuhl zum Feierabend mit ihm auf das Himmelsbett gesetzt hatte, war es ihm immer gelungen, die Mutter von ihren Sorgen zu befreien.

Nun erzählte sie Guo Min von Bai Yongliang und beschrieb

ihm die kräftigen Muskeln, die sie an dessen Armen bemerkt hatte, als er den Zementsack in die Küche schleppte, hielt aber unvermittelt im Satz inne und fragte: »Weißt du eigentlich, ob Bai Yongliang irgendwelche Untugenden hat, ob er zum Beispiel säuft?«

Guo Min schüttelte lächelnd den Kopf. »Hör mal, Mutter, davon weiß ich nichts. Ehrlich gesagt, glaube ich eher nicht, dass er eine dunkle Seite hat.«

»Aber kannst du dich nicht doch mal bei den Kollegen in der Werkstatt über ihn erkundigen?«

»Aber Li Yun ist doch auch nicht auf den Kopf gefallen.«

»Dennoch: Über einen Charakter kann man vorher gar nicht genug herausfinden. Li Yun ist eine arme Witwe, sie kann sich niemand Selbstsüchtiges als neuen Mann leisten.«

»Li Yun kennt ihn schon ziemlich lange. Außerdem ist sie als einzige Frau im Harmoniedorf in der Dongshan-Stahlfabrik angestellt. Eine arme Witwe, wie du sie nennst, ist sie bestimmt nicht.«

»Ich habe selbst ein langes Arbeitsleben in der Weberei verbracht. Das Wichtigste aber war, dass ich so früh in die Partei eingetreten bin, um die Revolution zu unterstützen und das Proletariat auf der ganzen Welt zu befreien. Li Yun hingegen hat kein politisches Kapital. Wer stärkt ihr den Rücken, wenn ich es nicht tue? Als Parteisekretärin trage ich auch Verantwortung für sie.«

»Da hast du recht. Ich versuche morgen einmal, ob ich in der Werkstatt etwas über ihn herausfinden kann.«

Nach der kurzen Plauderei war Großmutter Guo beruhigt, sie hatte sich an diesem Tag schon genug Sorgen gemacht. Ihre Wangen glühten rot, ihr Kopf fiel schwer zur Seite.

»Lässt du noch etwas frische Luft herein?«, bat sie schwer atmend ihren Sohn.

Guo Min erhob sich. »Ich lasse das Fenster einfach halb offen. Zum Glück haben wir jetzt ein Gitter vor dem Fenster und müssen uns nicht mehr vor Dieben fürchten.« Er öffnete das Fenster und zog das Moskitonetz aus Gaze um das Bett zu.

Li Yun erhob sich aus dem Stuhl neben dem Fenster und tastete sich im Dunkeln vorsichtig Schritt für Schritt voran zur Tür, um die Kinder nicht durch das Einschalten des Lichts zu wecken.

Der Tag, an dem sie einen Nachttopf im hinteren Treppenhaus aufgestellt hatte, war für Ningning ein großer Triumph gewesen. Noch bevor sie auf ihm gesessen hatte, hatte sie allen im Hausflur davon erzählt: »Niemand sonst hier hat eine eigene Toilette zu Hause!«

Sie ging extra zu Lili hinüber, um ihr und allen Nachbarn in der Wohneinheit laut zu verkünden: »Ich gehe jetzt auf die Toilette.« Dabei zeigte sie in die Richtung der kleinen Tür zum Treppenhaus, hinter der der Nachttopf stand.

Mit ihren Freundinnen und Freunden veranstaltete sie Führungen zu ihrer Toilette im Treppenhaus, und Mei durfte die Toilette sogar einmal zur Probe benutzen. »Mach einfach die Tür zu, wenn du drin bist.«

»Es gibt hier ja nicht mal Licht«, beschwerte sich die Freundin. »Ich finde im Dunkeln den Nachttopf nicht.«

»Dann musst du mit der Fußspitze danach tasten«, riet ihr Ningning.

Als jetzt Li Yun auf dem Nachttopf in dem stockdunkeln Raum im Treppenhaus saß, umgab nur die Stille sie. Ihr Kummer hatte sich inzwischen verflüchtigt. Ihre Finger tasteten über ihre Oberlippe. Es sei bloß eine winzige Kerbe gewesen, hatte ihre Mutter behauptet.

Die war fest überzeugt gewesen, dass es ihre Schuld war: Sie hatte während der Schwangerschaft zwar nie von einem Hasen geträumt, aber tatsächlich einen Hasen gegessen – wenn auch nur ein einziges Mal. Als die Hebamme Li Yuns Mutter den Säugling in den Arm gelegt hatte, war ihr erster Blick auf die Hasenscharte in der Oberlippe ihrer Tochter gefallen. In diesem Moment hatten ihre Hände und Lippen angefangen zu zittern wie Blätter im Wind, später kam ein Zittern des Augenlids dazu. Sie hatte einen etwas älteren Witwer geheiratet, der einen Sohn aus seiner ersten Ehe hatte. Mit den beiden Kindern war ihr Leben dahingegangen, das mit zunehmendem Alter immer schwerer wurde. Durch die allgemeine Enteignung verlor Li Yuns Vater ein mittelgroßes Stück Land und starb bald danach aus Bitterkeit darüber. Auch ihr Halbbruder bezahlte seine überschwängliche Begeisterung für die Revolution mit seiner Zukunft und der Familie. Nach dem Tod ihres Bruders und dessen Frau nahm Li Yun die Zwillinge zu sich und wurde so deren Mama.

Als Kind hatte Li Yun oft versucht, mit Daumen und Zeigefinger den offenen Spalt an ihrer Oberlippe zusammenzudrücken, bis Gao De, ein Freund ihres Bruders, sie genäht hatte. Er war ein in Indonesien geborener Chinese, der als Patriot ins Vaterland zurückgekehrt war. Als Arzt wollte er den sozialistischen Aufbau im Hinterland unterstützen – es würde nur eine kleine Narbe nach der Operation zurückbleiben, hatte er versprochen.

Ein paar Wochen später hatte ihr Bruder ihr einen Spiegel zum Aufstellen geschenkt. Ihre Mutter hatte alle Spiegel aus der Wohnung verbannt. Sie erinnerte sich, wie sie ihr Gesicht das erste Mal ausgiebig betrachtet hatte, wie ihre Zunge über die Narbe in der Lippe geleckt und gestrichen hatte, wie sie mit dem Unterkiefer die zusammengenähte Oberlippe über ihre Hasenzähne heruntergezogen und festgehalten hatte.

Auch jetzt tupfte sie mit dem Zeigefinger über die mittlerweile verschrumpelte Narbe, die nurmehr schwach an eine dünne Schnur erinnerte. Hätte die Mutter doch während der Schwangerschaft statt Hasenfleisch eine Schweinshaxe verzehrt! Oder hätte sie dann auch selbst eine Schweinshaxe bekommen? Sie musste lachen über diese Idee, hielt sich aber gleich mit der Hand den Mund zu. Würde es ihr eines Tages gelingen, die eigene Scham zu bezwingen, die durch ihre Adern floss?

8

Endlich war der große Tag gekommen, und Longlong bettelte bei seiner Mutter: »Wenn Qiangqiang dieses Mal mithelfen darf, dann will ich auch dabei sein.«

Li Yun schüttelte unentschlossen den Kopf, noch am Vortag hatte Longlong mit Durchfall im Bett gelegen.

Währenddessen zeigte Ningning Mei den Sack Zement in der Küche. Sie fand, Mei solle auf jeden Fall beim Bau der sozialistischen Straße mithelfen.

»Ich habe zwei Bambuskörbe und eine Tragstange für uns gefunden«, sagte sie aufgeregt. »Meinst du nicht, wir könnten darin zusammen Steine transportieren? Vielleicht können wir auch beim Zementmischen helfen. Weißt du, was man mit angerührtem Zement alles bauen kann?«

Mei zeigte sich etwas hilflos gegenüber ihrer fieberhaft eifrigen Freundin.

»Hast du wirklich so viel Angst vor deiner Mama?«, fragte Ningning. »Keiner wird ihr etwas verraten.«

Mei schaute zur Seite und wollte offenbar nicht mehr über Zement reden. Stattdessen fragte sie: »Kommt Onkel Bai heute auch vorbei?«

»Ganz bestimmt. Du weißt doch, wie er letztes Mal mit dem Zementsack auf dem Fahrrad vorgefahren ist. Möchtest du heute nicht auch einmal auf seinem Fahrrad sitzen?«

»Meine Mutter hat gesagt, dass ihr lieber keine Zementsäcke oder so in der Küche haben solltet. Das sehe doch ganz nach Diebstahl aus. Wenn Onkel Bai dabei erwischt wird, wandert er in den Knast.«

»Bestimmt nicht! Er hat den letzten Zementsack mitten am Tag zu uns gebracht und vor aller Augen in unsere Küche gestellt. Er war ganz offen und ehrlich. Das gilt dann bestimmt nicht als Diebstahl, denn Diebe stehlen entweder in der Dämmerung oder in tiefer Nacht.«

»Wenn Ningning ihrer Freundin den Zement zeigt, dann möchte ich, dass Qiangqiang ihn auch sehen darf«, verhandelte Longlong mit Li Yun.

»Stell dich zuerst einmal an die Türschwelle«, forderte diese ihn auf. »Lass mal sehen, wie groß du jetzt bist.«

Li Yun hatte die Körpergrößen der beiden Zwillinge am Türrahmen markiert. Mit Daumen und Zeigefinger zeigte sie Longlong den Unterschied zum letzten Mal.

»So viel bin ich gewachsen!«, rief dieser aus und war mächtig stolz.

»Nächstes Mal wirst du noch größer sein, und eines Tages wird der Türrahmen zu klein für dich sein.«

»Mama, darf ich jetzt Qiangqiang unsere Zementsäcke zeigen?«

Li Yun nickte ergeben.

Guo Min schleppte den Zementsack auf die Straße und fing als Erster an, Zement für die beiden Straßen anzurühren, während Lu Jianling, Li Yun, Lili, Frau Xu und ihr Mann damit begannen, aus der Felswand hinter ihren Wohnungen Brocken aus dem roten Sandstein herauszubrechen, wie sie es schon gewohnt waren.

Großmutter Guo marschierte abwechselnd durch beide Straßen, schwenkte dabei ihren Palmfächer und erzählte jedem dieselbe Heldengeschichte, um ihn bei der Arbeit anzuspornen: »Hör andächtig zu. Sie wirkt ganz unscheinbar, sieht aus wie du und ich. Doch sie zieht allein zwei Kinder groß und hat dazu noch eine anspruchsvolle Stelle bei Dongshan-Stahl inne. Dort muss sie täglich viele Probleme lösen und Schwierigkeiten allein bewältigen. Als wäre das nicht genug, ließ sie uns letzte Woche Zement als Spende überbringen. Nun haben wir Zement für den Bau der beiden sozialistischen Straßen, die wir dann später in zwei kommunistische Straßen umwandeln werden. Wir alle wollen von Li Yun lernen!«, rief die Parteisekretärin am Ende lautstark aus.

»Alle im Harmoniedorf lernen heute von Mama!«, erzählte Ningning Onkel Bai, als dieser in die Neubergstraße kam.

Bai Yongliang ließ sein Fahrrad ausrollen, während er auf den Zementsack auf dem Gepäckträger wies. Er lud ihn ab und rief Ningning und Mei zu sich.

Dann sagte er zu den beiden Mädchen: »Wir lernen also gemeinsam von Ningnings Mama, einverstanden? Wir bauen jetzt zusammen die neue sozialistische Neubergstraße.«

An diesem Tag spielte sich Bai Yongliang als Kinderkönig auf. Er stand mit den Kindern vor dem Berghang aus Buntsandstein hinter Li Yuns Küche und sagte: »Ich fange jetzt an, den Stein mit Hammer und Meißel abzubauen. Wenn ihr wollt, könnt ihr mithelfen.«

Die Kinder jubelten laut und trugen fleißig die herausgebrochenen Steinbrocken vor das Haus. Zwar erwies es sich bald als wenig günstig, den Felsen gerade an dieser Stelle abzubauen, denn das Wasser tropfte hinunter, und der durchnässte Stein zerkrümelte zu kleinen Teilchen. Dennoch hatte Bai Yongliang mit seiner kleinen Schar von Kindern bis zum Mittag schon viel Material nach vorn vor die Wohnblöcke transportieren können.

Schließlich blickte Bai Yongliang auf seine Uhr. »Kommt mal her und hört mir zu!«, rief er die Kinder zusammen. »Wir machen jetzt erst einmal Mittagspause, und wenn wir zurückkommen, dann fangen wir mit dem Bau der eigentlichen sozialistischen Straße an, versprochen!«

Großmutter Guo hatte allen nur einen gekürzten halbstündigen Mittagsschlaf zugestanden, und die Kinder warteten schon um halb zwei sehr ungeduldig auf ihren Kinderkönig.

Als er endlich wieder auftauchte, beschwerte sich Ningning: »Onkel Bai, wir haben so lange auf dich gewartet, dass meine Beine schon eingeschlafen sind.«

Mei nickte zustimmend.

»Na, dann kommt jetzt und lasst uns beginnen, die sozialistische Straße zu bauen!«

Bai Yongliang forderte die Kinder auf, sich zu ihm auf den Weg zu hocken; dann zeigte er ihnen, wie man mit den kleineren Sandsteinstücken die größeren und kleineren Schlaglöcher auf dem Schafsdarmweg auffüllen konnte. Eifrig machten sich die Kinder ans Werk.

Er stand auf und ging hinüber zu Guo Min, um zu besprechen, wie weit der gewundene Pfad verbreitert werden konnte.

»Sieh dir das an, Onkel Bai. So viele Schlaglöcher haben wir schon aufgefüllt.« Die Zwillinge zerrten an seiner Jacke.

Bai Yongliang ging zurück zu den Kindern und kauerte

sich nieder. Mit unendlicher Geduld füllte er zusammen mit ihnen das badetuchgroße Stück unter ihren Füßen mit weiteren Steinbrocken. »Nur noch ein ganz bisschen, Kinder, dann dürft ihr alles mit den Schuhen feststampfen. Und zwar mit ganzer Kraft, ist das gut so?«

Onkel Bai grinste enthusiastisch und leuchtete wie eine feuerrote Oleanderblüte. Die Kinder ließen sich schnell davon anstecken und waren fieberhaft dabei.

Schließlich kam Bai Yongliang mit einem Eimer voll angerührtem Zement zu ihnen, mit dem sie die Stelle gemeinsam zementierten.

»Das ist ein guter Anfang, Kinder. Nächstes Mal erweitern wir den Platz weiter nach vorn, in Ordnung?«

Die Kinder wirkten nach dem langen Tag mit zementverschmierten Händen, Füßen und Gesichtern immer noch so euphorisch wie früh am Morgen.

»Jetzt kommt aber! Wir gehen zusammen zum Brunnen, um uns zu waschen«, schlug Bai Yongliang vor.

»Nehmt Seife mit!«, sagte Li Yun und drückte Ningning ein Stück in die Hand. »Bleibst du zum Abendessen?«, wandte sie sich an Bai Yongliang und lachte trillernd wie ein Kanarienvogel.

»Ich bringe erst einmal die Kinder zum Händewaschen.«

Li Yuns Blick wanderte von dem gebeugten Rücken von Bai Yongliang, über die Kinder zu dem frisch zementierten Flecken. Über ihr rundes Gesicht huschte der Anflug eines Lächelns. Das war wirklich propagandareif: Sie als unersetzliche, allmächtige Mutter der sozialistischen Neubergstraße.

Bai Yongliang hatte ihr heute Morgen eine Tüte jener

kleinen, bunten, wie Pagoden aussehenden Bonbons für Longlong mitgebracht. Das war ein Arzneimittel, das als höchst wirksam gegen Bandwürmer galt, auf dem Schwarzmarkt hatte es etwa den Wert eines Fahrrads, einer Armbanduhr oder eines Jadeschmuckstücks. Der Besitz von Mangelwaren verlieh unbezahlbaren Status und Prestige. Sie selbst gehörte jetzt ganz offensichtlich zu denen, die sich Pagodenbonbons beschaffen konnten. Das war etwas, für das sie beneidet und bewundert werden würde, die Leute würden vor Neid erblassen und sie noch ehrerbietiger grüßen.

In Li Yuns Augen gab es zwei Führungsklassen, diejenige der Arbeiter, die aber bloß Ehre eintrug, und die andere der Kader, die Zugang zu unbezahlbaren Schätzen hatte, und letztlich zählten nur die Beziehungen zu Letzteren, die wie heimliche Eintrittskarten fast den Wert eines Vermögens hatten.

Leider gehörte Bai Yongliang selbst weder zu der einen noch zu der anderen Klasse, auch verfügte er über keinen besonderen Namen oder Ruf. Dennoch verschaffte er sich mit einem ausgeliehenen Schlüssel heimlich Zugang zu diesen Privilegien, war aber so großzügig, diese mit ihr zu teilen.

Li Yuns Brust hob und senkte sich schnell, und hinter ihrer Stirn drehten sich die Gedanken wie ein Wirbelsturm.

»Mama, wir sind wieder da.«

Als Li Yun den Kopf zur Küchentür hinaussteckte, erblickte sie zwei durchnässte Kinder.

»Geht und zieht euch schnell um.«

»Onkel Bai kommt heute doch nicht zum Abendessen, er wird Frau Meng helfen«, rief Ningning ihrer Mama zu.

Als die Geschwister in die Küche kamen, erzählte Ningning: »Frau Meng ist sehr wütend auf uns und hat sich bei Onkel Bai über uns beschwert. Er ist zu ihr gegangen.«

Longlong fügte hinzu: »Frau Meng behauptet, wir hätten mit Steinen ihr Küchenfenster eingeschmissen.«

»Und? Ist das so gewesen?«, fragte Li Yun.

»Ich schwöre, niemand hat mit Steinen geworfen«, antwortete Longlong.

»Dann ist es besonders nett von Onkel Bai, dass er zu Meng Ying geht und ihr hilft«, sagte sie und ließ das Thema auf sich beruhen. »Ich bin bald mit dem Kochen fertig. Helft ihr mir, den Tisch zu decken?«

Beim Essen fielen den Kindern schon fast ihre Augen zu, und Li Yun musste sie anschließend direkt ins Bett tragen.

»Dürfen wir nächstes Mal auch wieder mithelfen?«, fragte Ningning schläfrig, bevor die Mutter das Licht ausschaltete.

»Ja, aber schlaft jetzt«, sagte Li Yun noch und schloss die Tür hinter sich.

Li Yun hatte Bai Yongliang von Anfang an für eine lächerliche Witzfigur gehalten. Seinetwegen musste sie ganz bestimmt nicht bis zwei Uhr morgens wach liegen! Sie und die Kinder brauchten das nun wirklich nicht. Mit fliegendem Puls fuhr sie mit ihrem Arm in der Luft herum. Scham durchströmte sie wie aus einem aufgedrehten Wasserhahn, ihr wurde schwer ums Herz. Sie rollte sich in einer Ecke des Betts ein.

Sie hätte Bai Yongliang überhaupt nicht zum Straßenbau einladen sollen, und schon gar nicht zum Abendessen. Schon oft hatte sie ihre Einladungen wie bei einem Ausverkauf wahllos verteilt und sich selbst nicht geschützt. Danach litt sie stets zutiefst unter ihrer Voreiligkeit. Sie schüttelte heftig ihren Kopf, als könnte sie so das Schamgefühl abschütteln.

Sie hatte den Kindern stets die Tugend der Bescheidenheit gepredigt und sich selbst als eine Schattenpflanze gesehen, die nur vom Rand her zum Mittelpunkt schaute. Aber warum sprach sie dann immer so großzügige Einladungen aus?

Seit sie die Kinder zu sich genommen hatte, bastelte sie andauernd an irgendwelchen Geschichten herum, um die sich öffnenden Lücken zu schließen. Wenn eines Tages die Geschichte ihres Bruders und dessen Frau ans Licht käme! Gar nicht daran zu denken, die Geschichte mit den Kindern! Sie war bis ins Innerste aufgewühlt. An Schlaf war nicht mehr zu denken.

Sie würde die Kinder allein großziehen. Ningning hatte sie nie fest in den Händen halten können, irgendwann würde das Mädchen ihr davonfliegen. Für Longlong aber würde sie sich weiter aufopfern, damit er eines Tages so kräftig wurde wie ein wahrhaftiger Drache, der seiner Zukunft entgegenfliegen konnte.

Ihre durchdringenden Kopfschmerzen, die sich vorher angefühlt hatten, als wäre ihr Gehirn zwischen zwei Mühlsteine geraten, waren auf einmal wie weggeblasen. Bai Yongliang war der Büffelmist, aber sie wollte nicht die duftende Blume sein, die daraus emporwuchs.

9

Selbst wenn Meng Ying in den Gelben Fluss gesprungen wäre, hätte sie ihren Ruf doch nicht reinwaschen können. Eigentlich hatte sie ja längst gar keinen Ruf mehr, und eine Frau ohne Ruf war wie ein Hahn ohne Hahnenkamm.

Gerüchten zufolge war Meng Ying vor Jahren von Sun Youtian, einem der Mitbewohner im Haus ihrer Großeltern, mit Yang Qian im Bett erwischt worden. Die beiden Großeltern hätten tot im Wohnzimmer gelegen. Mit großer Schadenfreude wurde darüber geredet, dass die Dongshaner Polizisten Sun Youtian und Meng Ying unverzüglich verhört hätten, aber allein Sun Youtian eingesperrt hätten – »Das Huhn schlachten, um den Affen zu erschrecken« hieß das im Volksmund von alters her –, denn Yang Qian, so hieß es, sei ebenfalls tot im Bett entdeckt worden. Man war sich sicher, dass er sonst gemeinsam mit Sun Youtian auf einer Parade zur Schau gestellt worden wäre. Bis heute verstanden viele Menschen nicht, warum Meng Ying damals so glimpflich davongekommen war.

Li Yun und die Familie Lu wussten viel über Meng Ying zu erzählen. Das Haus der Familie Meng lag ihren Wohnungen unmittelbar gegenüber, wenn auch eine Stufe tiefer in der Altbergstraße. Von oben konnten sie Meng Ying durch ihre Fenster beobachten und sogar direkt in ihre Küche hineinblicken.

Die Leute, die schon lange im Quartier wohnten, behaupteten, das Anwesen der Familie Meng sei noch von Meng Yings Großvater gebaut worden, andere sagten, er habe seine Frau, der das Haus gehört habe, nur deswegen geheiratet.

Meng Yings Geschichte fing ziemlich kompliziert an, was aber nicht die Ursache für ihren schlechten Ruf war. Ihr Vater war auf dem Schlachtfeld als revolutionärer Märtyrer gefallen, als sie noch in den Windeln lag. Weil ihre Mutter glaubte, mit Meng Ying, einem Überbleibsel aus dieser frühen Ehe, keinen passenden neuen Mann mehr zu finden, hatte sie sich entschieden, die Tochter bei den Großeltern zurückzulassen. Und tatsächlich hatte sie weit weg von Dongshan neu geheiratet.

Diese Geschichte provozierte die Nachbarn vor allem deshalb, weil Meng Ying es aufgrund dessen nicht nötig hatte, eine Arbeit zu finden: Als Tochter eines Märtyrers erhielt sie eine Rente, und wenn man den Gerüchten Glauben schenken wollte, würden ihre Kinder und Enkelkinder später alle auf einem Vermögen sitzen und nur noch fette Jahre kennen. Es rief viel Neid hervor, dass ihr Großvater sich mit der Höhe seines Vermögens brüstete, von dem er behauptete, dass das Geld sogar bis zur Enkelgeneration zum Leben ausreichen würde. Dabei ging es weniger um die Größe des Vermögens – die wenigsten hatten auch nur eine Vorstellung davon, was ein richtiges Vermögen war – als vielmehr um die Herkunft der Familie: Weder Meng Yings Mutter noch ihr Großvater zählten nämlich zum Proletariat, dennoch lebte die Familie nach der Revolution genauso sorglos wie zuvor als Herren der Gesellschaft weiter.

Herr Gu, der Freund und Nachbar des Großvaters, konnte das genauso wenig verstehen wie die anderen. Im Vergleich zu Meng Yings Großvater war er selbst nicht mit einem Silberlöffel im Mund auf die Welt gekommen. In jungen Jahren hatte er viel Armut erlebt, bis er sein erstes kleines Holzboot am Dongshan-Fluss hatte erwerben können. Herrn Gus erste Frau war bei der Geburt seines Sohnes gestorben, und der Neugeborene überlebte seine Mutter nur um eine Woche. Seine zweite Frau gebar ein totes Mädchen und wurde noch im Monatsbett wahnsinnig. Fünf Jahre später lief sie von zu Hause weg und war seither verschwunden. Daraufhin lebte Herr Gu mit seiner Haushälterin, die die Zukunft lesen konnte, zusammen. An seinem vierzigsten Geburtstag heiratete er sie. Sie war acht Jahre jünger als er und schenkte ihm endlich einen Sohn, den er Yong, den Mutigen, nannte.

Immer wieder betonte er, dass er sich nicht enteignen lassen würde – nur über seine Leiche! Und sollte er sterben, sollten seine Geschäfte seiner Frau und seinem Sohn gehören.

Zu Herrn Gus sechzigstem Geburtstag richtete die Familie ein Bankett für mehr als hundert Leute aus. Das war, so hieß es, auch das letzte Mal, dass die drei Männer – Yang Qians Vater, Meng Yings Großvater und Herr Gu – zusammen an einem Tisch saßen und feierten.

Der dritte der Freunde, Yang Qians Vater, lebte mit seiner Familie am Steinplatz und gehörte wie Herr Gu auch zu den großen Haifischen im lokalen Geschäftsleben. Beide Männer waren zudem durch die Verlobung ihrer Kinder miteinander verbunden. Kurz nach Meng Yings Geburt hatten sie eine Kinderverlobung vereinbart. – »Es ist ein Mädchen«, hatte der Großvater dem Freund verkündet, nachdem seine Tochter Meng Ying geboren hatte, und auf der Feier zum hunderttägigen Geburtstag der Enkelin war deren Verlobung mit dem siebenjährigen Gu Yong gefeiert worden.

Als die beiden Lebensmittelläden von Herrn Yang im Steinplatz-Quartier vergesellschaftet wurden, verließ Yang Qians Mutter ihren zwanzig Jahre älteren Mann und brannte mit einem jungen, attraktiven Revolutionär durch. Ihre beiden Söhne ließ sie beim Vater. Damit nicht genug: Als Herr Yang auch noch erfuhr, dass sein älterer Sohn aus erster Ehe, Yang Mian, sich zusammen mit Gu Yong für die Revolution entschieden hatte und die beiden jungen Männer sich damit gegen ihn und Herrn Gu stellten, erhängte er sich in seinem alten Nudelladen.

Nun riet auch Meng Yings Großvater Herrn Gu dazu, sein Transportgeschäft am Dongshan-Fluss zur Vergesellschaftung freizugeben. »Gu Yong will doch gar kein privates Geschäft erben, er steht aufseiten der Revolution«, erklärte er seinem Freund. Es sei höchste Zeit, das Transportgeschäft freiwillig konfiszieren zu lassen. Er stehe wahrscheinlich schon lange unter Beobachtung.

»Alles, was ich besitze, habe ich selbst aufgebaut«, erwiderte Herr Gu wie immer und fühlte sich provoziert, weil sein Freund sich anmaßte, ihn dazu zu überreden, sein Vermögen dem Staat zu übergeben.

Was habe sein Freund, ein Lebemann, einer, der immer nur auf der faulen Haut liege, denn selbst erreicht? Er sei zwar mit einem silbernen Löffel im Mund geboren worden, aber am Ende seiner ersten Ehe allein und arm wie eine Kirchenmaus. Glück habe er gehabt, dass eine ältere Witwe von kläglichem Aussehen, ausgedörrt wie ausgetrockneter Ingwer, in die Heirat mit ihm eingewilligt habe! Ihr erster Ehemann war viel älter als sie gewesen. In seinen letzten

Lebensjahren hatte der Greis die Eitelkeit des Lebens durchschaut und fortan nur noch Opiumschwaden zum Himmel aufsteigen lassen, seiner Frau jedoch ein beträchtliches Vermögen unter dem Kissen hinterlassen. Das brachte sie nun in die Ehe mit dem jüngeren und attraktiven Großvater von Meng Ying mit. Die Stiefgroßmutter war es, die Meng Yings Mutter großgezogen und geduldig Meng Yings Großvater und die Stiefenkelin gepflegt hatte. Jeder spreche davon, dass sie ein großes Vermögen unter ihrem Kopfkissen gehabt habe.

Als Yang Qian und Meng Ying zusammen nackt im Bett entdeckt wurden, war er sechzehn Jahre alt, sie bereits zweiundzwanzig. Doch wie war es dazu und zu dem Tod der Großeltern gekommen?

Bevor diese Frage nicht beantwortet worden sei, könnten keine Ermittlungen eingeleitet werden, befand der damalige Polizeichef. Die Polizisten im Büro waren sich einig, dass sie sich schrittweise vortasten sollten, wie an einer Ranke entlang bis zur Melone.

In den Straßen am Hang sprach sich rasch herum, dass Meng Ying im Krankenhaus untersucht worden war. Doch über das Untersuchungsresultat kursierten, wie zu erwarten war, zwei gegensätzliche Theorien: Auf der einen Seite hieß es, Meng Ying sei immer noch Jungfrau, auf der anderen wurde das genaue Gegenteil behauptet.

Nachdem er eine Weile nachgedacht hatte, wurde der Polizeichef von einer weiteren unlösbaren Frage herausgefordert: Was war eigentlich mit Meng Yings Mutter? Nach intensiven Nachforschungen konnte die Polizei feststellen, dass sie seit ihrer Heirat nicht einmal mehr die Tochter besucht hatte. Zu Meng Yings zweitem Geburtstag hatte sie ihr ein Paar Socken geschenkt, später dann ein Paar Handschuhe. Zu ihrem Mittelschulabschluss hatte Meng Ying zwei Meter dunkelroten Wollstoff als Geschenk bekommen, aus dem die Großmutter für sie einen Anzug hatte anfertigen lassen, in dem sie so seltsam ausgesehen hatte, dass man sie kaum mehr wiedererkannte.

Die meisten Ermittlungen wurden streng vertraulich behandelt, aber der ganze Berghang konnte beobachten, wie der Mordfall das Polizeiamt zunehmend unter Druck setzte. Wer hatte ein Motiv gehabt, die Großeltern zu ermorden?

Hatte Sun Youtian bei seiner Befragung in die richtige Richtung gewiesen, als er gefragt hatte: »Warum sind die Vermögen seiner beiden Freunde beschlagnahmt worden, das Vermögen von Meng Yings Großvater aber nicht? Sollte er etwa das Volk weiter ausbeuten dürfen?«

Das Polizeiamt fand heraus, dass Sun Youtian selbst aus der Ausbeuterklasse stammte und seine Familie enteignet worden war. Anders als er behauptet hatte, war er kein großer Sohn einer Revolutionärsfamilie, ganz im Gegenteil. Als das von Meng Yings Großeltern entdeckt worden war, tötete er diese nach einem Streit im Affekt. Als Meng Ying und Yang Qian später nach Hause kamen, wartete Sun Youtian, bis die beiden in Meng Yings Zimmer eingeschlafen waren und schlich sich dann hinein. Er erstickte Yang Qian mit einem Kissen. Dann stellte er sich an die Tür, machte Licht und beschuldigte Meng Ying.

Das Ober-Dongshaner Polizeiamt konnte den Fall im Eiltempo abschließen. Und das alles nur dank des korrekten Politikbewusstseins, das die Polizisten besaßen, um Klassenfeinde wie Sun Youtian zu durchschauen. Anders als vorher angedroht, durfte daher das Frühlingsfest wie üblich gefeiert werden.

Von Meng Ying sagte man, sie habe das große Los gezogen. Sie sei wie eine Katze mit neun Leben. Nachdem die Großeltern begraben worden waren, kam ein Polizist mit zwei Assistenten vorbei und drückte Meng Ying sein Beileid aus. Seither wohnte sie allein in dem großen Haus. Zum Neujahrsfest hatte sie allein feierlich rote Kalligrafiebänder an die Türrahmen geklebt und Feuerwerk gezündet.

Doch nach und nach tauchte ein gewisser Argwohn in den beiden Straßen auf. Warum stolzierte Meng Ying so durch die Straße? Ob Jungfrau oder nicht – letztlich war sie in mindestens drei Morde verwickelt. Man konnte den Stolz dieser Frau einfach nicht ausstehen, ihre hohe Stirn, die mandelförmigen Augen mit ihrem nebulösen Blick und die winzige herausstehende Nasenspitze.

Was den Mord an den Großeltern betraf, gelangte man zu der Überzeugung, dass das alte Ehepaar die nächste Kampagne gegen Konterrevolutionäre sowieso nicht überlebt hätte. Vielleicht war es sogar besser gewesen, dass es unter dem Messer von Sun Youtian starb, anstatt am Flussufer von den Kugeln der Revolutionäre getroffen zu werden. Die Kugeln hätte Meng Ying dann sogar noch bezahlen müssen – und sie hätte den Status einer Enkelin von Konterrevolutionären erhalten. Dann doch lieber ein Ende mit Schrecken.

Solange sich das Proletariat sowohl vor den nationalen als auch vor den internationalen Feinden fürchten musste, war seine Angst eine Tatsache. Das war ein Schmerz, den man zwar nicht sehen konnte, unter dem man aber umso mehr litt. Das Proletariat würde Maßnahmen ergreifen, um die bedrohlichen Feinde noch in der Wiege zu vernichten.

Man war allgemein der Meinung, dass das Haus der Großeltern früher oder später doch beschlagnahmt würde, auch wenn Meng Ying die Tochter eines revolutionären Märtyrers war. Doch solange Meng Ying in dem Haus wohnte, machte das Polizeiamt Oberer Dongshan tatsächlich keine Anstalten, es zu enteignen und der Volksgemeinschaft zu übergeben.

Bald darauf starb auch Herr Gu. Der alte Mann war von seinem eigenen Sohn denunziert worden und galt fortan als Konterrevolutionär. Sein Tod sei dennoch tragisch gewesen, hieß es. Seine Frau, die bekanntlich im Sommer auf ihrem Sargdeckel und im Winter im Sarg selbst schlief, hatte sich damals einen Namen gemacht. Frau Gu hatte in aller Öffentlichkeit das Begräbnis vorbereitet und ihren Mann eigenhändig mit Würde und Ritual beerdigt.

10

Der Himmelsgott weinte wie eine von ihrem Liebhaber verlassene Frau. Wie lange sollte das denn so weitergehen? Im glutheißen Sommer, als sich alle nach Regen gesehnt hatten, hatte er mit seinen Tränen gegeizt. Nun war der Winter zwar dem Kalender nach vorbei, aber dennoch regnete es ununterbrochen, und es schwebte weiterhin ein Frosthauch in der Luft, sodass der sozialistische Straßenbau bis auf Weiteres eingestellt werden musste.

»Natürlich ist das Wetter schuld daran. Aber ich kann doch nicht das ganze Jahr durch den Schlamm waten«, beklagte sich Großmutter Guo bei Guo Min. »Wir brauchen ohnehin mehr Sand, Steine und Zement. Könnten wir nicht die jetzige Ruhephase nutzen, um Material zu beschaffen? Den Buntsandstein kann doch jeder gleich hinter der eigenen Wohnung abbauen.«

Ihr Sohn war ein treuer Zuhörer, schon als kleiner Bub hatte er stets gut zugehört, während die Mutter ihm ihre Sorgen anvertraut hatte.

»Wir können mit dem Abbau des Sandsteins erst beginnen, wenn der Dauerregen aufhört. Solange der Felsen nass ist, zerbröselt er sehr leicht«, wandte er ein.

Großmutter Guo sprang auf, als wäre sie von einem Insekt gestochen worden, und rief unwirsch: »Also hat Frau Jiang doch recht behalten mit ihrer Vorhersage, dass wir wegen unseres Straßenbaus bestraft werden.«

Am nächsten Vormittag stand sie dennoch mit ihrem ausladenden Bambushut im Dauerregen und verkündete lauthals: »Die Bauarbeiten an der Neubergstraße werden gleich nach dem Ende des Regens fortgesetzt. Unser sozialistischer Straßenbau muss bedingungslos voranschreiten, wenn wir den Kommunismus in unserem Leben noch erleben wollen. Ich selbst habe leider nicht mehr so viel Zeit. Jeder, der heute gegen mich ist, sabotiert nicht nur den sozialistischen Straßenbau, er sabotiert auch den Sozialismus und damit unser eigentliches Ziel des Übergangs vom Sozialismus zum Kommunismus.«

Man hörte es tropfen und rascheln. Großmutter Guo trug eine wattierte blaue Seidenjacke. Wie viel Seide sie auf ihrem Webstuhl gewoben hatte! Das hätte wohl ausgereicht, um das ganze Harmoniedorf vor der Winterkälte zu schützen und während der Sommerhitze zu kühlen.

Um die Regentropfen abzuhalten, hielt sie sich ihren Palmfächer schräg vor das Gesicht. Niemand war bei solchem Wetter auf der Straße, doch die Hauptsache war, dass die Frauen hinter den Fenstern ihr zuhörten.

»Die Neubergstraße sieht aus wie ein Flickenteppich. Viele Neu- und Altberger beschweren sich darüber, dass es ihnen an Baumaterial mangele und sie das Stück vor ihrer Haustür nicht fertigstellen könnten, Frau Xu aber hat bereits ihren ganzen Vorplatz zementiert. Hinter unserer Siedlung gibt es noch reichlich Sandsteinfelsen. Ich frage euch daher jetzt: Wann werden wir endlich die beiden sozialistischen Straßen zu Ende bauen können?«

Hinter ihrem Fenster lauschte Frau Jiang der Parteisekretärin aufmerksam. Da war sie also, die himmlische Vergeltung! Sie war schon immer davon überzeugt gewesen, dass der Himmelsgott auf ihrer Seite stand. Sie dachte daran, wie sich der neue grünspanfarbene Fleck auf Wu Mianzis Haut in Windeseile vom Scheitel bis zu den Zehen ausgebreitet hatte, als die anderen gerade mit dem Straßenbau begannen. Dann aber hatte der Himmelsgott die Arbeit komplett lahmgelegt, weil es gegen seinen Willen war, dass die Erde durch den Straßenbau an Qi verlor. Anfänglich hatte es nur stundenweise geregnet, aber irgendwann hörte es gar nicht mehr auf. Die Menschen hatten gar keine andere Wahl, als darin den Willen des Himmels zu erkennen und sich ihm zu fügen. Zwar zeigte sich an Wu Mianzis Körper auch nach Beginn des Dauerregens immer noch ein Hauch vom Schimmelbefall, ähnlich der mehlig weißen Schicht auf der grünlichen Haut einer getrockneten Persimone, aber immerhin vermochte er sich inzwischen wieder jeden Tag aufzusetzen und konnte zu jeder Mahlzeit wenigstens ein halbes Schälchen Reis essen.

Während Jiang Minhui sich die Zeit nahm, ihren Gatten zu pflegen, kümmerte sich die sechsjährige Mei um ihr Schwesterchen Schneeweiß. Mei ersetzte Mamas linke Hand, ihre Wärmflasche und den unverzichtbaren Rückenkratzer. Angesichts dieser Fürsorge brach Frau Jiang in Tränen aus und heulte zum Steinerweichen: Sie befürchtete, dass sie Mei über kurz oder lang an deren leibliche Mutter würde zurückgeben müssen – falls Wu Mianzi etwas passieren sollte, wäre sie finanziell niemals in der Lage, beide Mädchen zu versorgen.

Wenn Meis leiblicher Vater noch am Leben wäre, würde er Mei sofort zu sich zurückholen. Von Beruf war er Kräuterapotheker und ständig allein mit dem Bambuskorb auf dem Rücken in den Bergen auf der Suche nach Heilpflanzen gewesen. Vor zwei Jahren war er auf einem Bergpfad während eines Platzregens ausgerutscht und an den Folgen des Sturzes gestorben. Als Wu Mianzi und Jiang Minhui die Hiobsbotschaft erhielten, war den beiden sofort klar, dass sie Mei fortan als ihre eigene Tochter ansehen würden. Selbst wenn sie doch noch eigene Kinder bekommen sollten, würden sie Mei wie ihre eigene Tochter aufziehen.

Jiang Minhui wusste, wie schwierig es für Mei war, dass Ningning, Longlong und Qiangqiang den Erwachsenen beim sozialistischen Straßenbau helfen durften, während es ihr verboten war. Dennoch nahm sie an, dass Mei ab und an beim Transport des Sandsteins oder beim Zerkleinern der Steine mit dem Hammer mitgeholfen hatte. Dann hatte sie der Tochter erklärt, dass es der Straßenbau war, unter dem ihr Vater litt, dass sich deshalb seine Hautfarbe verändere und ein diffuser Schmerz ihm fast den Atem abklemme. Sie forderte ihre Tochter auf, zur Familie zu halten und sich nicht dem Willen des Himmels zu widersetzen.

Mei wurde darüber aber nicht traurig, jedenfalls nicht so sehr, wie sie gedacht hatte. Longlong könne die meiste Zeit ja auch nicht beim Straßenbau mithelfen, weil er ständig krank sei. Sie blieb gerne zu Hause und hütete ihre Schwester, während ihre Mama sich um Papa kümmerte. Damit würde sie sich sogar für ihr nächstes Leben ein besseres Karma verdienen.

Als der Regen etwas nachließ, ging Großmutter Guo in beiden Straßen von Tür zu Tür und verkündete die Fortsetzung der Bauarbeiten. Sie hatte ihren regennassen Bambushut abgenommen und hielt stattdessen ihren Palmfächer wie einen Schirm über ihren Kopf.

»Der Buntsandstein ist jetzt mit Wasser vollgesogen. Sogar Kinder können ihn mit ihren Fingern aus der Wand lösen. Wir haben Glück, dass der ganze Abhang hinter unserer Siedlung aus Sandstein besteht. Der gehört zu den allerwichtigsten Baustoffen. Wir können uns sozusagen gratis bedienen.«

Dabei klang sie immer ungeduldiger, sie hatte wirklich keinerlei Lust, die Nachbarn dauernd bitten zu müssen. Die Neu- und Altberger sollten sich alle für ihre Faulheit schämen. Sie wiederholte zum allerletzten Mal, jeder dürfe sich am reichlich vorhandenen Baustoff bedienen und weiter seinen Anteil zur Fertigstellung der sozialistischen Straße beitragen. Ihre Ungeduld erinnerte an eine Wespe über einem Fleischteller. Sie begann ebenso aufdringlich, um die Menschen zu kreisen, und setzte ihnen so lange zu, bis diese vor ihr kapitulierten.

Der Himmel werde früher oder später schon mit dem Weinen aufhören. In der folgenden Woche würde der Boden bestimmt trockener werden.

Da der Frühling in Dongshan aber so unberechenbar und launisch sei wie eine kokette Dame, sollten sie nicht alles auf eine Karte setzen. Was wäre, wenn es am Sonntag wieder regnete? Jetzt müssten alle jeden Tag ihr Scherflein zum sozialistischen Straßenbau beitragen, verkündete sie. Da dulde sie keinen Widerspruch, das Wetter als Ausrede könne man gleich vergessen.

Trotz des Regens waren einige der Nachbarn sogar besonders aktiv. Herr und Frau Xu machten bereits Pläne, als Nächstes einen Tisch und Bänke aus Zement herzustellen. Die beiden hatten ihren Vorplatz schon um das Doppelte vergrößert, indem sie an der Neubergstraße, auf der Höhe des Phönixbaums einen großzügigen Platz ausgebaut hatten, dessen Ausstülpung wie der Bauch einer Hochschwangeren herausragte. Sie hatten ihn mit Ausnahme von einigen kleineren Stellen sogar bereits zementiert.

Schließlich versuchte sogar Großmutter Guo, sie zu stoppen. Es sei besser, wenn sie jetzt mit dem Ausbau aufhörten, sonst würde noch das Fenster der Familie Hu an der Altbergstraße zugemauert.

Doch die Xus argumentierten, dass dadurch auch der Hang besser stabilisiert werde und nicht mehr weiter abrutsche.

Am selben Abend saß Großmutter Guo mal wieder mit Li Yun im Flur beieinander und erläuterte der Nachbarin den neuen Zeitplan des sozialistischen Straßenbaus.

Grundsätzlich habe sie natürlich recht, pflichtete Li Yun der Parteisekretärin bei. Die Bauarbeiten seien anstrengend für alle, aber noch viel mühseliger seien sie für sie als alleinerziehende Mutter mit kleinen Kindern.

Da schob Großmutter Guo ihren Hocker noch etwas näher. »Dafür hat man schließlich Nachbarn.« Sie tippte leicht auf Li Yuns Schulter und lächelte ihr wohlwollend zu. »Guo Min wird dir helfen und einen Teil deiner Arbeit übernehmen. Du und die Kinder könnt dann selbstverständlich den Vorplatz wie alle anderen auch mitbenutzen.«

»Das ist sehr nett. Und sonntags können wir natürlich auch beim Zementieren helfen«, schlug Li Yun vor, strahlend wie eine Sonnenblume.

»Letzte Nacht habe ich mir den Kopf zerbrochen über dich und deinen Kollegen, der mit dem seltsamen Namen, ›hell und für immer hell‹, der uns Zement mitgebracht hat«, wechselte Großmutter Guo das Thema. Ihre Stimme senkte sich zu einem Flüstern: »Du willst doch nicht wirklich einen Mann, der in seiner Werkstatt Sabotage verübt. Das kann doch nicht dein Ernst sein, Der Kerl steht in Verruf.« Bevor Li Yun hätte antworten können, fuhr sie fort: »Jeder weiß, dass er wegen groben Unfugs verurteilt wurde. Du bist kein übrig gebliebener Essensrest. Solange ich Parteisekretärin bin, lasse ich es nicht zu, dass einer dich ausnutzt. Ich habe das alles am eigenen Leib erlebt und weiß, wie böse Zungen über eine Witwe reden können. Niemand soll dich billig kriegen – du bist eine echte Dongshanerin, die Einzige im ganzen Harmoniedorf.«

Li Yun schüttelte den Kopf und blickte die Parteisekretärin verunsichert an.

Großmutter Guo zeigte sich erleichtert und wechselte erneut das Thema, indem sie anfing, Ningning über den grünen Klee zu loben. »Sie ist so ein tüchtiges, fleißiges Mädchen. Sie hat jedes Mal mitgeholfen, die Sandsteine mit ihren bloßen Fingern abzubröckeln. Anschließend schleppte sie die Steine auch noch zu der Baustelle. Du hast wirklich großes Glück mit ihr. Aber du musst aufpassen, dass sie nicht zu wild wird, sondern immer schön brav bleibt, damit sie später in den Augen einer möglichen Schwiegermutter aus angemessenem Hause bestehen kann. Wenn sie nämlich schon bei der

Brautschau durchfällt, wird die Hochzeit niemals stattfinden. Wenn ich so eine Enkelin hätte, würde ich sie jedenfalls nicht wie eine kleine Wildente aufwachsen lassen.«

Großmutter Guo redete ohne Punkt und Komma, es war ein einziger Redeschwall. »Wer Ningning später einmal als Schwiegertochter bekommt, hat Glück. Dein kleines Mädchen geht zwar noch nicht zur Schule, steht aber schon jetzt jeden Morgen zur gleichen Zeit auf wie ihre Mama. Ich wünschte mir, dass der faule Knochen bei mir zu Hause auch so fleißig wäre wie Ningning.«

Natürlich wisse sie, dass Li Yun sich vor allem Sorgen um Longlong mache. An ihrer Stelle würde sie sich auch so verhalten. Eine Tochter heirate und ziehe zu ihrem Mann, sei also wie ausgeschüttetes Wasser, ein Sohn bleibe dagegen für immer bei der Mutter zu Hause. Sie wäre übrigens niemals auf die Idee gekommen, dass die beiden Kinder Zwillinge seien. Ningning sei doch viel größer als Longlong.

Schließlich schimpfte Großmutter Guo noch auf den faulen Knochen bei sich zu Hause, der ihrem Sohn nicht einmal einen Sohn gebäre.

Der Regen hörte einfach nicht auf. Zwischen Himmel und Erde zog sich ein schwarzgrauer Sog aus aufsteigendem Dampf vor der Haustür zusammen.

Großmutter Guo legte den Regengöttern gegenüber die Karten offen auf den Tisch: Das müsse jetzt der letzte nasse Tag gewesen sein, ganz gleich, ob es den Göttern gefalle oder nicht. Morgen sei Sonntag, und alle würden ihre sozialistischen Straßen weiterbauen.

Sie tat das nach dem Motto: Das Harmoniedorf gehorcht dem Großen Vorsitzenden Mao und lernt von dem »törichten alten Mann«. Das war für Großmutter Guo damals bei dem Lehrgang für die Parteimitglieder eine der einprägsamsten Geschichten, die sie jemals gehört hatte. Ein törichter alter Mann von neunzig Jahren lebte in der Nähe zweier hoher Berge. Er ärgerte sich sehr über das Hindernis, das sie für ihn und seine Familie darstellten, und versuchte, sich mit Hacken und Schaufeln durch sie hindurchzugraben. Auf die Frage der Nachbarn, warum er das offensichtlich Unmögliche mache, gab er zur Antwort, er wisse schon, dass er diese Aufgabe in seinem Leben nicht erledigen könne, aber durch seine beharrliche harte Arbeit und die seiner Kinder und Kindeskinder würden die Berge nach vielen Generationen eines Tages abgetragen sein. Die Hauptsache sei doch, dass er durchhalte. Der Himmelsgott war beeindruckt von seiner harten Arbeit und Ausdauer, er sah das mit Wohlgefallen und versetzte die Berge.

Als es am Sonntag dennoch erneut regnete, zog sich die Parteisekretärin in ihr Himmelbett zurück. Während ihres morgendlichen Marsches durch den Regen, so erklärte sie sich das später, war wohl Yin-Qi, also schlechtes Qi, in ihre Knochen eingedrungen. Sie fiel in eine tiefe Depression und versuchte, das Yin-Qi wieder ausströmen zu lassen.

Da sie wegen des Regens nicht nach draußen zum Spielen gehen konnte, hüpfte Ningning allein im Gang herum. Sie war schon immer ein geschwätziges Mädchen gewesen, und gerade hatte sie in Lili ein geeignetes Publikum gefunden.

»Lili, weißt du eigentlich, dass die Mama Longlong nur deshalb lieber hat als mich, weil er dauernd krank ist?«

Lili ging nicht weiter darauf ein, sondern sagte nur: »Reich mir doch einmal den Spiegel herüber.«

Ningning hatte es immer als unfair empfunden, dass Großmutter Guo ihre Schwiegertochter Lili einen faulen Knochen nannte. Das war ein viel zu hässlicher Name für die größte Schönheit der ganzen Straße, die Lili nun einmal war. Die schien sich aber nicht groß darüber zu ärgern. »Sonst kriege ich noch Falten auf der Stirn«, hatte sie Ningning einmal kichernd verraten.

Lili war dabei, sich eine Dauerwelle zu machen. Sie hatte ihre große Brennschere, die Guo Min für sie in der Gießerei angefertigt hatte, auf dem Kohleherd erhitzt, und nun schaute ihr Ningning mit großen Augen und offenem Mund andächtig dabei zu, wie sie eine Haarsträhne mit den Fingern ihrer linken Hand herauspickte, sie in die Brennschere in ihrer rechten Hand einklemmte und die Strähne dann geschickt aufrollte.

Beiläufig erklärte sie Ningning: »Hör mir einmal gut zu, Mädchen! Ob man sich eine Dauerwelle legen kann, hängt vor allem davon ab, wie kräftig das Haar ist. Die paar Federn auf deinem Kopf würden sich jedenfalls nicht dafür eignen. Ich hingegen habe starkes Haar, und das macht alles ziemlich einfach.«

Ningning fuhr sich mit ihren Kinderfingern durch ihr flauschiges Haar und staunte nicht schlecht über die schönen Kronenblätter, die nun allmählich aus Lilis Kopf wuchsen.

Unvermittelt drehte sich diese zu ihr um und sagte:

»Warum gaffst du mich eigentlich ständig so an? Du könntest dich besser auf den großen Hocker stellen und mir den Spiegel von hinten hinhalten. Jetzt kommt nämlich der Hinterkopf dran, dort ist es ein wenig schwieriger.«

»Ist das nicht gefährlich, Lili? Was ist, wenn du mir mit der Brennschere die Finger verbrennst?«

»Du brauchst keine Angst zu haben, dir passiert schon nichts! Komm, stell dich auf den Hocker und halt den Spiegel gerade vor meinen Hinterkopf. Aber so, dass ich ihn auch sehen kann … noch ein wenig weiter nach rechts … So ist es gut.«

Ningning tat, wie Lili es ihr sagte. Sie war ganz fasziniert davon, wie aus dem brettebenen Hinterkopf nun rasch üppige Röllchen wuchsen.

Als Lili fertig war, posaunte Ningning los: »Du hast einfach den schönsten Kopf auf der Welt. Wie eine Päonie!« Sie umkreiste Lili mehrmals wie ein Satellit, der seine Runden um einen Planeten drehte. Dazu stammelte sie immerfort: »Du bist so schön, Lili.«

Kein Wunder, dass der schönsten Blume der ganzen Straße keine Zeit für den sozialistischen Straßenbau übrig blieb. Ningning hatte längst beobachtet, dass Lili jeweils zum Wochenende für Guo Min aufblühte.

»Mädchen, jetzt kommst du an die Reihe«, sagte diese nun.

Heftig schüttelte Ningning den Kopf. Ihre Mama würde ihr das niemals erlauben. Lili redete Ningning aber weiter gut zu, bis sie einverstanden war.

»Aber du musst mir versprechen, wieder zwei Zöpfe zu flechten, bevor meine Mama heimkommt.«

»Deine Haare sind so dünn, da wird man kaum einen Unterschied sehen.« Dann brannte Lili dem kleinen Mädchen einige Löckchen in die Fransen.

Doch das war erst der Anfang. Anschließend brachte Lili der kleinen Ningning bei, wie sie sich beim Anziehen präsentabler machen konnte: Wenn man nämlich eine Bluse, einen Pullover und eine Hose geschickt miteinander kombinierte, konnte man viel mehr darstellen, als man dachte.

»Du hast ein hübsches Gesicht«, fand Lili.

Ningning rannte gleich wieder zu Lilis Spiegel hinüber und betrachtete sich und die gekringelten Fransen.

»Weißt du, Lili? Ich möchte auch einmal so schön sein wie du!«

Als Li Yun am Abend die gelockten Fransen entdeckte, war sie wirklich sauer. »Wie siehst du denn aus! Du bist doch noch ein kleines Mädchen.«

Ningning hielt die Reaktion für sehr unfair. Sie war überhaupt kein kleines Mädchen mehr! Sie blieb ihres kranken Bruders wegen zu Hause, dem sie zweimal am Tag Fieberpulver verabreichte, während ihre Mama im Labor arbeitete.

Bevor die Mutter nach Feierabend heimgekommen war, hatte sie sogar versucht, das Feuer in dem großen Steinherd anzufachen, um Wasser zu kochen. Sie hatte zwar einen eigenartigen Geruch bemerkt, aber nicht realisiert, dass sie sich die Augenbrauen, die Wimpern und einen Teil ihrer gewellten Fransen versengt hatte, was ihre Mutter erst auf die Dauerwelle in ihrem Pony aufmerksam gemacht hatte. Immer musste ihre Mutter aus einer Mücke einen riesigen Elefanten machen.

*

Anfänglich hatte die Parteisekretärin noch geglaubt, dass der Himmel, nur um sie zu ärgern, an Wochentagen immer heiter war, an den Wochenenden hingegen, wenn alle Männer Gelegenheit gehabt hätten, an der sozialistischen Straße weiterzubauen, stets und ausdauernd weinte. Dann jedoch schien sich der Himmel eines Besseren zu besinnen: Unter der Woche prasselte es zwar andauernd, aber zum Wochenende hörte es auf, auch wenn sich das ganze Harmoniedorf darüber beschwerte, dass die Luft so feucht wie ein Frottiertuch war, das man hätte auswringen können. Wo immer man sich aufhielt, versanken die Schuhe tief im Schlamm.

Am Freitag hatte sich die Parteisekretärin nach reiflicher Überlegung und langen Diskussionen mit Xiamei für die folgenden beiden Aussprüche des Großen Vorsitzenden entschieden: »Lernen vom törichten alten Mann«, und: »Der Mensch kann den Himmel erobern.«

Den ersten trockenen Tag nutzte Xiamei dazu, diese bedeutenden Sätze mit bunter Kreide in großen Schriftzeichen auf das Mauerstück neben Großmutter Guos Eingang zu schreiben. Dazu musste sie mithilfe von Ganggang auf zwei übereinandergestapelte Hocker klettern. Ihr Bruder passte auf, dass sie nicht von dem wackligen Gerüst herunterfiel. Es dauerte mehrere Stunden, bis sie die Zeichen in dicken Doppellinien vorgezeichnet und anschließend mit Farbe ausgefüllt hatte.

Die zwei Sprüche sollten möglichst lange sichtbar bleiben und alle Bewohner täglich zum eifrigen Straßenbau anspornen. So hatte Großmutter Guo Xiamei angewiesen. Dafür hatte sie dieser versprochen, dass sie selbst durch die beiden Straßen des Harmoniedorfs marschieren und verkünden würde, alle sollten auch von Xiamei lernen.

Erst in der Abenddämmerung hatte Xiamei die Schriftzüge beendet. Bei ihr, die eher das Naturell ihres Vaters hatte, musste alles immer ganz genau gemacht werden, es durfte kein »Na ja« sein. Deshalb durfte ihr nicht einmal ihr Bruder dabei helfen, der nur zu gerne die Zwischenräume zwischen den vorgezeichneten Linien gefüllt hätte.

Dass sie alles ganz allein gemacht hatte, hatte Großmutter Guo mit Unwillen erfüllt. Sie hatte gewollt, dass die Sprüche die Bewohner sofort zum sozialistischen Straßenbau antrieben. Zwar war Großmutter Guo selbst fast Analphabetin und konnte kaum ein Schriftzeichen erkennen, schätzte aber die in grellen Farben gemalten Zeichen und bewunderte die schrillen Klänge, in denen der Große Vorsitzende damit dem Volk eine glänzende Zukunft versprach. Wenn man allerdings die Schriftzeichen so akribisch wie Xiamei aufmalte, würde man nie zu einem Ende kommen, und die sozialistische Straße würde nie fertig werden. Vom Übergang zu einer kommunistischen Straße wäre dann erst recht keine Rede mehr.

Sie saß mit dem Rücken gegen die Hausmauer gelehnt da und wartete darauf, dass Xiamei die Sprüche endlich fertig geschrieben hätte. Die würden dann allen eine Lehre sein und sie dazu inspirieren, von sozialistischen Straßen zu träumen.

Gegen Abend jedoch verdunkelte sich der bewölkte Himmel so abrupt, als ob man einen Lichtschalter betätigt hätte.

Von einer Minute auf die nächste wurde es so düster, dass man kaum mehr die eigene Hand vor den Augen erkennen konnte. Zum Glück hatte Xiamei zu diesem Zeitpunkt ihre Zeichen gerade fertig eingefärbt, und Großmutter Guo nahm sich vor, am darauffolgenden Morgen früh aufzustehen. Sie war überzeugt, dass nun eine trockene Periode kommen würde. Dann könnten die Menschen endlich den Himmel erobern, wie der Große Vorsitzende es an den Himmelsgott gerichtet ausgedrückt hatte!

In dieser Nacht konnte sie seit Langem wieder einmal sorglos und tief schlafen, aber als es am Morgen früh an ihre Tür klopfte, tastete sie in ihrer Verwirrung nach der Schnur des Lichtschalters, weil es noch stockdunkel war.

Da stand Xiamei heulend an ihrem Bett. Großmutter Guo müsse sich das anschauen kommen. Es sei alles weg.

Rasch zog sich die Parteisekretärin etwas über und folgte dem Mädchen hinaus auf den Vorplatz.

Jetzt kamen auch ihr die Tränen. Es war tatsächlich alles verschwunden, vom Regen abgewaschen. Von den schönen, bunten Schriftzeichen war keine Spur geblieben!

Was hatte der Himmel mit ihr vor? Wofür sollte sie bestraft werden?

Sie schloss Xiamei in die Arme und schrie so laut, dass diese fast davon taub wurde: »Dann lernen eben wir beide vom törichten alten Mann.«

Frau Jiang war die Einzige, die Großmutter Guo über das ungewöhnliche Wetterphänomen in jenem Frühling aufklären konnte und das auch wirklich versuchte: Es liege an dem zerstörten Feng-Shui. Der Himmel habe so viele Stunden, Tage und Wochen deswegen geweint, entsprechend viel Zeit brauche die Erde auch, um wieder trocken zu werden. »Der Mensch kann nicht den Himmel erobern, bevor er die Erde zufriedenstellt«, sagte sie.

Die Parteisekretärin schwieg.

»Wenn die Menschheit nicht überlebt, können wir auch keine sozialistischen Straßen mehr bauen, wozu brauchen wir die dann noch? Wir können die Erde nicht einfach verlassen, um den Himmel zu erobern. Meinen Sie nicht auch?«

Großmutter Guo verdrehte die Augen. Sie hatte keine Energie dafür übrig, mit Frau Jiang zu streiten. Lieber sparte sie ihr Qi für die sozialistischen Straßen auf.

11

Das Bauprojekt der Parteisekretärin schritt in der Regenperiode nur mühsam und langsam voran. Wenn der Boden wieder einmal nass geworden war, verbrachte sie umso mehr Zeit in ihrem Himmelbett und lauschte den Übertragungen aus den Lautsprechern der Dongshan-Stahlfabrik, die inzwischen an jeder Straßenecke montiert worden waren. Wenn überhaupt, konnte doch nur der Große Vorsitzende Mao sie und ihr Volk aus dem Dauerregen herausführen, nicht aber feudalistisches Zeug wie die Feng-Shui-Theorien von Frau Jiang, das wie Opium das Gehirn des Volks vergiftete.

An diesem Morgen war es erst sechs Uhr, als Großmutter Guo zur Unzeit von Bai Yongliang geweckt wurde. Selbst im Grab würde sie seine Stimme noch erkennen, die durch die Übertragung blechern und scheppernd klang.

Er hatte es also auf die Sonnenseite geschafft. Sie und er, so hätte sie das gesagt, befanden sich gleichsam an zwei gegenüberliegenden Flussufern. Bai Yongliang stand auf der sonnigen Uferseite, sie mit ihrem Volk auf der Regenseite.

Vor und nach seiner Rede wurden ein Gong geschlagen und das Lied »Der Sozialismus ist gut!« gespielt. Was aber den Redeinhalt betraf, so entging er ihr auch beim zweiten Mal. Um zwölf Uhr wurde seine Rede ein drittes Mal über den Lautsprecher verbreitet.

Großmutter Guo hielt ihre Reisschale in der Hand und hatte den Rücken an die Hausmauer gelehnt. Das Essen schmeckte ihr allerdings nicht, sie hatte keinen Appetit. Es war Abend geworden, und aus dem Lautsprecher schlug es achtzehn Uhr, als erneut die Hymne »Der Sozialismus ist gut« erklang, gefolgt von Bai Yongliangs Stimme in einem lauten und aggressiven Ton: »Willkommen, du ›Großer Sprung nach vorne‹! Jeder Rekord ist für uns wie ein Sputnik. Lasst uns über dem Platz des Himmlischen Friedens unseren eigenen Satelliten starten!«

Jetzt reichte es wirklich! Hatte sie dem Mann für heute nicht schon genug zugehört? Großmutter Guo hatte das Gefühl, ihr Bauch blähe sich auf, als wenn Achtlinge darin steckten. Während ihrer Zeit in der Seidenweberei war es nur bedeutenden Persönlichkeiten gestattet worden, über die Betriebslautsprecher eine Propagandarede zu halten. Bai Yongliang durfte das nun aber sogar viermal am selben Tag, sodass seine Rede den Zuhörern nun wirklich nicht zum einen Ohr reinging und zum anderen wieder hinaus. War der Mann denn so wichtig? Saß er jetzt auf einem hohen Kaderposten? War Bai Yongliang denn überhaupt Parteimitglied? War er seit den letzten Arbeiten an ihren Straßen wie mit einer Rakete auf seiner politischen Karriere unterwegs, während der sozialistische Straßenbau auf Eis lag?

Sie wunderte sich über ihr eigenes Erschrecken darüber und fragte sich, warum sie nicht entschlossen nach vorne schaute.

Woche um Woche verging, und Guo Min machte seiner Mutter immer wieder Mut. Weit weg vom Ziel seien sie nicht mehr, langsam fänden alle Puzzleteile die richtigen Plätze.

So hatten die Xus nach den letzten konzentrierten Bauarbeiten nur wenige Tage gebraucht, bis sie ihren Vorplatz auf beiden Seiten um ein weiteres kleines Stück nach vorne aufgeschüttet hatten, sodass ihr sozialistischer Straßenteil nun direkt mit dem von Li Yun, den Bai Yongliang mit den Kindern damals zementiert hatte, zusammentraf.

Während auch die anderen Nachbarn mit ihren Abschnitten bereits fertig waren oder zumindest das Licht am Ende des Tunnels schon sehen konnten, war auf dem Abschnitt vor der Tür von Familie Guo noch nicht viel los. Das lag daran, dass Guo Mins Einsatz absolut selbstlos war. Die ganze Zeit arbeitete er an den Felsen hinter seiner eigenen Küche, um die Steine für alle anderen abzubauen. Mit dem Material hatten dann neben Li Yun auch Familie Lu und alle anderen versorgt werden können, um die Schlaglöcher zu füllen, die Straßenstücke auszubauen und alle Vorplätze zu vergrößern.

Für das kommende Wochenende sprach die Parteisekretärin nun vom Endspurt. Jeder solle zeigen, was er auf dem Kasten habe.

Am Samstag fing Guo Min Herrn Liang, der über ihnen wohnte und das Wochenende frei hatte, ab. Nun standen die beiden Männer zum allerletzten Mal gemeinsam am Felsabhang und opferten sich freiwillig fürs Harmoniedorf auf.

Großmutter Guo verkündete der ganzen Straße: »Je mehr Sandstein sie heute für alle vorbereiten können, desto schneller können wir am Sonntag unseren sozialistischen Straßenbau abschließen. Am Montag werden die Neuberger hier das Morgenleuchten des Sozialismus erblicken.«

Voller Überzeugung und hoffentlich zum letzten Mal wiederholte sie, dass der Straßenbau von allen große Opfer fordere. Sie selbst habe zugunsten des Straßenbaus auf die Fertigstellung des eigenen Vorplatzes verzichtet, und wegen der Opferbereitschaft von Guo Min und Herrn Liang machten die beiden sozialistischen Straßen gerade einen so großen Fortschritt.

In der Nacht brach ohne Vorwarnung ein Unwetter los, und am nächsten Morgen entdeckte Guo Min, dass hinter seinem Zimmer ein kleiner Erdrutsch niedergegangen war.

»Ich werde eine kleine Mauer vor unserer Hauswand errichten, damit es nicht noch mehr abrutscht«, rief er seiner Mutter zu.

Noch immer regnete es.

Lili ging ins Zimmer zurück, während Großmutter Guo an der Schwelle des Hinterausgangs stehen blieb und Guo Min dabei beobachtete, wie er Steinblöcke aufschichtete.

»Mach die Tür zu, Mutter. Bleib mit Lili im Zimmer, sonst wirst du nur nass.«

Großmutter Guo schloss die Tür und machte sich daran, wenigstens eine Kanne Tee für Guo Min zuzubereiten. Mehr als eine halbe Stunde würde er es im Regen draußen ohnehin nicht aushalten, meinte sie.

Plötzlich waren das Poltern von Steinen und ein durchdringender Schrei zu hören. Die Thermosflasche mit dem kochenden Wasser rutschte Großmutter Guo aus der Hand, und das Wasser verbrühte ihr die Füße.

Ein großer Felsbrocken hatte sich gelöst und Guo Min getroffen. Er lag mit einem Bein unter dem Stein.

Guo Min und seine Mutter wurden beide ins Krankenhaus Nummer 2 von Dongshan-Stahl gebracht. Großmutter Guo jammerte laut über die Verbrühung an ihren Füßen. Der Schmerz fühlte sich an, als ob ihr eine Nadel ins Herz gestochen worden wäre. Unterwegs war sie sogar kurz nicht ansprechbar.

Sobald sie eines Arztes angesichtig wurde, schluchzte sie: »Mein Sohn darf auf gar keinen Fall sein Bein verlieren. Ich bin Parteimitglied und habe nur diesen einen Sohn. Er darf kein Krüppel werden!«

Der Arzt und die beiden anderen Patienten im Zimmer wurden Zeugen, wie Großmutter Guo am ganzen Leib zitterte und bebte.

»Wissen Sie, er braucht gesunde Beine, damit er den sozialistischen Straßenbau fortsetzen kann«, sagte sie unter Tränen. »Und er braucht ein geheiltes und kräftiges Bein, um später seinen Sohn beim Aufwachsen zu begleiten.«

Der brennende Schmerz im Mutterherz erstickte sie fast.

Großmutter Guo und Guo Min konnten nach einigen Tagen das Krankenhaus mit Krücken wieder verlassen, Guo Min hatte aber im Gegensatz zu seiner Mutter noch einen Gipsverband an seinem Bein. Es könne noch Monate dauern, bis er wieder frei und ohne Gehhilfe würde gehen können, hatte die Krankenschwester gesagt.

Drei Monate später würde Großmutter Guo einsehen müssen, dass das Bein ihres Sohnes zwar geheilt war, einige Zentimeter davon aber für den sozialistischen Straßenbau geopfert worden waren. Guo Min würde sein Leben lang hinken.

Für Jiang Minhui war das eindeutig die Vergeltung des Himmels: Wenn der Berghang zu viel Qi verlor, wurden die Menschen dafür bestraft.

*

Das badetuchgroße Wegstück, welches Bai Yongliang mit den Kindern zementiert hatte, war vom Unwetter verschont geblieben. Auch der Rest des Vorplatzes, der bloß mit Sandstein gepflastert worden war, war noch intakt. Aber ohne die Führung durch die Parteisekretärin, die noch im Krankenhaus lag, kam der sozialistische Straßenbau nicht voran.

Qiangqiang und Longlong beschlossen, ganz ohne Unterstützung der Erwachsenen den Vorplatz fertigzustellen. Genau wie sie es bei den letzten Malen beobachtet hatten, mischten sie in Li Yuns Küche den Zement in einem Eimer mit Wasser an. Dann fingen die beiden Jungen an, den Vorplatz zu zementieren. Nach einer Weile wurde ihnen langweilig, und Longlong versuchte, die Füße seines Freundes mit der Zementmischung auf dem Boden festzuzementieren. Qiangqiang blieb so lange auf einem Stuhl sitzen, bis seine Füße im Zement festsaßen.

Während Longlong weiter Zement mit beiden Händen auf dem Boden verschmierte, geriet er in die Nähe des Abhangs. Plötzlich kippte er nach hinten und stürzte hinab. Eingeklemmt hing er zwischen dem Abhang und Meng Yings Fenstergitter.

Als Li Yun ihn entdeckte, schrie sie, als hätte man ihr ein Messer an den Hals gehalten. Später war es ihr unbegreiflich, warum niemand etwas bemerkt hatte. Wo war Ningning gewesen?

Um den kleinen Jungen zu retten, mussten die Leute den neu ausgebauten Vorplatz großenteils wieder zerstören, um Raum zu schaffen, damit einer an Longlong herankommen konnte. Mittlerweile hing Longlong bewusstlos kopfüber an dem Abhang. Qiangqiang saß mit einzementierten Füßen da und wartete darauf, dass bei ihm ein Loch in die Straße gehackt wurde, um seine Füße aus dem schon teilweise getrockneten Zement zu befreien.

Longlong wachte zwar tags darauf im Krankenhaus auf, aber er würde nie mehr denselben hellen Kopf haben. Während er im Koma gelegen habe, habe er unzählige Gehirnzellen verloren, munkelte man.

Das Ganze habe eben mit dem Verlust des Qi zu tun, wurde Frau Jiang nicht müde zu betonen. Auch dieser Unfall könne als Vergeltung des Himmels gelten – Li Yun und ihre beiden Kinder hätten nun einmal tüchtig beim sozialistischen Straßenbau geholfen und dadurch die Erde verletzt, sodass das Qi habe entweichen können. Die Xus hingegen hätten den Boden so mit Zement befestigt, als wenn man einen versehrten Körper wieder zusammennähte – ihnen würde wohl nichts passieren.

Böses Qi hatte auch Wu Mianzi vergiftet, sodass er wieder einmal ins Krankenhaus eingeliefert werden musste.

Nach all diesen Unfällen und Zwischenfällen ging Jiang Minhui schließlich mit einer Ginsengwurzel als Geschenk zu Großmutter Guo herüber. Sie flehte die Parteisekretärin an, die noch immer in ihrem Himmelbett lag und ihre Füße schonte.

Sie wolle die Zeit nicht mit Floskeln verschwenden, Großmutter Guo habe nun ja selbst dem Unheil ins Auge geblickt.

»Sehen Sie, diese Ginsengwurzel habe ich für Sie und ihren Sohn mitgebracht. Sie sind unsere Parteisekretärin, die dem Volk dient. Wenn Sie die Straßen weiterbauen, wird mein Mann sterben. Wegen des aus der Erde ausströmenden Gifts ist er starr wie eine Eidechse und bettlägerig geworden. Nie zuvor habe ich ihn so gesehen.«

Jiang Minhuis Kopf war wie ein muffiges Altwarenlager, in das schon seit Jahren kein Licht mehr gedrungen war. Nun nutzte sie die Gelegenheit, um der Parteisekretärin ihr Herz auszuschütten. »Ist es wirklich in Ordnung, dass ich meinen vergifteten Mann und zwei kleine Kinder pflege, während alle an der Straße bauen?«, fragte sie rhetorisch. »Ningning und Longlong sollen im Herbst zur Schule gehen, aber unserer Mei fehlt immer noch ein gültiger Wohnausweis für die Stadt, um sie hier in Dongshan für die Schule anmelden zu können.«

Großmutter Guo rutschte im Bett ein wenig nach oben, musterte Jiang Minhui noch eine Weile, bevor sie sich räusperte und fragte: »Was willst du von mir?« Ihre Stimme klang schlaff und flach.

»Ich möchte meine Schwägerin, die Mutter von Mei, mit Bai Yongliang verkuppeln. Wenn sie heiraten, bekommt Mei als ihre Tochter noch vor dem Sommer eine Wohnbewilligung der Stadt Dongshan. Dann kann die Kleine im Herbst auch zur Schule gehen. Meine Schwägerin ist nur einige Jahre älter als Bai Yongliang. Wie heißt es doch: Ist die Frau älter als der Bräutigam, dann hält das Paar Goldklumpen in den Händen.«

Großmutter Guo gefiel die Idee, dass eine drei Jahre ältere Braut Goldklumpen nach Hause brachte. Außerdem war es ihr lieber, wenn Jiang Minhui versuchte, ihre Schwägerin mit Bai Yongliang zu verkuppeln, als wenn der und Li Yun ein Paar würden.

Jiang Minhui hatte sich bereits das Geburtshoroskop von Bai Yongliang genau angesehen. »Dem jungen Man fehlt das wichtige Element Erde. Davon hat meine Schwägerin reichlich. In den Schriftzeichen ihres Namens wurde zusätzlich noch das Radikal ›Erde‹ aufgenommen. Nach der Heirat wird es Bai Yongliang, dem es an Erde fehlt, besser gehen.«

»Das klingt schlüssig«, erwiderte die Parteisekretärin. Auch wenn Meis Mutter natürlich genau wie Li Yun Witwe war und die Gefahr bestand, dass Bai Yongliang sie ausnutzte, war er doch mittlerweile wie mit einem Hubschrauber auf einen höheren Kaderposten befördert worden.

Zum Dank für ihre Zustimmung schlug Jiang Minhui Großmutter Guo vor, in der Nähe des Felsabhangs einen Mandarinenbaum zu pflanzen, um das Qi des Berghangs zu regulieren. Außerdem könne man dort einen Feng-Shui-Pavillon errichten.

*

Eine fast noch größere Feng-Shui-Veränderung als im Harmoniedorf beherrschte derweil Dongshan-Stahl. Es ging das Gerücht um, dass Bai Yongliang und Zhou Shihui einander ihre wunderbare Freundschaft aufgekündigt hätten. Außerdem hätten Zhou Shihui und Chen Li ihr Kindermädchen verloren, weshalb Chen Li eines Morgens die beiden Kinder zu Frau Xu gebracht habe. Zhou Shihui würde sie nach Feierabend wieder abholen. Seit diesem Tag hatte niemand mehr die Familie gesehen. Das Paar sei vermutlich mitsamt den Kindern in ein Arbeitslager geschickt worden, hieß es, und man begann zu spekulieren, ob das mit Bai Yongliang zu tun haben könnte.

Das wunderte Herrn Xu wenig: Zu Beginn jeder politischen Kampagne gab es Personalveränderungen. In größeres Erstaunen versetzte ihn, dass nur zwei Tage später Bai Yongliang am frühen Morgen vor ihm in der Kantine stand.

»Was willst du hier? Die Kantine ist noch geschlossen«, sagte er zu dem jungen Mann.

»Ich will von dir lernen, wie man Speck in roter Soße zubereitet.« Niemand außer Bai Yongliang wäre direkt zum Chefkoch gegangen und hätte von diesem verlangt, ihm zu zeigen, wie dessen Spezialität gekocht wurde.

Aber Herr Xu wollte seine Nase nicht in fremde Angelegenheiten stecken und nickte lediglich zustimmend.

Er war ein zufriedener Mann, der Genugtuung angesichts seines ausgeglichenen Lebens empfand. Zu Hause widmete er sich mit aller Liebe seiner Frau, die nicht unter einem Glücksstern stand und mit schwacher Gesundheit zur Welt gekommen war, was sie ihm aber schon vor der Hochzeit nicht verheimlicht hatte. In der Küche hatte er als Chefkoch die Kantine zu leiten und die ganze Arbeiterschaft zu unterstützen. Das war sein Berufsalltag. Um Arbeit und Familienleben im Gleichgewicht zu halten, brachte er jeden Abend eine Schüssel seiner besten Gerichte heim. Das war so üblich. Herr Xu bereitete die besten Gerichte zu, und das Servicepersonal am Verkaufsfenster achtete darauf, dass von jeder Mahlzeit genug für die Angestellten übrig blieb, sodass alle nach Feierabend noch etwas für die eigene Familie nach Hause bringen konnten.

Es war fünf Uhr früh, pünktlich um sechs würden die Ausgabefenster für das Essen aufgemacht. Wie immer waren die meisten Vorbereitungen für das Frühstück schon am Vorabend getroffen worden.

Herr Xu warf Bai Yongliang einen Blick zu und fragte ihn: »Drehst du bitte zuerst den Dampfhahn auf? Im Korb sind Dampfbrötchen und Maisschnitten. Als Nächstes kannst du dann das Herdfeuer anmachen, um die Reissuppe aufzuwärmen.«

Er selbst ging auf die andere Seite der Küche, um das eingelegte Gemüse vorzubereiten. Als er von der Gemüsetheke zurückkam, bemühte sich Bai Yongliang immer noch darum, das Feuer zu entfachen.

»Komm, ich zeige dir, wie das geht«, sagte der Chefkoch. »Was willst du eigentlich hier in der Kantine? Du willst doch nicht wirklich Speck in roter Soße kochen, du bist schließlich studierter Ingenieur!«

»Die Praxis ist das einzige Kriterium, um die Wahrheit zu überprüfen.«

»Das sagst du!«

»Das sagt unser Großer Vorsitzender.«

12

Wie Herr Xu vermutet hatte, war Zhou Shihui tatsächlich einer neuen politischen Kampagne zum Opfer gefallen. Bei Dongshan-Stahl waren einfach noch nicht genug Konterrevolutionäre und Rechtsabweichler entlarvt worden, während in der vorbildlichen Militärfabrik Nummer 8 am Südufer des Dongshan-Flusses allein schon in einer mittelgroßen Fabrikschule über hundert Rechtsabweichler unter den Lehrkräften entdeckt und verurteilt und in den Kaderbüros achtzig Prozent der angeblichen »Experten« ans Licht gezerrt worden waren. Bei einer Kritiksitzung unter dem Slogan des Vorsitzenden Mao – »Lasst hundert Blumen blühen, lasst hundert Schulen miteinander wetteifern« – hatten die »stinkenden Intellektuellen« ihre bisher verborgen gehaltenen wahren Meinungen über die Partei, die neue Gesellschaft und das proletarische Volk geäußert.

Also hatten die politischen Führungskräfte nach einer Parteisitzung in der Fabrik beschlossen, Stillstand bedeute Rückschritt. Sie sollten von der Militärfabrik Nummer 8 lernen und die Schlangen aus ihren Löchern locken, bevor die Dongshan-Stahlfabrik zu einem noch trüberen Tümpel verkommen würde.

Herr Chen, Politkommissar der Kontrollkommission der Fabrik, rief dazu auf, alle stinkenden Fische in einem Zug zu fangen: »Die Feinde fallen nicht von selbst um, wenn man sie nicht wie auf dem Schlachtfeld bekämpft.« Der Parteisekretär Herr Yan solle unverzüglich alle Indizien über Zhou Shihui sammeln. »Das Huhn schlachten, um den Affen zu erschrecken« – dieses alte Strategem wurde als Schlagwort verwendet.

Plötzlich fiel allen auf, dass Zhou Shihui in den letzten Jahren im Namen des Expertentums die politische Linie auf allen Ebenen in den Morast der kapitalistischen Dekadenz und Infamie gezogen hatte. »Mobilisiert das Volk! Vier Augen sehen mehr als zwei, zehntausend Augen sehen noch viel mehr«, hieß es nun. Wenn alle Mitarbeiter ihn von nun an ständig im Blick hätten, würden seine Schwächen noch deutlicher zum Vorschein kommen. Das Volk würde Zhou Shihui denunzieren und ihn der Verachtung anheimfallen lassen.

Huang Ping war Elektrikerin, eine keineswegs besonders normale Anstellung für Frauen in der Fabrik. Für die drei Mitarbeiter aus dem Parteibüro war es nicht einfach gewesen, sie endlich zum Reden zu bringen. Jeder von ihnen musste mit ihr mehrere vertrauliche Gespräche führen, wobei sie behaupteten, man sei in Bezug auf sie und Zhou Shihui schon längst im Bilde. Das Parteibüro habe bereits eine Akte über Zhou Shihui angelegt, er sei schon unzählige Male verhört worden und habe übrigens alles eingeräumt. Die Geständnisse seien vollständig dokumentiert. Jetzt wollten sie ihr als seinem Opfer die Chance geben, gehört zu werden. Außerdem hatten sie Frau Fan, die Chefin der Frauenunion, aufgefordert, Huang Ping in dieser schwierigen Zeit zu betreuen. Sie solle dafür sorgen, dass diese sich auf keinen Fall noch mit Zhou Shihui privat treffe. Huang Ping solle auch nicht mehr in ihre Wohnung zurückkehren, sondern ab sofort nur noch in der Fabrik übernachten. Frau Fan solle Huang Ping vierundzwanzig Stunden beaufsichtigen lassen. Dennoch war es, als würden sie einen leeren Mühlstein drehen.

Dann plötzlich war Huang Ping vor Frau Fan in Tränen ausgebrochen: Sie sei schwanger.

Für die Chefin der Frauenunion war auf Anhieb klar, dass Huang Ping von Zhou Shihui geschwängert worden war.

»Im wievielten Monat?«

»Es ist jetzt der dritte Monat.«

Als er davon erfuhr, zog Parteisekretär Yan Frau Fan von dem Fall ab. Er hatte sein Leben darauf ausgerichtet, den reinen Ruf der Partei zu verteidigen, und nun zog Zhou Shihui den Namen der Partei durch Unzucht in den Dreck.

Jeder im Parteibüro wusste, dass Parteisekretär Yan schon während Sitzungen auf der Bühne eingedöst war, doch zurückzutreten und sich pensionieren zu lassen, kam für ihn nicht infrage. Zu viel hatte er unter der alten Gesellschaft zu leiden gehabt, zu groß war sein Klassenhass gegen die arroganten Bourgeoisen, die die Werktätigen und die physische Arbeit verachteten und stattdessen einen entarteten Lebensstil propagierten. Solange er am Leben war, würde er nicht aufhören, gegen Zhou Shihui und seinesgleichen zu kämpfen.

Zhou Shihui war Ungeziefer, ein Untier. Das Schlimmste war, dass die Liebe zwischen ihm und Huang Ping schon bei ihrer ersten Begegnung entfacht worden war. Frau Huang war geradezu das Gegenteil von Chen Li, seiner Ehefrau. Die war so wortkarg wie eine Skulptur und kam ihren Bewunderern geradezu nebulös vor, sie hatte eine Schönheit an sich, die so diskret war wie eine impressionistische Farbenpalette. Huang Ping erinnerte dagegen mehr an eine Bildrolle mit kräftigen Farben: Ihr Charakter war so ausdrucksstark wie ein gut gewürztes Gericht, wenn sie lachte, sprühten Funken aus ihren dunklen Augen, und sie redete wie ein Buch. Wenn sie enge Kleidung trug, was sie gerne tat und was gut zu ihr passte, kamen ihre Kurven voll zum Ausdruck. Sie wirkte dynamisch und geschmeidig.

Genau das hatte Zhou Shihui unwiderstehlich angezogen.

Es war bereits nach zweiundzwanzig Uhr, während der Mittelschicht, als er mit dem Ellbogen die Tür des Aufenthaltsraums nach innen aufdrückte. Dort stand Huang Ping mit ihrem BH in der Hand, sie hatte nicht einmal einen Slip an.

Zhou Shihui näherte sich ihr, sog ihren Geruch ein, Millimeter für Millimeter auf ihrer Haut. Sie benutzte ein Parfüm, das sie von ihrer Mutter geerbt hatte. Der süße Klang seiner Stimme, die poetischen Verse, seine Finger, die über ihre Haut tasteten und ihre Konturen erforschten – diesem Mann, der so aufregend küssen konnte, war sie im Nu erlegen. So verbrachten sie ihre erste gemeinsame Nacht. Seither hatten Huang Ping und Zhou Shihui sich mindestens einmal in der Woche getroffen. Sie hatten sich in der Werkstatt, in seinem Büro, hinter und vor den Maschinen geliebt.

»Sie bereut es nicht. Sie ist sogar überglücklich«, erzählte der Mitarbeiter.

»Schamlos!« Der Parteisekretär schlug mit der Faust auf den Tisch. Das sei das bislang schmutzigste Kapitel in der Geschichte von Dongshan-Stahl!

Parteisekretär Yan selbst hatte bisher nicht einmal seiner eigenen Frau die Brust getätschelt, geschweige denn sie vollkommen nackt bestaunt. Wenn man ihn gefragt hätte, warum, hätte er geantwortet: Um die Reinheit eines Parteimitgliedes zu bewahren!

Parteisekretär Yan hätte den Politkommissar Chen gerne von derlei obszönen Dingen ferngehalten, musste jedoch erfahren, dass seine Mitarbeiter diesem bereits Bericht erstattet hatten.

Herr Chen stellte die entscheidende Frage: »Wer kennt Zhou Shihui besser als er selbst?«, und schlug vor, Bai Yongliang solle seinen Freund denunzieren.

Am Tag der Volksbefreiungsarmee, dem 1. August, wurde dann in der fabrikeigenen »Stahlblumen-Volkszeitung« ein Leserbrief von Bai Yongliang veröffentlicht. Darin übte dieser harsche Selbstkritik am eigenen dekadenten bourgeoisen Lebensstil. Während die Arbeiterklasse für den sozialistischen Aufbau schwitze, habe er sich an dem würzigen Speckduft ergötzt und wertvolle Zeit dafür vergeudet, eine immer noch raffiniertere rote Sauce zum geschmorten Speck auszutüfteln. Er bezichtigte die zynischen und herablassenden Intellektuellen, die sich zwar als Ingenieure des Proletariats aufspielten, dabei aber die Praxis ignorierten. Vor lauter selbstgefälliger Rhetorik und Phasendrescherei sei ihnen die Zeit wie Wasser durch die Finger zerronnen und letztlich in der Latrine versickert.

In seiner Rede anlässlich des Feiertags wies Politkommissar Chen auf die politisch korrekte Richtung des Briefs hin: Mit seinem Brief habe Bai Yongliang die Parteiführung der Fabrik aufgeweckt. Bevor das bourgeoise Schmarotzertum die Seelen aller jungen Menschen in der Fabrik zersetzen und ihren Willen schwächen könne, müssten eine Revolution entfesselt und die Dekadenz der Bourgeoisie entlarvt werden. Die verrosteten Intellektuellen, die nicht einmal die fünf Getreide unterscheiden könnten und deren Gliedmaßen schlaff seien, müssten sich dem Beispiel Bai Yongliangs anschließen und wie dieser Selbstkritik üben. Niemand kenne das Dunkel in seiner Seele so gut wie diese Menschen selbst!

Manche behaupteten, Bai Yongliang habe den ehemaligen Freund gewarnt, sodass Zhou Shihui seinen Posten rechtzeitig aufgeben und mit seiner Familie zur Umerziehung aufs Land habe ziehen können. Huang Ping sei ihm nach der Geburt ihrer Tochter dorthin gefolgt – seither lebe Zhou Shihui mit seinen beiden Familien zusammen.

Bei der Fortführung der Anti-Rechts-Kampagne hingegen traten Differenzen zwischen Politkommissar Chen und Parteisekretär Yan auf, die sich nicht mehr verdecken ließen.

Herr Yan sprach sich dagegen aus, Zhou Shihui und seine Frau nachträglich als Rechtsabweichler zu verurteilen, nur um die Zahl der entlarvten Rechten bei Dongshan-Stahl zu verbessern: »Wenn das ans Licht kommt, werden wir als Betrüger dastehen.« Der Politkommissar duldete jedoch keinen Widerspruch, und Parteisekretär Yan verlor trotz verbesserter Zahlen bei den entlarvten Rechtsabweichlern seinen Posten und zog sich in die zweite Reihe zurück.

Die Anti-Rechts-Kampagne wurde in der Folgezeit weiter vertieft. Dass die Menschen eine Schwäche für Dekadenz hatten, war kein Zufall, sondern hatte tiefere Wurzeln. Ganz nach dem Motto: Ein Drache bringt ein Drachenkind zur Welt, ein Phönix gebärt ein Phönixbaby. Eine Mäusemutter warf schließlich auch Mäusekinder, damit diese ebenfalls wieder Löcher in die Erde gruben.

*

Währenddessen lernte der Intellektuelle und Ingenieur Bai Yongliang mit Zustimmung der Parteiführung in der Kantine Nummer 13, Speck in roter Soße für die Stahlarbeiter zuzubereiten.

Bai Yongliang sei ein zugänglicher und nahbarer junger Mann, räumte Herr Xu ein, und er spreche nicht so gekünstelt und geschraubt wie andere Intellektuelle in der Fabrik, etwa der selbstgefällige Zhou Shihui mit seinem blassen Gesicht, der hohen Stirn und der sorgfältig gekämmten Frisur, die wie ein Flieger auf seinem Kopf thronte – der Inbegriff eines ehrgeizigen und arroganten Bourgeois. Bai Yongliang hingegen unterhielt sich mit allen in der Küche und zeigte Herrn Xu sogar die ziegelsteindicken Bücher, die er gerade studierte. Solche Bücher hatte Herr Xu noch nie in der Hand gehabt. Geduldig legte Bai Yongliang ihm dar, aufgrund welcher Überlegungen Karl Marx die Theorie des Kommunismus formuliert hatte. Bai Yongliang saß vor seinem aufgeschlagenen Buch, während Herr Xu die letzten Vorbereitungen für das Frühstück traf. Ihn als Koch erinnerten die Schriftzeichen auf dem Papier am ehesten an Sojakeimlinge.

»Das ist Russisch. Eines Tages aber möchte ich ›Das Kapital‹ aber auf Deutsch lesen«, erklärte Bai Yongliang.

»Gibt es denn keine chinesische Übersetzung von Marx?«

Bai Yongliang schaute zu dem Chefkoch auf, diesen Blick würde der lange nicht mehr vergessen. Die zwei schwarzen Augen, die wie Schafskot aussahen, wirkten stählern, der Blick so stechend, als könnte er eine Mauer durchdringen: Man müsse das monumentale Werk in der Originalsprache lesen, um direkt an die wahrhafte Essenz der marxistischen Theorie zu kommen und Irrlehren und Trugschlüsse zu vermeiden.

Herr Xu hatte dennoch das Gefühl, er könne sich mit Bai Yongliang unterhalten, als wenn er mit einem Verkäufer auf dem Markt ins Gespräch käme. Er deutete auf den hohen Stapel vor diesem: Welche anderen Titel er denn dort aufgetürmt habe?

Er beschäftige sich mit chinesischer Geschichte, antwortete dieser.

»Ah, genau wie der Große Vorsitzende! Betrachtest du denn auch den Ersten Kaiser von Qin als dein Vorbild?« Schnell wollte Herr Xu sein historisches Wissen anbringen.

Bai Yongliang nickte zustimmend. Die chinesische Kultur reiche fünftausend Jahre zurück. Jede neue Dynastie habe ihre Vorgängerin abgelöst, und auch der Große Vorsitzende habe seine Philosophie zum Klassenkampf nicht allein erfunden. Jede Bauernrevolution habe die Tradition des Klassenkampfs weiterentwickelt, die nun zur vollen Blüte gebracht worden sei.

Der Chefkoch hegte Zweifel, dass er mit Bai Yongliang in

allen Punkten übereinstimmte. Aber seine Neugier war geweckt.

Bai Yongliang zitierte aus der Zeitung: »›Wir gehören zur Welt, genau wie die Welt auch zu uns gehört. Bald wird unser Land auf die Bühne der globalen Politik zurückkehren.‹ – Wir sollten daher den Blick auf die Welt richten.«

Herr Xu fragte sich, wie bald das denn geschehen werde, bemerkte aber lediglich etwas salopp: »Ohne Frühstück, mit hungrigem Bauch und wackligen Beinen, kommst du nicht weiter als bis zur Kantinentür, geschweige denn in die Welt hinaus.« Er schlug vor: »Willst du nicht zuerst mit mir frühstücken?«

Doch nicht einmal das Frühstück vermochte Bai Yongliangs Redeschwall zu unterbrechen.

»Es ist genau, wie der Große Vorsitzende gesagt hat: ›Die Zeit wird die Wahrheit an den Tag bringen.‹ Deshalb ist es notwendig, dass Intellektuelle an die Front des Lebens und in die Praxis gehen.«

Er selbst habe nie im Sinn gehabt, den Aufbau des Sozialismus zu sabotieren – schwere Unfälle würden aber eben durch die mangelnde Verbindung von Theorie und Praxis verursacht. In der Reparaturwerkstatt und im Labor sei er zum ersten Mal mit der Arbeiterklasse in Kontakt gekommen und habe gelernt, wie die Menschen dort denken würden und welche Sorgen sie hätten. Er habe die bisher verpassten Lektionen rechtzeitig nachgeholt und stehe nun mit beiden Beinen fest auf dem Boden. Diese wertvolle Erfahrung habe ihn den Werktätigen und der Gesellschaft näher gebracht als seine ganze Zeit im Studierzimmer. Im Rückblick betrachte er das als seine zweite große Chance im Leben. In der Küche der Kantine Nummer 13 setze er seine Praxiserfahrung fort. Es gehe darum, dass er sich von seiner bourgeoisen Genusssucht entwöhne und gegen diesen verdorbenen Lebensstil ankämpfe. Studiert zu haben, heiße für ihn nicht, auf der faulen Haut zu liegen. Die Intellektuellen schuldeten den Arbeitern an der Front großen Respekt. In der Zukunft würde er die Stahlarbeiter an der Produktionsfront noch besser unterstützen können.

Herr Xu wandte leicht verlegen den Blick von Bai Yongliang ab, der nach seiner Selbstkritik einen roten Kopf gekriegt hatte, und wechselte das Thema: In der Kantine arbeiteten mehrheitlich Frauen, da die Küchenarbeit als leichte körperliche Arbeit gelte. Sein Platz als Koch sei am Herd, während der Verkauf am Ausgabefenster allein von den Frauen übernommen werde. Die könnten das viel besser. Bei der Essensausgabe gehe es um das richtige Maß: Frauen hätten das Auge dafür, um die Mengen richtig einschätzen zu können, damit auch der letzte Arbeiter noch bedient werden konnte. Bai Yongliang könne einiges von ihnen lernen: »Sie sind meine Chefinnen, obwohl ich es bin, der ihnen Anweisungen erteilt.«

»Da bin ich mir sicher«, vernahm der Chefkoch. »Nach Konfuzius sollten Männer und Frauen sich in ihre Rollen fügen, aber diese Lehren des Konfuzianismus sind nicht mehr zeitgemäß.«

Herr Xu sagte nichts. Stattdessen blickte er dem jungen Mann in die Augen, als ob er diesem einen Pingpongball zugespielt hätte.

Bai Yongliang nahm den Ball auf: »Auch Karl Marx hat nur dank Jenny seine Theorie des Kommunismus im Exil vervollständigen können. Hinter jedem erfolgreichen Mann steht eine starke Frau. Frauen können den halben Himmel hochhalten.«

Bai Yongliang holte also die Revolutionsromanze hervor. Herr Xu war erstaunt, was der junge Mann alles über Jennys und Karls Privatleben zu wissen glaubte. Revolution war doch keine Einladung zum Bankett! Der Chefkoch mied Bais fieberhaften Blick.

Karl und Jenny Marx hätten als Paar auf einem Tandem gesessen. Die betuchte Tochter aus aristokratischem Haus habe eine für ihre Zeit unglaublich schwere Verpflichtung auf sich genommen, als sie ihre unbeschreibliche Opferbereitschaft in diese Jahrhundertliebe eingebracht habe. Damit habe sie es ihrem Mann, dem großen Proletarier, ermöglicht, seine Mission anzugehen, die Welt und die Menschheit vom Kapitalismus und seiner Ausbeutung zu befreien. Sie habe ihren Reichtum, ihren Status, die Familie und die Heimat hinter sich gelassen, um mit einem mittellosen Mann nach London ins Exil zu gehen und dort dem Jahrhundertwerk ihres Mannes zur Geburt zu verhelfen. Das gehöre zu den unschätzbaren Beiträgen Jennys zum internationalen Kommunismus.

»Dann finde mal schnell deine Jenny!«

Das bubenhaftes Gesicht Bai Yongliangs lief schamrot an. Eine Jenny finde man nicht an jeder Ecke.

Mitunter vergaß Herr Xu, dass er seit Kurzem eigentlich eine neue Hilfskraft in der Küche zur Verfügung hatte. Er hatte sich so daran gewöhnt, dass er und die Frauen in getrennten Bereichen ihre Arbeit verrichteten, dass sie sich nicht ins Gehege kamen. Nach der Ausgabe des Mittagessens stellte er erstaunt fest, dass Bai Yongliang die ganze Zeit am Tisch gesessen hatte, den Kopf in seinen ziegelsteinschweren Büchern vergraben.

Der große Verwirrte in seiner Küche brauchte dringend eine Jenny, um sein eigenes Leben auf die Reihe zu kriegen, bevor er die Menschheit befreien konnte. In der Küche lernte er jetzt erst mal, Gemüse zu sortieren, die essbaren Teile vom ungenießbaren Rest zu trennen, bevor er anfing, ein Gemüsegericht zuzubereiten.

Beim Abendessen erzählte Herr Xu seiner Frau von dem jungen Mann in seiner Küche.

Frau Xu zwinkerte und sagte bedacht: »Du, wir haben doch gelernt, dass jede Revolution mit einer neuen Kampagne anfängt, und in jeder Revolution geht es darum, durchzuhalten und bis zum Ende zu überleben. Die Naiven fallen ihr zum Opfer, ob aus Überheblichkeit oder weil die Umstände sich gegen sie verschwören. Jede Revolution verlangt ihre Opfer, denn darum geht es ja bei einer Revolution.«

»Aber warum hat die Anti-Rechts-Kampagne ausgerechnet Zhou Shihui ins Visier genommen, nur weil der Mann arrogant war und eine Geliebte hatte? Wurde dadurch nicht ein wertvoller Ingenieur verschwendet? Ich glaube, er war einer der wirklich gut ausgebildeten Fachleute, davon hätte Dongshan-Stahl doch profitieren können.«

»Wenn jemand aus dem Politbüro einen anderen unbedingt

zum Sündenbock machen will, gibt es kein Entkommen. Man sagt: Ein hoher Baum fängt viel Wind, große Menschen ziehen Kritik auf sich. In einer politischen Kampagne kann einer über noch so viel Wissen verfügen, er wird trotzdem zum Konterrevolutionär gestempelt. Es genügt die Behauptung, er stehe auf der falschen Seite. Dieser junge Mann bei euch in der Kantine kann noch so dicke Bücher gelesen haben, der Revolution tut er keinen Gefallen, wenn er das falsche Buch in die Hand nimmt.«

»Deshalb braucht er ja eben eine Jenny.«

Am nächsten Morgen drückte Herr Xu dem neuen Gehilfen seine alte Kochschürze und zwei Ärmelschoner in die Hand. Bai Yongliang zog sie an und beobachtete den Koch bei der Zubereitung des Specks in roter Soße. Später rührte er mit Übereifer mit der großen Kelle die blubbernde Soße im Wok um. Die geschmorten Schweinebauchwürfel schimmerten wie Kupfermünzen.

»Deck nun das Feuer halb zu und lass den Speck in der Soße schmoren«, wies der Koch sein Mädchen für alles an.

Bai Yongliang setzte sich zu seinen Schmökern an den Tisch.

Herr Xu erinnerte sich daran, was seine Frau am Vortag über das Lesen gesagt hatte: Antirevolutionäre Bücher zu lesen, komme einem Selbstmord gleich.

»Liest du immer noch Marx?«

Bai Yongliang schlug das vergilbte Buch auf dem Tisch zu. Es handele sich um eine wertvolle Anthologie zum Marxismus. Er sei vom »Kapital« zur Anthologie zurückgekehrt, denn es reiche ihm nicht mehr, sich nur in den langen Text zu vertiefen. Seine gegenwärtige Aufgabe bestehe in der Synthese und Vereinfachung der marxistischen Theorie. Ein einziger Funke reiche am Ende, um einen Steppenbrand auszulösen.

Der Blick seines Chefs schweifte in die Ferne, bis ans Ende des Speisesaals, wo die fünf Porträts von Marx, Engels, Lenin, Stalin und dem Großen Vorsitzenden an der Wand hingen. Ein kurzes Schnaufen entfuhr ihm.

Bai Yongliang benutzte den Chefkoch als Versuchskaninchen für seine Lektion. Seine kleinen Augen glänzten wie die Schweinebauchwürfel. »Im kapitalistischen System müssen die Arbeiter ihre Arbeitskraft an die Kapitalisten verkaufen. Im Zuge der Ausbeutung gewinnen die Kapitalisten einen Mehrwert, das heißt, die Differenz zwischen dem Wert, den ein Arbeiter mit seinen Händen geschaffen hat, und dessen Lohn. Jeder Kapitalist wird versuchen, den Lohn noch weiter zu drücken, um seinen Gewinn zu maximieren. Die Ausbeutung ist dem Kapitalismus eingeschrieben. Dieses System wird nur dann stürzen, wenn die Arbeiter die Ausbeutung nicht mehr ertragen wollen und können. Der Kapitalismus ist sein eigener Totengräber.«

»Hat Marx in seinem Heimatland denn auch eine so große Gefolgschaft, oder steht die Blume zwar diesseits des Zauns, ihr Duft aber wird nur jenseits davon wertgeschätzt?«

Herr Xu hatte sich in einem Gedankenknäuel verloren. Die Partei warnte stets davor, sich bei Fremden einzuschmeicheln. Warum also sollte die befreite chinesische Nation der ausländischen Lehre des Marxismus folgen? Hatte China in fünftausend Jahren Geschichte keine eigenen, besseren Theorien entwickelt?

»Die internationale kommunistische Organisation ist eine große Familie. Als wahre Marxisten haben wir nie daran gezweifelt, dass das ›Kommunistische Manifest‹ der Leuchtturm ist, der der Menschheit den Weg in eine bessere Zukunft zeigt. Deshalb können wir den großen Pionier der Revolution nicht mit normalen Maßstäben messen, sonst würden wir uns in unnötigen Trivialitäten verlieren und die Essenz seiner Lehre vergessen. Latrinengerüchte wie jenes, wonach Marx seine Jenny einmal mit einer Hausangestellten betrogen habe, können entschlossene Kommunisten nicht ernst nehmen. Seine Lehre kann deswegen nicht in Zweifel gezogen werden. Das ganze Proletariat, die Gefolgschaft des Kommunismus, muss sich zusammenschließen und gemeinsam den Marxismus von jenseits des Zauns nach Deutschland zurückbringen.«

»Darf man eigentlich auch lachen über diesen Ausländer?«

»Warum, findest du ihn denn zum Lachen?«

»Auf dem Bild macht er nicht gerade den Eindruck, als sei er ein humorvoller Mensch gewesen. Mit seinem buschigen Bart sieht er aus wie ein erbitterter Löwe.«

»Oh, da sollten wir beide vorsichtig sein. Ich weiß nicht, ob wir über den großen internationalen Revolutionspionier so geringschätzig sprechen dürfen. Er hatte vielleicht nur deshalb so einen großen Bart, weil er so sehr ausgebeutet wurde, dass er es sich nicht leisten konnte, ihn sich abrasieren zu lassen. Revolution an sich kennt keinen Humor und ist auch überhaupt nicht lustig.«

»Was will denn die marxistische Revolution?«

»Die Weltrevolution gegen die Kapitalisten.«

»Aber wir leben doch schon in einem fortschrittlichen Sozialismus, der bald in den Kommunismus übergehen wird. Warum hasst du die Kapitalisten, die doch bereits so degeneriert sind und im Sterben liegen?«

»Wir dürfen uns nicht allein auf unseren fortschrittlichen Sozialismus, auf unser gesellschaftliches Wohl beschränken und darüber vergessen, dass andernorts auf der Welt das Volk noch immer unter der kapitalistischen Ausbeutung leidet. Wenn wir heute in die Heimat der industriellen Revolution, nach Großbritannien, blicken, wo Karl Marx ›Das Kapital‹ verfasst hat, herrscht dort immer noch der Kapitalismus. Das Problem dabei ist: Je mehr der Kapitalismus floriert, desto schlechter geht es dem Proletariat. Am Ende werden die Ausbeuter immer noch reicher, und sie werden ihre Gier in diesem beschränkten System nicht von sich aus aufgeben. Sie sind geradezu dazu gezwungen, einen immer höheren Mehrwert anzustreben. Der treibt sie dann zu immer noch schlimmerer Ausbeutung an. Wir selbst haben die sozialistische Harmonie bereits erlangt, aber ohne eine Weltrevolution kann die Ausbeutung nicht beendet werden.«

Herr Xu fühlte sich ermattet und staunte über sich, dass Bai Yongliang es schaffte, immer noch so geschwätzig zu sein. Wenn jemand schon so viel Energie hatte, sollte er damit lieber etwas Nützliches anstellen.

Als Herr Xu am nächsten Morgen in der Kantine eintraf, entdeckte er einen Schriftzug mit zwei seitlichen Spruchbändern, die über der Tür hingen. Bai Yongliang hatte die Schriftzüge eigenhändig in schwarzer Tusche auf rotem Papier kalligrafiert. Auf dem linken Spruchband stand: »So schnell wie eine Rakete«, auf dem rechten: »Mit Sonne und Mond vergleichbar.« Der Hauptspruch in der Mitte lautete: »Lang lebe der ›Große Sprung nach vorn‹!«

Von nun an drehte sich bei Bai Yongliang in der Kantine Nummer 13 alles darum, den »Großen Sprung nach vorn« zu beschleunigen.

»Eine Fabrikkantine«, sagte er, »muss alles daransetzen, zu jeder Mahlzeit genügend Nahrhaftes – Fleisch und verschiedene Gemüse – für die Stahlhelden bereitzustellen, die an der Produktionsfront arbeiten. Dongshan-Stahl will den ersten Satelliten für die höchste Stahlproduktion nach Tiananmen senden!«

Nach Feierabend hielt er Herrn Xu und den Frauen einen Vortrag, der eigentlich nur zehn Minuten hätte dauern sollen; weil er aber nicht zum Schluss kam, zog dieser sich schließlich fünfundvierzig Minuten lang hin.

»Unser Vaterland hat sich in den letzten Jahren effizient industrialisiert«, sagte er, leitete dann über zum imperialistischen Amerika und führte Beispiele an, wie die revisionistische Sowjetunion dem Vaterland im Weg stehe. »Alle echten Dongshaner müssen anpacken, wir alle müssen uns in den ›Großen Sprung nach vorn‹ stürzen. Lasst uns bald den ersten Satelliten der Stahlproduktion zum Großen Vorsitzenden nach Tiananmen schicken!« Er betonte ausdrücklich, es gehe jetzt darum, das Fernziel nicht aus den Augen zu verlieren, und sprach ausführlich darüber, warum, wie und wann Dongshan-Stahl die Produktion verdoppeln, verdreifachen oder sogar vervierfachen könnte. »Wenn wir eines Tages mit unserer Stahlproduktion Großbritannien und die USA, diesen Papiertiger, übertrumpft haben, dann sind wir zu dem erwachten Löwen geworden, den Napoleon prophezeit hat.«

Bai Yongliang genoss es, sich selbst so melodisch reden zu hören. Gegen Ende kreischte seine Stimme allerdings so, als wäre er noch im Stimmbruch. Noch bevor er seine Rede beendet hatte, war schon mehr als die Hälfte der Zuhörer aufgestanden und davongelaufen.

In den nächsten Tagen machte sich Bai Yongliang daran, Herrn Xus Spezialität, Schweinespeck in roter Soße, zu standardisieren, damit die Stahlarbeiter aller Arbeitsschichten den gleichen Geschmack und denselben Nährwert erhalten würden. Vom Proteingehalt und vom Nährwert her sei das Gericht zudem ideal für die Stahlarbeiter an der Produktionsfront.

Er legte die fünf verschiedenen Speisezutaten und deren Mengen sowie die Zubereitungsart genau fest. Anstatt Kristallzucker sei lieber wertvoller Honig zu nehmen, weil der angeblich noch mehr Nährwert enthielt. Die Sojasoße müsse zu einem Drittel aus heller und zu zwei Dritteln aus dunkler bestehen. Zuerst müsse der Topf eine halbe Stunde bei hohem Feuer, dann für eineinhalb Stunden auf schwacher Flamme erhitzt werden.

Auf der Tafel mit den Gerichten hielt er, um die Stahlarbeiter anzuspornen, außerdem fest: Schon dem Großen

Vorsitzenden habe das Schweinefleisch in dieser Soße am besten geschmeckt; es sei dessen Lieblingsgericht.

Zwei Tage später legte Bai Yongliang fest, es sei undenkbar, dieses Gericht wie früher nur ein- oder zweimal in der Woche anzubieten. Es müsse täglich angeboten werden, weil sonst die Arbeiterschaft dem hohen Produktionsdruck nicht gewachsen sei.

13

Der alte Parteisekretär, Herr Yan, hatte sich nicht umsonst in die zweite Reihe zurückgezogen: Unverzüglich war Herr Duan als neuer Parteisekretär direkt aus dem Herzen des Vaterlandes zu Dongshan-Stahl beordert worden. Der neue Steuermann mit beeindruckendem Hintergrund würde die Fabrik durch den »Großen Sprung nach vorn« führen.

Das hatte Herr Xu seiner Frau erzählt, denn vor jeder großen Personalveränderung verbreiteten sich Gerüchte zuerst in der Kantine. Daran erkannte man die Sonderstellung einer Kantine, denn ganz gleich, wie prominent jemand war, er war, mit Verlaub, in erster Linie immer ein Mensch – und jeder Mensch musste essen.

Schon bevor Herr Duan in der Hauptstadt in sein Flugzeug gestiegen war, spekulierte man in allen Fabrikkantinen darüber, wer wohl den neuen höchsten Parteiführer in ihrer Fabrik bekochen dürfe. Zweifellos würde der weit und breit wichtigste Mann der Fabrik zu Hause seinen persönlichen Koch haben, aber niemand ging davon aus, dass er zum Mittagessen oder vor der Sitzung am Abend eigens nach Hause fahren würde, besonders zur Zeit des »Großen Sprungs nach vorn«. Für jeden Chefkoch wäre es eine ehrenvolle politische Aufgabe, dem Parteisekretär zu dienen und für die baldige Erfüllung des »Großen Sprungs nach vorn« zu kochen.

Eine große Schwäche von Kantine Nummer 13 im Wettbewerb um die Gunst des Parteisekretärs lag allerdings darin, dass sie sich auf dem Fabrikgelände in der Nähe der

Werkstätten befand, um die Stahlarbeiter während der drei Dienstschichten gut zu versorgen. Sie war nicht auf den Besuch hoher Kader eingerichtet. Die saßen in ihrem Büro, einem Gebäude, das Rotes Haus hieß, mitten im Grünen auf dem Berg – mit Panoramablick auf die ganze Fabrikanlage. Das Rote Haus lag fast acht Kilometer weit weg von der Kantine Nummer 13. Auf der anderen Seite fand die ganze Dongshan-Stahlproduktion ringsherum statt, mittlere Kader aus den Werkstätten und das Parteibüro arbeiteten in einem Verwaltungsgebäude direkt neben der Kantine. Doch einer der wichtigsten Vorteile, die die Kantine besaß, war Herr Xu selbst, ein bekannter Chefkoch mit seinem renommierten Speck in roter Soße, der sogar dem Großen Vorsitzenden schmeckte. Die Frauen in der Küche konnten sich nicht vorstellen, dass ein Parteisekretär, auch wenn er direkt aus dem Herzen des Vaterlandes kam, sich trauen würde, zuzugeben, dass ihm das Lieblingsgericht des Großen Vorsitzenden missfiel. Sie konnten sich aber auch nicht vorstellen, Herrn Xu an eine der anderen Kantinen zu verlieren. Was wäre die Kantine Nummer 13 ohne ihn als Chefkoch!

Bai Yongliang war von einem Tag auf den anderen aus der Kantine verschwunden. Über den nicht ernst zu nehmenden Volltrottel, der sich ständig ins eigene Fleisch schnitt, hatten sich die Frauen stets lustig gemacht. Sie pflegten zu sagen, gleich, was der Trottel mit seinen Fingern berühre, es würde daraus nichts werden. Wenn er jetzt bei einer politischen Kampagne wie dem »Großen Sprung nach vorn« mitmischen wolle, würde er eines Tages als

Sündenbock aufwachen. Aber auch die Sündenbockrolle musste schließlich jemand übernehmen, und Bai Yongliang schien wie dafür gemacht.

Als klar wurde, dass ihr ehemaliger Küchengehilfe tatsächlich dazu ausersehen worden war, im Komitee des »Großen Sprungs nach vorn« von Dongshan-Stahl mitzuarbeiten, und als großartiger Visionär und Theoretiker gepriesen wurde, konnten seine Kolleginnen, die mit ihm zusammen in der Küche abgewaschen hatten, damit gar nichts anfangen.

Frau Yang erzählte beim Erbsenkäferaussortieren, dass sich der Volltrottel, das habe sie gehört, selbst beim Ministerium für Eisen und Stahl empfohlen habe. Diese wertvolle Information gab sie ihren Kolleginnen jetzt gratis weiter, denn wenn sie niemanden in den Klatsch einweihte, verlor er genauso seinen Wert wie Essen, dessen Verfallsdatum abgelaufen war.

»Immerhin«, meinte eine ihrer Kolleginnen, »ist er Komitee-Vorsitzender geworden. Und nicht zu vergessen: Er ist einer von uns.«

»Hoffentlich wird er dann nicht vergessen, auch die Interessen der Kantine zu vertreten!«, rief Frau Yang mit erhobenem Zeigfinger.

»Wenn der Mann ein Gewissen hat, sollte er ab und zu Herrn Xu besuchen kommen«, waren sich die anderen einig.

Die Frauen in der Küche bekamen Bai Yongliang zwar nicht mehr zu Gesicht, aber seine Stimme hallte fast die ganze Zeit aus dem Lautsprecher durch die Kantine. Herrn Xu, der den Reden stets andächtig zuhörte, kam es an manchen

Tagen so vor, als ob ihm sein Küchengehilfe wieder einmal mit einem Marx-Zitat in den Ohren liegen würde.

*

Großmutter Guo stattete Frau Xu einen Besuch ab. Es war der erste formelle Besuch einer Tigerin auf der anderen Seite des Harmoniedorfs.

Nach dem Niedergang des sozialistischen Straßenbaus war das Innerste der Parteisekretärin mit bitteren Tränen gefüllt, mit einer Hand musste sie sich an der Tür festhalten. Ihre Worte drangen aber wie von allein aus ihrem Mundwinkel: »Könnten wir uns einen Moment unter vier Augen unterhalten?«

Frau Xu ließ die Parteisekretärin in die Wohnung, und sie setzten sich zusammen auf die lange Bank vor dem quadratischen Esstisch.

Großmutter Guo war bisher noch nie bei einer Nachbarin in der Wohnung gewesen, sie stapfte zwar mehrere Male am Tag durch die beiden Straßen, um ihr Gebiet zu inspizieren, aber das war alles.

Von Guo Min hatte sie gehört, dass Stalin niemals ein anderes Staatsoberhaupt im Ausland besucht habe und der Große Vorsitzende Mao bislang auch nur ein einziges Mal bei Stalin in der Sowjetunion zu Besuch gewesen sei. Na ja, der Kaiser verließ die Verbotene Stadt ja auch so gut wie nicht.

Großmutter Guo schaute sich neugierig um. Bei den Xus kam ihr der gleiche große Raum komplett anders vor. Während bei ihr das Himmelbett das einzige Möbelstück in dem fünfzehn Quadratmeter großen Zimmer war, war hier kein einziges Bett zu sehen. Schliefen die Xus in einem separaten Schlafzimmer? Kurz überlegte sie, ob sie sich kritisch dazu äußern wollte. Die Xus lebten nur zu zweit in der Wohnung, Anspruch auf eine Zweizimmerwohnung erhob man in der Regel nur, wenn zwei oder drei Generationen unter einem Dach lebten. Der Gedanke wühlte sie unerwartet tief auf. Mit ihren rundlichen, kurzen Fingern streichelte Großmutter Guo die schwarze Oberfläche des Tisches. Aus dem Augenwinkel erblickte sie einen hohen Schrank mit Glastüren, darin waren schöne Porzellanstücke ausgestellt.

Frau Xu schenkte ihr Chrysanthementee in den Becher.

Die Parteisekretärin atmete kurz ein und eröffnete das Gespräch mit der Frage: »Erinnerst du dich noch an Bai Yongliang, den mit den Augen, die wie Schafskot aussehen?«

Als Frau Xu nickte, erzählte sie der Nachbarin, dass sie vor einer Weile eine seiner von der Fabrik übertragenen Reden gehört habe. Ihr sei aufgefallen, dass Bai Yongliang immer seltener seine Reden selbst halte, stattdessen verkünde in der Regel ein Sprecher, welche neuen Anweisungen der Vorsitzende Bai gegeben habe.

Die Parteisekretärin hatte großes Glück mit Frau Xu, die überhaupt nicht wie eine Tigerin brüllte. Sie war eine geduldige Zuhörerin und wartete still und stumm ab, bis die Parteisekretärin ihr letztes Wort über die Lippen gebracht hatte.

»Guo Min ist wieder in seine Werkstatt zurückgekehrt, obwohl er immer noch stark hinkt.« Ihre Augen fühlten sich plötzlich ganz trocken an, als hätte ihr jemand Sand hineingestreut. »Schon als Säugling war er schwach, heute zehrt der Schmerz an meinem blutenden Herz beim Anblick seines verkrüppelten Beines.« Sie seufzte tief und schwer. »Aber der Himmel hat mir wirklich einen außergewöhnlich vernünftigen Sohn geschenkt. Erst vor wenigen Tagen hat er lächelnd gesagt: ›Meine Mutter ist Parteisekretärin. Was würde man sagen, wenn ausgerechnet ich als ihr Sohn dem »Großen Sprung nach vorn« fernbliebe? Der »Große Sprung« ist ein Jahrhundertplan, und groß ist, wer die Zeichen der Zeit erkennt.‹ Er wolle mir kein Klotz am Bein sein. Er ist wirklich ein pietätvoller Sohn.«

Frau Xu wartete darauf, dass Großmutter Guo zum Punkt kam, doch bevor sie ihren Mund hätte öffnen können, hörte sie Großmutter Guo sagen: »Bai Yongliang jedenfalls ist inzwischen Kampagnenführer des ›Großen Sprungs nach vorn‹ bei Dongshan-Stahl.«

Frau Xu unterbrach sie und erhob sich, um heißes Wasser aus der Küche für Tee zu holen. Während sie allein am Tisch saß, kreisten Großmutter Guos Gedanken umeinander. Bai Yongliang spielte inzwischen eine mindestens so wichtige Führungsrolle wie sie. Während sie das Harmoniedorf führte, brachte Bai Yongliang die Kampagne des »Großen Sprungs nach vorn« bei Dongshan-Stahl in Gang. Doch was hatte sie erreicht? Sie hatte die zwei sozialistischen Straßen so sehr gewollt. Im Rückblick aber hatte der Straßenbau zwar mit einem Tigerkopf begonnen, war jedoch zum Schluss in einem Schlangenschwanz ausgelaufen. Das verdross sie ungemein.

Frau Xu kam mit einer schönen blau-weißen Porzellanteekanne ins Zimmer zurück.

Die beiden Tigerinnen waren sich schnell einig, dass der »Große Sprung nach vorn« die nächste Aufgabe des Harmoniedorfs zu sein hatte. Doch zunächst ging es darum, eine Jenny für Bai Yongliang zu finden, um ihn an die beiden Straßen zu binden.

»Den Namen Jeh … – ich kann mir den ausländischen Namen nicht so leicht merken«, behauptete die Parteisekretärin.

»Du musst es in deinem Kopf üben. So habe ich das gemacht, nachdem mein Mann ihn jeden Tag mehrere Male erwähnt hat. Er sagte morgens und abends immer wieder dasselbe: dass ich diesem jungen Mann unbedingt eine Jenny finden solle.«

»Hättest du mir das früher erzählt, bevor Jiang Minhui mit dem Vorschlag kam, ihn mit ihrer Schwägerin zu verkuppeln.«

»Aber damals arbeitete Bai Yongliang doch noch nicht einmal in der Kantine.«

»Du hast recht. Aber weißt du, ich wollte doch bloß verhindern, dass er sich Li Yun angelt, nur weil sie eine Witwe ist. Ich kann nicht zusehen, dass sie von einem unseriösen Mann ausgenutzt wird, dachte ich mir damals. Heute führt er eine Kampagne und außerdem alle Männer aus unserer Straße an! Li Yun spricht kein Wort mehr mit mir. Außerdem behauptet sie, dass Longlong wegen des kleinen Unfalls beim Straßenbau zu einem Depp geworden sei. Ich kann allerdings bei dem Knaben keinen Unterschied zu früher erkennen. Du warst seine Tagesmutter, ist dir bei ihm irgendeine Veränderung aufgefallen?«

Frau Xu blinzelte. In der ganzen Nachbarschaft hielt man das für ein Kennzeichen schlauer Köpfe, und jetzt blinzelte sie bei jedem Gedanken, der sie durchzuckte. Langsam sagte sie: »Ich habe keine Ahnung … Longlong habe ich schon lange nicht mehr gesehen. Die beiden kommen nicht mehr zu uns herüber zum Spielen. Ihr wohnt doch im selben Wohnblock, du kannst es selber besser beurteilen als ich.« Dann fügte sie hinzu: »Ich denke nicht, dass Li Yun und Bai Yongliang zueinander passen, ganz abgesehen von ihrem Altersunterschied.«

»Du wärst also eher dafür, dass wir ihn mit der ehemaligen Schwägerin von Jiang Minhui verkuppeln?« Für Großmutter Guo wäre das ohnehin die bessere Wahl, auch wegen Mei. »Bai Yongliang ist jetzt ein Prominenter. Aber wählerisch darf er dennoch nicht sein. Eine Witwe wäre das Richtige für ihn.«

»Bai Yongliang braucht vor allem eine Gescheite, eine wie Meng Ying …«

»Dann denkst du wirklich ernsthaft daran, Meis Mutter mit Bai Yongliang zu verkuppeln?«

»Ich finde es wichtig, dass wir eine Frau für ihn finden. Wir müssen ihn an uns binden. Den Kampagnen des sozialistischen Straßenbaus und des ›Großen Sprungs nach vorn‹ fehlt ein gemeinsamer Nenner. Alles, was nicht von staatlicher Seite unterstützt wird, landet doch früher oder später im Sandkasten, aber ohne Sand wird man nicht einmal im Sandkasten spielen können. Unser sozialistischer Straßenbau ist ein Kindergartenspiel gewesen. Darum brauchen wir jetzt Bai Yongliang für unseren ›Großen Sprung nach vorn‹.

Wenn wir für ihn eine Jenny finden, haben wir Marx auf unserer Seite.«

Frau Xu blinzelte einige Male schnell und sagte: »Wir haben unsere Aufgabe rechtzeitig erledigt. Unseren Teil der sozialistischen Straße und unseren Platz haben wir fertiggestellt.«

In diesem Augenblick empfand Großmutter Guo große Dankbarkeit, aber auch unsägliches Mitleid mit Frau Xu, der ja sogar ein Arm fehlte. Deren Invalidität war in ihren Augen noch tragischer als diejenige Guo Mins. Zudem litt Frau Xu auch noch unter ihrer schlechten Gesundheit, führte aber trotzdem kein müßiges Leben, sondern war den ganzen Tag beschäftigt. War sie in einem früheren Leben vielleicht ein Maultier gewesen oder ein Wasserbüffel? Jedenfalls gehörte Frau Xu in ihren Augen zu den wahren Vertretern des Proletariats, indem sie das hohe Arbeitsethos des Volkes vorlebte.

»Das weiß ich doch und komme heute deshalb mit einer anderen Frage zu dir. Ich überlege, die Bauarbeiten an der sozialistischen Straße einzustellen. Was meinst du? Ich kann es nicht mehr ertragen. In der neuen Epoche …«

»Meinst du, wir sollten einen Hochofen an unserer Straße errichten, um den ›Großen Sprung‹ von Dongshan-Stahl zu unterstützen?«

Großmutter Guo blickte Frau Xu verwundert an. Die Frage, die sie ihr eigentlich hatte stellen wollen, war ihr entfallen. Sie kam auf den springenden Punkt zu sprechen: »Ihr kennt Bai Yongliang doch besser als ich. Bald benötigen wir Anweisungen für den ›Großen Sprung nach vorn‹. Früher hätte ich mich an Li Yun gewandt, aber die will eben nichts mehr von mir wissen.« Sie seufzte noch einmal leise.

Frau Xu blinzelte wieder, bevor sie versprach: »Ich werde mit meinem Mann reden.« Schnell nahm sie mit ihrem gesunden Arm die Wäsche auf und kündigte an, sie werde jetzt erst einmal waschen gehen. Zwei rosa Wölkchen huschten über ihre blassen Wangen.

Großmutter Guo stand auf und verabschiedete sich.

Nun lag die Parteisekretärin in ihrem Himmelbett und starrte von unten auf den Baldachin. Der »Große Sprung nach vorn« konnte nur gemeinsam mit allen Dongshan-Stahl-Arbeitern im Harmoniedorf geschafft werden. Sie stieß einen tiefen Seufzer aus. Auch bei dieser politischen Kampagne galt es, im Harmoniedorf wieder die gleichen Schwierigkeiten zu bewältigen. Bei jeder Kampagne standen die Neuberger in der ersten Reihe: Sie bildeten das Herz der Arbeiterklasse, die erst seit der Befreiung ihre müßigen Stunden genießen und die Früchte der Revolution kosten konnten. Die Altberger hingegen waren politisch machtlos, doch die Revolution war eine Chance für sie, sich zu erneuern. Sie könnten sich in die neue Kampagne stürzen, die Umerziehungsmöglichkeiten nutzen, sich dabei hervortun und Volksfeinde und alle latenten Volksschädlinge denunzieren. Dadurch könnten sie ihr Gewissen reinigen und ihre Loyalität zeigen. Die Neuberger hingegen beriefen sich darauf, dass sie seit Menschengedanken zum Proletariat gehörten, sie brauchten keine Revolution mehr, sondern bewahrten ihre ewige Glückseligkeit und verteidigten ihren sozialen Status. Dass die Neuberger sich der neuen Kampagne voll hingeben würden, war wenig wahrscheinlich.

Eine richtige Volksbewegung hatte es im Harmoniedorf bisher noch nicht gegeben. Der sozialistische Straßenbau war höchstens ein erster Versuch. Sie hatte sich darauf gefreut, vom Sozialismus zum Kommunismus überzugehen, aber es hatte ihr einfach die echte Unterstützung für eine Massenbewegung gefehlt, die das ganze Vaterland betroffen hätte. Für eine erfolgreiche Durchführung der Anti-Rechts-Kampagne fehlten im Harmoniedorf einfach die giftigen Schlangen, die sie aus den Höhlen hätten locken können, denn hier lebte nicht ein einziger stinkender Intellektueller. Sowohl ihr als Parteisekretärin als auch dem Volk mangelte es zudem bisher an Erfahrung im Umgang mit politischen Massenkampagnen. Zum Glück aber war man lernfähig und konnte alles im Zusammenhang mit einer Revolution Stehende lernen.

Zwei Wochen später tauchte am Sonntagmorgen an der Außenwand von Frau Xus Wohnung eine schwarze Wandtafel auf, auf die ein Hochofen mit zwei bis in die Wolken emporragenden Schornsteinen gezeichnet war. Mächtige Rauchschwaden flogen daraus in die Höhe wie aufsteigende Drachen. Aus dem Bauch des Hochofens quoll grellroter flüssiger Stahl. Über dem Bild stand: »Lang lebe der ›Große Sprung nach vorn‹!«

Großmutter Guo marschierte aufgewühlt mit ihrem Palmfächer durch die Straßen. Gerade jetzt hockte das Volk bloß müßig herum, und niemand hatte es für nötig befunden, das Wandtafelbild von Xiamei zu kommentieren! Für den

Nachmittag kündigte sie eine Versammlung auf dem Platz vor dem Eingang von Familie Xu an.

Fügsam versammelten sich zum angekündigten Zeitpunkt alle Bewohnerinnen des Harmoniedorfs unter dem Phönixbaum vor der mit der Wandtafel geschmückten Haustür, wo sie von Frau Xu begrüßt wurden. Jeder hatte seinen eigenen Hocker mitgebracht.

Großmutter Guo ergriff als Erste das Wort: Sie erspähe im Geiste sowohl die internationalen Klassenfeinde als auch die Volksfeinde, die sich hinter jeder Mauerecke im Dunkel verbärgen und auf ihre Gelegenheit lauerten, am Sozialismus Sabotage zu üben.

Das Publikum staunte über ihre Eloquenz, lange hatte die Parteisekretärin nicht mehr öffentlich geredet. Dennoch hatte noch niemand Großmutter Guos Verdruss über die Welt und das Schicksal ihres Sohnes vergessen. Umso mehr schien sie sich nun in die Position der Unbezwingbarkeit zu verrennen und zu meinen, jeden Feind des Sozialismus selbst bekämpfen zu müssen.

Als sie die metaphorisch gemeinte Mauerecke erwähnte, drehte sich die Parteisekretärin um und richtete ihren Blick direkt auf die tatsächliche Mauerecke des Wohnblocks. Dann wandte sie sich wieder an ihr Publikum: »Aus diesem Grund müssen wir künftig doppelt so viel Stahl wie heute produzieren. Wir müssen unsere eigenen Kanonen, Panzer, Kampfflieger und Gewehre herstellen können, um uns und das Vaterland allzeit verteidigen zu können. Wir werden alle antirevolutionären Mächte vom Erdball fegen! Jede ausländische Macht, die uns mit Böswilligkeit begegnet, wird gestürzt!«

Damit hatte sie quasi in einem Atemzug eine Einführung gegeben und die laufende politische Kampagne »Großer Sprung nach vorne« zu ihrer eigenen Revolution erhoben.

»Lang lebe der ›Große Sprung nach vorn‹!«, rief sie zum Schluss, die Faust gen Himmel gereckt. Da entdeckte sie plötzlich im äußersten Kreis der Zuhörerinnen ihre Schwiegertochter, die ihr bisher noch nie den Rücken bei ihren politischen Aktivitäten gestärkt hatte. Ging die Sonne ab jetzt etwa im Westen auf? Vor Aufregung bekam sie einen Schluckauf.

Als Nächstes las Meng Ying ein Grußwort von Bai Yongliang vor. Im Namen des Kampagnenkomitees des »Großen Sprungs nach vorn« bedankte sich der Vorsitzende für die große Beistandsbereitschaft bei der Stahlproduktion von Dongshan-Stahl aus dem Harmoniedorf. Der Brief umfasste zwei volle Seiten, was den Frauen deutlich länger vorkam als das, was Frau Xu später vortrug.

Anschließend spielte Xiamei ein Ständchen auf der Handorgel, zu dem Ningning, Mei und einige Freundinnen, die von Lili geschminkt worden waren, nach einer Choreografie von Xiamei tanzten.

Zum Abschluss betonte Frau Xu die Bedeutung der Kampagne: »Das zentrale Parteikomitee in Beijing und Bai Yongliang von Dongshan-Stahl legen die Maßnahmen des ›Großen Sprungs‹ für das ganze Land und für unsere Gemeinschaft von Dongshan-Stahl fest. Wir im Harmoniedorf setzen die Maßnahmen ebenfalls um, weil wir alle unsere eigenen Herrinnen sein wollen und aus eigener Kraft etwas erschaffen möchten.«

Nach und nach begannen die Frauen zu begreifen, dass sie sich der historischen Aufgabe für die Menschheit nicht mehr verweigern konnten. Ihr eigenes und das Schicksal ihres Vaterlandes würden von nun an so eng miteinander verbunden sein wie nie zuvor.

Als Frau Xu zum Ende ihrer Rede kam, fühlten sie sich gut gewappnet: Sie würden gemeinsam Stahl für die Fabrik schmelzen, wodurch sie echte Dongshanerinnen werden würden.

Auf die Frage, wer von ihnen sich hier und jetzt dem »Großen Sprung nach vorn« anschließen wolle, streckten alle ihre Arme in die Höhe.

*

Bai Yongliang würde seine große Rede zur Mobilisierung für den »Großen Sprung nach vorn« im Volksstadion im Oberen Dongshan halten, und über Lautsprecher würde sie direkt in jede Straße von Dongshan übertragen.

Großmutter Guo bestand darauf, dass das Dorf aus diesem Anlass festlich dekoriert werden solle, um die Bewohner in die richtige Stimmung zu versetzen: »Mit einem Gesicht wie drei Tage Regenwetter werden wir den ›Großen Sprung‹ nicht voranbringen.«

Jede Tür solle rot geschmückt sein, jeder Türrahmen mit Spruchrollen behängt, die den Kampfgeist anstachelten.

Xiamei und Ganggang falteten mit den kleinen Kindern rote Papierblumen und beschrieben Schriftrollen mit kämpferischen Parolen.

Zu Beginn der Rede versammelten sich die Frauen vor den Lautsprechern, tuschelten aber eifrig miteinander, während der Vorsitzende Bai am laufenden Band Marx, Lenin, Stalin und den Großen Vorsitzenden zitierte.

»Jetzt reißt euch zusammen und hört endlich zu! Wir müssen doch wissen, wie viel Stahl wir nun herstellen sollen«, rief Frau Xu sie zur Ordnung, als sie das Stichwort »Stahlproduktion« aus dem Lautsprecher vernahm.

Aufmerksam lauschten sie, während Bai Yongliang die chinesische Stahlproduktion mit der weltweiten verglich: »In Großbritannien werden derzeit jährlich zweiundzwanzig Millionen fünfhunderttausend Tonnen Stahl hergestellt, in unserem Vaterland produzieren wir jedes Jahr gerade einmal fünf Millionen dreihundertfünfzigtausend Tonnen. Gemäß der jetzigen Entwicklung brauchten wir noch fünfzehn Jahre, um das alte kapitalistische Industrieland in der Stahlproduktion zu überholen.«

Nicht alle Frauen des Harmoniedorfes konnten einfach ihre Arbeit ruhen lassen, Meng Ying aber stand schon seit einer Stunde vor dem Stadion im Oberen Dongshan, das auch Zehntausend-Zuschauer-Stadion genannt wurde – vielleicht aber war es sogar noch größer. Auch vor den vielen Eingängen drängten sich die Menschen und saßen auf den hohen Umfassungsmauern wie die Spatzen dicht beieinander. Ohne Arbeiterausweis von Dongshan-Stahl hatte Meng Ying vergeblich versucht, in das Stadion zu kommen, sie hätte zu gerne einen Blick auf die Bühne und Bai Yongliang geworfen.

Die ganze Zeit über fiepte das Mikrofon. Meng Ying wollte bereits gehen, als sie Bai Yongliangs rhetorische Frage hörte: »Wollen wir wirklich noch fünfzehn Jahre abwarten? Haben wir so viel Zeit zu vergeuden? Sollen die Arbeiter von Dongshan-Stahl, unsere vierzigtausend echten Dongshanerinnen und Dongshaner, von der internationalen Konkurrenz, diesen arroganten Kapitalisten, des Müßiggangs geziehen werden, nur weil wir nicht mehr Stahl produzieren als sie?«

Meng Ying stellte sich auf die Zehenspitzen und hoffte, wenigstens aus der Ferne einen Blick auf die Bühne des Stadions zu erhaschen, das ihr vorkam wie ein herabgefallenes Vogelnest.

Bai Yongliang rief: »Wir haben ein hochgestecktes Ziel!«, und sie spürte, wie das Stadion zu beben begann. Hunderte und Tausende roter Ballons stiegen über ihrem Kopf in den Himmel empor.

*

Noch immer waren alle Wohnungen in den beiden Straßen großzügig mit Rot dekoriert, doch Bai Yongliang hatte sich trotzdem im Harmoniedorf noch nicht gezeigt.

Seit zwei Tagen ging Großmutter Guo morgens und abends zu Herrn Xu, um zu fragen, wann der Vorsitzende dem Harmoniedorf einen Besuch abstatten und Anweisungen erteilen würde. Die Antwort war stets dieselbe: Der Vorsitzende Bai sei mit dem Komitee des »Großen Sprungs« in das Rote Haus umgezogen, wo die zentrale Leitung von

Dongshan-Stahl einquartiert war. Obwohl das Rote Haus einige Kilometer weit von der Fabrik entfernt lag, erhofften sich Herr Xu und die Frauen in der Kantine dennoch, dass der Marx-Theoretiker bald einmal mit seinem Team zu Speck in roter Soße in seine frühere Kantine kommen würde.

Dann wurde bekannt, dass Jiang Minhui eine Tochter geboren hatte. Die Nachricht wurde als gutes Omen in Harmoniedorf verkündet. Zusammen mit dem »Großen Sprung nach vorn« trug das zu einer doppelt festlichen Stimmung bei.

Aufgrund des sozialistischen Straßenbaus war Wu Mianzi insgesamt dreimal lange im Krankenhaus gewesen. Man hatte sich daran gewöhnt, dass er immer wieder vor der Tür des Hades stand, und sich lediglich gefragt, wann er sie wirklich durchschreiten würde. Dass Jiang Minhui noch einmal schwanger werden würde, damit hatte niemand gerechnet – und dann stand sie plötzlich vor der Entbindung. Sie hatte in letzter Zeit weitere Kleidung getragen, doch das war den Leuten bei all ihrem Gejammer nicht aufgefallen. Die glückliche Geburt wurde als eine Versöhnung für all das Unglück betrachtet, das dem Dorf und auch Großmutter Guo widerfahren war. Mutter und Tochter wurden großzügig beschenkt.

Als man entdeckte, dass die Kleine im Vergleich zu Schneeweiß dunkel aussah, lachten die Frauen laut darüber: Vermutlich liege das daran, dass der Vater während der Zeugung grünlich, bläulich und violett ausgesehen habe.

Mit einem entspannten breiten Grinsen um den Mund verkündete Jiang Minhui: »Die Kleine heißt Schwarzperle.«

Das Baby Schwarzperle war still wie ein tiefer See, und die kugelrunden Augen drückten sanfte Melancholie aus wie zwei abgelegene Dörfer hoch oben in den Bergen. Wenn sie die Babybacken an ihre Brust schmiegte, fühlten sich diese klebrig, warm und treu an wie ein Schaffell. Jiang Minhui kamen die Tränen, als sie der kleinen Tochter von der Krankheit ihres Vaters erzählte und ihr gleichzeitig versicherte, welche Fluten der Wonne sie empfand.

*

Als Meng Ying frühmorgens auf die Quartiertoilette gehen wollte, entdeckte sie Herrn Yang, der tot mitten auf dem Weg lag.

Der quicksilbrige, kleingewachsene Herr Yang hatte gegenüber von Jiang Minhui gewohnt und war Junggeselle gewesen. Großmutter Guo hatte sich deswegen Sorgen gemacht: Wie konnte es sein, dass ein echter Dongshaner ohne großen Makel keine Frau fand?

Dann hieß es, eine Kollegin aus der Werkstatt wolle ihn definitiv mit der eigenen Cousine verkuppeln. Da Großmutter Guo es als ihre Pflicht als Parteisekretärin ansah, dafür zu sorgen, dass Herr Yang beizeiten heiratete, war sie am Vorabend zu ihm hinübergegangen, um ihm ein paar gute Tipps zu geben, wie er sich dagegen schützen könne, von der Brautfamilie ausgenutzt zu werden: »Tritt morgen mutig auf und denk daran, dass du das Harmoniedorf in deinem Rücken hast. Die Frau ist zwar einige Jahre jünger als du, aber du bist ein echter Dongshaner mit einigen Ersparnissen.«

Die Brautschau sollte bei der Kollegin zu Hause stattfinden und war nach allem, was diese später erzählte, ein voller Erfolg. Die Braut sowie die Brautfamilie seien mit dem künftigen Bräutigam vollkommen zufrieden gewesen. Mutter und Tochter rechneten ihm hoch an, dass er einen ehrlichen Eindruck machte und pietätvoll dem kranken Vater beim Sitzen und Aufstehen geholfen hatte. Die Eltern hätten sich für die zwei Pfund Äpfel bedankt, die Herr Yang dem kranken Vater der Braut mitgebracht hatte, und am Schluss das künftige Pärchen ein wenig allein gelassen. Das musste für die beiden ein unverhofftes Glück gewesen sein.

Doch was war auf dem Heimweg geschehen? Hatte Herr Yang sich dermaßen an seinem Glück berauscht, dass er die vom Regenwasser gefüllten Schlaglöcher übersehen hatte? Hatten die Pfützen und Teiche dem freudetrunkenen Mann heimtückisch aufgelauert?

Als Großmutter Guo herausfand, dass Herr Yang am nächsten Tag vierzig geworden wäre, kamen ihr die Tränen: »Jetzt ist er gestorben, bevor ihm seine Frau nach Hause folgen und ihn zum Vater von acht Söhnen machen konnte.« Erst nach einer Weile konnte sie sich wieder beruhigen. »Aber der Himmel hat es eben so gewollt.«

Der »Große Sprung nach vorn« wurde kurz unterbrochen, damit sich alle im Harmoniedorf von Herrn Yang verabschieden konnten, bevor der sich auf seine letzte Reise aufmachte. Die Frauen entschieden, ihn für seine letzte Reise in ein Bräutigamsgewand zu kleiden und ihm eine Papierbraut in die Arme zu legen.

Als Herr Yang in den Himmel aufgestiegen war, bezog Meng Ying dessen Wohnung. Niemand verstand, was da gelaufen war: Sie könne doch nicht gleichzeitig in der privaten Villa ihrer Großeltern und in einer Wohnung von Dongshan-Stahl wohnen!

Frau Jiang erklärte, dass Meng Ying nur einige kleine Möbel in die Wohnung mitgenommen habe. Sie würde nicht darin schlafen, bevor sie nicht ihr Haus offiziell mit der Wohnung getauscht hätte.

Doch warum hätte sie ihr großes Haus gegen eine Wohnung tauschen sollen? Fürchtete sie sich vor dem Spuk in dem Haus?

Aber so war Meng Ying eben.

Großmutter Guo war das egal: Eine schlaue Frau mehr in der Neubergstraße würde jedenfalls nichts schaden. Meng Ying hatte sicherlich guten Einfluss auf Jiang Minhui. Und tatsächlich: Jiang Minhui fiel dem »Großen Sprung nach vorn« um den Hals, wofür sich Großmutter Guo bei ihrer neuen Nachbarin bedankte.

Die historische Aufgabe war damit auf die Schultern der Frauen im Harmoniedorf geladen.

14

Vor einer Woche war Bai Yongliang aus einem sonderbaren Traum erwacht. Seit seiner Versetzung ins Komitee des »Großen Sprungs nach vorn« hatte er oft geträumt. Auch an jenem Tag hatte ihn dieses Trugbild wieder unerwartet heimgesucht. Eine Woche lang geschah das sogar in jeder Nacht. Es kam ihm vor, als wäre er im Kino gewesen und hätte vergessen, den Saal zu verlassen.

»Das ist an sich nichts Ungewöhnliches für jemanden in Ihrer Position«, sagte Doktor Cheung. »Wenn man übermüdet ist, fällt man oft gleich in den Tiefschlaf. Wenn man dann am nächsten Morgen aufwacht, erinnert man sich allerdings nur an seine Träume, wenn man noch bis in die Morgenstunden hinein geträumt hat.«

Doktor Cheung galt als der beste Arzt im Krankenhaus Nummer 2 von Dongshan-Stahl. Der kleine Mann mit dem kastanienbraunen Teint kam aus einer chinesischstämmigen Familie in Indonesien, wohin sein Großvater ausgewandert war, und hatte Medizin an der Universität Leiden in den Niederlanden studiert. Bai Yongliang und er hatten eine Weile gleichzeitig im Wohnheim Nummer 7 der Stahlfabrik gewohnt. Nach Feierabend und an den Wochenenden hatten sie oft gemeinsam gekocht. Bai Yongliang war dabei von Doktor Cheungs seltenen Gewürzen und den exotisch duftenden Gerichten begeistert gewesen, was diesem sehr geschmeichelt hatte. Ob die beiden wirklich Freunde waren, darüber zerbrach sich keiner von ihnen den Kopf. Auch nach der gemeinsamen Zeit im Wohnheim verloren sie einander nicht aus den Augen.

Doktor Cheung erzählte Bai Yongliang gelegentlich von seinem früheren Leben in Jakarta und Europa. Zu Hause sprach er Hokkien-Dialekt. Die Immigranten aus Fujian und Guangdong verstanden sich in der neuen Heimat allerdings als ewige Konkurrenten. So durften Kinder aus den beiden verschiedenen Provinzen einander nicht heiraten. Wie die meisten chinesischen Immigranten war auch seine Familie bestrebt, den Nachwuchs für die höhere Bildung in den Westen zu schicken. Ein Cousin von ihm hatte damals Ingenieurswissenschaften in London studiert. Als er diesen in den Semesterferien einmal besuchte, begannen sie, sich mit der Gründung der Volksrepublik China zu beschäftigen. Schon bald war ihnen klar geworden, dass sie nach dem Studium in die Arme des Vaterlandes zurückkehren wollten. Während Doktor Cheung nach Dongshan ging, war sein Cousin in der Hauptstadt Beijing geblieben.

Bai Yongliang ging immer dann zu Doktor Cheung, wenn er einen Arzt zu brauchen glaubte.

Diesmal fühle er sich aber eigentlich überhaupt nicht krank, teilte er diesem mit. Dennoch: »Ich führe bei Dongshan-Stahl den Stab des ›Großen Sprungs nach vorn‹ an, obgleich ich kein Parteimitglied bin.« Ihm lagen die Worte: »Ich danke der Partei und Dongshan-Stahl, dass sie mir so viel Vertrauen entgegengebracht haben«, schon auf der Zunge, er sagte aber stattdessen: »Wie man sagt, bin ich jetzt auf dem Gipfel meiner Karriere angelangt.«

»Ich kann dir das gut nachfühlen«, sagte Doktor Cheung, der die Gemütswallung seines Patienten wie ein brausendes Meer empfand. »Mein Cousin, der im Ministerium in Beijing einen bedeutenden Posten innehat, ist einer demokratischen Partei beigetreten. Ich selbst aber bleibe ebenso wie du lieber parteilos.«

Bai Yongliang unterlag nicht der großen Selbsttäuschung, anzunehmen, die Tür zur Partei stünde jetzt für ihn offen. Er, Doktor Cheung und dessen Cousin, keiner von ihnen war ein wahrer Wunschkandidat für die Partei. Die Biografie für eine Parteikarriere sah anders aus. Ehrlich gesagt, hatten alle drei schon von Beginn an keine Chance: Sie waren einfach nicht in die richtigen Familien hineingeboren worden. Im Buddhismus hätte man gesagt, sie hätten in ihren früheren Leben nicht genügend Verdienste erworben, aber so dachte Bai Yongliang nicht. Er hatte sich dem Fortschritt verschrieben und war nicht abergläubisch. An Doktor Cheung war ihm aufgefallen, wie engagiert der sich in seine Aufgabe stürzte. Gemäß der Lehre des Großen Vorsitzenden aber war es möglich, schon zu Lebzeiten den Himmel zu erobern. Wenn er das in diesem Leben schaffte, würde er doch noch sein Ziel erreichen, der Partei beitreten zu dürfen. Zog man sein früheres Leben in Betracht, ging es dabei nur um Dialektik. Doktor Cheung, dessen Cousin und er waren nun einmal nicht mit den Wurzeln roter Familien auf die Welt gekommen. Sie alle fühlten sich aber nur umso mehr angespornt, als wären sie dennoch dazu berufen, den Himmel zu erobern, weil ihnen der Schutzhimmel fehlte.

»Mein Cousin und ich träumen von einer neuen Gesellschaft, die aus der chinesischen Tradition in die Moderne übergegangen ist. Zu deren Aufbau wollen er und ich auf unseren Gebieten einen Beitrag leisten. Eines Tages wird die ganze Welt erleben, dass die Menschen in unserem Land in einem der fortschrittlichsten Sozialsysteme der Menschheit leben. Darum haben wir unsere Familien und unser Zuhause verlassen.« Doktor Cheung holte ein Taschentuch aus seinem weißen Arztkittel hervor und wischte sich die geröteten Augen. »Mein Cousin«, sagte er leicht den Kopf schüttelnd, »ist ein fanatischer Idealist. Er setzt sich von ganzem Herzen für den Aufbau einer modernen Industrie für unsere neue Gesellschaft ein. Ich selbst versuche nach Möglichkeit, hochwertige medizinische Leistungen im Krankenhaus Nummer 2 für den ›Großen Sprung nach vorn‹ anzubieten.«

Doktor Cheung unterbrach sich, als es klopfte. Er hatte eine umfassende Gesundheitsuntersuchung des Vorsitzenden Bai angeordnet.

»Das ist Doktor Chao, er ist Assistenzarzt und wird dich zu den verschiedenen Abteilungen begleiten, damit du die übliche Warterei vermeidest. Wir werden dafür sorgen, dass du die Behandlung für hochrangige Kader bekommst.«

»Wir fangen mit der Abteilung für Ohren, Nase, Mund, Augen und Hals an«, sagte der junge Assistenzarzt. »Danach geben Sie eine Urinprobe ab, und Ihnen wird Blut abgenommen.«

Der Vorsitzende Bai machte im Vergleich zu seinen früheren Arztbesuchen ganz neue Erfahrungen. Er hatte jetzt einen Status mit klar messbarem Wert, es war wie auf dem Bauernmarkt. Da er aus moralischen Gründen nichts mit Begünstigung und gar mit Korruption am Hut haben wollte, betrachtete Bai Yongliang das Ganze als ein ihm jetzt zustehendes Privileg und empfand es als eine Anerkennung seiner Arbeit.

Seine Gesundheit war zum Kapital der Revolution geworden und zum Gemeinbesitz erhoben worden.

In Begleitung von Doktor Chao ging es dann zum Röntgen. Da das Krankenhaus Nummer 2 nur ein einziges Röntgengerät besaß, mussten viele Patienten nun wegen der Ankunft einer wichtigen Führungspersönlichkeit im Gang ausharren. Während er auf den Blutbefund und die Röntgenbilder wartete, brachte Doktor Chao Bai Yongliang zu seinem nächsten Test, dem auf Geschlechtskrankheiten.

Als Bai Yongliang schließlich zusammen mit Doktor Chao durch den langen Gang des Krankenhauses zurück zu Doktor Cheungs Büro ging, war ihm, als ob sie auf einem ausgerollten roten Teppich gehen würden. Neugierige versuchten, von beiden Seiten einen Blick auf den Vorsitzenden oder gar dessen Aufmerksamkeit zu erhaschen.

Doktor Chao überreichte seinem Chef die Liste mit den Untersuchungsergebnissen. Nachdem Doktor Cheung einen schnellen Blick auf die Häkchen in den entsprechenden Feldern geworfen hatte, streckte er Bai Yongliang die Hand entgegen und gratulierte seinem Freund: »Ich kann dich jetzt beruhigen, du bist kerngesund.«

Er lud den grinsenden Bai Yongliang ein, sich auf den Rattansessel vor dem Schreibtisch zu setzen, und schwieg eine Weile mit einem nichtssagenden Blick. Schon früher, als sie noch zusammen im Wohnheim gelebt hatten, hatte es Bai Yongliang genervt, dass auf sein Grinsen stets nur Cheungs ruhiger Blick folgte, wie ein tiefer Brunnen, aus dem nicht ein einziger Wassertropfen hervorquoll. Ein hartnäckiges Es-gibt-nichts-zu-Verraten machte den Blick so unerklärlich wie eine Erzählung, die nicht einleuchten wollte. Ihm war, als halte er einen Hammer und einen Nagel in den Händen, ohne Letzteren einschlagen zu können.

Schließlich sah Doktor Cheung ihm in die Augen und sagte: »Es geht nicht nur darum, ob du gut oder schlecht ausgeruht bist. Was du in deinen Träumen gesehen hast, ist eindeutig einer der Schornsteine von Dongshan-Stahl, der in die Wolken emporragt. Wenn aber der Rauch anfängt, gen Himmel zu steigen, zerfällt der Schornstein und der flüssige Stahl bricht hervor.«

Bai Yongliang erkannte, dass der Arzt recht hatte. Ihm fiel ein, dass er, als er noch in der Kantine ausgeholfen hatte, meist von vielfältigen leckeren Gerichten geträumt hatte, zum Beispiel von dem Speck in roter Soße, mitunter aber auch nur von dem großen Wok, in dem er die Fleischwürfel in die Soße einrührte.

Er versuchte, Doktor Cheung den Unterschied zu erklären. »Damals konnte ich mich nach dem Aufwachen stets an alle Details in den Träumen erinnern. Ich habe sogar versucht, diese geträumten Gerichte nachzukochen.« Er lachte. »Ob du es glaubst oder nicht: Sie sind mir jedes Mal gelungen.« Er kniff die Augenlider leicht zusammen. Auch als er noch ein kleiner Junge gewesen sei, habe es bisweilen solche Phasen gegeben, in denen er intensiv geträumt habe, bloß sei es damals nie zweimal derselbe Traum gewesen.

Doktor Cheung hörte still zu, während Bai Yongliang ihm weitere Details aus seinen Träumen erzählte: Unterschiedlich große Woks, einige der tiefen Kochtöpfe, die Schöpfkellen mit den langen Griffen und auch Gerichte mit dicken und leckeren Soßen tauchten darin so lebendig wie in Filmepisoden auf.

Doktor Cheung verharrte wie der Berg Tai, während Bai Yongliang sich laut fragte, wie es möglich sei, dass er anfänglich so unterschiedlich geträumt habe, nun aber alles ein Monotraum geworden sei. »Weshalb tauchen jedes Mal die Schornsteine im Zentrum meines Traums auf? Und jedes Mal versinken sie gleich wieder im Boden!« Mürrisch schüttelte er den Kopf. »Soll das etwa heißen, wir werden die Ziele des ›Großen Sprungs nach vorn‹ nie erreichen?«

Doktor Cheung beobachtete die fieberhafte Aufregung im Gesicht seines Patienten. Es schien, als würde gleich flüssiger Stahl aus einem Vulkan ausbrechen. »Sigmund Freud hat eine so umfassende wie tiefgründige Theorie der Traumdeutung entwickelt«, erklärte er ruhig.

»Von dem habe ich noch nie gehört«, gab Bai Yongliang zu.

Offenbar erkannte Doktor Cheung Traumdeutung als moderne medizinische Methode an. Dann aber verstand Bai Yongliang nicht, warum der Arzt ihm nicht vorschlug, seinen Traum anhand chinesischer oder indonesischer Prinzipien zu deuten. Hatte der Mann mit der mageren Gestalt und einem Blick wie zwei stille Wasser nur darum zum Studium in die Niederlande gehen müssen, um Träume zu deuten? Warum? Vor Kurzem hatte noch an jeder Straßenecke ein blinder Traumdeuter gesessen und seine Dienste angeboten. Diese Praktiken waren inzwischen zwar als »Giftkraut« entlarvt und verboten worden, doch waren sie in seinen Augen im Gegensatz zu dem denjenigen des unbekannten Herrn Freud zumindest authentisch gewesen. Schließlich war bekannt, dass Blinde über höhere Sehkräfte als andere verfügten, nicht umsonst hieß es: »Wer nicht mit Augen sieht, liest mit seinem Herzen.« Er jedenfalls hätte einem blinden Traumdeuter mehr vertraut als dem sehenden Herrn Freud oder seinem indonesischen Schüler. Aber auch ein blinder Traumdeuter hätte seinem Klienten nicht nach dem Munde geredet.

Doktor Cheung erklärte: »Geht man nach Freud, steht der große Wok in der Kantine für das Becken einer Frau, während der Schornstein deine Libido symbolisiert. Entsteht im Hochofen, das heißt in der Gebärmutter, neues Leben, sinkt das Ganze zu Boden, was auf den Prozess der Geburt verweist.«

Bei diesen Worten wurde Bai Yongliang leicht schwindelig. Er entschuldigte sich, dass er wegen der schlechten Träume schlecht geschlafen habe, verabschiedete sich rasch von Doktor Cheung und verließ geradezu fluchtartig dessen Büro.

*

Wieder einmal hatte Bai Yongliang Mühe, Schlaf zu finden. Mitten in der Nacht setzte starker Regen ein. Er hörte, wie die Tropfen gegen seine Fensterscheibe prasselten. Dabei wanderten seine Gedanken zu Meng Ying. Herr Xu hatte ihm mehrmals geraten, er solle zuerst eine Freundin haben, bevor er seine Jenny finde, allerdings hatte er seine Jenny inzwischen gefunden! Sollte er sich dennoch eine Freundin zulegen?

Bai Yongliangs Jenny hieß Aihua, was »Liebe für China« bedeutete, und war die Tochter von Herrn Duan, dem neuen Parteisekretär bei Dongshan-Stahl, auch wenn das noch niemand wusste. In seinem ersten Gespräch mit dem Parteisekretär hatte Bai Yongliang freiwillig den Eid abgelegt, solange die Stahlproduktion des Vaterlandes nicht diejenige von Großbritannien übertrumpfe, werde er mit keiner Frau anbandeln. »Alles in näherer Zukunft wird sich nur um den ›Großen Sprung nach vorn‹ drehen«, hatte er zwei Tage später auch General Yu versprochen, der aus der Armee zu Dongshan-Stahl gestoßen war, um die Kampagne zu unterstützen.

Aihua studierte an seiner Alma Mater Maschinenbau. Sie war eine eigensinnige und eher burschikose Frau mit Intelligenz denn eine gewöhnliche Schönheit. Bai Yongliang hatte ihren Vater nach der ersten großen Tagung zum »Großen Sprung« nach Hause begleiten dürfen, und schon bei diesem ersten Aufeinandertreffen hatten Aihua und er sich ineinander verguckt, behielten das aber als Geheimnis für sich.

Mittlerweile war Aihua an ihre Hochschule zurückgekehrt. Ob ihre Eltern Bai Yongliang als künftigen Schwiegersohn akzeptieren würden, war ihr egal. Für sie zähle nur, dass sie ihren Marx gesucht und nun gefunden habe, sie beabsichtige ohnehin nicht, ihre Liebe bald in die Öffentlichkeit zu tragen. Das war ihre Wahl, und die gehe weder ihre Eltern noch sonst jemanden etwas an, hatte sie Bai Yongliang gesagt. Sie würden lieber gemeinsam warten, bis der »Große Sprung nach vorn« bei Dongshan-Stahl unter der Führung Bai Yongliangs sein Ziel erreicht und die chinesische Stahlproduktion diejenige Großbritanniens und auch bald die der Vereinigten Staaten übertroffen haben würde. Dann könnte sie ihr Studium beenden, und am selben Tag könnten sie mit großem

Zeremoniell Hochzeit feiern. Ihre zwei kugelrunden Augen waren voller Sehnsucht gewesen. Die Hunderte von Satelliten der hohen Stahlproduktion über dem Tiananmen würden die Dekoration für ihr Hochzeitsfest sein.

In langen Briefen schütteten sie sich gegenseitig ihre Herzen aus und versicherten sich ihrer Unterstützung in der Revolution. Bai Yongliang hatte Aihua seinen Entwurf für den sozialistischen Aufbau des Vaterlandes geschickt und ihr in einem separaten Essay beschrieben, wie er als Komiteevorsitzender den Provinzgouverneur Wang beim »Großen Sprung« beraten hatte – damit habe er diesem den Rücken stärken wollen.

Wang stammte aus dem Süden und hatte während der Landreform die hochrangigen Kader öffentlich dafür kritisiert, dass die Einrichtung von Kommunen mehr Schaden angerichtet als Nutzen gebracht habe: Seiner Erfahrung nach sei die Familie als Produktionseinheit deutlich effizienter als eine Kommune, da jedes Familienmitglied am gemeinsam erwirtschafteten Profit teilhabe, Kommunen hingegen nur das Schmarotzertum unterstützten. Bai Yongliang fügte dem seine eigenen Darlegungen bei: Demnach unterscheide sich ihr Vaterland ganz entscheidend von der Sowjetunion. Während Russland von Großgrundbesitz geprägt gewesen sei, hätten in China kleine Landbesitzer und Pächter der Landwirtschaft den Stempel aufgedrückt. Dabei bezog er die Erfahrungen seiner eigenen Familie und derjenigen von Zhou Shihui mit ein, um seine Ideen luzider zu erweitern. Nachdem der Landbesitz der beiden Familien enteignet worden war, waren zuerst die Pächterfamilien verarmt, und zum

Schluss waren die Dörfer im Stich gelassen worden. Sein Fazit dazu lautete: Alle Seiten hatten dabei verloren. Bai Yongliang lobte den Gouverneur für sein loyales Herz und seinen Mut gegenüber seinem Vaterland, der ihm Feinde innerhalb der Regierung verschafft habe. Nun suchte er Schutz beim Militär, um sich seine eigene Macht zu sichern, denn auch innerhalb der Provinzregierung kämpften verschiedene Interessen auf Leben und Tod gegeneinander.

Aihua tat Bai Yongliang in ihren Briefen ihre vorbehaltlose Bewunderung kund. Yongliangs Idealismus und seine Weitsicht in Bezug auf die internationale Politik und den Klassenkampf im Inland beeindruckten sie ungemein. Zugleich ermahnte sie ihn, diese Schätze dem Vaterland ohne Vorbehalt zur Verfügung zu stellen. Sie würde immer zu ihm stehen, teile seinen Mut, werde sein loyales Sprachrohr bleiben und seine Einsichten weiterverbreiten. Sie würden an der Alma Mater viele ihrer Kommilitoninnen anspornen. Zwei Strichmännchen mit einer hoch wehenden Fünfsterneflagge in Rot hatte sie neben den Text gemalt – das seien sie: das geborene Revolutionärspaar. Das Wort »Revolutionärspaar« war doppelt unterstrichen.

Seit dem Besuch bei Doktor Cheung setzten seine Schlafprobleme Bai Yongliang noch härter zu. Der Schlaf überwältigte ihn zwar, sobald sich sein Kopf einem Kissen näherte, er träumte aber immer noch von Schornsteinen und wachte immer wieder auf.

Doch sein Herz schlug für ein viel zu nobles Ziel, als dass er sich selbst bemitleiden und sich dem Müßiggang hingeben würde. Er wollte sein Leben den Satelliten der hohen Stahlproduktionen über dem Tiananmen und der Zukunft der Menschheit widmen. So verbrachte er seit Wochen die Zeit zwischen den Besuchen bei verschiedenen Hochöfen und den Ansprachen damit, die Massen für den »Großen Sprung« zu mobilisieren. Leider lag die Verdoppelung der Stahlproduktion vorläufig noch in weiter Ferne. Er bedauerte sehr, dass er Maschinenbau studiert hatte und zu wenig vom Schmelzen von Stahl verstand.

Die Schlaflosigkeit war wie ein ungesättigtes Wolfsmaul. In den Stunden des Umherwälzens fütterte er den hungrigen Wolf mit immer weiteren selbstlosen hellwachen Minuten, und das Tier verlangte stets noch mehr.

Bai Yongliang erinnerte sich an den Namen Sigmund Freud. Eigentlich gefiel ihm die Idee, einmal dessen Theorie zu studieren, aber durften in ein und derselben Bibliothek Bücher über die Libido neben solchen über die Revolution stehen? Allerdings konnte er mitten in der Kampagne des »Großen Sprungs nach vorn« keine Zeit an Freuds Psychologie vergeuden. Seine Schlaflosigkeit war ein Luxusproblem, die Theorie der Traumdeutung im Gegensatz zum Marxismus völlig sinnlos!

Sein Geist war aktiv wie eine frisch geöffnete Flasche mit Sprudelwasser. Gedanken, die tagsüber hinter seiner Stirn keinen Platz gefunden hatten, ergatterten nun eine Lücke wie Zuschauer in einem ausverkauften Theatersaal.

Ihm fiel der Speck in roter Soße aus der Hand des Küchenchefs ein. Konnte er mit ihm als Bonus die Stahlarbeiter an der Produktionsfront anspornen? In demjenigen Produktionsteam, das den Rekord brach, könnte jedes Mitglied eine

Portion als Bonus erhalten. Außerdem war denkbar, dass die Stahlarbeiter nicht mehr dreimal am Tag kostbare Zeit auf dem Weg in die Kantine verschwenden mussten: Die Mahlzeiten könnten von der Küche aus direkt an die Front gebracht werden.

Nach all diesen schwerwiegenden Entscheidungen kam Bai Yongliang die durchwachte Nacht wie ein endloser Tunnel vor. Er wälzte sich im Bett hin und her und kam zu der Einsicht, dass er sich nicht zwischen Herrn Xus Speck und Sigmund Freuds Libido entscheiden konnte.

Seine Gedanken schweiften zurück zu Meng Ying. Er hatte an jenem Abend in der Kantine den zubereiteten Speck in einen Blechtopf geschöpft und ihr nach Hause gebracht, um sich für das eingeschlagene Fenster und das Verhalten der Kinder, die beim Straßenbau ständig Unfug getrieben hatten, zu entschuldigen. Dabei war er sich unsicher, ob der Speck Meng Ying besänftigen würde.

Als sie auf der Türschwelle gestanden und sich mit der Hand am Türrahmen festgehalten hatte, war sie ihm wie eine Göttin erschienen: Ihr Gesicht wurde wie von einem Dunstschleier umhüllt, ihr schwarzes Haar fiel ihr wie ein Wasserfall über ihre halb bedeckten Schultern bis zur Rückenmitte. Sie trug ein enges Kleid mit trompetenförmigem Rock.

Bai Yongliang überreichte ihr den Blechtopf mit dem Speck. Ihren Blick und ihre Geste, als sie diesen entgegennahm, konnte er nicht deuten. Sie bewegte sich wie ein Tier in freier Wildbahn.

Sie führte ihn in die Küche. Er entsann sich gar nicht mehr, ob sie sich bei ihm für das Speckgericht bedankt hatte. Sie stellte den Blechtopf wie selbstverständlich neben den Herd und sagte, dass sie ihm etwas zeigen wolle.

»Da sind die heruntergefallenen Sandsteine und die zerbrochene Scheibe.« Ihre Stimme klang hell, ihr entblößter Arm lenkte seinen Blick auf die auf dem Küchenfensterbrett liegenden zersprungenen Steinbrocken. »Das Fenstergitter hat verhindert, dass Schlimmeres passiert ist, sonst hätte ein großer Block die Scheibe einschlagen können«, sagte sie wie beiläufig. Ihr entblößter Arm vollführte dabei weitere Bewegungen, denen seine Augen kaum mehr folgten konnten, es war als loderten Flammen in diesem Körper. »Irgendwann wird das Fenster von heruntergestürzten Steinen ganz zugeschüttet.«

Ein weiteres zerbröckeltes Felsstück schlug gegen das Gitter. Meng Ying zuckte leicht mit den Schultern, wobei ihre Brüste kurz emporhüpften.

Bai Yongliang bot ihr an, die heruntergefallenen Steine wegzuräumen, und sie brachte ihm eine lange Kohlenzange.

Sie sah ihm mit verschränkten Armen zu, während er nach den Steinbrocken angelte. Ihre Brüste schmiegten sich den Armen an. Ihr Blick war fest, erschien rücksichtslos, fast anmaßend und verriet großen Stolz. Ihre Schmolllippen und ihre mandelförmigen Augen entsprachen nicht dem konventionellen Schönheitsideal, und er war sich nicht einmal sicher, ob ihr das rote Kleid stand – seine Mutter hatte immer betont, dass Rot nicht zu einem dunklen Teint passe, sonst wirke es bäuerisch. Zumindest in diesem Punkt hätte er seiner Mutter widersprochen, denn das Rot ergänzte gut Meng Yings dunkle Lippen, und auch ihre fülligen Brüste kamen dank des engen Oberteils und der feurigen Farbe effektiv zur Geltung.

Meng Ying machte keinen Hehl aus ihrer Ungeduld. Als er fertig war und keine weiteren Steinbrocken mehr gegen das Fenster schlugen, sah er sie an. Vor seinen Augen verschwamm sie zu einer Collage aus entblößten Armen und bebenden Brüsten. Seine Gedanken erloschen, eine innere, geheime, fiebrige Unrast ergriff ihn, er schnappte nach Luft, ihr Körper strahlte Sehnsucht aus. Er ließ die Zange auf den Boden fallen. Ihre Gegenwart ließ ihn in tollpatschigem Nichtstun erstarren, das unerträgliche Verlangen nach ihrem Körper, einem Feuerball gleich, erstickte ihn.

Meng Ying ließ sich nicht von seiner Revolution beeindrucken und bot ihm keine Kameradschaft an. Zuerst umspielte ein leises Lächeln ihre Mundwinkel, aber dann lachte sie laut los und kreischte sogar in hellsten Tönen. Wie ein Küken schlüpfte sie aus ihrem Kleid, darunter trug sie nichts, der schmale Hals verdrehte sich zur Seite. Sein Blick wanderte über ihre Brüste, durch seine Fingerkuppen lief ein leichtes, warmes Kribbeln. Auf einmal war sie ihm ganz nah. Dann lachte sie erneut und ließ sich auf ihr Bett fallen.

Er ließ seine Finger über die weite Kurve ihres Hintern gleiten, während er ihr zumurmelte: »Dein Po sieht aus wie ein Pfirsich.«

»Kein Po sieht aus wie ein Pfirsich. Du bist ein miserabler Lügner.«

In einer halben Stunde würde es Tag werden.

»Möchtest du nur meine ›Untergrundfreundin‹ bleiben?«

Sie drehte sich ihm zu und fragte zurück: »Oder willst du mein überirdischer Liebhaber werden?«

Er strich ihr das Haar aus den Augen. »Möchtest du etwa

meine Frau werden?« Er fixierte mit einer Hand ihren Oberarm fest auf dem Bett.

»Ach du«, lachte sie, drehte den Kopf weg und entwand sich ihm. »Ich bin doch schon verheiratet.«

Meng Ying stand vom Bett auf und ging hinüber zur Kommode, aus der sie ihren roten Heiratsschein hervorkramte, darauf ihr Name und derjenige ihres Mannes Gu Yong, daneben ihrer beider Porträtfoto.

Bai Yongliang spürte, wie ihm allein bei der Erinnerung daran das Blut unter der Haut gerann. Ihm war kalt, und gleichzeitig sehnte er sich nach frischer Luft. Schlaflos wälzte er sich weiter im Bett herum.

15

»Wir haben Bai Yongliang auf unserer Seite«, sagte Großmutter Guo zu Frau Xu, die mit dem Rücken zu ihr stand.

Frau Xu kämmte ihr Haar vor einem Spiegel auf ihrer Kommode und erwiderte: »Wir werden sehen.«

»Wir zeigen keine Angst.«

»Was haben wir denn zu verlieren?«

Einige Minuten zuvor hatte Frau Ye die Parteisekretärin von der Festsetzung dreier Frauen aus dem Harmoniedorf durch den Pförtner der Fabrik benachrichtigt. Sie selbst hatte mit vier anderen Frauen aus der Altbergstraße gerade noch fliehen können, aber Lili, Frau Song und Frau Pu wurden von dem Mann festgehalten.

Frau Xus Blick ruhte eine Minute lang auf Großmutter Guo, die eine kurzärmelige Bluse und eine halblange Hose aus changierender dunkelbrauner Seide trug. In der Hand hielt sie wie üblich ihren runden Palmfächer. Frau Xu selbst trug lediglich eine schlichte weiße Baumwollbluse und blaue Baumwollhosen.

»Haben unsere Frauen denn etwas verbrochen?«, fragte sie rhetorisch. »Sie haben doch bloß beim Abriss der alten Fabrikmauer ein paar Ziegel aufgelesen!«

»Das sehe ich auch so«, pflichtete Großmutter Guo ihr bei. »Frau Ye hat mir erzählt, es seien viele dort gewesen und hätten dasselbe gemacht. Der Unterschied aber sei gewesen, dass die Frauen vom Steinplatz ihre Männer hatten. Die brauchen die Ziegel aber doch nur, um die eigenen Wohnhütten zu vergrößern, während unsere Frauen die alten Ziegel für unseren Hochofen im Harmoniedorf zusammentragen.« Großmutter Guo stieß einen schweren Seufzer aus.

»Ohne effektive Beziehungen zu wichtigen Leuten in der Fabrik geht gar nichts, da wird doch wieder mal klar: Große Fische fressen kleine Fische, kleine Fische fressen die Garnelen«, ergänzte Frau Xu.

Innerlich war Großmutter Guo stolz auf den »Vorfall«, wie sie die Angelegenheit Frau Xu gegenüber bezeichnete. Lili hatte damit eine bewundernswerte Opferbereitschaft für den »Großen Sprung nach vorn« demonstriert und war ein leuchtendes Beispiel für jede Frau im Harmoniedorf. Endlich war ihre Schwiegertochter aus ihrem Schneckenhaus herausgekrochen und hatte ihr persönliches Glück dem Glück des Kollektivs untergeordnet, sie war bereit, ihr kleines Ich für das große Wir des Vaterlandes zu opfern.

Deswegen würde Großmutter Guo gemeinsam mit Frau Xu entschlossene Solidarität mit den drei vom Pförtner festgehaltenen Frauen zeigen. Auf gar keinen Fall durften die Ehre ihrer Schwiegertochter und der Ruf des Harmoniedorfs des »Vorfalls« wegen beschädigt werden. In ihren Augen hatte das Harmoniedorf wie eine Blase zu sein, eine Schutzhülle, um die Menschen darin gegen außen abzuschirmen. Jeder Kontakt mit Fremden hatte sich nach Großmutter Guos bisherigen Erfahrungen als riskant herausgestellt, Misstrauen geweckt und Gefahren mit sich gebracht. Ihr Harmoniedorf bot allen deshalb so viel Harmonie, weil es sich innerhalb dieser Blase befand. Die Bewohner gehörten dem Wir an, und um das zu schützen, waren ringsherum hohe Schutzwände notwendig.

Es dauerte zwei Stunden, bis die beiden kampfbereiten Frauen beim Pförtner einen Erfolg erzielen konnten.

Die drei von diesem festgehaltenen Frauen hatten sich zur Strafe neben den abgerissenen Mauern auf den Boden setzen müssen: Sie sollten die alten Ziegel von Zement und Mörtel säubern, damit sie, wie man sagte, ihr verbliebenes Leben noch einmal einem sozialistischen Bauwerk widmen konnten.

»Für den ›Großen Sprung nach vorn‹ sollen die Massen mobilisiert werden«, hatten Frau Xu und Großmutter Guo sowohl den Großen Vorsitzenden als auch den Vorsitzenden Bai zitiert, mit dem sie beim sozialistischen Straßenbau im Harmoniedorf bereits Hand in Hand gearbeitet hätten. Er solle ihn einfach direkt anrufen.

Der Pförtner wollte den wichtigen Mann jedoch nicht persönlich stören, den beiden Frauen wurde aber klar, dass er sich von großen Namen einschüchtern ließ. Er würde sich niemals trauen, das Missfallen des Vorsitzenden Bai zu erregen.

Auf dem Heimweg kamen die Frauen zu der Erkenntnis, dass sie ohne Beziehungen den »Großen Sprung nach vorn« vergessen konnten. Sie mussten ihr Beziehungsnetzwerk in der Fabrik erweitern.

Frau Xu überlegte zudem, ob ihr unterschiedlicher Kleidungsstil zu ihrem Erfolg beim Pförtner beigetragen hatte. »Denk an den Effekt von Gegensätzen: Zur Süßigkeit gibt man eine Prise Salz, salzigen Gerichten fügt man einen halben Teelöffel Zucker bei«, gab sie der zweifelnden Großmutter Guo zu bedenken.

Nach dem Abendessen wollte Lili sich direkt ins Bett zurückziehen. Sie habe schließlich mehrere Stunden in praller Sonne an den Steinen in der Fabrik arbeiten müssen.

Großmutter Guo hatte dafür volles Verständnis. Voller Zärtlichkeit betrachtete sie ihre Schwiegertochter und fragte sich: Wie hatte der Pförtner es nur wagen können, diese aufblühende Lilie, so rein und weiß, in der glühenden Sonne mit solch schwerer körperlicher Arbeit zu bestrafen! Sie beschloss, den hässlichen Schimpfnamen, den sie für ihre Schwiegertochter bisher gebraucht hatte, nie mehr zu verwenden. Seit dem »Großen Sprung nach vorn« hatte sich so vieles verändert, als wenn die Sonne plötzlich im Westen aufgegangen wäre.

Großmutter Guo selbst wartete auf Guo Min, der seit Beginn des Sprungs kaum noch vor Mitternacht nach Hause kam. Er sollte die Nachricht von Lilis großer Tat zuerst aus ihrem Mund hören, und sie wollte verhindern, dass er seine Frau nach einem Tag mit so strenger Bestrafung unnötig aufweckte.

Guo Min war äußerst erleichtert, dass seine Mutter und Lili sich endlich gut vertrugen. Ihm war es wichtig, dass sein Kind nicht in eine Familie geboren würde, in der Mutter und Großmutter miteinander im Wettstreit lagen. Über alles Weitere vermochte er sich gerade nicht mehr den Kopf zerbrechen, nach dem langen Tag in der Werkstatt im Dienst des »Großen Sprungs nach vorn« hätte er schon im Stehen einschlafen können.

Er schlich auf Zehnspitzen in das winzige Hinterzimmer, in dem er mit Lili schlief. Im Halbdunkel erahnte er die Silhouette seiner Frau. Lili lag geradezu extravagant da – wie eine Braut auf ihrem Hochzeitsbett, mit dem Rücken halbhoch an die Kissen gelehnt. Leise schloss er die Tür hinter sich. Das Zimmer war so eng, dass zwischen Bett und Wand nicht einmal eine Armlänge Platz war. Um Lili nicht zu wecken, tastete er sich im Dunkeln zum Bett hinüber. Da streckte sie jedoch einen nackten Arm herüber und umfasste ihn wie ein Chamäleon, das seine Beute mit der Zunge ergriff. Lili fing an zu kichern. Mit ihrer Hand hielt sie ihre Beute fest und schien so selig, als ob sein Glücksstern gerade vom Himmel in ihren Handteller gefallen wäre.

»Du riechst nach Jasmin«, tuschelte er und näherte sich ihr mit den Fingern, als wollte er eine Blume pflücken.

Sie zog ihn zu sich auf das schmale Bett und griff nach der Schalterschnur an der Wand. Ein zitternder Lichtschein erhellte das dunkle Zimmerchen. Guo Min hob verwirrt seinen Kopf und blickte mit halb zugekniffenen Augen zu der Glühbirne empor, die einen neuen orangefarbenen Rock trug.

»Schön. Wie hast du den Stoff um die Glühbirne befestigt?«

»Schließ bitte deine Augen.«

Er spürte, wie Lili flink aus dem Bett stieg. Es raschelte, als ob eine Ratte nach etwas suchte.

»Jetzt kannst du die Augen wieder aufmachen.«

Lili hielt sich neben der Tür des Hinterzimmers am Rahmen fest. Das verschwommene orangefarbene Licht huschte wie Wellen von Sand über ihren entblößten Oberkörper. Ihre kleinen, festen Brüste strebten wie zwei Blütenknospen nach vorn, und um ihren Unterleib wand sich ein prachtvoller, mit zwei Pfauen bestickter Seidenstoff bis zu ihren Füßen.

Sein fiebriger Blick suchte nach dem schüchternen Zittern und Beben ihrer kleinen Brüste, ihre violetten, dunklen Brustwarzen erschienen ihm wie zwei schwere Kronen. Lili sah aus wie eine dramatische und großmütige Königin.

»Du bist himmlisch.« Guo Mins Blick war scheu wie der eines Rehs. Die schöne weiße Lilie schien ganz seiner Fantasie entsprungen zu sein.

Lili streckte ihm ihren linken Arm entgegen. Mit dem anderen öffnete sie die Hintertür nach draußen. Kerzenlichter flackerten um den kleinen Platz, den Guo Min nach Lili benannt hatte. Mit Sandstein hatte er einen winzigen Rundplatz ausgelegt, ihn geebnet und darauf einen kleinen steinernen Tisch sowie zwei Blöcke zum Sitzen errichtet. Er hatte zerbrochenes Porzellan zusammengesucht und auf dem Tisch ein Mosaik mit weißen Lilien einzementiert, auf dem Boden eines mit Lilis Namen.

Lili führte ihn zu dem Tisch. Darauf entdeckte Guo Min eine kleine aus Pappmaschee geformte Brücke aus unzähligen aus Papier gefalteten kleinen Elstern. Der Kuhhirt und die Weberin befanden sich jeweils auf einer Seite des Silberflusses. Vor der Elsternbrücke standen Teller mit Sesamkeksen und Früchten.

»Ich wünsche dir ein schönes Qixi-Fest«, sagte Lili zu ihrem Mann, dessen Augen strahlten wie die Sterne am Mittsommernachtshimmel.

»Ich habe vergessen, dass das heute ist.«

»Das Fest ruht ja auch in der alten feudalistischen Tradition, wie unsere Parteisekretärin sagen würde, nicht wahr?« Lili lächelte schelmisch.

»Sind dies die Tribute?« Guo Min deutete auf den Tisch.

Lili nickte. »Komm, nimm dir einen Sesamkeks.«

Sie schob Guo Min einen Keks in den Mund.

»Schau mal zum Himmel hinauf, vielleicht können wir die beiden Sterne, den Kuhhirten und die Weberin, entdecken. Der Kuhhirt heißt auch Altair. Siehst du ihn? Er befindet sich rechts von mir. Er leuchtet etwas gelblich.«

»Ja, ich sehe ihn.«

»Von hier aus links siehst du den Silberfluss, die Milchstraße. Und wenn du von der Milchstraße aus noch weiter nach links schaust, siehst du die Weberin, den Stern Vega.«

»Wie weit sind die wohl voneinander entfernt?«

»Hast du denn noch nie das Qixi-Fest gefeiert?«

»Nein. Ich weiß nur, dass es am siebten Tag des siebten Mondmonats ist. Meine Mutter hat das nie gefeiert.«

»Vielleicht hatte das damit zu tun, dass dein Vater einfach nicht ihr Traummann war. Deine Mutter schimpft doch immer, er habe sich ins Grab gesoffen. Der Kuhhirt und die Weberin aber sind ein Liebespaar, das sich jedoch unglücklicherweise nur einmal im Jahr mithilfe der Elstern treffen kann, die für sie eine Brücke bilden.«

»Da magst du recht haben, das waren meine Eltern wohl sicher nicht. Sag mal, wie viele Elstern brauchen sie, um den breiten Silberfluss zu überbrücken?«

»Der Kuhhirt und die Weberin sind so weit voneinander entfernt, ich glaube, alle Elstern des ganzen Universums müssten sich für eine Brücke versammeln.«

»Was haben die beiden getan, dass sie auf unterschiedlichen Seiten der Milchstraße leben müssen?«

»Sie war eine Fee im Himmel, er war Kuhhirte auf der Erde. Als sie ihn ohne Erlaubnis geheiratet hat, hat die Himmelsgöttin mit ihrem Kamm einen Strich durch den Himmel gezogen. So ist der Silberfluss entstanden.« Zärtlich schmiegte sie sich an seine Seite.

»Treffen sich deine Eltern heute Abend auf einer Elsternbrücke? Bist du also ihre jüngste Elster?« flüsterte er in ihr Ohr und nahm sie zu sich.

Mit zwei Fingern zog er leicht an dem Tuch um ihre Hüften, der pompöse Rock fiel wie ein Fallschirm zu Lilis Füßen auf den Boden, und Guo Min hielt seine Frau wie einen quirligen Vogel in seinen Armen. Seine Fee. Wie ein hungriges Wolfsbaby stürzte sie sich auf ihn. Der geschmeidig antwortende, vom Mondschein umhüllte männliche Körper, der schmächtigem Schilf glich, stillte ihre Sehnsucht. Auf dem Boden des kleinen Mosaikplatzes ließen sie den Kuhhirten und die Weberin oben am Himmel, Trillionen Kilometer voneinander entfernt, ihre Leidenschaft beneiden.

Schließlich nahm Guo Min die Elstern aus der Brücke und ließ sie zu Lili hinfliegen. »Sie müssen am richtigen Orte landen«, flüsterte er ihr ins Ohr.

Während Großmutter Guo auf Guo Min gewartet hatte, hatte sie nachgedacht, und ihr war klar geworden, dass sie und Frau Xu während des vergangenen Tages stundenlang mit einem Korb Wasser geschöpft hatten. Lili, Frau Song und Frau Pu waren zwar freigelassen worden, hatten aber keinen einzigen Ziegel aus der Fabrik mitnehmen können. Es war wirklich wichtig, die Beziehung zu Bai Yongliang zu erneuern und zu vertiefen, nur dann würden sie das Ziel des »Großen Sprungs nach vorn« erreichen.

Sie würde zu Meng Ying gehen. Das war ihr jetzt vollkommen klar. Die ebenso gescheite wie attraktive Füchsin wäre die perfekte Brückenbauerin zu Bai Yongliang. Was ihr momentan aber fehlte, war Zeit. Sie hatte deshalb bisher noch nicht klären können, ob Meng Ying und Gu Yong wirklich verheiratet waren. Am einfachsten wäre es doch, wenn sie Bai Yongliang heiraten würde. Damit hätte Meng Ying ihren Beitrag für den Aufbau des Hochofens geleistet, und Bai Yongliang würde der Schwiegersohn des Harmoniedorfs werden. Sie selbst wollte ohnehin alle ihre Kräfte direkt in die Kampagne stecken. Der »Große Sprung nach vorn« war eine Jahrhundertkampagne, ohne gute Beziehungen zum Vorsitzenden des Kampagnenkomitees in Dongshan-Stahl würden sie sie nicht vorantreiben können. Es war einfach keine Lösung, sich jedes Mal in die Fabrik zu schleichen und vom Pförtner festgenommen zu werden.

Großmutter Guo nahm sich vor, strenger mit Meng Ying zu sein. Sie hatte längst erkannt, dass sie damals beim sozialistischen Straßenbau dem Volk gegenüber viel zu weichherzig gewesen war. Als Parteisekretärin war es ihre Aufgabe, Meng Ying auf den richtigen Weg zu führen. Davon abgesehen, hatte sie die kollektiven Interessen mit höherer Priorität zu vertreten. Eine Parteisekretärin durfte sich nicht auf andere Leute verlassen, sondern musste alles auf Schritt und Tritt kontrollieren.

Als Großmutter Guo zum Phönixbaum von Frau Xu kam, hatten sich die Frauen bereits dort versammelt und unterhielten sich natürlich auch über die Festnahme von Lili, Frau Song und Frau Pu am Vortag.

Großmutter Guo entschuldigte sich für ihre Schwiegertochter, die habe sich einfach zu viel zugemutet. »Am Abend hat sie sich nicht so wohl gefühlt. Sie wird sich uns aber nachher noch anschließen.«

Auf das Baumaterial für den Hochofen konnten die Frauen nicht mehr lange warten. Einen weiteren Tag zu vergeuden, bedeutete natürlich, dass ihr Satellit der hohen Stahlproduktion auch erst einen Tag später in den Himmel aufsteigen würde.

»Wir könnten weiter Sandstein vom Felsen abbauen«, sagte Frau Xu und machte damit einen Vorschlag, den sich bisher niemand ernsthaft getraut hatte zu machen. Nach Guo Mins Unfall waren die Felsen zum Tabu geworden, die Großmutter Guo an ihr weinendes Herz erinnern würden.

»Aber für das übrige Baumaterial brauchen wir unbedingt Bai Yongliang«, sagte diese nun unbeeindruckt. »Wir können es vergessen, das alles durch das Fabriktor schmuggeln zu wollen.«

Die anderen Frauen stimmten ihr zu, das war wirklich ein zu großes Risiko. Sie begannen zu diskutieren, wie sie den Vorsitzenden des Komitees besser an das Harmoniedorf binden könnten. Frau Pu schlug vor, Bai Yongliang mit einer Bekannten ihrer Familie zu verkuppeln: Liu Ling sei eine hervorragende Heiratskandidatin. Bildhübsch sei die junge Frau, und abgesehen von einer guten Bildung stamme sie auch noch aus einer Kaderfamilie der Stadtverwaltung Dongshan.

»Er ist jetzt ja auch deutlich leichter zu vermitteln. Vor einem halben Jahr hätte man ihn noch ausgelacht als einen, der nach den Sternen greifen will«, sagte Frau Song.

Die Diskussion wurde schlagartig von einer Siegesbotschaft aus dem Lautsprecher unterbrochen: Ein Dorf namens »Großer Sprung nach vorn« habe einen neuen Rekord aufgestellt. Eine Dorfdelegation unter Führung des Parteisekretärs habe unter Paukenschlag und Beckenklang den Handwagen eigenhändig durch das Eingangstor zu Fabrik geschoben. Darin habe, in ein rotes Tuch eingeschlagen, ein hundert Kilogramm schwerer Klumpen aus Stahl gelegen.

»Das ist ein historischer Fortschritt in der Geschichte der Stahlproduktion«, sagte die Sprecherin und erläuterte, wie ein Dorf mit fünfundfünfzig Einwohnern unter der Führung seines Parteisekretärs dieses Wunder hatte schaffen können: Auf den Aufruf des Großen Vorsitzenden hin hätten die Dorfbewohner mutig zwei Hochöfen auf offenem Feld errichtet und lauthals verkündet: »Wir werden Tag und Nacht mit großem Elan für den Vorsitzenden und die Partei Stahl produzieren.« Morgens, mittags und abends, also dreimal am Tag, hätten alle geschworen, bis zur Erreichung des Ziels des »Großen Sprungs nach vorn« auf ihre drei Mahlzeiten und den Schlaf zu verzichten. Von diesem Tag an habe das ganze Dorf täglich in drei Schichten rund um die Uhr vor ihren beiden Hochöfen gekämpft.

Dann ertönte das bekannte Lied » Der Sozialismus, der ist gut!«

Zum Abschluss des Berichts sprach der Parteisekretär des Dorfes: »Heute dürfen wir unserem Großen Vorsitzenden und dem Vorsitzenden des Komitees für den ›Großen Sprung nach vorn‹ von Dongshan-Stahl unser Geschenk überreichen: einen ›Satelliten der hohen Stahlproduktion‹.«

Großmutter Guo begann schneller zu atmen. Sie streckte ihre Faust in den Himmel und rief laut: »Wir werden die rote Flagge mit den fünf Sternen auf dem Mond und in der ganzen Welt aufpflanzen, im Weißen Haus und auch im Kreml.« Sie blickte rings um sich und erhob ihre Stimme, während sie mit dem Finger nach vorn zeigte: »Wer es wagt, uns beim ›Großen Sprung‹ Steine in den Weg zu legen, den werden die riesigen Räder des historischen Fortschritts zermalmen.«

Es schloss sich direkt ein zweiter Bericht über die Stahlproduktion innerhalb der Fabrik an: Die tägliche Produktion sei von einem Tag auf den nächsten um fünfzig Tonnen auf etwa siebzig Tonnen gesteigert worden. Zum großen Erstaunen der Frauen wurde nun der Name eines Arbeiters aus dem Harmoniedorf genannt: Der Stahlschmelzmeister Lu Jianling habe mit seinem Team das Stahlwunder in der Fabrik geschaffen.

Mit den Worten: »Wenn die Stahlarbeiter ihren Ruf erschallen lassen, dann erbebt die Erde dreimal!«, gratulierte der Vorsitzende Bai dem großen Stahlschmelzmeister und seinem Team zu ihrem Erfolg und sprach den Wunsch aus, dass sie ihre Produktion bald noch einmal verdoppeln und einen neuen Rekord aufstellen würden. »Lasst den neuen Satelliten der hohen Stahlproduktion über Tiananmen steigen!«

Nach der Übertragung begann Großmutter Guo sich lautstark zu beklagen: »Wir kommen hier nicht voran, und Lu Jianling, dieser jähzornige Kerl, dieser schrumpelige Ingwer, wird von Dongshan-Stahl unter ohrenbetäubender Trommelmusik und mit Gongschlägen wie ein Held gefeiert!«

Die Frauen sahen, dass ihr Bauch plötzlich ganz aufgeblasen geworden war – mit Neid und vielem Hass gefüllt. Als die Parteisekretärin aber anfing, sich mit dem Palmfächer vor dem Gesicht herumzuwedeln, fiel ihnen ein Stein vom Herzen: Das böse Qi war ihr aus dem Bauch gewichen und durch den Mund ausgetreten.

»Wir werden es niemandem gestatten, am ›Großen Sprung‹ einfach nicht teilzunehmen!«, rief sie und trat zur Seite, damit Frau Xu das Wort übernehmen konnte.

»Lassen wir den Worten Taten folgen!«, sagte diese. »Ab heute betätigen wir uns als Stahlarbeiterinnen. Wir bauen unseren eigenen Hochofen, um Stahl für unsere Fabrik zu schmelzen.«

Großmutter Guo unterbrach sie ungeduldig: »Und was ist mit den Baumaterialien?«

»Wir können ja schlecht Bai Yongliang darum bitten. Er schuldet uns nichts, und bis wir ihn über eine Frau enger ans Harmoniedorf gebunden haben, vergeht zu viel Zeit«, erwiderte Frau Xu mit einem Kopfschütteln.

»Aber er hat uns doch auch beim sozialistischen Straßenbau viel Zement beschafft«, gab Großmutter Guo zu bedenken.

Frau Xu, die vermeiden wollte, dass die Frauen sich falsche Hoffnungen machten, sagte: »Ja, aber damals saß der

Vorsitzende Bai noch nicht in einem Rattansessel, extra für die Kader angeschafft. Außer dem Kaiser steht heute niemand mehr über ihm.«

Großmutter Guo musste ihr zustimmen und überdachte ihre Möglichkeiten. »Vielleicht sollten wir Lu Jianling einladen, uns zu helfen«, sagte sie langsam. Immerhin sei sie die Parteisekretärin des großen Helden und lebe sogar als seine Nachbarin in derselben Wohneinheit.

Frau Xu und die anderen Frauen nickten zustimmend.

»Und von den hundert Kilo Stahl, davon brauchen wir uns nicht einschüchtern zu lassen«, fand Frau Xu. »Ein winziger Klumpen Metall ist schnell einmal vierzig oder fünfzig Kilo schwer, und zwei große Blöcke können rasch sogar bis zu zweihundert Kilo wiegen! Wir lassen uns auf keinen Fall unter Druck setzen: Was ein kleines Dorf auf dem Lande kann, das können wir doch noch viel besser.«

»Das stimmt! Immerhin wohnen wir direkt gegenüber von Dongshan-Stahl. Wir kennen uns aus mit der Stahlproduktion, wie sollen uns da irgendwelche Bauern das Wasser reichen können!«, sagte Großmutter Guo zufrieden. »Wir werden mit der Geschwindigkeit einer Rakete arbeiten, unsere Produktion wird bis zum Mond und bis zur Sonne hinaufreichen!« Ihre runden Backen glühten vor Erregung.

Eine unerschütterliche Entschlossenheit stand jetzt auf allen Gesichtern geschrieben.

»Nach dem Mittagessen fangen wir an«, gab Frau Xu bekannt.

Die beiden Anführerinnen zogen sich in Großmutter Guos Wohnung zurück und setzten sich wie zwei unzertrennliche Wellensittiche auf den Rand des Himmelbetts, um noch einmal über die notwendigen Voraussetzungen zu sprechen.

Frau Xu warf die Frage auf, wie sie an gutes Eisenerz gelangen könnten, denn das sei ja wohl für die Stahlproduktion notwendig. Bai Yongliang zu bitten, scheide ja nun einmal aus, aber auch Lu Jianling würde es ihnen kaum verschaffen können. Vielleicht könne Meng Ying ihnen ja helfen. Sie musste über gute Beziehungen zu einem hochrangigen Kader von Dongshan-Stahl verfügen, sonst hätte sie nicht in die Neubergstraße umziehen können. Sie könne sich als Brückenbauerin betätigen.

Großmutter Guo wusste nicht, wie weit es damit war, schlug aber vor: »Wenn Meng Ying den letzten Stempel für ihre Wohnung von mir haben will, dann stelle ich auch meine Forderungen. Wir werden unsere eigene Produktion aufbauen.«

Großmutter Guo begab sich also noch vor dem Mittagessen zu Meng Ying. Sie nahm sich vor, sich Mühe zu geben und in freundlichem Ton mit ihr zu plaudern, schließlich hatte Meng Ying etwas, das sie von ihr wollte. Sie begann daher, Meng Ying zu loben.

Zudem erwies sich die Parteisekretärin als überraschend gut informiert: Meng Yings Heirat mit Gu Yong habe sie nicht überrascht, im Gegenteil sei die Eheschließung sicherlich sowohl für sie als auch für Gu Yong vorteilhaft. »Baut er nicht Militärkampfjets fürs Vaterland? Wenn er seinen Vater nicht denunziert hätte, hätte er nicht studieren dürfen und wäre nicht anschließend einer Militärfabrik zugeteilt worden.

Die Partei würde einem Sohn eines Kapitalisten keine Militärgeheimnisse anvertrauen.«

Meng Ying stand reglos an der Türschwelle, ohne jede Bereitschaft, die Parteisekretärin hereinzulassen oder mit ihr zu sprechen.

Ungerührt fuhr Großmutter Guo fort: »Gerne arbeiten und niemals bei anderen schmarotzen, das ist es, was einen richtigen Proletarier ausmacht. Du bist mit einem Revolutionär verheiratet und solltest also umso eher werktätig sein und uns beim ›Großen Sprung nach vorne‹ unterstützen!«

Die Parteisekretärin störte es nicht, dass Meng Ying weiterhin schwieg. Sie gab ihr mit dem Palmfächer einen Klaps auf die Schulter und redete einfach weiter: »Weißt du, ich bin nur schnell vorbeigekommen, weil wir gute Beziehungen zu wichtigen Leuten bei Dongshan-Stahl brauchen, damit wir an die notwendigen Ressourcen herankommen können. Wir benötigen Eisenerz. Mehr will ich gar nicht.«

Sie hielte kurz inne und dachte, dass sie das Recht hatte, so mit der jungen Frau zu sprechen. Bevor Meng Ying in die Neubergstraße umgezogen war, hatten sie viele Schmeißfliegen umkreist, nun bekäme sie die Gelegenheit, ihren schlechten Ruf loszuwerden und sich einen guten Namen zu verdienen.

»Meinst du, dass du deine guten Beziehungen bei Dongshan-Stahl für unser Harmoniedorf spielen lassen könntest? Ohne Beziehungen können wir es vergessen, jemals Helden zu werden.«

Meng Yings Augen verengten sich, sie blieb aber still.

»Wenn du vielleicht später hörst, wie eine große Tat von

dir öffentlich von Dongshan-Stahl verkündet wird, wirst du stolz sein, und wir selbstverständlich auch. Jede politische Kampagne ist eine Chance, sonst wäre Bai Yongliang nicht wie mit einem Hubschrauber auf dem Posten des Vorsitzenden gelandet. Du hast ihn damals beim Straßenbau doch kennengelernt: Er ist an sich keiner, der der Vorstellung von einem Helden entspricht, inzwischen aber trauen ihm alle zu, dass er eines Tages wie die Sonne am Himmel emporsteigen wird, wie man so sagt. Von ihm kannst du lernen.«

Meng Ying schwieg.

Nach dem Mittagessen wurde im Harmoniedorf am großen Wasserbecken feierlich der Startschuss zum »Großen Sprung nach vorn« gegeben. Die Parteisekretärin hielt eine Begrüßungsrede, und Frau Xu stand mit einer Schere in der Hand an einem vor dem Becken gespannten roten Band bereit. Frau Pu hielt hielt das eine Ende der Schnur, Frau Song das andere.

»Nun schneide schon!«, rief die Parteisekretärin schließlich ungeduldig.

Nach ihrem Plan sollte der Hochofen in dem großen Wasserbecken gebaut werden. Kein anderes Areal im Harmoniedorf war sonst groß und eben genug, außerdem könnten sie so den bereits ausbetonierten flachen Boden nutzen.

»Den Wasserhahn behalten wir natürlich«, erklärte Großmutter Guo den Bewohnern. »Niemand wird in ein anderes Quartier zum Wasserholen gehen müssen. Dafür holen wir den ›Großen Sprung nach vorn‹ zu uns ins Harmoniedorf herein.«

Xiamei zitierte den Tang-Dichter Han Yu in klassischer Aussprache: Man könne nicht gleichzeitig Fisch und Bärentatze genießen.

Ganggang schlug vor, den Inhalt des Wasserbeckens genau zu berechnen, um zu wissen, wie lange es dauern würde, es zu leeren.

Das kam Großmutter Guo jedoch so sinnlos vor, als wolle man einer Schlange Beine zeichnen. »Das ist schlicht überflüssig. Wir fangen direkt an, das Wasserbecken zu leeren. Geht heim und holt eure Eimer und die Schulterstangen, dann füllt ihr eure Wasserfässer und alle anderen Behälter zu Hause auf. Vergesst nicht, es ist die letzte Gelegenheit, Wasser aus dem großen Becken nach Hause zu tragen.«

Ob sie dafür auch ihre Zahnputzbecher und Suppentöpfe mitbringen sollten, scherzten die Frauen.

Für die Parteisekretärin war es keine Sünde, wenn die Frauen beim Arbeiten miteinander schwatzten, im Gegenteil, es erstickte sie fast, wenn nebeneinander arbeitende Menschen totenstill waren. Hauptsache, es ging bei der Arbeit voran.

»Die Zeit ist wertvoll. Wir erleben schließlich den ›Großen Sprung nach vorn‹«, ermahnte sie die Frauen, als sie den Eindruck hatte, dass diese mit ihren Wassereimern in allzu gemächlichem Schritt daherkamen. Es gehe darum, die Arbeit so rasch wie möglich zu erledigen. »Geht im Laufschritt und vergesst nicht, dass das Wasser nicht verschwendet werden darf. Ein Tropfen Wasser entspricht einer Kilowattstunde Energie.«

Großmutter Guo übertrug damit den unerträglichen Druck, den sie wegen des »Großen Sprungs« spürte, auf die anderen. Doch ohne Druck, so sagte sie sich, hatte man auch keine Motivation.

Als ein paar Frauen wissen wollten, ob das geleerte Wasserbecken dann noch einige Tage trocknen müsse, blickte sie diese mit groß aufgerissenen Augen verständnislos an.

»Das wird nicht nötig sein. Dongshan hat ohnehin ein feuchtes Klima, genug Leute leiden hier an Arthritis. Wenn nicht einmal die Menschenkochen trocken bleiben, wie sollen wir dann ein altes Wasserbecken trocken kriegen?«

Noch vor dem Abendessen geschah der erste Unfall. Ganggang, der den Frauen geholfen hatte, das Wasser aus dem Becken zu schöpfen, war auf dem moosigen Boden ausgerutscht und hineingefallen. Ohne zu zögern, sprang Xiamei hinterher und zog ihn aus dem Wasser. Glücklicherweise schien sich Ganggang eher erschrocken als wirklich verletzt zu haben.

Während des Abendessens kam Großmutter Guo dann bei Frau Xu vorbei, um ihr mitzuteilen: »Ich habe vorhin Wu Mianzi den Auftrag gegeben, einige große Lampen um die Baustelle herum zu installieren. Er wird auch für den Stromanschluss sorgen. Dann können wir auch nachts weiterarbeiten.«

Frau Xu saß allein beim Essen. Ihr Mann kämpfte derweil schon den ganzen Tag am Kochherd für den »Großen Sprung«.

Die Arbeit sei trotz des kleinen Unfalls am ersten Nachmittag richtig gut in Schwung gekommen, fand Frau Xu. Auch Ganggang sei inzwischen wieder zum Arbeitsteam zurückgekehrt.

Als sich alle nach dem Abendessen wieder auf der Baustelle versammelten, beleuchteten die vier Hundert-Watt-Glühbirnen, die an vier Bambus-Wäschestangen befestigt waren, das Wasserbecken. Das sah aus wie eine Filmkulisse.

Alles deutete für die beiden Frauen auf eine verheißungsvolle Zukunft hin.

*

Unter der Führung von Großmutter Guo und Frau Xu war der »Große Sprung« in Schwung gekommen. Auch an diesem Abend brach bereits die Dämmerung herein, und alle redeten darüber, dass ihre Arme bald aus den Schultern herausfallen würden und ihre Rücken schmerzten, aber dennoch verließ keine der Frauen die Baustelle.

Frau Xus Blick fiel auf die aufgestapelten Ziegel. Kommt Zeit, kommt Rat, sagte sie sich immer – und siehe da: Das Problem mit den Ziegeln hatte sich wie von selbst gelöst.

Die Ziegel stammten von einigen verfallenden Mauern auf dem Grundstück von Frau Gu. Meng Ying hatte erzählt, ihre Schwiegermutter sei froh, wenn die Nachbarn ihr dabei helfen würden, die Mauerreste endlich wegzuräumen. Der alte Herr Gu habe dort einst ein Lagerhaus für all seinen Krimskrams errichten wollen, die Revolution habe dem dann aber ein Ende gesetzt. Die Ziegel des alten Gemäuers würden nun jedoch für den Bau des Hochofens völlig ausreichen.

Meng Ying hatte ihre Schwiegermutter nicht gefragt. Sie fand, dass diese nach dem Tod ihres Mannes eine andere geworden war, und war sich nicht einmal sicher, ob die alte

Frau von ihrer Heirat mit ihrem Sohn überhaupt etwas wusste: Die Bindung zwischen Mutter und Sohn war seit dem Tod des Vaters abgebrochen. Doch Frau Gu verließ ihre Wohnung sowieso kaum noch und würde vom Abtragen der Mauer wahrscheinlich nichts mitbekommen.

»Wir legen jetzt eine Pause für das Abendessen ein«, teilte Frau Xu schließlich allen mit, nachdem in den zwei Stunden zuvor mithilfe des vom Bau der sozialistischen Straße übrig gebliebenen Zements ein prächtiges rundes Mauerstück für den Hochofen errichtet worden war. Es sah aus, als würden die Mauerfundamente des Hochofens wie ein Pilz aus einer überdimensionierten Badewanne in die Höhe schießen. Hier würde schon bald Arbeit von historischer Tragweite stattfinden.

»Ich bleibe hier noch für eine Weile am Rand des Beckens sitzen«, sagte Großmutter Guo zu ihr.

Sie musste sich nicht beeilen, um kochen zu gehen. Lili würde das Feuer anmachen und ein oder zwei Gerichte für sich und sie aufwärmen. Guo Min kam in letzter Zeit kaum mehr rechtzeitig zum Abendessen nach Hause, denn mit der Gießerei verhielt es sich ähnlich wie mit dem Labor, der Werkstatt der Zimmerleute oder dem Lager: Sie zählten nicht zur vordersten Front des »Großen Sprungs«. Während Lu Jianling, der Stahlschmelzmeister, derzeit zur ersten Welt gehörte, waren Guo Min und Li Yun bestenfalls Mitglieder der zweiten oder dritten Welt, doch durften auch sie von den Helden der ersten Welt lernen und arbeiteten entsprechend lange.

Nicht alle Arbeiter der Gießerei durften gratis in der

Kantine Nummer 13 essen, und der Speck in roter Soße war den Stahlarbeitern vorbehalten. In den Augen der Parteisekretärin war das eine unerhörte Diskriminierung, und Frau Xu hatte bei ihrem Mann mit dem Argument, Guo Min habe sein Bein für den Bau einer sozialistischen Straße geopfert, Gerechtigkeit für Guo Min einfordern können: Seine Beinverletzung wurde von den Kantinenmitarbeitern als Betriebsunfall anerkannt, und Guo Min durfte mit seiner Blechschüssel dreimal am Tag beim Chefkoch in der Küche vorbeigehen. Ob Speck in roter Soße fürs Abendessen oder Dampfbrote mit Sojamilch zum Frühstück, Herr Xu ließ seinen Nachbarn das Menü jeweils selbst auswählen und schöpfte dann eigenhändig eine Portion für drei Personen in die Schüssel. So musste Guo Min zu Hause nicht mehr kochen, und die beiden Frauen hatten stets genügend zu essen zum Aufwärmen da. Heute würde es Fleischbällchen mit Reis und Wasserspinat geben.

Nicht nur Guo Min und seine Familie waren dem Chefkoch dankbar, jeder, der zum Versorgungsplan des »Großen Sprungs« in der Kantine Nummer 13 gehörte, fühlte sich ihm zu Dank verpflichtet. Der galt dann stets auch dem »Team«, wie man die Frauen in der Küche mitlerweile nannte. Im Winter wie im Sommer kämpften diese namenlosen Helden schweißverklebt an ihren lodernden Kochherden für alle, die an der vordersten Front arbeiteten. Bei jeder neuen Rekordmeldung zur Stahlproduktion erschienen Herr Xu und sein Team immer an der Spitze der Dankesliste, noch weit vor den Ärzten in den Kliniken und Krankenhäusern, den Pförtnern oder Putzleuten.

Während Großmutter Guo noch über die Bedeutung der Kantine Nummer 13 nachsann, kam Meng Ying in Begleitung von zwei Männern auf sie zu.

»Und diese alte Dame da«, sagte sie, indem sie auf Großmutter Guo deutete, »ist unsere Parteisekretärin.«

Die beiden Männer waren Mitglieder des Komitees für den »Großen Sprung« und hatten eine große Wandtafel als Geschenk des Vorsitzenden Bai für das Harmoniedorf mitgebracht.

»Sollen wir sie hier in der Nähe unseres Hochofens aufstellen?«, fragte Meng Ying. »Dort wäre sie wahrscheinlich am wirkungsvollsten.«

Die Parteisekretärin wollte das nicht selbst entscheiden und wies deshalb die beiden Männer an: »Stellen Sie sie einfach hier zu mir an den Beckenrand.«

Ihr fiel gleich darauf noch etwas Wichtiges ein, aber die Männer waren bereits wieder verschwunden. Großmutter Guo zog deshalb Meng Ying zu sich heran.

»Hast du deinen Bericht über den Vorsitzenden Bai fertig geschrieben?«

Es war schon eine Weile her, dass sie Meng Ying diese Aufgabe übertragen hatte. Sie hatte sich wegen der Beschaffung von Baumaterialien viele Sorgen gemacht und war deshalb auf die Idee gekommen, Meng Ying einen lobenden Bericht über den Vorsitzenden Bai schreiben zu lassen und an den Sender von Dongshan-Stahl zu schicken.

»Ich schreibe den Bericht nachher an die Wandtafel«, erwiderte Meng Ying.

»Am besten, du holst ihn jetzt gleich und liest ihn mir vor.«

Meng Ying aber meinte ausweichend, dass sie sich jetzt erst einmal etwas kochen müsse.

Als Großmutter Guo eine halbe Stunde später vor der Eingangstür zu ihrer Wohnung stand, dachte sie, dass Lili mit dem Kochen schon fertig sein müsse. Aber ihre Schwiegertochter lag blutend im Bett.

Nachdem Wu Mianzi und Herr Pu Lili mit der Bambustrage ins Krankenhaus gebracht hatten, teilten sie der Parteisekretärin mit, die Ärzte hätten gemeint, es sei eine Fehlgeburt gewesen.

16

如梦令	Zur Melodie »Wie im Traum«
(宋)向滈	von Xiang Gao (Song-Dynastie)
谁伴明窗独坐，	Wer sitzt allein am erleuchteten Fenster?
和我影儿两个。	Mein Schatten und ich, nur wir zwei.
灯烬欲眠时，	Doch die Lampe brennt aus, es wird düster.
影也把人抛躲。	Sogar mein Schatten hat mich verlassen.
无那，无那，	Oh weh, oh weh!
好个恓惶的我。	Wie wehmütig ich doch bin!

Ihr Bruder hatte Li Yun das Lied beigebracht, als sie noch ein Kind gewesen war, diesen Sprechgesang im Stil klassischer Gedichte der Song-Dynastie. Auch ihre Lampe brannte jetzt aus. Auch ihr Schatten hatte sie verlassen. Dunkelheit umhüllte sie.

Wie weit waren sie und ihr Bruder voneinander getrennt? Wie Norden und Süden, Osten und Westen oder durch den Styx zwischen Yin und Yang, zwei Welten? Sie sagte das Gedicht noch einmal so leise auf, dass nur sie allein es hörte. Die selbstbezogene Wehmut des Dichters war nach mehr als tausend Jahren auf sie übergesprungen.

Ihr Bruder Li Huang hatte Geschichte an der Universität für den Aufbau des Südens studiert und arbeitete dort als Assistent. Er galt als eine der künftigen Säulen des Kommunismus. Doch ausgerechnet er war in seiner besten Zeit ausgeglitten und in den Abgrund gestürzt: Er hatte sich verliebt und eine Affäre mit Honghong, der Frau des Parteisekretärs, begonnen. Als sie schwanger wurde, flog das Ganze auf, und Li Huang verschwand irgendwohin in die Wüsten des Nordwestens, so hieß es. Honghong selbst zog zu Li Yuns Mutter und gebar Zwillinge, starb aber bei der Geburt. Li Yun und ihrer Mutter war klar, dass Longlong und Ningning keine Zukunft hätten, wäre ihre Herkunft aufgedeckt worden. Li Yun nahm die Kinder zu sich und zog sie wie eine Mutter auf. Niemand würde je erfahren, was passiert war.

Durch den Vorhang vor ihrem Fenster vernahm sie, wie Großmutter Guo nach dem Abendessen das Harmoniedorf zur Weiterarbeit am Hochofen aufrief. Sie selbst war von den Bauarbeiten befreit worden. Durch Longlongs Krankheit war sie mit den beiden Kindern an das Haus gebunden, auch wenn beide jetzt schon tief schliefen.

Sie ließ ihre Finger sanft an dem genähten Rand des Vorhangs entlanggleiten. Es war ein dünner Baumwollstoff mit beigefarbenen Tupfen. Ihr gefiel die Stimmung des durch den Vorhang sickernden Dämmerlichts. Sie lehnte sich zurück und empfand Genugtuung, dass sie von der Außenwelt getrennt und damit geschützt war. Sie lebte anders, dessen war sie sich bewusst. Ihr Anderssein machte sie edler und feiner, sie fühlte sich vornehmer. Von Hochmut erfüllt saß sie hinter dem dünnen Stoff und war mit ihren Schatten allein. Nur schwach schimmerte das Licht der Glühbirnen von der Baustelle durch den Vorhang. Die Baustelle selbst konnte sie nicht sehen, die war zu weit weg.

Es ging bereits auf Mitternacht zu, als die Frauen von der Baustelle langsam in ihre Wohnungen zurückkehrten. Li Yun wälzte sich noch im Bett und lauschte den Schritten der Parteisekretärin. Das Trampeln näherte sich und wurde lauter. Dann wurde die Tür zugeknallt. Sogar das Rauschen des Palmfächers beim Luftfächeln glaubte sie zu hören.

Dann folgten die leiseren Schritte von Lili und Frau Lu. Li Yun konnte nur schwer verstehen, dass Lili sich nach ihrer Fehlgeburt schon wieder in die Arbeit am Hochofen gestürzt hatte.

Ningning hatte ihr erzählt, wie zärtlich Großmutter Guo zu Lili hingeblickt hatte, am Tag nach Lilis Fehlgeburt habe sie sogar mehrmals geheult, bis ihre Augen matt wie Kuhaugen gewesen seien.

»Lili hat Großmutter Guo geschworen, dass sie bald wieder schwanger werde«, hatte Ningning gesagt, und Li Yun hatte den Eindruck gehabt, ihre Tochter zurechtweisen zu müssen. Was wusste so ein kleines Mädchen schon vom Schwangerwerden? Ningning brauchte Wörter, die nicht zu einem züchtigen Mädchen passten.

Irgendwo wurde Wasser in ein Becken gegossen, jemand wusch sich wohl das Gesicht und badete anschließend die Füße. Es knallte noch einmal eine Tür, bevor alles in Stille versank.

Li Yuns Gedanken wanderten zu ihrem Sohn. Longlong verpasste zwar den Baurummel, hatte sich aber bisher kein einziges Mal darüber beschwert. Ningning jedoch ließ freiwillig keinen Trubel aus, und sie hatte ihr verbieten müssen, die Wohnung zu verlassen. Es war unfair Longlong gegenüber, dass das Schicksal Ningning alle Türen geöffnet zu haben schien, während er unter allen möglichen Krankheiten litt. Für Li Yin als Mutter hatte das Familienglück oberste Priorität und stand auf jeden Fall vor Ningnings individuellem Vergnügen.

Wie hatte ihr eigenes Leben es denn mit ihr gemeint? Es war alles ganz anders gekommen als geplant. Ihre Mutter hatte – wie eigentlich alle Frauen – ihrem Vater, der bereits einen Sohn von seiner verstorbenen ersten Frau hatte, unter allen Umständen ebenfalls einen Sohn schenken wollen. Mit einem Sohn hätte sie sich gegenüber der toten Konkurrentin als ebenbürtig erwiesen. So aber machte sie ihrer Tochter schon von klein auf klar, dass der erste Sohn, ihr Halbbruder Li Huang, intelligenter war als sie. Bis zu ihrem letzten Atemzug wünschte sich die Mutter, lieber ihren Halbbruder anstelle eines Mädchens auf die Welt gebracht zu haben!

Li Yun war zehn Jahre jünger als Li Huang und ihr Vater schon längst nicht mehr der Jüngste. In ihrer Erinnerung war ihr Bruder der eigentliche Mann im Haus, später sogar der einzige Mann in ihrem Leben – und er war der Vater der Kinder, die inzwischen ihre eigenen geworden waren. Es war lediglich so, als hätte Li Yun, statt Samen zu säen, die Setzlinge direkt in die Hände bekommen.

Die wichtigste Verbindung zwischen ihr und ihrem Bruder war das gemeinsame Rezitieren von Gedichten von vor tausend Jahren, aus der Tang- und der Song-Zeit gewesen. Die alten Klassiker hätten sie auch weiterhin miteinander verbinden können, aber es war, als hätte der Bruder die Bücher zugeklappt und ins Regal zurückgestellt, bevor er ein anderes Buch in die Hand hatte nehmen können – und sie war das zurückgestellte Buch. Seit sie von ihm zurückgelassen worden war, war sie keine engere Beziehung zu einem Mann mehr eingegangen, während ihr Bruder inzwischen alle Frauen dieser Welt hätte auswählen können.

Im Gegensatz zu ihrem Bruder – ach, dem Halbbruder –, der allem Anschein nach auch noch viel zu gescheit war, um zu schweigen, hatte sie schon in jungen Jahren gelernt, ihren Mund zu halten. Wie oft hatte ihr Vater, ein Greis, aber nicht senil, gesagt: »Ruhm muss man genauso fürchten, wie ein Schwein fürchten muss, fett zu werden.«

Und dann fing sie an, ihr eigenes Kapitel zu schreiben: Sie zog zusammen mit den Kindern nach Dongshan und begann mit ihrer Arbeit in der Fabrik. Seither nahm sie die Welt ringsum anders wahr. Sie glaubte schon lange nicht mehr, dass ihr Bruder noch auf der Flucht und am Leben war. Sie war Hans im Glück, während ihr Bruder seiner Intelligenz erlegen war.

Da schwebte ihr der Revolutionär vor Augen, seine unzähligen Lektüren zur Weltrevolution auf dem Tisch, seine Uniformen in Grau und Grün und sein Blick voller Scharfsinn und Klugheit. Während Li Huang wie die Sonne am Himmel strahlte, verbarg sie sich auf der Schattenseite des Mondes. Li Yun hatte nicht nur wegen ihrer Hasenscharte gelernt, unsichtbar zu sein, auf Bescheidenheit zu achten und sich klein zu machen, sich gar wie ein Igel zu tarnen und die Stacheln aufzustellen. Dies bot ihr Schutz und trieb ihren Feinden den Hochmut aus.

Ihr Bruder hingegen trug so viele Hoffnungen in sich, war

auf eine Verbesserung der Welt erpicht und sehnte sich nach einer Revolution. Er berauschte sich an dem Gedanken, die Fehler der noch unvollendeten neuen Gesellschaft zu tilgen. Doch Li Huang irrte: Die Revolution ließ zwar Gefühle aufwallen, hatte selbst aber keine Gefühle – die beiden chinesischen Schriftzeichen bedeuteten bloß »Leben fordern«. Die Revolution war fähig, zu zertrümmern und kaputt zu machen, jedoch nicht, das Kaputtgegangene zu reparieren und Wasser auf keimende Setzlinge zu gießen. Ach, ihr Bruder war so verträumt gewesen, mit weichem Herz, so fragil, verletzlich und sensibel. Die Revolution war kein Heilmittel für Wehmut und schon gar nicht für jemanden mit Sehnsucht nach Poesie.

Die Geschichte hatte Li Huang verraten, er war wie eine Motte gewesen, die dem Licht entgegenflog und in der Lampe verbrannte. Die Mutter hatte es geahnt, als ihr am Tag, bevor der Haftbefehl eintraf, eine Singdrossel beim Putzen des Vogelkäfigs davonflog. Li Yun hatte ihren Bruder, ach ja: ihren Halbbruder, überlebt.

Gut, dass sie sich nicht auf Bai Yongliang eingelassen hatte. Jede dieser Rampensäue wurde über kurz oder lang ja doch nur für den Transport in den Schlachthof gemästet. Wenn das Licht erlosch, hockte jeder mutterseelenallein im Dunkeln.

Li Yun drehte sich zum Fenster, aber es war mittlerweile zu dunkel, um den Umriss des Fensters durch den Vorhang wahrnehmen zu können. Im Zimmer herrschte vollkommene Stille. In verborgener Genugtuung und geheimem Hochmut schlief sie ein.

Am nächsten Morgen war Longlongs hohes Fieber endlich verschwunden. Der kleine Körper schien wieder an Kraft zu gewinnen.

»Longlong, du solltest heute ein Pagodenbonbon gegen deine Bandwurmerkrankung nehmen«, entschied Li Yun.

Sie hütete den Rest der Arzneimittel als Vorrat für Longlong wie einen Schatz in ihrer Kommode. Ihr war klar geworden, dass Bai Yongliang ihr keine weiteren Bonbons und auch keinen Zement mehr nach Hause bringen würde.

»Streck mal schnell deine Zunge heraus«, forderte sie Longlong auf.

Dieser ließ seine weiß belegte Drachenzunge hervorschnellen, auf die Li Yun ein lilafarbenes Pagodenbonbon in der Größe eines Fingerhuts legte.

»Na, schmeckt's?«, fragte sie ihn. »Prima. Es wird dir helfen, die Parasiten in deinem Bauch endgültig loszuwerden.«

Ningning stand daneben und beobachtete ihren Bruder neidvoll dabei, wie seine weiß belegte Zunge genüsslich an der lila Pagode herumschleckte.

Li Yun wandte sich ihr zu. »Falls Longlong nachher Bauchweh bekommt, dann hilf ihm bitte, sich auf den Nachttopf zu setzen. Wenn er den Bandwurm ausgeschieden hat, dann leere den Nachttopf in der öffentlichen Toilette aus.«

Sie zeigte ihrer Tochter das vorbereitete Essen in der Anrichte. Wenn sie zum Mittag nicht nach Hause kommen könne, solle Ningning das Essen mit dem heißen Wasser aus der Thermosflasche aufwärmen. Nach dem Essen solle sie Longlong ein weiteres Pagodenbonbon geben. Sie selbst müsse jetzt ins Labor.

An der Türschwelle wandte sie sich noch einmal um und ermahnte Ningning: »Und du lässt deine Finger von den Pagodenbonbons! Dein Bruder braucht sie gegen die Parasiten.«

*

Jiang Minhui musste sich eingestehen, dass ihr momentan alle Gelenke wehtaten. Aber nichts sprach dagegen, ihren Gliedmaßen sogar noch mehr Einsatz aufzuzwingen, vor allem wenn sie an ihren Mann dachte. Wu Mianzi, der noch vor Kurzem das Bett hatte hüten müssen und schon fast mit einem Bein im Grab gewesen war, transportierte nun mit bloßen Händen Ziegel auf der Baustelle. Frau Jiang wollte nicht der Klotz am Bein des »Großen Sprungs« sein. Sie zeigte sich entspannt und unbekümmert: Sie hatte ihre Balance zwischen dem »Großen Sprung« und den Kindern gefunden, wodurch ihre Welt wieder in ein perfektes Yin-Yang-Bild passte.

»Wann wird uns denn endlich der Zement geliefert?«

Schon zum zweiten Mal an diesem Morgen fragte Frau Song das. War das vielleicht eine rhetorische Frage? Alle wussten, dass es schon seit Längerem keinen Zement mehr gab, das war der Mangel-Baustoff schlechthin.

Entschlossen trug Jiang Minhui zwei Körbe Lehm mit einer Tragstange herbei.

Auf dem Land hätten sie stets nur Lehm zwischen die Ziegel gestrichen, erklärte sie den anderen Frauen. Ihre Familie habe ihr eigenes Haus aus Lehm gebaut. Sie zeigte den Frauen, wie das ging.

Nach zwei weiteren Lehmtransporten verabschiedete sie sich jetzt für eine offizielle Stillrunde.

Als stillende Mutter nahm sie damit nur die gleichen Grundrechte in Anspruch wie alle echten Dongshanerinnen: Dreimal am Tag zog sie sich offiziell in ihre Wohnung zurück, um Schwarzperle zu stillen. Frau Xu hatte ihr erzählt, dass bei Dongshan-Stahl eine Mutter auch während der Arbeitsschicht nach Hause gehe, wenn sie stille. Gegen diese Richtlinie hatte Großmutter Guo nichts einwenden können.

»Dann gehe ich jetzt erst einmal«, rief Jiang Minhui zu Wu Mianzi hinüber. Man solle aber mit dem Anzünden des Hochofens auf sie warten. Sie würde rechtzeitig zurückkommen, um die Glanzstunde des Tages nicht zu verpassen: Vor dem Mittag sollte der Ofen erstmals befeuert werden.

»Nimm dir ruhig Zeit, es wird zuerst noch eine weitere Ziegelreihe aufgesetzt«, beruhigte Wu Mianzi seine Frau.

Die war in den Augen vieler Leute vielleicht eine echte Nervensäge, nicht aber in seinen.

Noch vor dem Mittagessen tauchte Lu Jianling zur ersten offiziellen Inspektion des Hochofens auf. Doch statt einer Anerkennung äußerte er als Erstes nur laute Missbilligung: »Das ist doch kein Hochofen, zum Teufel! Wenn überhaupt, ist das ein Tiefofen, aber auf gar keinen Fall ein Hochofen.«

Wu Mianzi, ein stattlicher, breitschultriger Mann, streckte dem Stahlschmelzmeisters die Hand entgegen. An diesem strahlenden Tag suchte man vergeblich nach Anzeichen seines Leidens, über das man ständig gemunkelt hatte, vor allem über sein grün-blau angelaufenes Gesicht. Der Mann kam den Nachbarn sogar richtig imposant vor, für jemanden wie Frau Jiang war er eigentlich viel zu schön.

Im Gegensatz zu dem großen Stahlschmelzmeister mit dem Rang siebeneinhalb sprach Wu Mianzi ganz unverkrampft in seinem geschmeidigen Süddialekt und stellte Lu Jianling die gemeinsame Arbeit vor: »Dieser Hochofen des Harmoniedorfs wurde ohne jegliche Anleitung von den Bewohnern selbst erbaut.«

Alle fanden, das habe er treffend und ohne falsche Bescheidenheit vorgetragen.

Frau Xu ergänzte rasch: »Wir erkennen besonders die Mitarbeit von Frau Lu und ihren drei Kindern an, die sich von Anfang an eifrig am Hochofenbau beteiligt haben.« Sie lächelte Xiamei, die neben ihr stand, gütig an und gab der jungen Frau einen freundlichen Klapps auf die Schulter. Dann holte sie schnell Luft und fuhr fort: »Für uns ist jetzt entscheidend, dass wir einen Experten wie dich gewinnen können, der die Aufsicht über alles Weitere übernimmt.«

Wu Mianzi stimmte dieser exzellenten Idee zu und fügte noch hinzu: »Es wäre uns allen eine Freude, wenn auch dein Bruder vom Land sich uns eines Tages anschließen würde. Gemeinsam könnten wir dann als Erste den ›Großen Sprung nach vorn‹ realisieren.«

Jiang Minhui hatte gut geheiratet, fanden die Nachbarinnen. Wu Mianzi klang so glaubwürdig wie taktisch klug, wenn er auf Lu Jianlings Bruder anspielte, der an Kinderlähmung litt. Seinetwegen fuhr der Stahlschmelzmeister oft in sein Heimatdorf zurück. Dass Wu Mianzi nach so langer Bettlägerigkeit darüber im Bilde war, erstaunte sie aber zutiefst.

Wie zwei Händler, die auf dem Schwarzmarkt diskret miteinander verhandelten, zogen sich die beiden Männer etwas zurück.

Als sich Lu Jianling schon bald wieder verabschiedete, kehrte Wu Mianzi in die Mitte des Wasserbeckens zurück und verkündete den gespannt wartenden Frauen: »Die Anweisung des Stahlschmelzmeister lautet, dass wir unseren Hochofen noch um zwei Drittel höher bauen sollen, wenn wir täglich zwanzig Tonnen Stahl herstellen wollen.«

*

Lu Jianling war noch blutjung gewesen, als er seine Mutter und den schon als kleines Kind an Kinderlähmung erkrankten älteren Bruder in dem Weiler auf dem Land zurückließ. Er wollte zum Stahlwerk Dongshan gehen, dem Nabel seiner Welt, um sein Schicksal fortan in die eigenen Hände zu nehmen.

Am Morgen seines Abschieds hatte die Mutter ihn ein Stück begleitet und ihm wehmütig ihre Besorgnis um den älteren Sohn anvertraut: »Jetzt wird uns niemand mehr im Dorf ernst nehmen. Ich werde alt werden, und dein Bruder wird nie richtig auf die Beine kommen.«

»Eines Tages werde ich euch in die Stadt holen, warte nur, bis ich eine Stelle gefunden habe.«

Damals ragte Lu Jianling noch hoch auf wie eine junge Tanne in der Landschaft und hatte Glück: Er wurde von einem Meister in der Stahlschmelze von Dongshan als Lehrling angenommen.

»Der Bengel ist das Eisen in der Erdkruste, das erst zu Stahl geschmolzen werden muss«, sagte der Meister im Vertrauen auf seine Urteilskraft. »Der Schlingel hat das Zeug, einmal ein großer Stahlschmelzmeister zu werden. Eine Welt wird sich für ihn auftun.«

Und tatsächlich hätte er niemanden finden können, der geeigneter gewesen wäre. Lu Jianling erwies sich als fleißig und lernbegierig. Er versenkte sich wie eine Schraube in die Arbeit und blieb dabei so still wie tiefes Wasser.

Für den Meister deuteten viele Eigenschaften darauf hin, dass sein Lehrling ein beachtliches Talent war. In den ersten sechs Monaten beobachtete er, wie Lu Jianling sich in die Stahlschmelze geradezu verbissen hatte, und noch leidenschaftlicher gab dieser sich in den darauffolgenden Monaten dem flüssigkochenden Stahl hin.

Nach dem Abschluss der Lehre, die knapp ein Jahr gedauert hatte, heiratete Lu Jianling die stämmige, pferdegesichtige Tochter seines Meisters. Seine Schwiegermutter flehte ihren Mann an, er solle sich weiterhin um Lu Jianling kümmern, bis dieser zum Stahlschmelzmeister des achten Ranges aufgestiegen sei.

Lu Jianling hatte seine Pläne schon kurz nach Beginn seiner Lehre seiner Mutter anvertraut. Er wolle sich zwar um sie und seinen Bruder kümmern, sein vorläufiges Lehrlingsgehalt aber würde die Versorgungsprobleme der Familie noch nicht lösen. Auch die Bezugsmarken für Reis würden einem nur zugeteilt, wenn man offiziell Bewohner einer Stadt sei. Er habe zwar gehofft, die beiden nachholen zu können, doch in der Stadt Dongshan herrsche ein extremer Wohnungsmangel. Als Lehrling habe er keinen Anspruch auf eine Fabrikwohnung und teile sich mit vier Kollegen ein Gemeinschaftszimmer. Sie würden noch ein wenig auf dem Dorf bleiben müssen.

Mit dem Abschluss der Lehre und der Hochzeit hatte Lu Jianlings Mutter wieder vergeblich gehofft, dass die neue Frau nun die Schwiegermutter und den Schwager pflegen würde, wie das auf dem Land üblich war.

Doch Lu Jianling zog mit seiner Frau allein in ein Gemeinschaftszimmer in der Stadt, und bald kamen zwei Kinder auf die Welt.

Nun machte seine Mutter sich aber nichts mehr vor und rechnete nicht mehr damit, dass Dongshan-Stahl Lu Jianling jemals ein großes Haus für seine Familie samt Mutter und Bruder zuteilen würde. »Das ist eben mein Karma. Mein Sohn schlägt nach seinem Vater, und, wie der Volksmund sagt, ist das kein gutes Omen.«

Seit seine Mutter kurz vor dem Frühlingsfest an gebrochenem Herzen gestorben war, war Lu Jianling regelmäßig einmal im Monat aufs Land gefahren, um seinen älteren Bruder Fu zu besuchen. Dabei bekam er stets schlechte Laune. Alles, was ihm aufgefallen war, wälzte er noch tagelang in scham- und qualvollen Gedanken.

Mit dem Beginn des »Großen Sprungs« hatte Lu Jianling seine monatlichen Besuche bei Fu den neuen Gegebenheiten anpassen müssen. Glücklicherweise hatte er nach einer Nachtschicht draußen vor der Fabrik zufällig einen Lastwagenfahrer kennengelernt. Es hatte sich herausgestellt, dass

Zhu Hui, der Fahrer, aus der Nachbarkommune stammte und auf dem Weg ins Schürfgebiet für das Eisenerz immer an Lu Jianlings Heimatdorf vorbeifuhr. Sie hatten verabredet, dass dieser ihn am Morgen mit dem Transport hinfahren und am Abend wieder mit zurücknehmen würde.

An diesem Tag war Lu Jianling auf dem Hinweg dankbar gewesen, dass er ungestört hatte durchschlafen können, nun, auf dem Rückweg, saß er aber mit wachem Verstand und schlecht gelaunt neben Zhu Hui in der Fahrerkabine.

Der war, nachdem er seinen Laster mit Eisenerz beladen hatte, nach Hause gefahren, um bei seiner Familie einige alte Werkzeuge von Dongshan-Stahl abzuladen. »In der Kommune werden Stahlstangen benötigt«, erzählte er. »Wenn ihr welche habt, die ihr nicht mehr braucht, dann übernehme ich sie gerne beim nächsten Mal von dir.«

Er berichtete Lu Jianling vom »Großen Sprung nach vorn« in der Kommune seiner Eltern. Die Bauern stellten jeden Tag einen neuen Rekord auf, sie nannten das »einen Satelliten steigen lassen«. Jeden seiner Sätze fing er mit »Unglaublich!« an. Den Zweifel darüber, dass ein Schwein so schwer werden könne wie ein Elefant, konnte Zhu Hui zwar nicht ganz unterdrücken, aber er behauptete dennoch, die Schweine in der Kommune seien definitiv deutlich größer und dicker als andere und würden schneller fett und wären früher schlachtreif. Sonst würde es bei seiner Familie auch nicht so oft Fleisch zu essen geben. Auch mit dem Reis sei erstaunlicherweise plötzlich alles anders. Sein Vater sei eigentlich ein liebevoller Mensch, aber wenn es ums Getreide gehe, sei er sonst ein ewiger Geizhals gewesen, der den Sohn immer mit großen Augen angeblickt habe, wenn dieser auch eine zweite Schale davon gegessen habe.

Zhu Hui war ziemlich geschwätzig und erzählte die ganze Fahrt hindurch vom neuen »Großen Sprung nach vorn« in der Kommune. »Unglaublich, aber die Leute in unserem Weiler haben jetzt in ganz neuen Bereichen Satelliten steigen lassen.«

Erst als sie sich Ober-Dongshan auf einer Straße voller Schlaglöcher näherten, rüttelte und polterte es so sehr, dass Zhu Hui das Gespräch aufgab, das er lauthals mit Lu Jianling hätte führen wollen.

Lu Jianling kannte die Strecke gut, er war sie oft mit dem Linienbus zu seiner Mutter und seinem Bruder gefahren. Außerhalb der Stadt war es entlang der Straßenränder grün gewesen. Zwischen den kleinen Gemüsebeeten und Reisterrassen hatten verträumt Lehmhäuser hinter üppigen Bananenstauden und Bambusblättern hervorgeguckt. Jetzt schweifte sein Blick entsetzt über die leeren Terrassenfelder, auf denen einst Teebüsche gestanden hatten. Jetzt war das saftige Grün von den Gemüsebeeten bis zu den Reisterrassen samt Teebüschen und wilden Sträuchern vollständig verschwunden.

»Vor Kurzem ist hier noch viel Tee angebaut worden. Die Teeproduktion ist wirtschaftlich sehr wichtig für die Kommunen«, murmelte er vor sich hin.

Zhu Hui brüllte zu ihm hinüber: »Wie lange bist du schon nicht mehr aufs Land gefahren?«

Ju Liang warf ihm einen nicht zu deutenden Blick zu, und

Zhu Hui hätte gerne weitergeplappert, doch als sie durch eine geballte Rauchwolke hindurchfuhren, mussten beide husten. Den restlichen Weg fuhren sie durch dichte schwefelgelbe Schwaden. Auf den Feldern zu beiden Straßenseiten ragten Hochöfen so dicht wie Spargel in die Höhe.

Am nächsten Tag erläuterte Bai Yongliang beim Anstechen des Stahls vor dem Hochofen Nummer 2 die neue Politiklinie zum »Großen Sprung nach vorn«. Als er damit fertig war, ging Lu Jianling, der sich als Fachexperte und deshalb als Gegenpol zum Vorsitzenden verstand, zu ihm und brachte fast ungeduldig seine Frage hervor: »Könnten Sie mich darüber aufklären, was zum Teufel die Bauern die Stahlproduktion angeht?« Mit wenigen Worten berichtete er dem Vorsitzenden, was er auf der Heimfahrt am Vortag gesehen hatte. »Wer produziert denn den Stahl? Ich, der Stahlschmelzmeister von Rang, oder die, die von der Schweinezucht und dem Getreideanbau etwas verstehen mögen, aber noch nie einen richtigen Hochofen zu Gesicht bekommen haben? Sind es die Bauern, die den Stahl herstellen, oder sind wir es?«

So etwas überhaupt zu fragen, empfand Lu Jianling zutiefst als Demütigung. Der höchste Stahlschmelzmeister in der Fabrik besaß den achten Rang, er selbst hatte immerhin den siebeneinhalbten Rang inne und fühlte sich nach jedem Maßstab qualifiziert, so eine Frage zu stellen.

Bai Yongliang klopfte ihm beruhigend auf die Schulter. »Du und ich, wir alle wissen, wie unser Großer Vorsitzender die Bauern beschrieben hat: Gesicht zum Löss, Rücken zum Himmel. Damit wollte er ihren engen Horizont beschreiben.

Aber heute blicken unsere Bauernbrüder auf die Welt, so heißt es doch«, kanzelte er den Stahlschmelzmeister ab.

*

»Meine Mama möchte meine echte Mutter mit einem Mann hier aus der Stadt verkuppeln«, vertraute Mei Ningning an. Ihre beiden Schwestern machten Mittagschlaf, und sie war kurz in die Wohnung der Freundin geschlüpft, um ihr die Neuigkeit zu erzählen.

»Weißt du, mit wem?«

»Es ist der Kollege deiner Mutter.«

»Etwa Onkel Bai?«

Mei nickte. »Aber ich weiß nicht, ob meine Mutter ihn will.«

»Onkel Bai hat mir Pagodenbonbons mitgebracht«, mischte sich Longlong ein.

»Was sind denn Pagodenbonbons?«

»Ich zeige sie dir später«, versprach Ningning ihrer Freundin. »Wirst du dann mit deiner echten Mutter und Onkel Bai zusammenleben?«

Mei zuckte mit den Schultern. »Weißt du, meine Mutter lebt jetzt auf dem Land, aber wenn sie einen Mann von Dongshan-Stahl heiratet, bekommen wir die Wohnbewilligung der Stadt Dongshan. Weißt du, was das bedeutet?«

»Nee.«

»Ich kann nach dem Sommer mit dir und Longlong zur Schule gehen. Aber du plauderst das nicht aus, versprichst du es mir?«

»Klar!«

»Ningning, vergiss nicht, Mei meine Pagodenbonbons zu zeigen«, warf Longlong ein.

»Deine Pagodenbonbons, deine Pagodenbonbons!«, ätzte Ningning. »Du hast doch gar kein Bauchweh mehr.«

»Aber ich habe einen Fuchsbandwurm, hat Mama gesagt.«

»Weißt du, warum Mama das gesagt hat? Sie will nur, dass ich keines von den Bonbons bekomme, deshalb sagt sie, dass du Fuchsbandwürmer hast.«

»Das glaube ich nicht.«

»Hör mal, die Fuchsbandwürmer sind Parasiten, und Parasiten sind Schmarotzer, und wer sind die Schmarotzer? Die Altberger! Das hat jedenfalls unsere Parteisekretärin gesagt.«

»Sind die Altberger Fuchsbandwürmer?«

»Vermutlich. Die sind Parasiten. Dein Bauch ist aber viel zu klein – kannst du dir vorstellen, dass ein Altberger in deinem Bauch wohnt?«

Longlong kuschelte sich tiefer unter die Bettdecke.

Mei erzählte, dass sie von ihrer Mama gehört habe, der Fuchsbandwurm möge gebratenen Reis mit Ei und Sesamöl, so schmarotze er den Menschen ihr Essen weg.

»Klar! Longlong, du bist deshalb bei deinem letzten Unfall in Ohnmacht gefallen.« Es jagte Ningning Angst ein, dass Longlong vielleicht eines Tages wegen seines Fuchsbandwurms nicht mehr aufwachen würde.

»Longlong, welche Sorte Pagodenbonbon willst du?«, fragte sie versöhnlich.

Longlong sagte: »Ein minzgrünes.«

Ningning holte ihm ein Bonbon.

»Das ist süß. Siehst du, wie es auf meiner Zunge schmilzt?« Loinglong streckte ihr die Zunge heraus.

»Igitt!«

Ningning wandte den Blick zur Seite. Sie fand die weiße Zunge widerlich, sie sah aus, als wenn sie jemand mit weißer Kreide bemalt hätte.

»Du kannst eines von den rosafarbenen haben«, sagte Longlong großmütig.

»Wirklich?«

Ningning ging noch einmal zur Kommode, suchte eines der rosafarbenen Pagodenbonbons heraus und legte es sich auf die Zunge. Das Bonbon schmeckte anfänglich gar nicht sonderlich süß, dann aber wurde es süßer und entfaltete einen Geschmack, den sie nicht kannte. Sie ließ die Pagode langsam auf der Zunge schmelzen, umspielte sie dabei mit der Zunge und den Zähnen. Als der letzte Rest verschwunden war, stellte sie zufrieden fest: »Ich habe den Geschmack noch auf meiner Zunge.«

Nun wandte sie sich zu Longlong und fragte: »Hast du Bauchweh? Willst du aufstehen und dich auf den Nachttopf setzen?«

Doch statt Longlong saß am Abend Ningning auf dem Nachtopf und rief Mama um Hilfe.

17

»Das kommt davon!« So flüsterte man einander hinter Lu Jianlings Rücken zu. Man blickte den immer jähzornigeren Nachbarn ratlos an und fragte sich: Sollte man wirklich Mitleid mit ihm haben? Oder machte der Mann bloß ein großes Brimborium?

Fast jede Familie in der Neubergstraße hatte irgendwelche Verwandten auf dem Land, und ehrlicherweise war niemand von seinen ländlichen Sippenmitgliedern besonders angetan, denn die lamentierten ständig, dass ihnen auf dem Land nach den Getreideabgaben kein Reis mehr für sich selbst übrig bleibe. »Wovon sollen wir uns denn ernähren?«, fragten sie ununterbrochen. »Wenn man im Topf schon den Boden sehen kann, gibt es nichts mehr zu schöpfen.«

Es war kein Geheimnis, und jeder wusste, dass das Leben auf dem Land ungemein beschwerlich war. Unter besonderen Schuldgefühlen litten ihre Verwandten in der Neubergstraße dennoch nicht. Was konnten sie für ihre ländlichen Verwandten tun? Sie in der Stadt konnten ihre Getreidemarken auch nicht selbst drucken. Aber immerhin konnten ihre Verwandten damit angeben, dass sie Verwandte in der Stadt hatten, anders als viele andere, die keine städtischen Verwandten und vom Stadtleben nicht einmal einen blassen Schimmer hatten.

Alle verstanden also nur zu gut, dass Lu Jianling vor und nach dem Besuch bei seinem Bruder auf dem Lande jeweils so übel gelaunt war. Über alles andere hätte man sich sehr gewundert.

Nachdem er kürzlich auf dem Land gewesen war, hatte er seiner Wut gleich bei zwei Gelegenheiten hintereinander freien Lauf gelassen.

Das erste Mal war es bei einer weiteren Inspektion des Hochofens im Harmoniedorf geschehen.

Er, der Stahlschmelzmeister vom Rang siebeneinhalb, habe lediglich verlangt, dass der Hochofen in dem ausgeleerten riesigen Wasserbecken mindestens zweieinhalbmal so hoch wie ein Mensch sein müsse, damit er täglich zwanzig Tonnen Stahl ausspucken könne. Das sei doch nicht so schwer zu verstehen! Das sei schließlich kein »Niedrigofen« wie diejenigen Öfen, die auf dem Land gebaut würden. Das Stahlschmelzen sei kein Kinderspiel. Das könne man nicht einfach so zwischen irgendwelchen Gemüsefeldern und Feldrainen machen.

Es war, als hätten die Zuhörer eine Lunte angezündet. Was war das nur für ein Wutausbruch, den er da zur Schau stellte! Hegte der Mann so einen bitteren Hass gegen die Bauern?

Beim zweiten Mal ließ sich sein Zornesfeuer kaum besänftigen. Er kam aus der Fabrik und ereiferte sich hochgradig über etwas, das Bai Yongliang gesagt hatte.

Dieser hatte bei einer kleinen Versammlung in der Gießerei verkündet: »Ich kann unseren Bauern in den Kommunen nur gratulieren! Sie leisten gerade unentbehrliche Beiträge zu einem beispiellosen Experiment der menschlichen Zivilisation. Die Kluft zwischen Stadt und Land in unserem Vaterland verschwindet bald. Der Lebensstandard unserer ländlichen Bevölkerung hat sich demjenigen in der Stadt angenähert. Sie haben uns sogar überholt. Ist das nicht eine große Sensation unserer sozialistischen Revolution?«

Wovon redete Bai Yongliang? Und was verstand der Mann von dem, worüber er redete?

Auch die Übertragungen aus der Fabrik verbreiteten lauter solche Siegesmeldungen: Im Norden habe eine Kommune hundertzwanzigtausend Pfund Weizen auf einer Flächeneinheit Ackerland produziert, in der Kommune seines Bruders seien derweil im Frühjahr dreißigtausend Pfund Reis pro Flächeneinheit geerntet worden. Damit hätten sie »einen Satelliten über dem Tiananmen aufsteigen« lassen.

Eine Produktion in derartigen Dimensionen klang für Lu Jianlings Ohren allzu fantastisch. Mit seiner Mutter hatte er zum Schluss vielleicht hundertzwanzig bis hundertvierzig Pfund Reis pro Flächeneinheit geerntet, aber nicht mehr.

Der Vorsitzende Bai, der die Kontrolle über diese Nachrichten ausübte, hatte ihm anvertraut, dass die Kommunen den übrigen Reis, den sie selbst nicht mehr benötigten, den afrikanischen Brüdern und Schwestern in Tansania und Sambia als internationale Hilfe schenken würden. »Wir gehören alle zu den Entwicklungsländern. Die Afrikaner sind unsere Brüder!«, hatte er betont.

Lu Jianling schüttelte energisch den Kopf und hielt es für einen absolut verrückten Einfall, für eine Schnapsidee, den Reis aus der Kommune seines Bruders für die Revolution nach Afrika zu verschenken. Wovon würden die Menschen hier leben, wenn es eine Dürre gab?

»Wir sollten von den Bauern lernen«, betonte Bai Yongliang.

Lu Jianling runzelte vom Schreck durchzuckt die Stirn. Waren die Bauern jetzt etwa stärker oder besser als sie?

»Es ist doch offensichtlich, nicht wahr? Unsere Bauern sind uns einen Schritt voraus. Sie wollen all das, was wir haben. Sie wollen in die Stadt kommen, wollen so leben und arbeiten wie wir Stadtmenschen, und sie zeigen, dass sie bereit sind, einen hohen Preis dafür zu zahlen, vor allem durch ihren Fleiß. An ihren Bemühungen, das wissen wir, hat es nie gefehlt, sonst hätten sie auf dem Land ja gar nicht überleben können.«

Bai Yongliangs kleine Augen leuchteten hell auf, als er Lu Jianling fragte: »Bist du etwa anderer Meinung?«

Nach diesem Gespräch nahm sich Lu Jianling vor, noch mehr und härter zu arbeiten.

Großmutter Guo machte sich unterdessen Sorgen wegen ihres Nachbarn aus dem zweiten Stockwerk, der sich nur noch selten zu Hause zeigte. Sie ging zu Frau Xu hinüber und lud sie ein, sich mit ihr unter den Phönixbaum zu setzen.

Eifrig erzählte sie der gescheitesten Frau im Harmoniedorf, ihr seien Lu Jianlings funkelnde Augen aufgefallen. Seine Reizbarkeit lodere hinter diesen zwei hell leuchtenden Laternen. Sollten sie nicht etwas deswegen unternehmen? Was wäre, wenn dem Mann gegenüber seiner Frau die Hand ausrutschte? Sie mache sich ernsthaft Sorgen um die Harmonie in der Neubergstraße: Jeder Familienstreit würde doch dem guten Ruf des Harmoniedorfs schaden.

Frau Xu betrachtete die Parteisekretärin mit eindringlichem Blick, sagte aber kein Wort.

Großmutter Guo fügte hinzu, sie müsse immer an Lu Jianlings grimmiges Gesicht denken, als er vom Besuch seines Heimatdorfes zurückgekommen sei. »Ich spitzte die ganze Nacht hindurch die Ohren, um notfalls einzuschreiten und Frau Lu vor Prügeln zu schützen.« Obwohl sie gar nicht wisse, ob das nötig sei: Im Gegensatz zu Herrn Lu, der krumm und schräg wie die Luftwurzel eines Banyanbaums herumhänge, erscheine Frau Lu ihr gerade und bärenstark. Die Parteisekretärin stockte und schüttelte den Kopf. Dem Himmel aber sei Dank: In dieser Nacht habe das Haus nicht gebebt.

*

Sein alter Meister hatte Lu Jianling mit seiner eigenen Tochter verkuppelt. Diese verfügte über ein sanftes Gemüt und ein goldenes Herz. In ihrer Unkompliziertheit war sie das Ebenbild ihrer Mutter, und ihre Gesichtszüge versprachen, dass sie ihrem Mann bei der Arbeit wie im Leben Glück bringen würde – auch wenn die Tochter wegen ihres Pferdegesichts eine schwierig zu vermittelnde Heiratskandidatin gewesen war.

Auf der Hochzeitsfeier, erinnerte sich Lu Jianling, hatte ihm der Schwiegervater mit Tränen in den Augen dafür gedankt hatte, dass er seine Tochter zur Frau nahm. Für ihn war Lu Jianling sowohl der ideale Lehrling als auch der gewünschte Schwiegersohn.

Lu Jianling kam nicht nur vom Lande, sondern stammte sogar noch aus einer besonders armen Familie. Er hatte gleich zu Beginn ihrer Beziehung seiner Frau gegenüber die Karten vollständig auf den Tisch gelegt. Sobald er der

Mutter hatte helfen können, hatte er gemeinsam mit ihr in den Gemüsebeeten oder auf den Reisterrassen gearbeitet.

»Ich habe wie ein Erwachsener auf den Feldern geschuftet, bis mir der Hunger den Hals hochgekrochen ist.«

»Ich bin in der Stadt auch nicht gerade in Saus und Braus aufgewachsen«, hatte seine Frau ihm anvertraut.

Drei Jahre nach der Heirat hatten sie mit Xiamei und Ganggang zwei makellose, gesunde Kinder.

Lu Jianling war sich bewusst, dass er alles im Leben bisher nur seiner Kinder und der Familie wegen durchgemacht hatte. Sein Schwiegervater würde ihm, nachdem er ihm die Wohnung in der Neubergstraße vermittelt hatte, als Krönung auch noch zum Titel eines Stahlschmelzmeisters achten Ranges verhelfen. Als Träger dieser höchsten Bezeichnung würde er dann endlich seinen Bruder in die Stadt holen können.

Doch als nichts geschah, hob Lu Jianling eines Abends nach einem Besuch bei Fu erbost den Zeigefinger und fuchtelte seiner Frau damit vor der Stirn herum. »Kannst du mir mal erklären, warum dein Vater seine Arme lieber zu den Außenseitern hin ausstreckt, als sich seinem eigenen Schwiegersohn zuzuwenden?« Er platzte fast vor Entrüstung.

Seine Frau aber piepste nur zaghaft wie ein Mäuschen, während sie ihm erklärte: »Mein Vater will nicht, dass du die Karriereleiter zu schnell hochsteigst, damit es dir auf dem Gipfel nicht schwindlig wird.«

Da stürzte Lu Jianling sich auf sie und gab ihr eine schallende Ohrfeige in das Pferdegesicht.

In derselben Nacht war Lu Jianling dann aus dem Bett gefallen und hatte sich das Bein gebrochen, und das, obwohl sein Bett gar nicht besonders hoch, sondern sogar eher niedrig war. Das habe bisher noch niemand geschafft, sagte man.

Wochen später verließ Lu Jianling das Krankenhaus mit zwei ungleich langen Beinen und hinkend. War er einst noch ebenso groß wie seine Frau gewesen, konnte er nun bald auch sein eigentlich gesundes linkes Bein nicht mehr strecken, sein Rücken wurde krumm und bildete allmählich einen Kamelhöcker aus. Sein Kopf hatte sich bis auf die Schulterhöhe seiner Frau gesenkt – ein weiterer Grund für seine andauernde Reizbarkeit. Lu Jianlings innere Harmonie blieb dauerhaft gestört.

Er lehnte es fortan ab, seinem Schwiegervater auch nur zu begegnen. Sogar die Teilnahme an dessen Beerdigung hatte er abgesagt.

Im Frühling darauf erlitt Frau Lu zwei Fehlgeburten. Als sie nach einem kurzen Aufenthalt im Krankenhaus wieder nach Hause kam, gestand sie ihrem Mann, dass ihre beiden ungeborenen Kinder ihr in Träumen erschienen seien. »Hör doch mal! Du hast sie gezeugt, nun rette ihre wandernden Seelen, sodass sie nicht fortwährend auf der Flucht bleiben müssen«, hatte ihn seine Frau seither oftmals angefleht. Sie drohte ihm schließlich, nie mehr mit ihm zu schlafen, wenn er die ungerecht behandelten Seelen ins Reich der Totengeister hinabstoßen wolle. In der Folgezeit hatte sie zwei Ahnentäfelchen neben dem Türeingang aufgestellt, um den Seelen ohne Heim und Herd ein zeitweiliges Zuhause anzubieten. Als sie sich in jener Nacht wieder unbekümmert neben ihn ins Bett legte, war er darauf erpicht, mit ihr zu schlafen. Sie aber verweigerte ihm ihren »Ofen«, womit sie ihr Becken meinte; dieser sei noch nicht warm. Am darauffolgenden Morgen starrte sie ihm dann nur überheblich ins Gesicht.

»Sag es mir, sobald dein Ofen wieder warm ist.« Fortan rührte er seine Frau nicht mehr an, auch rutschte ihm die Hand nicht mehr aus.

Allerdings blieb der Ofen über Jahre hinweg erkaltet. Lu Jianling aber ohrfeigte seine Frau selbst in aufwallendem Zorn niemals wieder. Sie lagen friedlich nebeneinander im Bett und wären nie im Traum auf die Idee gekommen, miteinander zu verkehren. Um ihren Bauchnabel blies ein kühler Hauch, allerdings ließ ihr Ofen sich nicht mehr entfachen.

Doch eines Tages, als er von der Tagschicht nach Hause kam, berichtete sie ihm schon an der Türschwelle: »Es läuft gerade eine Kampagne gegen unsere Ahnentafeln. Abergläubische Gedanken würden die Menschen zersetzen.«

Als sie einige Tage später am Abend mit ihm auf dem Bett saß, deutete sie seelenruhig auf die beiden Ahnentafeln aus Bambus, die umgekippt auf dem Tisch lagen.

»Unsere Söhne sind nun bereit, wiedergeboren zu werden«, sagte

sie mit stoischer Gelassenheit. Auch der kühle Hauch in ihrer Bauchnabelgegend habe aufgehört.

Kurz darauf wurde sie tatsächlich wieder schwanger und zog mit Xiamei und Ganggang zu ihren Eltern zurück. Bis zur Geburt hielt sie strikte Bettruhe, was Lu Jianling völlig unsinnig fand. Seine eigene Mutter hatte noch bis kurz vor seiner Geburt auf dem Feld gearbeitet.

Doch trotz der vielen Bettruhe und des legendären Rufs von Frau Lu als gute Gebärerin war Qiangqiang von Beginn an anders. Frau Lu versprach ihrem Mann, dass sie Qiangqiang so lang stillen werde, bis er so werde wie seine älteren Geschwister.

Lu Jianling aber beschimpfte sie immer häufiger, und als sie wieder einmal das Verhalten ihres Vaters zu rechtfertigen versuchte, rutschte ihm die Hand erneut aus.

*

Bei Lu Jianlings nächstem Besuch auf dem Land war sein Bruder nicht zu Hause aufzufinden, und auch der Dorfplatz war menschenleer. Lu Jianling wanderte daraufhin weiter in das Tal hinein, wo sich alle Dorfbewohner versammelt hatten. Etwa zwanzig kleine Hochöfen standen da in Reih und Glied. Für ihn wäre es eine gute Gelegenheit gewesen, den zu Stahlarbeitern mutierten Bauern eine Kostprobe seiner Handwerkskunst zu geben, und in dieser Kommune hätte es keine Rolle gespielt, dass er noch kein Stahlschmelzmeister achten Ranges war.

Sein Blick fiel auf eine Gruppe Frauen, die hinter den Hochöfen auf dem Boden saßen. Bei ihnen befand sich auch Fu, der wie sie einen Hammer in der Hand hielt, mit dem er Erz zu zerkleinern versuchte. So strahlend glücklich hatte Lu Jianling seinen Bruder noch nie gesehen.

»He, du großer Stahlschmelzmeister, schnapp dir einen Hammer und lerne von uns, wie man Eisenerz richtig zerkleinert«, scherzte Fu, als er seinen Bruder erblickte.

Nach dem Tod der Mutter hätte Fu eigentlich nicht allein in dem Dorf bleiben können, weshalb der Parteisekretär der Kommune auch den Antrag gestellt hatte, die Verantwortung für dessen Leben an Lu Jianling zu übertragen. »Ein Stahlschmelzmeister vom Rang siebeneinhalb in der Stadt lebt jedenfalls viel sorgloser als jeder Bauer auf dem Land«, hatte er dies begründet. »Außerdem seid ihr zwei Brüder doch wie zwei Äste aus demselben Stamm.«

Die Familie kam in der Stadt mit Lu Jianlings Gehalt zwar durch, aber sie lebte wahrlich nicht im Überfluss. Es wäre ihm unmöglich gewesen, die gesamten Unterhaltskosten für seinen Bruder zu übernehmen. Dennoch hatte ihm die Kommune diese Last aufbürden wollen, denn sonst wäre, wie der Parteisekretär erklärte, sein Bruder allein im Haus verwahrlost und fast im Bett verhungert. Woher hätte er in der Stadt das aber wissen sollen?

Als Lu Jianling sich neben ihn setzte, erzählte Fu ihm, das Ehrgefühl der Dorfbewohner werde von der Herausforderung durch die anderen Kommunen angestachelt. In den Landkommunen habe jetzt niemand mehr Zeit zu verlieren. »Wir haben uns untereinander und mit den Stahlwerken des ganzen Landes zusammengeschlossen, um das Ziel von zehn Komma sieben Millionen Tonnen Stahl zu erreichen.« Er lachte siegessicher. »Wir richten uns dabei nach dem Slogan: ›Je mutiger die Menschen, desto produktiver das Land.‹ Seither kämpfen wir Tag und Nacht, um den nächsten Rekord in der Stahlproduktion auf freiem Feld aufzustellen.«

Die beiden Frauen, die neben Fu auf dem Boden Erz

zerhackten, begannen zu kichern. Eine von ihnen war hochschwanger.

»Schauen Sie unsere Ruhmesliste an«, sagte die andere und deutete auf die große Wandzeitung, die an ein zerfallenes Mauerstück geklebt war.

Dort waren auf dem roten Plakat in schwarzer Tusche die Schrittmacher des »Großen Sprungs nach vorn« aufgelistet. Unter Fus Namen stand die Laudatio: »Invalider Körper, grenzenloser Wille.«

»Das hättest du uns nicht zugetraut, nicht? Dass wir Bauern auch einmal Stahl herstellen würden, oder?«, fragte Fu stolz lachend. »Du hingegen scheinst dich zu langweilen, sonst könntest du es dir ja nicht leisten, während des ›Großen Sprungs‹ so oft zu uns aufs Land zu fahren. Ich aber habe leider keine Zeit, dir alles zu zeigen, niemand hier hat Zeit. Wenn du aber gerne bis zum Abendessen bleiben möchtest, kannst du bei uns in der Gemeinschaftsküche mitessen.«

Die beiden Frauen stimmten vergnügt ein Loblied auf die vorzügliche Führung ihrer Kommune an. Keine von ihnen müsse nach der Arbeit noch um den Kochherd tanzen, und auch ihren Männern und Kindern gefalle es, in der Gemeinschaftsküche zu essen. In der Gemeinschaftsküche dürfe man sich selbst die Schüsseln füllen. Die beiden stießen ein gackerndes Lachen aus und erzählten Lu Jianling, dass es bisher zu jeder Mahlzeit Fleisch gegeben habe, und gestern sei der Büffel von Lao Gu verstaatlicht und geschlachtet worden, weshalb es heute in der Kantine Nudelsuppe mit Büffelfleisch geben werde.

»Alle können essen, so viel sie wollen!«, ergänzte Fu fröhlich.

Die schwangere Frau meinte mit Blick auf Lu Jianlings Bruder, es sei wirklich wie eine himmlische Fügung. Sie habe früher einen Behinderten gekannt, der von der eigenen Familie so schlecht behandelt worden sei, dass er fast verhungert wäre. Selbst wenn man Verwandte habe, könne man sich halt nicht darauf verlassen, dass diese für einen sorgten. Auch unter Brüdern und Schwestern sei man einander nur so lange von Nutzen, wie man noch gesund sei. Sie seufzte tief. Da sei es nur zu gut, dasss heutzutage die Kommune für die Behinderten sorge.

Fu pflichtete dem bei: Lieber bleibe er von der Kommune abhängig als von irgendwelchen Verwandten, denn die Kommune mache jedenfalls kein langes Gesicht. Dabei stieß er Lu Jianling, der sich sichtlich unwohl fühlte und tatsächlich gerade ein langes Gesicht machte, lachend mit dem Ellbogen in die Seite.

Die andere Frau deutete mit ihrem Hammer auf Fu und sagte: »Du kannst doch nichts dafür, dass du an Kinderlähmung erkrankt bist. Es ist nur richtig, dass die Kommune für dich die Verantwortung übernimmt. Und auch für die Alten und alle anderen Bedürftigen. Es heißt ja schließlich ›Vater Staat‹.«

»Wenn wir finden, dass der Staat für sein Volk tief in die Tasche greifen soll, dann frage ich: Gehört der Staat nicht ohnehin dem Volk?«, fragte Fu. »Es heißt doch auch: Die Wolle wird vom Schaf geschoren. Das Geld stammt ja letztlich aus den Taschen des Volkes, nicht wahr?«

Lu Jianling fiel auf, wie sehr Fu ihrer verstorbenen Mutter ähnelte. Ihm war, als hätten die anderen seine Anwesenheit vergessen, als sich die Schwangere eine Hand auf ihren Bauch legte und sich ihm erklärend zuwandte: »In unserer Kommune ist das Geld so gut wie abgeschafft. Wir gehen morgens gemeinsam zur Arbeit und gehen mittags und abends in die Kommunenkantine speisen. Bezahlen müssen wir nichts, und für einen Koch ist es dasselbe, ob er für eine Person kocht oder für eine ganze Kommune. So sparen wir alle viel Zeit.«

»Und du bekommst sogar eine zweite Schüssel Nudeln mit einer Extraportion Fleisch«, sagte die andere. »Schließlich isst du für zwei. Dein Baby wird auch eines Tages für die Kommune Hochöfen bauen.«

»Und einen noch höheren als unseren«, fügte Lu Jianlings Bruder hinzu.

»Bis es so weit ist, haben wir alle schon Wohnbewilligungen in der Stadt und bekommen Reismarken«, meinte die Schwangere.

»Wozu denn Reismarken? Wir haben doch schon das Geld abgeschafft, dann werden wir auch bald die Reismarken abschaffen«, erwiderte Fu. Dann schaute er zu Lu Jianling und fragte: »Muss die Schwägerin immer noch jede Mahlzeit selbst zu Hause kochen?«

Da fiel ihm die andere Frau ins Wort: »Hör zu, wir sind noch weit weg von unserem Arbeitsziel, jetzt ist Schluss mit Schwatzen!« Der Büffel von Lao Gu sollte schließlich nicht umsonst geopfert worden sein.

*

Als Lu Jianling Bai Yongliang am nächsten Tag von seinem Besuch in der Kommune berichtete, hörte dieser ihm schmunzelnd zu und sagte schließlich: »Es gibt eben doch einen Unterschied, ob man aus dem eigenen Kochtopf schöpft oder auf Staatskosten in der Kommunenkantine konsumiert. Im ersten Fall erfolgt die Verteilung nach der geleisteten Arbeit, mit anderen Worten: Die Konsumenten leben noch in der Vorstufe des Kommunismus, nämlich im Sozialismus, bei dem man nach seiner Leistung entlohnt wird. Im anderen Fall hingegen, wenn alle in der Kantine speisen, essen alle so viel, wie sie wollen. Das bedeutet, dass sie schon in den Kommunismus übergetreten sind, in dem jeder nach seinem Bedarf konsumiert. Die Probleme deines Bruders in der sozialistischen Gesellschaft werden durch den Kommunismus sozusagen automatisch gelöst. Meiner Meinung nach darf die Kommune deines Bruders uns gerne Beistand leisten. Gegenüber Vater Staat habe ich hingegen meine Vorbehalte.«

Lu Jianling erzählte dem Vorsitzenden, dass sie im Dorf bereits den halben Hügel abgeholzt hätten, um Stahl zu schmelzen. Der Abhang über dem Dorf sehe so gescheckt wie ein Yin-Yang-Muster aus. Nur knapp die Hälfte sei noch mit Bäumen bewachsen, die andere Hälfte sei bereits kahlgeschlagen worden, um Brennholz für die Hochöfen zu gewinnen. Die gefällten Bäume lägen kreuz und quer auf dem Hang. Die älteren Kinder hantierten mit Beilen, Messern und sogar Scheren daran herum, um sie von Ästen zu befreien, die jüngeren dürften die von Ästen befreiten Stämme dann den Hügel hinunter ins Tal rollen. Die Schüler seien von ihren Schulen beurlaubt worden, um einen Beitrag zum

»Großen Sprung nach vorn« zu leisten. Ihr eifriges Treiben solle die Erhöhung der Stahlproduktion unterstützen. Das Gewusel der Kinder verteile sich über die kahle Häfte des Hangs und biete ein in diesen Tagen typisches Bild.

Bei den Hochöfen habe er festgestellt, berichtete Lu Jianling, dass dort sogar ein junger Mann in Eigenregie einen Hochofen habe leiten dürfen, während er hier bei Dongshan-Stahl nicht einmal als Meister im Rang siebeneinhalb die Befugnis habe, technische Entscheidungen selbst zu treffen.

Lu Jianling hatte sich schon häufiger vergeblich darüber beschwert, dass Meister Huang, ein Stahlschmelzmeister achten Ranges, der die Produktion leitete, ein Hochstapler sei und zu verhindern versuche, dass Lu Jianling seine Pflicht tun könne. Doch Bai Yongliang hatte trotz seines Studiums des Maschinenbaus sowie seines Vorsitzendenpostens im Komitee des »Großen Sprungs« keinen Schimmer von der Stahlproduktion, genauso wenig wie die anderen Führungskräfte, der Parteisekretär und der Armeevertreter, die die politische Linie vorgaben.

»Wenn wir nicht aufpassen, werden die Bauern auf dem Dorf uns bei der Stahlproduktion noch überholen«, resümierte Lu Jianling mit erlöschendem Blick.

»Helfen deine Kinder eigentlich auch bei der Stahlproduktion?«, fragte Bai Yongliang.

»Die beiden haben mitgeholfen, einen Hochofen im Harmoniedorf zu bauen.«

»Haben sie dort denn jetzt schon begonnen, Stahl zu produzieren?«

»Sie müssen ihren Hochofen erst einmal umbauen. Wissen Sie, dass die Hochöfen in der Landkommune meines Bruders dreimal so hoch wie derjenige im Harmoniedorf sind?« Lu Jianling war sein Verdruss anzumerken.

Der Vorsitzende Bai ermutigte ihn, sich weiterhin eisernen Willen und Mut abzuverlangen. »Eines Tages wirst du der führende Stahlschmelzmeister des ›Großen Sprungs nach vorn‹ sein.«

18

Großmutter Guo war erbost. Entgegen ihrem Rat und der Empfehlung, sich auf die Stahlproduktion im Harmoniedorf und bei Dongshan-Stahl zu konzentrieren, war Lu Jianling erneut aufs Land gefahren und lag seit seiner Rückkehr mit Fieber im Bett. Das konnten sie sich nicht leisten!

Ungeduldig warf sie einen Blick auf ihre Armbanduhr und kam zu dem Schluss, dass sich Lu Jianling inzwischen genug ausgeruht haben musste. Sie lief die Treppe des Wohnblocks hinauf und fand Frau Lu strickend auf dem Treppenabsatz vor der Küche.

»Wu Mianzi will schnell den großen Stahlschmelzmeister sprechen«, sagte sie rasch.

Frau Lu strickte ungerührt weiter.

»Wu Mianzi und Frau Xu haben noch einige kleine Fragen über unseren Hochofen an den Stahlschmelzmeister«, wiederholte Großmutter Guo eindringlich. »Es geht jetzt darum, wie wir am schnellsten den ›Großen Sprung nach vorn‹ schaffen.«

Frau Lu schwieg weiter.

Nun hatte Großmutter Guo aber wirklich genug. Verärgert verdrehte sie die Augen und fragte sich, wie tief eine Parteisekretärin sich eigentlich noch herabsetzen lassen musste! Musste sie vor Frau Lu wirklich einige Kotaus machen, um eine persönliche Audienz bei Lu Jianling zu bekommen? Immerhin verkörperte sie die Partei auf den beiden Straßen im Harmoniedorf.

»Ich schicke gleich Wu Mianzi mit Frau Xu zum Großen

Meister Lu«, brüllte sie halb drohend und halb beleidigt durch das Treppenhaus.

Die stämmige Frau Lu ruhte auf dem Treppenabsatz wie ein Berg in der Stille. Ihr Gesicht glich einer regungslosen Wasserfläche, während ihr Blick auf die Stricknadeln fokussiert blieb.

Frau Lus derbes Benehmen empfand die Parteisekretärin als Affront. Das Harmoniedorf sollte doch im »Großen Sprung« als Vorbild dienen. Aber würden sie ohne Lu Jianling jemals ihren Satelliten über Tiananmen steigen lassen können?

Anschließend verzichtete Großmutter Guo sogar auf ihren Mittagsschlaf und ging zum Polizeiamt Oberes Dongshan. Sie würde mit dem Grünschnabel-Polizisten Zhang den kniffligen Fall Lu besprechen. Die Partei hatte schließlich immer für alle ihre Probleme eine Lösung gehabt.

»Einigkeit ist Stärke. Solange Lu Jianling und seine Frau uns ihre Solidarität nicht zeigen, können wir nicht gewährleisten, dass wir unsere Ziele des ›Großen Sprungs‹ schnell erfüllen werden.«

Sie holte zwar etwas weit aus, brachte aber deutlich ihren großen Kummer zum Ausdruck, dass die Lus die Harmonie und Einigkeit des Harmoniedorfs störten. Ohne Harmonie und Einigkeit aber gebe es keine Solidarität. Im Moment sei das Paar für sie nicht mehr zumutbar.

Der Grünschnabel hörte ihr staunend zu.

Dann ließ Großmutter Guo die Katze aus dem Sack: »Wir brauchen ein vorbildliches Ehepaar, das den Lus Harmonie und Solidarität vorlebt.«

Und tatsächlich ernannte das Polizeiamt Oberes Dongshan die Paare Lili und Guo Min sowie Herrn und Frau Xu, bei denen immer der Mann bestimme und die Frau folge, zu vorbildlichen harmonischen Ehepaaren. Beide Paare wurden mit Verdiensturkunden geehrt, und fortan galt der Slogan: »Lernt von Lili und Guo Min und von Frau und Herrn Xu!«

Großmutter Guo war es dabei natürlich einerseits darum gegangen, die Lus umzuerziehen, andererseits aber machte sie auch keinen Hehl daraus, dass sie die neue Ehre ihrer Familie ausgiebig genoss.

Ihre Vorfreude war aber verfrüht.

Sie fuhr zwar den politisch richtigen Kurs, denn sie folgte dem Aufruf des Vorsitzenden Mao, am »Großen Sprung nach vorn« teilzunehmen, und tat auch alles, um den Stahlschmelzmeister zu konsultieren, denn sie wollte schon längst den flüssigen Stahl aus ihrem Hochofen herausquellen sehen, vergleichbar einem Drachen, der endlich Feuer speien würde. Doch wo versteckte sich dann ihr Stahl?

»Einigkeit macht stark!«, stellte sie fest. Alle Neu- und Altberger sollten sich solidarisieren. Das Harmoniedorf müsse geschlossen hinter dem »Großen Sprung« stehen.

Da klar war, dass sie Lu Jianling brauchten, um bald einen Satelliten über dem Tiananmen aufsteigen lassen zu können, verlangte sie von allen, diesen künftig ehrerbietig mit »Großer Stahlschmelzmeister« statt mit seinem Namen anzureden.

Trotz all der Maßnahmen, die sie ergriff, wurde es Wu Mianzi erst drei Tage später erlaubt, den Stahlschmelzmeister zu besuchen.

»Für die Fertigstellung des Hochofens benötigen wir feuerbeständige Ziegel«, verkündete er anschließend den unter dem Phönixbaum versammelten Frauen.

»Warum erfahren wir das erst jetzt?«, unterbrachen ihn die Zuhörerinnen. Die Gruppe der Frauen bebte wie ein kochender Topf.

»Werden wir den ganzen Hochofen neu bauen müssen? Und wie sollen wir an die feuerbeständigen Ziegel herankommen?« Großmutter Guo sah so verzweifelt aus wie ein niedergeschlagener Kampfhahn.

Wu Mianzi wartete ab, bis die Aufregung vollständig abgeflaut war, bevor er die Frauen aufklärte: »Um Stahl zu schmelzen, muss die Temperatur im Hochofen wenigstens tausendsiebenhundert Grad erreichen. Wir müssen aber lediglich die Innenwände des Hochofens mit feuerbeständigen Ziegeln auskleiden, wegen der Außenverkleidung des Hochofens brauchen wir uns keine Sorgen zu machen: Da genügen die Ziegel, die wir aus dem Abbau der alten Mauern bei Frau Gu gewonnen haben. Wir verwenden alles wieder, was wiederverwendbar ist.«

Wie kam es nur, dass der schnuckelige Wu Mianzi, der so eloquent auftrat, nicht auf einem hohen Kaderposten gelandet war? Getuschel und Raunen gingen durch das Publikum.

»Wir müssen alle unsere Rohstoffprobleme strategisch angehen«, erläuterte Wu Mianzi das weitere Vorgehen. »Wir sollten mit der Werkstatt und den Pförtnern verhandeln. Die

Angestellten in der Fabrik kämpfen mit voller Hingabe dafür, die Stahlproduktion zu verdoppeln, und wir verfolgen mit Leib und Seele dasselbe Ziel im Harmoniedorf. Wir müssen ihnen erklären, dass wir nur versuchen, unser Scherflein zur Zukunft unserer Stahlindustrie beizutragen.«

Frau Jiang sah sich wie ein stolzer Gockel um und genoss es, dass alle Nachbarinnen mit gereckten Hälsen andächtig den Worten ihres Mannes lauschten.

»Wir haben uns bereits viele Fertigkeiten im Hochofenbau angeeignet und eine Reihe von Zielen erreicht. Mit derselben kollektiven Entschlossenheit werden wir es auch schaffen, die feuerbeständigen Ziegel zu besorgen. Dasselbe gilt für die restlichen Baumaterialien wie Sand, Kies und Kalk, die wir noch benötigen. Sind die Voraussetzungen erst gegeben, wird sich der Erfolg ganz von selbst einstellen. Mit Optimismus kann man alle Schwierigkeiten überwinden.«

Frau Xu hatte bisher schweigend zugehört. Nun ergriff sie das Wort: »Ich denke, wir sollten alle mal schön auf dem Teppich bleiben. Das Harmoniedorf wird Dongshan-Stahl nie das Wasser reichen können.«

Ihr leerer Ärmel flatterte brausend im Wind. Man fragte sich, woher ihre Kampflust rührte. Sie ließ ihren Blick wie einen Suchscheinwerfer durch die Reihen der Gesichter wandern.

Alle hörten genau zu, als sie sagte: »Die Arbeiter von Dongshan-Stahl gehören einer anderen Klasse an, da brauchen wir uns nichts vorzumachen. Wir Frauen aus beiden Straßen können gerade einmal einen Hochofen bauen. Doch wenn es uns gelänge, damit jeden Tag drei bis fünf Tonnen

Stahl herzustellen, hätte jede von uns eine feste Stelle, mit der sie ihren Lebensunterhalt sichern könnte. Dann hätten wir alle unser Ziel erreicht.«

Lauter Beifall erklang.

Frau Xu fuhr fort: »Wenn wir aber voll arbeiten wollen, brauchen wir im Moment die Unterstützung aller Großmütter, die unsere kleinen Kinder betreuen. Wir sollten daher bald den Aufbau eines eigenen Kindergartens ins Auge fassen. Längerfristig könnten wir auch Pläne für eine eigene Klinik und eine eigene Kantine schmieden. Nicht zu vergessen wäre auch die Einrichtung eines eigenen Altenheims, denn niemand von uns wird für immer jung bleiben. Dann könnten wir uns ganz auf unsere eigenen Kräfte stützen und sollten, um die Autonomie unserer Einheit zu markieren, genau wie Dongshan-Stahl auch eine Mauer um unser Quartier herum errichten.«

Abermals erhielt Frau Xu donnernden Beifall für die Zukunft, die sie ihren Zuhörerinnen ausgemalt hatte.

Um das Unterfangen direkt in die Praxis umzusetzen, fing Frau Xu sogleich damit an, jeder Frau eine Aufgabe zuzuteilen: »Sobald der Hochofen angeheizt ist, darf das Feuer darin nicht mehr erlöschen. Wir werden in zwei Schichten pro Tag arbeiten müssen, damit wir rund um die Uhr produzieren können.«

Sie bestimmte zwei Gruppen zu je zehn Frauen, die zukünftig für die Stahlschmelze zuständig wären. Sobald der Hochofen fertig sei, dauere eine Schicht jeweils von sieben Uhr morgens bis sieben Uhr abends, die andere von sieben Uhr abends bis sieben Uhr morgens. Jede Woche würden die

Schichten mit der anderen Gruppe getauscht. Nun teilte sie Vierergruppen ein, die jeweils zu zweit für den Blasebalg und paarweise für das Feuer zuständig wären.

Frau Xu war deutlich anzumerken, dass sie als Anführerin jetzt richtig in Fahrt gekommen war.

Sie brauche noch vier weitere Frauen, die in zwei Schichten aus der Kantine Nummer 13 das Essen für alle abholten. »Niemand, der in der Stahlherstellung engagiert ist, wird noch Zeit dafür finden, in der Kantine anzustehen«, erläuterte sie. »Ihr müsst den Stahlarbeiterinnen ihr Essen bis an den Hochofen bringen und deren Arbeit übernehmen, während sie essen. In der übrigen Zeit helft ihr dort aus, wo man gerade jemanden braucht.«

Sie deutete auf die Frauen, die noch nicht eingeteilt waren: »Ihr seid in zwei Gruppen für die Versorgung mit Rohstoffen verantwortlich. Für die Stahlproduktion brauchen wir Brennmaterialien wie Koks, Kohle und Holz.«

Ihr Publikum stand so aufgeregt da wie eine Gruppe Primarschüler vor ihrem Schulausflug. Jede der Frauen hatte zwar gehört, was auf sie selbst zukam, aber niemand hatte eine Ahnung, welche Aufgabe der Nachbarin zugeteilt worden war.

Frau Xu ließ ihren Blick über das Publikum schweifen. Sie würden sich vermutlich melden, falls etwas unklar war.

Sie wandte sich zu Wu Mianzi, räusperte sich und sagte: »Wir alle sind Ihnen, Wu Mianzi, zu Dank verpflichtet. Sie und Meister Lu haben uns in dieser Anfangsphase großartige Unterstützung geleistet. Aber uns war von Anfang an klar, dass Sie beide zu Ihrer eigenen Welt, derjenigen von Dongshan-Stahl, gehören. Bevor Sie uns also demnächst verlassen und für den ›Großen Sprung nach vorn‹ zu Dongshan-Stahl zurückkehren, erlaube ich mir, mich jetzt ganz herzlich im Namen aller Frauen bei Ihnen zu bedanken, dass wir Ihre professionelle Expertise in Anspruch nehmen durften. Wir hoffen jedoch sehr, dass Sie und der Große Stahlschmelzmeister auch künftig Ihr Wissen mit uns teilen werden. Einen großen Applaus für Wu Mianzi!«

Wu Mianzi stand am Rand des Platzes und nickte zustimmend, während ihm die Verlegenheit ins Gesicht geschrieben stand.

Frau Jiang drängte sich zu ihm durch und fragte flüsternd: »Willst du denn wirklich schon bald in die Fabrik zurückkehren?«

Er aber hörte sie nicht, denn in diesem Augenblick rief Frau Xu enthusiastisch: »Nun wollen wir diesen Rückenwind ausnutzen, um unseren Hochofen fertig zu bauen, damit wir im Raketentempo mit der Stahlherstellung beginnen können.«

*

Xiamei, die für ihren Vater das goldige Mädchen war, ein Geschenk des Himmels, versuchte dem kranken Vater Mut zuzusprechen. »Wir verrichten derzeit an einem Tag so viel Arbeit, wie sonst nur in zwanzig Jahren erledigt werden kann«, sagte sie und zitierte damit einen der berühmtesten Sprüche des »Großen Sprungs nach vorn«. »Wenn du dich aufrichtest, kannst du bis zum Horizont blicken. Papa, steh auf und lass aus eigener Kraft einen Satelliten über dem Tiananmen aufsteigen!«

Ihre Stimme klang dem Vater süß in den Ohren, als sie ihm erzählte: »Die Sowjetunion, unser sozialistisches Bruderland, hat einen Sputnik, den allerersten Satelliten der Menschheit, ins All geschossen. Jetzt sind wir dran. Jetzt bist du dran, Papa! Jeden Tag werden im Minutentakt neue Rekorde aufgestellt und Satelliten über Beijing in den Himmel geschossen. Wann brichst du, Papa, deinen persönlichen Rekord in der Stahlproduktion?«, fragte Xiamei. Sie konnte es kaum erwarten, seinen Satelliten über dem Tiananmen aufsteigen zu sehen.

Lu Jianling aber fehlten sowohl die Kraft als auch der Wille, sich aufzurichten. Fiebernd starrte er an die Wohnungsdecke wie ein Frosch im Brunnen. Immer wieder döste er ein und wachte in noch heilloserem Wirrwarr wieder auf. Es kam ihm vor, als würde er gleich ersticken. Sein Kopf, sein Herz, aber auch sein Bauch fühlten sich an, als würden sie platzen.

Die ständigen Rekorde, die aufgestellt wurden, prasselten wie ein Wasserfall auf ihn nieder: Es mangele bereits an Getreidelagern, um all den Weizen unterzubringen; schon wieder sei ein Schwein gezüchtet worden, das so groß wie ein Elefant sei.

Das Dorf, in dem sein Bruder lebte, war mit fünf anderen Dörfern zur Kommune Liangshan fusioniert worden, die schon unzählige Satelliten in den Himmel über dem Tiananmen geschossen hatte. Dadurch hatte sie eine gewisse nationale Berühmtheit erlangt und brauchte sich nicht mehr in falscher Bescheidenheit zu üben: Auf einer Dringlichkeitssitzung hatte sich das Kommunenkomitee deshalb einstimmig dafür ausgesprochen, die Kommune in »Großer Sprung nach vorn« umzubenennen: Nur der Wille der Menschen, nicht der Himmel entscheide über ihrer aller Schicksal! Es hieß, der Parteisekretär wolle die Kommune demnächst in den Kommunismus überführen.

Lu Jianling dachte an seinen Bruder. Fu hatte ihm erzählt, dass er nicht der erste Stahlarbeiter aus dem Dorf sei. In der Region seien bereits vor Hunderten von Jahren Schmelzöfen gebaut worden, und noch vor zwei Generationen seien Eisen und Stahl geschmolzen worden. Jeder im Dorf sei früher Stahlarbeiter gewesen, überall habe es Familienbetriebe für Eisenschmelze gegeben.

Fu hatte einfach draufloserzählt: »Unweit von hier haben wir ein völlig von Pflanzen überwuchertes altes Erzbergwerk entdeckt. Wir haben dort große Mengen von Werkzeugen gefunden, die von Familienschmelzen hergestellt worden waren.« Mit triumphalem Gesichtsausdruck hatte er erklärt, man folge heute lediglich denselben alten Verfahren, die schon die Großvätergeneration angewandt habe. »Stahl braten« habe das damals geheißen, als wenn man im Wok Gemüse brate.

Gelacht hatte er und mit den Fingern geschnalzt. »Jetzt weißt du, dass wir hier draußen auf dem Dorf auch nicht so stumpf sind, wie du immer gemeint hast.«

Fu war furchtlos, eloquent und schlagfertig. Außerdem war er, ganz im Zeichen des »Großen Sprungs nach vorn«, ein Adept der Tradition des Stahlschmelzens. Wäre er gesund gewesen, würden heute er selbst und seine Mutter, die auch noch am Leben hätte sein können, beide unter seinen ausgebreiteten Flügeln leben können. Für seine Mutter war Fu bis zu ihrem Tod ohnehin der »große Sohn« gewesen, eine Hochgeschwindigkeits-Lokomotive, die ungerechterweise in einen Bahnhof eingesperrt worden war.

Sein Bruder hatte einen Seufzer ausgestoßen. »Du bist doch Stahlmeister vom Rang siebeneinhalb. Ihr habt große ausländische Hochöfen in eurer Fabrik, und zudem seid ihr auch fachlich auf höchstem Niveau – das behauptest du zumindest. In der Vergangenheit vermochten eure Hochöfen doch den Bedarf an Stahl auch abzudecken.« Fu hatte kurz aufgelacht. »Und heute sollen wir euch professionelle Stahlarbeiter mit unseren heimischen Produktionsverfahren unterstützen. Ich frage mich bloß, warum ihr das nicht allein schafft!«

Fu hatte die alten Orangenbäume und das Haus der Mutter verstaatlichen lassen. Sogar seinen ganzen Hausstand hatte er ausgebreitet und jedem gesagt, er solle davon nehmen, was er wolle. Er selbst hatte lediglich eine Decke und sein Bett behalten wollen, denn wozu brauchte er noch Kochtöpfe, Essstäbchen und Reisschalen, wenn doch sowieso alle in der großen Gemeinschaftsküche der Kommune aßen? Durch den »Großen Sprung« wollte die Kommune den Marxismus mit den Methoden des Ersten Kaisers der Qin-Dynastie verbinden, die westliche Theorie mit der Weisheit des Heimatlandes und modernes Wissen mit historischen Verfahren.

Lu Jianling schuldete seinem Bruder fortan also kein Zuhause in der Stadt mehr, auch seiner verstorbenen Mutter im Jenseits schuldete er nichts mehr. Sein Bruder hatte jetzt die Kommune als seine Ersatzfamilie.

Xiamei reichte ihrem Vater eine Tasse Tee und legte ihm ihre Hand auf die Stirn. »Du hast kein Fieber mehr.« Mit einem Tuch trocknete sie ihm den Schweiß auf der Stirn und flüsterte ihm ins Ohr: »Was die Sowjetrussen können, können wir auch.«

19

Um neun Uhr fünf legte Herr Tang den Telefonhörer behutsam auf die Gabel. Das Büro des Gouverneurs hatte ihm eine bevorstehende Inspektion des Großen Vorsitzenden und seines Gefolges bei Dongshan-Stahl angekündigt. Der Direktor des Parteibüros war sich darüber im Klaren, dass das nur der Anfang war: Weitere Telefonate würden folgen.

Sein eigener Vorgesetzter, Fabrikdirektor Duan, der auch den Posten des Fabrikparteisekretärs innehatte, war wegen einer Konferenz in der Stadt. Herr Tang hätte nun versuchen können, ihn telefonisch zu erreichen, entschied sich aber, auf Nummer sicher zu gehen und einen Fahrer mit einem Jeep loszuschicken, um ihn abholen zu lassen. Inzwischen würde er Bai Yongliang in die Planung einbeziehen und ihn über den bevorstehenden Besuch und die damit verbundenen politischen Aufgaben informieren – allerdings nur so weit, wie er das für notwendig hielt.

Die Inspektion des Großen Vorsitzenden würde ein historischer Moment für Dongshan-Stahl und das wichtigste Ereignis seiner eigenen Karriere sein, eine Lebensaufgabe. Eine einmalige Gelegenheit! Niemand würde sie ungenutzt verstreichen lassen. Ihm war zumute wie einem Bankier, der gerade eine astronomische Summe zur Verwahrung übernommen hatte und nicht beabsichtigte, sie gleich wieder auszuzahlen.

Er hielt eine Weile lang inne und besann sich auf sich selbst. Als Direktor des Parteibüros kam er sich oft wie ein hoher Beamter am historischen Kaiserhof vor. Er stand bei

Dongshan-Stahl direkt unter dem Parteisekretär und damit über allen anderen. Auf seinen Befehl hin wurden Menschen wie Marionetten an Fäden gezogen, damit sich ihre Arme bewegten und ihre Beine tanzten. Dabei verhielt er sich stets höchst diskret und professionell. In seinen Augen machte die Machtfülle des Postens im Hintergrund den Sinn seines Schaffens aus.

Er ließ seine Gedanken abschweifen und warf erneut einen Blick auf seine Armbanduhr. Es war viertel nach neun. In aller Regel ließ er seine Bürotür offen, solange er sich in der Fabrik aufhielt, jetzt aber verharrte er hinter der geschlossenen Tür und ergötzte sich daran, dass er weiterhin als Einziger über die kommende Inspektion Bescheid wusste.

Er kam sich vor wie der Dotter, der vom Eiweiß und einer harten Schale umschlossen war. In der Gegend seines Herzens verspürte er ein eigenartiges Gefühl.

Das Bild einer Schachpartie drängte sich ihm auf. Während seine Gedanken wie Heerscharen galoppierten, saß er selbst als Schachmeister mit stoischer Miene vor seinen Figuren. Sein Heerführer stand nicht wie üblich mit den großen Generälen zusammen, sondern so, wie er es vom internationalen Schach her kannte: Der König war stets auf eigene Faust unterwegs und bewegte sich als Feldherr so frei wie der Kaiser innerhalb der Verbotenen Stadt. War es nicht ein und dasselbe, ob der König starb oder den Thron verlor? Konnte es sein, dass man im Westen einer anderen Logik als im Osten folgte?

Beflügelt ließ er sich eine Tasse Tee servieren, während er sich eine Zigarette anzündete. Er genoss es, sich beiden

Genüssen gleichzeitig hinzugeben. Nach der Zigarette stand er auf und widmete sich der Taiji-Übung »Die Nadel vom Meeresboden holen«, um das unruhige Gefühl um sein Herz zu dämpfen. Seit etwa zehn Jahren übte er mit einer Gruppe aus der Nachbarschaft abends Taiji auf dem Schulsportplatz in seinem Wohnquartier. Am Ende der vierundzwanzig Übungsformen fühlte er sich besänftigt, und sein Körper war ausgeglichen wie ein kreisförmiges Yin-Yang-Bild. Seine Gesundheit hätte nach all den Jahren im politischen Sumpf ohne Taiji schon längst kapituliert.

Eine ähnlich positive Wirkung schrieb er den »Sechsunddreißig Strategemen« zu. Ohne die darin enthaltene große Weisheit hätte er sich längst von seinem täglichen Schlachtfeld zurückgezogen. Jetzt aber kam ihm die List der offenen Stadttore in den Sinn, mit der er schon seit seiner Kindheit vertraut war. Der große Stratege Zhuge Liang war noch mit jeder schwierigen Situation fertig geworden. Heute redete jedermann über die List der offenen Stadttore, doch damals, in der Schule, hatte er die Geschichte in der Hochsprache Wort für Wort auswendig lernen müssen, bis er die Taktik verstand. Die bestand darin, einen Hinterhalt vorzutäuschen, um die eigene Schwäche zu verschleiern.

Nach der verlorenen Schlacht in Jieting hatte sich Zhuge Liang mit zweitausendfünfhundert Soldaten nach Xicheng zurückgezogen, während der feindliche General Sima Yi mit einem Heer von hundertfünfzigtausend Mann gegen die Stadt vorrückte. Weil er keinen General mehr an seiner Seite hatte, ließ Zhuge Liang alle vier Stadttore öffnen. Vor jedem Tor ließ er zwanzig Soldaten zusammenkommen, die wie das normale Volk gekleidet waren und die Straßen fegten. Er ließ Räucherstäbchen anzünden, setzte sich mit einer Zither auf die Stadtmauer und fing an zu spielen. Sima Yi verzichtete auf einen Angriff, weil er eine Falle befürchtete. Er schätzte seinen Gegner als zu vorsichtig ein, als dass er sonst ein derart offenkundiges Risiko auf sich genommen hätte. Hätte Zhuge Liang die Stadt aufgegeben und die Flucht ergriffen, dann wäre er bestimmt nicht weit gekommen!

Bald würde der Vorhang zur größten Polit-Show in Dongshan aufgehen, und diese kurze Zeit war seiner Erfahrung nach entscheidend. Er nahm einen Schluck von seinem Tieguanyintee und ließ sich die Taiji-Figur »Die Nadel vom Meeresboden holen« noch einmal durch den Kopf gehen. Dann setzte er sich aufrecht vor seinen Schreibtisch, als ob er mit einer Zither auf einer Stadtmauer spielen würde. Nun war er sich im Klaren, welchem Verfahren er zu folgen hatte. Er war der Einzige, der Einblick in die Interna besaß, und als alleiniger Eingeweihter würde er sein Kapital höchst professionell hüten. Große Genugtuung erfüllte ihn.

Um zehn Uhr erläuterte Herr Tang auf einer Dringlichkeitssitzung den Verantwortlichen von Dongshan-Stahl, dass er eine Stunde zuvor telefonisch aus dem Büro des Gouverneurs darüber in Kenntnis gesetzt worden sei, dass der Große Vorsitzende noch am selben Tag die Fabrik inspizieren würde. Er sei mit seinem Gefolge bereits in Dongshan eingetroffen.

Herr Tang blickte zu Herrn Duan, doch der alte Hase verzog keine Miene, als sei er ohnehin schon in die Inspektionspläne des Großen Vorsitzenden eingeweiht.

Ein genauer Zeitplan für die Inspektion sei noch nicht bekannt gegeben worden. Doch er habe bereits veranlasst, dass die Hauptstraße zwischen dem Hauptverwaltungsgebäude und dem Hauptor der Fabrik, immerhin siebzehn Kilometer und damit das Gesicht von Dongshan-Stahl, auf beiden Straßenseiten aufgeräumt und geputzt werde. Die Fabrikmauer sowie die Wände und Fenster aller Gebäude entlang der Straße würden gesäubert, auch die Bäume fachmännisch gepflegt und geschnitten werden. Müßiggang und bloßes Herumschlendern seien heute dort nicht erlaubt.

Daraufhin präsentierte Tang ein detailliertes Programm mit einem Entwurf jeder Szene, die er choreografisch skizziert hatte. Am Schluss stand ein Abendbankett mit anschließender Tanzveranstaltung. Der Große Vorsitzende habe ein Faible fürs Tanzen, wobei er entzückende junge Tanzpartnerinnen bevorzuge, bewies sich Herr Tang als gut informiert.

*

Als der Assistent von Herrn Tang in der Küche der Kantine Nummer 13 auftauchte, gingen bei Herrn Xu sofort die Warnglocken an. Er hatte nichts gegen den jungen Mann, doch es wunderte ihn, dass er kam, und er erinnerte sich an das peinliche Zusammentreffen mit dessen Chef. Das musste nicht wieder sein. Um Himmels willen! Diesem komischen Herrn Tang wünschte er nie mehr begegnen zu müssen. Er wollte nie mehr diese verwickelte Wortwahl in dieser gekünstelt leisen Stimme anhören!

Vor dem hochrangigen Kader mit den Händen im Schoß

still dazusitzen, hatte ihm damals die Schamesröte ins Gesicht getrieben. Er war sich vorgekommen wie ein Knabe vor dem Schuldirektor. Er hatte überhaupt nicht gewusst, was Herr Tang von ihm wollte, dieser kleine, hagere Mann mit seiner großen Brille. Mais verächtlich als »Schweinefutter« zu bezeichnen, das sei doch bourgeoise Dekadenz, da schlage einer den Sack und meine den Esel, wolle er damit vielleicht den Großen Vorsitzenden kritisieren? Dongshan-Stahl gehöre zur nationalen Schwerindustrie, man könne es sich nicht leisten, wenn die wertvollen jungen Arbeitskräfte sich an Speck und einem wollüstigen Leben berauschten, bis ihre Seele ganz entleert sei. Solche Verkommenheit würde den Feinden genau in den Kram passen.

Die Angestellten von Dongshan-Stahl hatten von da an keinen Anspruch mehr auf das Lieblingsgericht des Großen Vorsitzenden gehabt. Erst mit der Gründung des Komitees für den »Großen Sprung nach vorn« war der Speck in roter Soße rehabilitiert worden.

Sollte es jetzt also wieder um den Speck gehen, saß Herr Xu in der Patsche.

Seit das Gericht in »Speck nach Art des ›Großen Sprungs nach vorn‹« umbenannt worden war, musste der Chefkoch es jeden Tag für die mehr als zehntausend Mitarbeiter an der Produktionsfront kochen. Den Geschmack hatte er fortwährend weiter verbessert und gemäß den Vorgaben des Komitees für den »Großen Sprung« die Portionen immer weiter vergrößert.

In die monotonen Rührbewegungen hatte Herr Xu gewisse Taiji-Übungen wie »Der Tiger steigt vom Berg herab« integriert, damit er seine anstrengende Aufgabe erledigen konnte.

Der Kochlöffel sah aus wie eine übergroße Gartenschaufel aus Gusseisen und war ein Geschenk von Guo Min und seinen Kollegen aus der Gießerei. Dennoch hatte er sich beim Rühren schon bald, zum allerersten Mal überhaupt in seiner langen Berufskarriere, die rechte Schulter ausgerenkt. Bai Yongliang hatte ihm nach dem Vorfall verboten, weiterhin den Kochlöffel anzurühren, seine Schulter müsse dringend ruhen.

Seitdem wurde der Speck von seinen Mitarbeiterinnen und den neuen Lehrlingen zubereitet, während Herr Xu das Geschehen dirigierte. Dabei hätte er lieber seinen gesunden linken Arm mit einer leichten Kelle in der Hand eingesetzt. Das wäre viel einfacher gewesen, als verdrießlich dabei zuzuschauen, wie die tollpatschigen Lehrlinge mit der großen Kelle im Kochtopf herumstocherten. Am Ende kam dabei trotz aller Mühe nur das halbe Resultat heraus. Wenn der Chefkoch mürrisch in die Kochtöpfe hineinblickte, waren es immer nur die gleichen drei Menüs, die zweimal pro Tag serviert wurden: der Speck, der Wasserspinat und die Lotuswurzel-Suppe. Das konnte doch nicht das Ende seiner Kochkunst sein! Was war ein Chefkoch wert, der keine neuen Gerichte kreieren durfte?

Herrn Xu ergriff plötzlich eine unüberwindliche Müdigkeit, bis elf Uhr in der Nacht hatte er am Vortag in der Küche gestanden. Und jetzt wurde ihm von Herrn Tang übermittelt, die Kantine Nummer 13 werde jetzt für die Angestellten geschlossen, Herr Xu selbst aber solle sofort zu Herrn Tang in dessen Büro kommen.

Ob das wieder etwas mit dem Speck zu tun hatte?

Als Herr Xu das Büro des Direktors betrat, verkündete dieser erst einmal etwas, das dem Chefkoch mehr als bekannt war: »Dein Speck in roter Soße ist das Lieblingsgericht unseres Großen Vorsitzenden.«

Darauf erhob sich Herr Tang und verkündete feierlich: »Dank des Vertrauens der Partei, dank des Vertrauens des Volkes dürfen Sie heute für den Großen Vorsitzenden kochen.«

Das kam wie aus heiterem Himmel. Verblüfft betrachtete der Chefkoch das zerknitterte Männlein, das nervös wie eine Ameise auf einer heißen Herdplatte herumhüpfte. Sein Blick schweifte ab zu den feinen, schwarzen Lederschuhen des Direktors des Parteibüros, die wie zwei gestrandete Schiffe auf dem Ufer herumgeschleppt wurden. Es störte ihn bis zur Unerträglichkeit, dass die schweren Schuhsohlen mit einem kratzenden Geräusch über den Boden schleiften.

Die Zubereitung der Speckwürfel, in Honig und Sojasoße geschmort, sei heute eine wichtige politische Aufgabe, betonte Herr Tang. Der Farbton, der Duft und der Geschmack des Gerichts müssten perfekt gelingen, denn die Inspektion durch den Großen Vorsitzenden sei für Dongshan-Stahl ein historischer Moment. Das Ereignis werde in die Geschichte eingehen und gereiche der Dongshan-Stahlfabrik zur Ehre! Noch sei der Besuch allerdings geheim, und der Chefkoch solle sein Wissen für sich behalten.

Das hohe politische Geheimnis zog hinter den Kulissen weitere Kreise.

Um kurz nach zehn saß Bai Yongliang in seinem Büro mit einem Team der Propagandaabteilung zusammen. Dringliche Entscheidungen wurden getroffen: Die Hauptstraße, die sich kilometerweit durch das Fabrikareal von Dongshan-Stahl erstreckte, sei die Visitenkarte von Dongshan-Stahl, betonte er. Entlang der Straße müssten alle Fabrikmauern herausgeputzt werden, damit sie ein ordentliches Gesicht bekämen. Die verstaubten Bäume müssten mit Wasser sauber gespritzt werden. Müßiggänger und Herumtreiber hätten dort ab sofort nichts mehr verloren. Anschließend müsse die Straße vor dem Haupttor feierlich mit Flaggen geschmückt werden, ein wellendes rotes Meer müsse dort entstehen

Im Eingangsbereich sollten die alten Spruchbänder abgehängt und welche mit neuen Inschriften aufgehängt werden. Die Wandzeitungen beim Haupteingang müssten abgewaschen, neu geschrieben und illustriert werden, so Bai Yongliang.

Die Zeit flog dahin. Nachdem er der Propagandaabteilung Beine gemacht hatte, zog der Vorsitzende Bai weiter auf der Suche nach ansehnlichen Männern und Frauen. Sie sollten in zwei Gruppen den Großen Vorsitzenden begrüßen, eine Gruppe vor dem Haupttor, während die andere ihn vor dem Fabrikeingang erwarten sollte, durch den der Große Vorsitzende geführt würde. Unterwegs erinnerte Bai sich an die Frage nach den Tänzerinnen; ihm kamen zwei bildhübsche junge Frauen in den Sinn, die in einer der Werkstätten arbeiteten, und er gab seiner Sekretärin die Anweisung, diese sofort aufzuspüren.

Währenddessen ging der Assistent von Herrn Tang mit Herrn Xu den genauen Ablauf durch: Nach der Inspektion würden acht Tische für je acht Personen gebraucht, diese müssten in der Kantine Nummer 13 aufgestellt und eingedeckt werden. Während die Hälfte der Kantine für das Bankett reserviert bleibe, würde die andere Hälfte in eine Tanzfläche verwandelt. Trotz der ausgerenkten Schulter des Chefkochs würde das meisterhafte Gericht für die vierundsechzig Gäste von ihm persönlich frisch zubereitet werden. Eine Einladung zum Bankett und zur anschließenden Tanzveranstaltung war im Namen von Dongshan-Stahl auch an das Büro des Bürgermeisters gegangen.

Der Stahlschmelzmeister Lu Jianling wurde direkt vom Krankenbett abgeholt und zu Bai Yongliang ins Büro geführt, sodass dieser ihn über seine wichtige politische Aufgabe an diesem Tag in Kenntnis setzen konnte.

Herr Tang zog sich mit seinem Vorgesetzten Herrn Duan in dessen Büro zurück, um den alten Hasen vorzubereiten. Auf einer Seite hatte er, ausgestattet mit dem notwendigen Wissen, die wichtigsten Informationen über die Fabrik für den Fabrikdirektor aufgeschrieben.

Herr Duan war schließlich erst kürzlich aus der Hauptstadt nach Dongshan versetzt worden. Er sei an die Basis gekommen, um vertiefte Erfahrungen zu sammeln, hieß es. Jedem Insider der Fabrik war allerdings vollkommen klar, dass kein hochrangiger Kader freiwillig die Hauptstadt gegen Dongshan eingetauscht hätte. Herr Tang beschrieb die Situation lieber mit dem Strategem »die Faust zurückziehen, um mit umso mehr Kraft zuzuschlagen«. Nach dem steinigen Umweg über Dongshan würde sein Vorgesetzter nach seiner Rückkehr in die Zentrale umso höher aufsteigen.

Herr Tang machte sich nichts vor: Zwischen ihnen beiden

lag nicht nur ein tiefer Graben, es trennten sie mehrere hohe Bergketten voneinander. Wie man munkelte, huschte Herr Duan in Dongshan über das Wasser wie eine Libelle, um dereinst nordwärts wieder in Richtung Hauptstadt abzuheben. Herr Tang seinerseits sehnte sich allerdings gar nicht danach, irgendwo hinzufliegen. Er wollte bleiben, wo er war, denn in seinen Augen war Dongshan seine Bestimmung.

War sein Vorgesetzter nun ein Papagei oder jetzt sogar ein bloßer Hampelmann in seinen Händen?

*

»Willkommen, herzlich willkommen, verehrter Großer Vorsitzender Mao!«

Donnernder Jubel brach an der Hauptstraße vor dem Fabrikeingang los. Es war kurz vor halb vier. Um das Haupttor wogte ein Meer von Menschen. Ein Konvoi, angeführt von einem alten Buick, kam nur stockend voran.

»Wo steckt denn Herr Yan, der bissige Hund?«, spotteten die Zuschauer aus der nahen Neubergstraße.

Herr Li, der berühmt-berüchtigte Pförtner, war durch Herrn Wan ersetzt worden, der eigentlich Elektriker war, aber dank seiner Sprungtechnik bei verschiedenen Tänzen aus dem Grasland und seinem unwiderstehlich schönen Gesicht bei der Tanztruppe der Fabrik wie ein aufgehender Stern gefeiert wurde.

»Es handelt sich um die höchste politische Aufgabe, daher muss beim Empfang alles auf dem höchsten Niveau ablaufen«, hatte die Anweisung von Herrn Tang gelautet, weshalb sich das Parteibüro in der letzten Minute dafür entschieden hatte, Herrn Yan, den eigentlichen Pförtner, gegen die schönste Visitenkarte der Fabrik, Herrn Wan, auszutauschen. Dieser bekam sogar noch eine nigelnagelneue Uniform aus dem Fabriklager; leider war sie eine Nummer zu groß für ihn.

Fortwährend brachen neue Menschenwellen am Fabrikhaupttor herein und überfluteten den Eingangsbereich. Der eitle Tänzer war in seinem Torpavillon überhaupt nicht mehr zu sehen. Als die Vorhänge an den Fenstern des Buick zur Seite gezogen wurden, bewegte sich ein Schwall von Menschen in einem Begrüßungstaumel hinter dem Wagen her, bis er vor dem Eingang des Stahlwerks zu stehen kam, über dem unübersehbar der frisch aufgemalte Slogan prangte: »Großbritannien bezwingen; die Vereinigten Staaten besiegen!«

Das Empfangskomitee, bestehend aus dem Fabrikdirektor und Parteisekretär Herrn Duan, Bai Yongliang, Herrn Tang, dem Werkstattdirektor Yang und einem weiteren jungen Ingenieur namens Zhang, nahm vor dem alten Buick Aufstellung.

Die Wagentür ging auf, der Große Vorsitzende stieg aus und machte einen großen Schritt nach vorn. In einer grauen Sun-Yat-sen-Uniform, einem offenen grauen Mantel und einem grauen Hut stand er vor dem versammelten Publikum, das in übergroßes Glück eingebettet war.

Herr Tang konnte beinahe nicht glauben, dass dies der verehrte Vorsitzende Mao war. Der Mann vor ihm war von mittelgroßer, beleibter Gestalt. Seine aufgedunsenen Backen wirkten müde, kamen ihm gar kränklich vor. An der Seite des etwa einen halben Kopf größeren und stämmigen Nordchinesen Herr Duan, der wie alle Anwesenden fleißig und konstant von einem Ohr zum anderen lachte, wirkte es, als hätte ein Maler Unfug mit dem Propagandabild getrieben und vergessen, dem verehrten Vorsitzenden ein schattenloses Strahlen zu verleihen.

Bai Yongliang gab den Einsatz und rief: »Lang lebe der Große Vorsitzende Mao!«

Sogleich stimmte die versammelte Arbeiterdelegation hinter ihm in den Ruf ein. Seit mehreren Stunden hatten die jungen Männer und Frauen, die in den Auswahlprozessen wie Schönheits- und Gesinnungswettbewerben brilliert hatten, hier geprobt. Augenblicklich liefen sie wie ein frisch aufgezogenes Uhrwerk und jubelten wie aus einem Mund dem Großen Vorsitzenden zu, während der mit einem Arm den Massen zuwinkte, wobei der Anflug eines Lächelns auf seinem Gesicht zu einem breiten Lachen wurde.

Herr Tang machte einen Schritt zur Seite und holte bedächtig sein Notizbüchlein aus der Hosentasche. Wie oft hatte er sich in den letzten Stunden diesen historischen Moment vorgestellt? Prompt hatte ihm dieses unverwechselbare Lachen vorgeschwebt, das in jeder Zeitung und Zeitschrift zu sehen war.

Jetzt notierte er seine Eindrücke. Der graue Sun-Yat-sen-Anzug erinnerte ihn an die Farbe der Uniformen des Langen Marsches. Unter diesen Kommentar zur Kleidung schrieb er rasch eine Reihe weiterer Versatzstücke wie »voller Vitalität« oder »vor Gesundheit strotzend« und fügte in seiner verschnörkelten Schrift noch ein »etwas müdes Großmutterlächeln« hinzu. Fast panikartig jagte der Federhalter über das

Papier, während Herr Tang versuchte, dem Großen Vorsitzenden mit der blauen Tinte gerecht zu werden. Schließlich strich er das »müde Großmutterlächeln« durch und ersetzte es durch »ein gütiges, liebevolles Lächeln«. Welche Gedankenlosigkeit!

Als der Direktor des Parteibüros von seinem Notizbuch aufschaute, erblickte er unzählige tränenüberströmte Gesichter. Die beiden hübschen Tänzerinnen, die Bai Yongliang rekrutiert hatte, schrien geradezu ekstatisch.

In Begleitung der Fabrikkader betrat der Große Vorsitzende, gefolgt von seiner Delegation, die brandneue Fabrikhalle. Herr Tang hatte selbst die anschließende Szene sorgfältig durchchoreografiert, worüber er sich wie ein Geburtstagskind freute. Während der Große Vorsitzende von einer Brücke unter dem Dach in die Fabrikhalle herunterblickte, knieten die schweißgebadeten Arbeiter unten am Boden und schweißten den Slogan »In fünfzehn Jahren werden wir Großbritannien überholen!« auf eine Stahlplatte.

Der alte Hase Herr Duan ergriff die Gelegenheit, um dem Großen Vorsitzenden die neue Fabrikhalle vorzustellen. Mit ausgestreckten Armen und leicht geneigtem Kopf führte er in seinem wohlklingenden Mandarin aus: »Die neue Fabrikhalle ist viertausend Quadratmeter groß, und die Bauarbeiten daran waren innerhalb von nur siebenundvierzig Tagen beendet. Heute Morgen erst ist hier der Betrieb aufgenommen worden.«

Der verehrte Vorsitzende ließ sich seine Freude anmerken. »Haben Sie dabei die Hilfe von sowjetischen Experten in Anspruch genommen?«, fragte er nach.

Der alte Hase schüttelte den Kopf. »Das hat sich von Anfang an als unnötig erwiesen. Wir konnten uns vom Entwurf bis zur Ausführung voll und ganz auf unsere eigenen Ingenieure und Experten verlassen.« Damit hatte er dem verehrten Vorsitzenden nur nach dem Mund geredet.

Der junge Ingenieur Zhang ergänzte schüchtern von der Seite: »Zwei Acht-Tonnen-Konverter und zwei Zwanzig-Tonnen-Eisenöfen haben wir vollständig aus eigener Kraft gebaut und an die uns zur Verfügung stehenden Rohmaterialien angepasst. So sind wir mit unseren Hochöfen unabhängig von der Qualität des Roheisens.«

Herr Tang notierte in sein Büchlein: »Volltreffer in der neuen Fabrikhalle.« In dieser Sekunde dachte er aber auch daran, wie viele Übungen und Generalproben hinter jeder dieser Zirkusnummern steckten.

»Das heißt, eure Stahlöfen sind lauter gesunde Vollkornfresser aus Bauernfamilien.«

Als hätte jemand auf einen Knopf gedrückt, lachte die ganze Delegation schallend über den Kommentar des Großen Vorsitzenden. Der Bauernhumor verwandelte den Ton der offiziellen Inspektion in familiäres Schwatzen. Von einem Augenblick auf den anderen wirkte der kaiserliche Große Vorsitzende jovial und zugänglich, sein Blick, der kurz zuvor noch voller Argwohn gewesen war und mit dem er trüb, fast hart ausgesehen hatte, in dem wohl auch Bauernschlauheit durchschimmerte, wurde weicher, fast weiblich. Wie eine Symphonie von Ebbe und Flut hallte das Gelächter durch den Fabriksaal.

Die weitere Inspektion geriet jetzt zu einer Improvisation.

Auf einmal hörte Herr Tang den Großen Vorsitzenden fragen: »Sind die Bauarbeiten am Fabrikgebäude denn noch nicht abgeschlossen?« Über das aufgedunsene Gesicht drohte ein Schimmer von Dunkelheit zu ziehen, während seine Hand auf die Baugerüste zeigte.

»Um Zeit zu gewinnen, produzieren wir bereits, während das Dach noch fertig gedeckt und der Verputz aufgetragen werden«, antwortete der alte Hase. »Das ist der Geist des ›Großen Sprungs nach vorn‹!«

Ein zufriedenes Lachen erschien auf dem Gesicht des Großen Vorsitzenden.

Gemeinsam stiegen sie jetzt auf die Ofenplattform empor. Bai Yongliang reichte dem Vorsitzenden eine Schutzbrille und erklärte: »Die Stahlarbeiter sind gerade dabei, die Schlackenreinigung und die Fütterung auszuführen.«

Nun beobachteten sie, wie sich der Ofenkörper langsam neigte. Auf einmal erblühten größere Stahlblumen, die nach vorn leuchteten. Trotz aller Warnungen der Ingenieure und Fabrikkader machte der Große Vorsitzende auf der Brücke zögernd ein paar Schritte nach vorn und starrte in das Flammenmeer.

»Womit wurde der Ofen denn gefüttert?«, fragte er interessiert nach.

»Der Ofen wird mit Kalk gefüttert, um ihn von Schlacken zu reinigen.«

»Wie sind die weiteren Pläne bei Dongshan-Stahl?«, erkundigte sich der Große Vorsitzende nun bei Herrn Duan.

Der alte Hase schlug voller Stolz einen zuversichtlichen Ton an und legte sofort mit seiner vorbereiteten Rede los. Er war voll des Lobes über die schnelle Entwicklung von Dongshan-Stahl. Für das nächste Jahr versprach er den Bau einer weiteren Hochofenhalle, die noch größer sein werde.

Als die Delegation die Fabrikhalle verließ, ertönte donnernder Applaus.

Herr Duan war gerade dabei, dem Vorsitzenden vom Bankett und der anschließenden Tanzparty vorzuschwärmen, lud ihn jedoch vorher noch im Namen der Arbeiterschaft der Dongshan-Stahlfabrik ein, eine Widmung für Dongshan-Stahl in das Gästebuch zu kalligrafieren.

Zu seiner Verblüffung fiel dieser ihm aber ins Wort: »Lasst uns das Lager von Dongshan-Stahl besuchen gehen.«

Mit dieser Wendung drohte der Vorsitzende alle mit einem einzigen Zug schachmatt zu setzen. Hatte Herr Tang das verdient?

Er schlich sich zu Bai Yongliang hinüber und drückte diesem eine hastig gekritzelte Notiz in die Hand: »Lu Jianling soll sich für den Siemens-Martin-Ofen vorbereiten.«

Herr Tang hätte niemals auch nur davon geträumt, unvorbereitet in eine Schlacht zu ziehen. Bisher war es ihm gelungen, in jedem Moment den richtigen Zug zu tätigen, jetzt aber war er kurzerhand vom Schachspieler zur Schachfigur verwandelt worden.

Als der alte Hase mit dem Zeigfinger auf das Lager, einen verfallenen Bambusschuppen, deutete, fragte der verehrte Große Vorsitzende: »Wie werden die schweren Stahlplatten dort hintransportiert?«

In diesem Moment schleppte eine Gruppe von Arbeitern auf nackten Schultern eine lange Stahlschiene herbei.

Der drohende Zeigefinger des Großen Vorsitzenden war aus der Nähe deutlich zu sehen. Das geplante Lustspiel drohte in eine Tragödie zu kippen.

»Der Transport des Stahls muss dringend mechanisiert werden, damit die Arbeiter körperlich entlastet werden und ihnen die Arbeit effizienter von der Hand geht. Auf die Dauer darf nicht weiter mit Menschenkraft gearbeitet werden.« Der strenge Gesichtsausdruck war so kalt und hart wie die Stahlschiene.

Herr Duan nickte fleißig mit dem Kopf. Eifrig notierte Herr Tang das und alle weiteren Anweisungen des Großen Vorsitzenden, auch, dass Dongshan-Stahl bald Mitarbeiter in die Sowjetunion schicken solle, um von den dortigen Erfahrungen zu lernen!

Bai Yongliang, der in diesem Moment von Lu Jianling zurückgekommen war und sich der Delegation vor dem Lager wieder angeschlossen hatte, ergriff die Gelegenheit und führte rasch aus: »Die fünfhundertundvier Kilometer lange Eisenbahnstrecke zwischen Dongshan und der Provinzhauptstadt wurde vor mittlerweile vier Jahren gebaut. Dongshan-Stahl hat die Schienen dafür hergestellt und geliefert. Bis heute haben unsere Eisenbahnschienen die hohen Qualitätsanforderungen anstandslos erfüllt.«

Die Wetterlage auf dem mürrischen Antlitz des Großen Vorsitzenden wandelte sich von stark bewölkt zu einem sonnigen Tag. Er versetzte Bai Yongliang einen leichten Faustschlag gegen die Schulter und sagte erfreut: »Das zeigt, dass unser Stahl auch die strengste Prüfung besteht. Wir dürfen uns nicht vor einem Papiertiger fürchten und alles schwarzmalen. Die Stahlarbeiter dürfen stolz ihre Köpfe erheben. Unsere Schwerindustrie hat viel mehr erreicht, als wir je gedacht hätten.«

Sein gütiges Großmutterlächeln kam zurück, als er freudig feststellte, dass er und sein Gefolge mit dem Zug gerade über diese Schienen nach Dongshan gefahren seien.

Nun führte Bai Yongliang den Großen Vorsitzenden und die Delegation weiter zur Inspektion des alten Siemens-Martin-Ofens.

»Wir erlauben es uns, unser Beispiel von Innovation an einer technisch rückständigen Ausstattung zu präsentieren.«

In zuversichtlichem Ton versorgte Bai Yongliang den Vorsitzenden mit weiteren Informationen, während sich die Silhouetten von Lu Jianling und dessen Arbeitern gegen die lodernden Flammen abzeichneten: Der Hochofen war ein altes Erbstück, das die zentrale Stahlfabrik gegen Ende der Qing-Dynastie von Deutschland erworben hatte. Während des Widerstandskrieges gegen Japan war er den Fluss abwärts nach Dongshan transportiert worden.

Jetzt gelte es, den ersten Stahlabstich anzusetzen.

Erneut setzte sich der Große Vorsitzende eine Schutzbrille auf und näherte sich dem schweißtriefenden Stahlschmelzmeister, der sich ohne Zögern umdrehte und dem Großen Vorsitzenden erklärte: »Der Hochofen wurde ursprünglich für nur einen Trog pro Tag konstruiert. Tatsächlich aber schaffen wir mit einem gelungenen Abstich deutlich mehr. Wir können den Ofen mit mehr Material füllen, als angegeben ist. Das Limit wird nur durch die Größe des Auffangbehälters vorgegeben, einen noch größeren kann der Kran nicht mehr anheben.«

»Dann stellt doch einfach drei Tröge nebeneinander!«, schlug der Große Vorsitzende vor.

»Das ist ein sehr guter Vorschlag«, pflichtete Lu Jianling ihm bei.

»Wann dürfen wir dann mit sechs Trögen pro Tag rechnen?«, wandte sich der Vorsitzende wieder an Bai Yongliang.

»Das ist unser Ziel für den ›Großen Sprung nach vorn‹. Es ist uns bereits gelungen, mit drei Trögen pro Tag insgesamt über hundertzwanzig Tonnen Stahl zu erhalten. Vor der Innovation stand die tägliche Produktion gerade einmal bei fünfzig Tonnen.«

Lu Jianling gab mit der Trillerpfeife das Signal zum Abstich. Der Fotograf der Propagandaabteilung drückte fleißig auf den Auslöser seiner Kamera, um das Spektakel festzuhalten.

Bai Yongliang wies den Großen Vorsitzenden auf die Wandtafel links neben dem Tor der Fabrikhalle hin: »Dort steht unser Motto: ›Der alte Hochofen erlebt seinen zweiten Frühling.‹ Denn wie haben Sie selbst es so treffend formuliert? ›Wer zurückfällt, hat verloren!‹ Und schauen Sie dort!«, er wies auf die gegenüberliegende Wandtafel, auf der stand: »Mit Technologie und Innovation gegen den Dogmatismus – unser nationales Selbstbewusstsein stärken.«

Als der Große Vorsitzende Herrn Duan fragte, wie er es schaffe, allein eine so große Fabrik zu führen, tauchte der alte Hase sofort in seine Rolle ein. »Dank der Führung des Großen Vorsitzenden und dank der Kommunistischen Partei«, erwiderte er, ohne zu zögern.

In der düsteren Fabrikhalle hatte sich mittlerweile ein regelrechter Menschenauflauf um die Delegation gebildet, und

Bai Yongliang gelang es nur mühsam, dem Vorsitzenden einen Weg durch die Menschenmenge zu bahnen.

Der Große Vorsitzende wurde in ein Fabrikbüro eingeladen, wo er eine Widmung für Dongshan-Stahl in Pinselschrift schreiben konnte. Pinsel, Tusche, Papier und Tuschestein lagen von der Propagandaabteilung vorbereitet auf dem Tisch. Mit einem Wolfshaarpinsel malte der Große Vorsitzende dann den Namen Dongshan-Stahl im Stil fliegender Drachen und tanzender Schlangen auf ein Blatt Reispapier.

Während der ganzen Zeit hatte Herr Tang eifrig Protokoll geführt, um später daraus den Bericht für die Übertragung zu verfassen. »Der Große Vorsitzende hat die Anweisungen gegeben, uns neue Technologie anzueignen, alte Vorrichtungen umzugestalten und die Fabrik noch stärker zu mechanisieren. Die Arbeiter werden aufgefordert, ihre Weisheit in die Produktion einzubringen. Das Nationale Planungskomitee wird die Fabriken unterstützen, die lokale Regierung soll finanzielle Hilfe aufbringen und auch die Hochschulen einbeziehen. Zugleich fordert der Große Vorsitzende von Dongshan-Stahl noch mehr Mut, Selbstbewusstsein und Glaube an unsere eigene Stahlindustrie«, notierte er jetzt.

Seit einer Stunde warf Herr Xu immer wieder einen Blick auf die Wanduhr.

Als die Delegation die neue Fabrikhalle verlassen hatte, war einer der Lehrlinge sofort zurück zur Kantine gerannt und hatte berichtet, dass die Inspektion fertig sei. Dem Chefkoch war ein Stein vom Herzen gefallen. Mit seiner ausgerenkten Schulter hatte er zum Schluss allein einen Topf geschmorten Speck für den Großen Vorsitzenden und die Delegation herbeigezaubert. Um Himmels willen, wie zeitaufwendig war das Gericht! Schritt für Schritt, von der Speckhaut, die auf dem offenen Feuer geröstet wurde, danach das Schaben und Wälzen in fünf Gewürzen, dann das Braten in Honig und Sojasoße. Wenn es zu köcheln begann, musste der Speck auf kleinem Feuer schmoren. Umso mehr musste er sich um das Feuer kümmern, einmal hieß es, mehr Kohle hinzuzufügen, einmal nur halb so viel. Er kam sich so ungeschickt und verunsichert vor wie ein Anfänger, als er mit seiner gusseisernen Schaufel in der dickflüssigen Soße herumrührte – die Speckhaut durfte auf keinen Fall am Boden des Kochtopfs kleben bleiben. Zu seiner Verblüffung hatte die kranke Schulter mitgemacht.

»Der Große Vorsitzende speist, wenn er Hunger hat«, hatte ihm Herr Tang beim letzten Besuch zwar gesagt, doch jetzt kam Herr Xu sich allmählich selbst vor wie eine Ameise auf der heißen Herdplatte. Das Essen war fertig, und der Große Vorsitzende kam einfach nicht. Beim Aufwärmen aber verlor der Speck jedes Mal den eigenen Saft und büßte seinen vollendeten, runden Biss ein. Allmählich verspürte er den brennenden, stechenden Schmerz in seiner rechten Schulter. Lampenfieber beschlich ihn.

Vor Aufregung musste der Chefkoch mehrfach die Toilette aufsuchen.

Plötzlich ertönte dann doch der Ruf: »Der Große Vorsitzende ist da!«

In der Kantine herrschte sogleich ein heilloses Durcheinander. In diesem Moment hielt der Buick vor dem Eingangstor der Kantine Nummer 13.

»Speck in roter Soße ist Nahrung für das Gehirn«, hörte der Chefkoch den Großen Vorsitzenden sagen.

Im Gegenlicht des Eingangs erblickte er den hohen Gast, begleitet von dem großen Menschenauflauf, der dessen Kommentar schallend lachend beipflichtete. Während sich Herr Xu kaum zu rühren vermochte, kam der Große Vorsitzende herüber und zeigte mit dem Finger auf die vielen offenen Kochtöpfe.

»Unser Vaterland ist noch ein armes Entwicklungsland, wir können uns keine Verschwendung leisten«, kritisierte er den Chefkoch.

Trotz der inzwischen unerträglichen Schulterschmerzen hob Herr Xu den Arm, griff nach einem Blechnapf, schöpfte zwei große Löffel des Specks hinein und überreichte sie dem Großen Vorsitzenden mit einer Verbeugung.

Der Ernst auf der gerunzelten Stirn verschwand angesichts des Wohlgeruchs.

Beim Abschied aus der Kantine wiederholte der Vorsitzende die Forderung, beim Wirtschaften in der Küche sparsam zu bleiben, während er mit beiden Händen nach der Hand von Herrn Xu griff und diese schüttelte.

Herr Xu hob wie alle Kollegen aus seinem Team seinen rechten Arm. Der Schmerz war so brennend, dass er nicht mehr winken konnte. Dann sah er, wie die beiden bildhübschen Tänzerinnen dem Großen Vorsitzenden am Haupttor zur Verabschiedung einen Blumenstrauß überreichten.

Den Menschen in der Menge liefen Tränen über die Gesichter, während sie riefen: »Lang, lang lebe der Große Vorsitzende! Lang, lang lebe der ›Große Sprung nach vorn‹!«

Über das ausgefallene Abendbankett wurde kein Wort verloren.

20

Großmutter Guo richtete ihren Blick gen Himmel. Das Grau in Grau gefiel ihr gar nicht. Mit ihrem Palmfächer klatschte sie sich mehrmals gegen das Bein, um die Frauen unter dem Phönixbaum zu mehr Aufmerksamkeit und Ruhe aufzufordern. Ihre Augen verdrehten sich beleidigt, die dünnen Lippen schürzten sich.

»Der Große Vorsitzende hat Dongshan-Stahl inspiziert«, erklärte sie trotzig. »Aber niemand von uns wurde eingeweiht. Wie viele Erfolgsmeldungen sind uns in den vergangenen Tagen zu Ohren gekommen? Die lassen sich gar nicht mehr an den Fingern abzählen. Der Himmel über dem Tiananmen wird bald mit Satelliten bedeckt sein! Wohin sollen unsere dann noch aufsteigen? Wie viel Platz gibt es noch oben am Himmel?«

Frau Song und Frau Pu blickten tatsächlich in den Himmel hinauf, während Großmutter Guo sich darüber beschwerte, wie anstrengend es doch sei zu schimpfen. Aber sie schimpfte trotzdem einfach weiter, dass nach einem so langen Arbeitstag gestern der Hochofen immer noch nicht zum Anzünden fertig gewesen sei.

Sie holte tief Luft. »Und ein Unglück kommt selten allein: Ein Kader von Dongshan-Stahl hat den großen Stahlschmelzmeister Lu Jianling vor der Inspektion des Großen Vorsitzenden abgeholt – direkt aus dem Krankenbett. Wie sollen wir es denn schaffen, den Bau des Hochofens im Harmoniedorf ohne dessen Hilfe zu Ende zu bringen?« Sie schüttelte den Kopf und fuhr fort: »Der ›Große Sprung nach vorn‹ wird noch weiter an Tempo zulegen, wir aber sind bisher lediglich im Schildkrötentempo vorangekommen. Hört mir jetzt zu! Soll ich euch etwa auf Knien anflehen? Muss ich mich vor euch auf den Boden werfen? Uns fehlt bisher eine Erfolgsmeldung, die als Satellit gelten könnte. Ist das euch allen klar?«

Dann traktierte sie wieder ihr Bein mit dem Palmfächer und drohte: »Wer es heute versäumt, seinen Beitrag zu leisten, der stellt sich nicht nur gegen mich, sondern auch gegen die Partei und gegen den Großen Vorsitzenden! Solche Versager werden wir dann wie Bourgeois oder Kapitalisten behandeln!«

In den Augen der Parteisekretärin lag jetzt alles allein an der geringen Zahl an Arbeitskräften, die ihr zur Verfügung standen. Diese war in den letzten Tagen so stark geschrumpft wie ein neuer Wollpullover nach dem ersten Waschen. Von Wu Mianzi abgesehen, waren die Männer vom Harmoniedorf zuletzt dem Hochofenbau komplett ferngeblieben.

Herr Xu war vom Parteibüro von Dongshan-Stahl auf eine Vortragstour mit dem Thema »Die Hand des Großen Vorsitzenden gehalten, die Wärme des großen Mannes gespürt!« durch die Fabrik geschickt worden. Die vollständige Arbeiterschaft durfte ihm die Hand einmal schütteln, die mit dem Großen Vorsitzenden in Berührung gekommen und die er seither nicht mehr gewaschen hatte. Aus der kurzen Begegnung war eine große Geschichte entwickelt worden, die darlegen sollte, was der Chefkoch dabei gelernt hatte – das vermittelte er nun allen anderen Arbeitern weiter.

Lu Jianling hingegen hatte sich in die Entwicklung technischer Innovationen gestürzt, um die Stahlproduktion von drei auf sechs Tröge zu erhöhen, nachdem der Große Vorsitzende ihn in der Durchführung des »Großen Sprungs nach vorn« unterwiesen hatte. Herr Tang hatte zusammen mit Herrn Duan und Bai Yongliang eine Dringlichkeitssitzung abgehalten, um die höchste Anweisung des Großen Vorsitzenden entsprechend dessen Kriegstheorie zu verlautbaren: »Der ›Große Sprung nach vorn‹ ist ein Krieg des Volkes. Wo ein Krieg ausbricht, gibt es auch Opfer. Ein Weltkrieg würde zwei Drittel unserer Bevölkerung als Opfer fordern. Wer aber fürchtet sich vor Opfern, wenn wir damit den Krieg des ›Großen Sprungs nach vorn‹ gewinnen können!«

Der Himmel hing inzwischen tief wie ein Schweinebauch herab, und Nieselregen setzte ein.

»Bevor es nicht aufhört zu regnen, können wir den Hochofen nicht anzuzünden«, sagte Frau Xu. »In der Zwischenzeit ist es notwendig, dass sich alle um die richtige Beschaffung von Rohmaterialien bemühen.«

Ihre Gedanken schweiften immer wieder zu der ausgerenkten Schulter ihres Mannes. Die großen Speckwürfel in der dicken roten Soße erschienen ihr als schlechtes Omen. Sie spürte, wie die Angst sie innerlich zernagte. Ihr Mann war gestern Abend nach der Inspektion des Großen Vorsitzenden nur flüchtig zu Hause gewesen, bevor er zu seiner Vortragstournee aufgebrochen war. Vierzigtausend Kolleginnen und Kollegen – wenn jeder ihm einmal seine rechte Hand schütteln durfte! Frau Xu befürchtete, dass ihr Mann im Laufe seiner Tour eine chronische Sehnenscheidenentzündung in seinem rechten Arm bekommen würde. Sein rundliches

Buddhagesicht gab den Schmerz, den er im Innern fühlte, nicht zu erkennen. Durch das Handschütteln mit dem Großen Vorsitzenden könnte er lebenslänglich zum Invaliden werden.

»Natürlich nicht Eisenerz«, fuhr Frau Xu fort. »Das können wir zunächst noch nicht beschaffen. Bis dahin brauchen wir Gegenstände aus Eisen, die im Hochofen geschmolzen werden können. Schaut euch in euren Küchen und im Haushalt um«, wies sie ihre Zuhörerinnen an.

Ihr feingliedriger Körper steckte an diesem Tag in einer Art Arbeitsuniform, bestehend aus einer abgetragenen dunkelgrünen Bluse, einer verwaschenen schwarzen Hose und Gummischuhen. Trotz ihrer vorgeblichen Tatkraft sah sie tief betrübt aus. Die Sorgen, die ihr feines Antlitz seit dem Morgen umwölkten, wollten sich einfach nicht in Luft auflösen.

»Jeder Haushalt muss reichlich Metallgegenstände zum Schmelzen an den Hochofen bringen!«, rief Großmutter Guo mit lauter Stimme, während sie anschließend durch die beiden Straßen marschierte. Es spiele keine Rolle, ob es ein Nagel, ein stumpfes Messer, ein Aschenbecher, ein Kochtopf, ein Deckel, eine Schüssel, eine Kelle oder ein Bratenwender sei. Im Hochofen werde dann alles zusammengeschmolzen wie das Essen im Bauch. Der Hochofen habe großen Appetit und werde alle Eisenteile einschmelzen. »Das ist der Beitrag aus dem Harmoniedorf für Dongshan-Stahl.«

Neben dem Hochofen hielt Frau Xu lange ihren großen Topf in der Hand. Er war ein Hochzeitsgeschenk gewesen, und weil er so leicht war und die richtige Größe hatte, war er in der Küche immer ihr Lieblingstopf gewesen. Wenn es darum ging, ein Dampfbrötchen aufzuwärmen oder Gemüse zu dämpfen, dauerte es damit nur halb so lang wie mit einem Wok. Sie kochte darin auch Reisschleim. Der einzige Nachteil bestand in seinem dünnen Boden. Als er zum ersten Mal an zwei Stellen gebrochen war, hatte sie ihn von einem wandernden Handwerker auf der Straße reparieren lassen. Der Mann, der mit seiner Tragstange und zwei Körben durch die Neubergstraße gegangen war und lauthals seine Dienste angeboten hatte, hatte die beiden kaputten Stellen gelötet. Das war aber nicht viel anders, als wenn sie die Löcher in den Hosen ihres Mannes ausbesserte, und bald leckte der Topf so sehr, dass der Riss auch mit Reisschleim nicht mehr abzudichten war. Ein anderer Handwerker, dem sie den Topf gezeigt hatte, hatte gesagt, dass der Topf nie mehr ganz dicht sein werde. Jetzt streckte sie wehmütig ihren Arm aus und legte den Topf auf den kleinen Haufen, der vor dem Hochofen bereits entstanden war.

Weitere Frauen brachten einen Hammer, eine Zange, einen Deckel, als Wu Mianzi ein eisernes Bettgestell herbeischleppte.

»Woher hast du das denn?«, fragte Großmutter Guo ihn mit großem Erstaunen.

»Es gehörte Meng Yings Mutter.«

Ein großer Stein fiel ihr vom Herzen. Sie hatten nun genug Metall zum Einschmelzen.

»Zünden wir den Hochofen bald an?«

Wu Mianzi winkte aber ab. Sie sollten besser noch abwarten, bis Stahlschmelzmeister Lu auch da wäre.

Großmutter Guo warf einen erzürnten Blick auf den Haufen von Metallgegenständen neben dem Hochofen. Wovor sollte sich Wu Mianzi denn noch fürchten? »Man kann es an den Fingern abzählen: Wenn wir in diesem Schneckentempo weiterarbeiten, werden wir auch in fünf Jahren Großbritannien nicht überholt haben, geschweige denn die Vereinigten Staaten in fünfzehn Jahren«, schimpfte sie.

*

Zhu Hui hatte den Lastwagen vor dem Dorfeingang angehalten und Lu Jianling aussteigen lassen, der von dem stellvertretenden Parteisekretär der Kommune begrüßt wurde.

Lu Jianling blickte auf das gerötete junge Gesicht mit den blutunterlaufenen Augen, als dieser sagte: »Es ist, als ob uns eine verheerende Schlammlawine demnächst verschütten würde. Und all das hat mit dem Kommunismus zu tun. Anfangs kamen lediglich die Kinder aus der Primarschule, die nur kleinen Hunger hatten und schnell satt waren, danach aber bald die halb erwachsenen Jugendlichen, die den typischen Hungerbauch haben, als hätten sie dort ein Loch, das nie gestopft würde – je mehr sie essen, desto größer scheint ihr Hunger zu werden. Unser Lager ist leer, und unsere Kantine müsste eigentlich für alle geschlossen werden. Sie zum Beispiel können heute nicht mehr bei uns in der Kantine speisen.«

»Aber ich habe gehört, hier in der Kommune liege die Produktion bei dreißigtausend Pfund Reis pro Flächeneinheit. Selbst wenn das vielleicht nur ein kleiner Satellit ist, müsste man doch genug Reis für alle haben, oder?«

»Sie reden von optimalen Verhältnissen, aber mit all den älteren Leuten, den vielen kleinen Kindern und deinem schwerbehinderten Bruder können wir nicht genügend Fläche intensiv genug bewirtschaften. Ohne den Ausgleich durch die anderen Dörfer der Kommune hätte unsere Reisproduktion niemals den Rekord gebrochen«, erklärte der stellvertretende Parteisekretär. »Aber weder unser Dorf noch unsere Kommune sind gerade führend. Durch die Kollektivierung standen zunächst jedem Bewohner unseres Dorfes, genau wie landesweit, im Jahr tausend Pfund Getreide, hundert Pfund Schweinefleisch und je zwanzig Pfund Öl und Baumwolle zu. Das war der Augenblick, in dem wir gemeinsam in den Kommunismus übergetreten sind. Dann bin ich der von der Zentrale vorgegebenen Linie gefolgt, wonach ein Drittel der Zeit für den Reisanbau, ein Drittel für die Beschaffung von Düngemitteln und ein weiteres Drittel der Zeit für das Pflanzen von Bäumen aufzuwenden war. Eine Weile sind unsere Arbeitskräfte im Dorf zudem für den Bau eines Kanals und eines Reservoirs stark gebunden gewesen. Auch die Aufforstung der Bergabhänge hat sich als sehr aufwendig herausgestellt.«

Lu Jianling blickte in das gerötete Gesicht des Funktionärs, der schwor, seit mehreren Wochen kein Auge mehr zugemacht zu haben. Auch Lu Jianling selbst litt unter erheblichem Schlafmangel und nickte tagsüber oft, mit seinem Rücken gegen den geheizten Ofen gelehnt, kurz ein.

»Schon unser Reisrekord war ein zweifelhafter Erfolg, aber es bleibt mir keine andere Wahl: Wir werden mit unserem Stahlrekord einen weiteren Satelliten über dem Tiananmen steigen lassen. Wir wollen bloß, dass unser Dorf so schnell wachsen kann wie der ›Große Sprung nach vorn‹. Auf allen ländlichen Ebenen folgen die Kader der Richtlinie des Großen Vorsitzenden, möglichst große Kollektive aufzubauen und allen Besitz zu verstaatlichen. Je größer eine Arbeitseinheit ist, umso leichter lässt sie sich von der Zentrale aus kontrollieren und effizient führen.« Als er den Großen Vorsitzenden zitierte, musste er sich vor Lachen den Bauch halten.

Dann wurde er wieder ernst. »Mittlerweile werden im Stundentakt neue Satelliten mit Rekorden steigen gelassen und kreisen über unseren Köpfen. Um dabei mithalten zu können, sind wir auf Sie, erfahrener Meister, angewiesen, denn bisher hat unser Hochofen nur Eisen ausgespuckt, Stahl aber habe ich noch keinen zu Gesicht bekommen. Wir wollen jedoch unbedingt Stahl herstellen. Darum haben wir Sie zu uns eingeladen.«

»Stahl ist kein Getreide und auch kein Reis. Mit Stahl kann man keine Kantine betreiben. Haben Sie auch schon einmal von Qian Xuesen gehört?«, fragte Lu Jianling den stellvertretenden Parteisekretär und erzählte dem jungen Mann, als dieser den Kopf schüttelte: »Als ich gegenüber Bai Yongliang, dem Vorsitzenden des Komitees für den ›Großen Sprung‹, den Verdacht geäußert habe, dass die Steigerung der Reisproduktion von zweihundert Pfund auf tausend und dann auf zehntausend Pfund pro Flächeneinheit nur vorgetäuscht sein könnte, hat er mir erklärt, dass Qian Xuesen, ein führender Raketenspezialist, der nach der Gründung der Volksrepublik Amerika den Rücken gekehrt hat, um in die Arme des hilfsbedürftigen Vaterlandes zurückzukehren, die

Möglichkeiten des hybriden Reisanbaus wissenschaftlich belegt habe. Wenn man es schaffe, die Sonneneinstrahlung zu optimieren, könnten tatsächlich auf einer Flächeneinheit bis zu zehntausend Pfund Reis geerntet werden.«

Bai Yongliang hatte sich als großer Bewunderer dieses treuherzigen patriotischen Sohnes der neuen Volksrepublik herausgestellt: Wenn ein Satellit ins All abhebe, dann sei das nur dank dessen Raketenforschung möglich, hatte er erklärt. Da es auch dabei um Dinge wie Lichtgeschwindigkeit gehe, gebe es genügend Berührungspunkte zur Agrartechnologie, bei der die Lichteinstrahlung eine entscheidende Rolle spiele. Entsprechend befasse sich der Spitzenraketenwissenschaftler Qian nun mit dem Reisanbau und habe die dafür erforderliche Lichteinstrahlung kalkuliert, damit der »Große Sprung nach vorn« mit Raketentempo erreicht und der Kommunismus umarmt werden könne. Statt einen echten Satelliten ins All zu schießen, sei er erpicht darauf, mitzuhelfen, zehntausend sinnbildliche Rekordsatelliten in den Himmel über dem Tiananmen steigen zu lassen.

»Ich war damals Produktionsleiter«, erklärte nun der stellvertretende Parteisekretär. »Wir hatten uns ein Ziel von tausend Pfund pro Flächeneinheit gesteckt, denn ich fragte mich, was es, wenn die Kraft im Dorf nicht einmal ausgereicht hätte, um die fünffache Menge des bisherigen Ertrags zu ernten, da geholfen hätte, wenn wir uns das noch viel höhere Produktionsziel von zehntausend Pfund gesetzt hätten? Als dann die Nachbarkommune zehntausend Pfund pro Flächeneinheit geerntet hatte, hat uns das angestachelt, uns auch hier ein noch höheres Ziel zu stecken und zu guter Letzt unsere Schwierigkeiten zu überwinden. Für mich war das Wichtigste, die Arbeitskraft aller zu mobilisieren, einschließlich die der Alten und Behinderten.«

»Dann haben Sie im Dorf Ihr Ziel also nie erreicht?«

»Wir haben so viel Reis registriert, wie nötig war.«

»Sie haben also einfach die Zahlen von den anderen Kommunen genommen und selbst eine höhere genannt?«, bohrte Lu Jianling nach.

Da ereiferte sich der junge Funktionär: »Es war alles viel komplizierter! Täglich kreisten immer größere Satelliten am Himmel. Und das geht immer weiter. Mittlerweile wollen andere schon bis zu vierzigtausend Pfund Reis pro Flächeneinheit geerntet haben. Aber was hätte man mit einer so großen Produktionsmenge denn anfangen sollen? Man benötigt dann ja auch entsprechende Lagerräume. Der Große Vorsitzende hat deswegen sogar schon Chruschtschow um Rat gebeten. Die neue Weisung lautete dann, dass ab sofort die Felder nur noch den halben Tag lang bewirtschaftet werden sollten. Wir haben also, wenn man so will, eigentlich dabei mitgeholfen, die Lagerproblematik wenigstens zum Teil zu lösen. Jetzt konzentrieren wir uns auf die Stahlherstellung. Wir alle arbeiten nun um die siebzehn Stunden pro Tag, genau wie bei Dongshan-Stahl, wo die Hochöfen rund um die Uhr laufen. Und mit Ihrer Hilfe könnten wir der Vorreiter bei der Stahlproduktion auf dem Land sein.«

Lu Jianling entdeckte an einer Mauer ein Spruchband: »Eine Hacke zu übergeben, heißt, den Imperialismus zu zerstören; einen Nagel zu verstecken, ist gleichbedeutend damit, einen Konterrevolutionär zu verstecken.«

»Wäre es nicht realistischer, wenn die Dorfbewohner im Durchschnitt dreihundert bis vierhundert Pfund Reis pro Flächeneinheit ernteten?«, wandte er ein. »Dann könnte die Kommunenkantine im Dorf wieder aufmachen, und vielleicht gelänge es dann sogar irgendwann, einen kleinen Satelliten aufsteigen zu lassen.«

In diesem Moment ertönte aus dem Lautsprecher eine Meldung über den neuesten Rekord bei der Stahlproduktion. Erst schepperten ohrenbetäubende Gongs, dann verlas eine Sprecherin in seltsam gestelzter Hochsprache eine Meldung, der Lu Jianling einmal etwas wie »rot glühend fließender Stahl« entnahm, ein andermal einen Sprachfetzen wie »mehrere Tonnen«.

Augenblicklich war sich Lu Jianling darüber im Klaren, dass dieser junge, ungeduldige stellvertretende Parteisekretär den historischen Zeitpunkt für gekommen halten würde, dass sein kleines Dorf einen neuen Rekord in der Stahlproduktion aufstellte. Mit seinem kerzengeraden Rücken wirkte der blutjunge Mann wie ein nach Wachstum strebender Tannenbaum. Sein Hochmut war fast nicht mehr zu ertragen.

Lu Jianling sprach aber trotzdem zu ihm wie zu einem Fachmann: Mit den niedlichen kleinen Hochöfen sei es alles andere als einfach, Eisen oder Stahl zu produzieren. Man benötige dafür eine lange Ausbildung, in deren Verlauf man möglichst viel Erfahrung sammeln müsse, um aufgrund des Gefühls – des Geräuschs, des Geruchs und der Farbe – seine Entscheidungen zu treffen.

»Da wir mit Eisenerz bisher nur schlechte Erfahrungen gemacht haben, wollen wir nun Metallgegenstände wie

Hacken, Nägel, Kochtöpfe oder Blechschüsseln in unseren Hochöfen zu Stahl schmelzen. Das ist bestimmt einfacher.«

»Welche schlechten Erfahrungen wurden denn gemacht?«, fragte Lu Jianling.

»Das Eisenerz hat sich lediglich in unbrauchbare schwarze Klumpen verwandelt.«

»Das liegt vermutlich an den zu niedrigen Temperaturen. Für die Stahlschmelze ist eine Ofentemperatur von tausendsiebenhundert Grad Celsius erforderlich. Ob man diese erreicht, hängt vom Volumen des Ofens und von der verfügbaren Menge an Brennstoffen ab.« Lu Jianling achtete genau darauf, mit dem stellvertretenden Parteisekretär ein möglichst präzises Gespräch zu führen.

»Darum müssen wir uns hier zum Glück keine großen Sorgen machen. Wir haben genug Holz«, warf der junge Mann freudestrahlend ein und deutete hinauf zu den bereits gerodeten Berggipfeln. »Das ist nur die erste Bergkette, dahinter liegen noch zwei weitere, die weit höher sind. Wenn wir jeden Tag zehn Tonnen Stahl produzieren, sollten unsere Holzvorräte für einige Jahre reichen.« Er erklärte dem Stahlmeister die vorgesehene Strategie: »Wenn ein Bergwald abgeholzt und alles Holz verfeuert ist, werden wir eben weiterziehen. Wir verschwenden keine wertvolle Zeit für den Holztransport, stattdessen nutzen wir sie, um Stahl herzustellen. Die Lage der Hochöfen wird sich immer an den verfügbaren Wäldern orientieren.«

Allmählich dämmerte Lu Jianling, warum sie ständig neue Öfen bauen mussten.

Der stellvertretende Parteisekretär führte ihn zu einer

Baracke hinüber, neben der aufgeschichtete Baumstämme lagen. »Sehen Sie, unser Mechanismus ist folgender: Die Schulen haben wir geschlossen, damit die Schüler mit der Realität in Kontakt kommen und direkt aus der Praxis lernen. Mithilfe von Baumstämmen werden die Schulkinder bald Stahlklumpen den Hang hinunterrollen, so vergrößern wir unsere Transportkapazitäten.«

»Das letzte Mal sah ich viele Schüler beim Fällen der Bäume helfen.«

»Ach ja, das war aber nicht besonders hilfreich. Sie sind halt noch Kinder, frische kleine Setzlinge.«

»Dient ihnen diese Baracke hier als Nachtlager?«

Der junge Mann lachte auf. »Ja, wir haben die Baracke ursprünglich für die Schulkinder errichtet, die von weiter entfernten Orten kamen, um unser Leben im Kommunismus kennenzulernen. Gerade jetzt aber erreicht der ›Große Sprung nach vorn‹ hier in der Kommune seinen Höhepunkt, weshalb die Kommunenführung angeordnet hat, dass Frauen und Männer in getrennten Wohnheimen schlafen sollen, was ich für richtig halte. In der Armee werden Frauen und Männer ja auch immer separaten Einheiten zugeteilt, nicht wahr? Im Moment schlafen hier alle Männer unseres Dorfes.«

In Lu Jianlings Ohren klang das ein wenig befremdlich, auch wenn er weder von der Armee noch vom Kommunismus allzu viel Ahnung hatte, dennoch lauschte er den weiteren Ausführungen des jungen Funktionärs aufmerksam.

Der zeigte auf einen rauchenden Kohlenmeiler. »Hier sehen Sie, wie wir Bäume zu Holzkohle verarbeiten. Wir haben ein tiefes Loch in den Boden gegraben. Das wird mit

Baumstämmen gefüllt, die dann angezündet und mit Erde bedeckt werden. Zum Schluss wird Wasser darübergesprüht. Nach einigen Tagen ist die Holzkohle fertig.« Der junge Mann war stolz auf das Verfahren, das von einer Schulklasse mit ihrem Lehrer zusammen entwickelt und hinter der Baracke realisiert worden war.

Lu Jianling sah den jungen Mann an und bemerkte dessen funkelnden Blick, als der begann, mit seiner hohen Stimme etwas ihm Unbekanntes zu zitieren: »Das Wertvollste, was der Mensch besitzt, ist das Leben. Es wird ihm nur einmal gegeben, und er muss es so nützen, dass ihn sinnlos verbrachte Jahre nicht qualvoll gereuen, die Schande einer kleinlichen, inhaltslosen Vergangenheit ihn nicht bedrückt und dass er sterbend sagen kann: Mein ganzes Leben, meine ganze Kraft habe ich dem Herrlichsten in der Welt – dem Kampf für die Befreiung der Menschheit – geweiht. Und er muss sich beeilen, zu leben. Denn eine dumme Krankheit oder irgendein tragischer Zufall kann dem Leben jäh ein Ende setzen.« Er verharrte eine Weile in seiner heroischen Pose und verriet dem Stahlmeister, dass die Passage aus dem sowjetischen Roman »Wie der Stahl gehärtet wurde« stamme. »Stahl wird als Roheisen in loderndem Feuer geschmolzen und durch starke Abkühlung gehärtet. Daher ist er stark«, sagte er, als würde das sein ganzes Vorhaben erläutern.

»Wir sollten uns einmal die Öfen zusammen anschauen«, schlug Lu Jianling schließlich vor.

Nach wenigen Schritten erreichten sie zwölf brandneue Hochöfen. Hier waren früher Gemüsebeete gewesen, von Obstbäumen umstanden.

»Wir bauen die Hochöfen aus feiner Erde. Dazu wird die Erde zuerst mit klein gehacktem Stroh durchmischt, das beim Erhitzen verbrennt. Dadurch entstehen feine Luftlöcher, die dafür sorgen, dass die Hochofenwände trotz der durch die hohen Temperaturen bewirkten Ausdehnungen unbeschädigt bleiben.« Von oben her werde immer wieder Holzkohle nachgefüllt, während das Erz schmelze. Am Ende müsse der Ofen zerschlagen werden, um an das Eisen beziehungsweise eigentlich den Stahl zu kommen. Dieses traditionelle Verfahren sei ihnen von Herrn Huo, der erst kürzlich im Alter von neunzig Jahren gestorben sei, gezeigt worden.

»Das Wissen um das Verfahren allein garantiert allerdings noch nicht den Erfolg. Erst Übung macht den Meister«, wandte Lu Jianling ein.

Der junge Funktionär hatte dafür aber kein Gehör. Er stand unter dem schieren Druck, endlich einen Satelliten über dem Tiananmen aufsteigen zu lassen.

Lu Jianling erklärte ihm, dass er eigentlich nicht die richtige Person sei, ihm zu helfen. Die Stahl-Produktionstechnik, die sie bei Dongshan-Stahl einsetzten, sei für die Dorf-Hochöfen ungeeignet. Das Verfahren sei ein völlig anderes. Sie sollten jedoch auf die richtige Belüftung achten: Wenn das flüssige Metall rot glühe, handele es sich noch um Eisen, erst wenn es weiß glühe, könne man sicher sein, dass das Eisen zu Stahl gekocht worden sei.

Kurz bevor er mit Zhu Hui nach Dongshan zurückfuhr, suchte Lu Jianling noch seinen Bruder auf.

»Wir müssen dreitausend Hochöfen erbauen, um eine Produktion von zwanzigtausend Tonnen Stahl zu erreichen«, beschwerte sich Fu. »Ich kann gar nicht zählen, wie viele Hochöfen wir bereits errichtet haben!« Ganze Wälder würden verschwendet! Alle Adlerholzbäume, die nicht durch Gold aufgewogen werden könnten, seien gefällt worden. »Hätten wir es uns damals leisten können, Mutter in einem Sarg aus Adlerholz auf ihre letzte Reise zu schicken, dann hätten wir uns für unsere Pietät wenigstens ein paar Karmapunkte verdient.« Von den Obstbäumen, den Orangen-, Pfirsich-, Pipa-, Persimonen- und den wenigen Litschibäumen sei auch keiner mehr übrig. Zum Frühlingsfest habe es deshalb keine Früchte mehr von den alten Bäumen gegeben. Fu gab dem stellvertretenden Parteisekretär die Schuld daran. Auch die Schulklassen aus der Stadt, die Bäume fällen und den Kommunismus in den Kommunenkantinen hätten erleben wollen, hätten sich mitschuldig gemacht.

»Wo bekommst du denn jetzt deine Mahlzeiten?«, fragte Lu Jianling. Alles andere interessierte ihn im Moment nicht mehr.

»Ich esse jetzt bei unserem stellvertretenden Parteisekretär zu Hause. Aber nur, weil er hofft, dass du ihm helfen kannst, die Stahlproduktion zu verdoppeln. Nur deinetwegen darf ich bei ihm zu Hause essen. Der Mann spricht doppelzüngig. Nenne ihn nur ja nicht ›Stellvertretender‹, denn er geht über Leichen, um Parteisekretär zu werden.«

In diesem Moment hupte Zhu Hui. Lu Jianling drückte seinem Bruder schnell eine Rolle von Geldscheinen in die Hand und reichte ihm einen Zeitungsausschnitt mit dem Bild von ihm und dem Großen Vorsitzenden vor den leuchtenden Stahlblumen.

»Unglaublich! Die Bauern sind immer die Verlierer in diesem Land!«, empörte sich Zhu Hui. Wie immer redete er ohne Punkt und Komma. »Obwohl die Kommune, in der meine Eltern leben, viele Rekorde in der Reisproduktion aufgestellt hat, sind die beiden heute trotzdem vom Hungertod bedroht.«

»Wie meinst du das: vom Hungertod?« Lu Jianling glaubte, er habe sich verhört.

»Heute hat man die Miliz in jedes Haus der Kommune geschickt, um es zu durchsuchen. Sie glauben, dass Reis versteckt wird.« Mit seiner schweren Faust schlug er gegen das Lenkrad.

»Und findet man denn tatsächlich welchen?«

»Weißt du, an Rekordernten von dreißig- bis vierzigtausend Pfund Reis pro Flächeneinheit hat mein Vater niemals geglaubt und sie selbst auch nie erreicht. Dennoch verlangte ihm die Kommune entsprechend große Getreideabgaben ab. Mein Vater bewahrte schon früher jeden Herbst nach der Ernte hundert Pfund frischen Reis in einem Tonkrug auf, den sie dann zusammen mit dem neuen Reis im Folgejahr aufaßen. Das war ihre Vorsorge für den Fall, dass es einmal eine schlechte Ernte gab. Und davon ist er auch mit dem »Großen Sprung nach vorn« nicht abgerückt. Also hat man jetzt Reis bei ihnen gefunden, den sie eigentlich hätten abgeben müssen, und hat diesen beschlagnahmt. Und eine Gemeinschaftsküche gibt es dort nicht. Wie sollen sie denn jetzt über den Winter kommen?«

Lu Jianling erzählte, dass auch die Gemeinschaftsküche seines Bruders wegen des Reismangels inzwischen geschlossen sei.

»Unglaublich! Genau dort beginnen die Probleme!«, sagte Zhu Hui fiebrig erregt und schlug erneut aufs Lenkrad. »Wenn der Bauch knurrt, macht man sich einfach auf den Weg in die Kommunekantine, dort herrscht ja bereits der vollkommene Kommunismus. Aber ohne Buchführung verschwendet die Kommune ihr Budget in Rekordzeit und hält trotzdem daran fest, und letztlich hat keiner mehr etwas davon!«

*

Es regnete noch immer, als Herr Xu zum Abendessen nach Hause kam. In der Küche holte er zwei Dampfbrötchen und einen Blechtopf geschmorten Speck zum Aufwärmen aus einer Netztasche hervor. Dabei fiel seiner Frau auf, wie müde er aussah. Herr Xu hatte am Morgen einen Vortrag gehalten und am Nachmittag gleich noch einen.

Er solle sich doch ein wenig ausruhen, während sie die Dampfbrötchen im Wok aufwärmen würde.

Als sie das Essen zum Tisch brachte, war ihr Mann bereits eingeschlafen. Ihr stach der starke Geruch in die Nase, den ihr Mann verströmte. Sie holte die Flasche mit dem Sesamöl aus der Küche und gab einige Tropfen davon in ein Schälchen. Dann setzte sie sich zu ihm, nahm ein Tuch, befeuchtete es und rieb ihm sanft den rechten Arm ein. Er wachte davon erst auf, als sie mit der Massage schon fast fertig war.

»Jetzt riecht dein Arm wieder besser«, sagte sie zu ihm.

Während er seinen kranken Arm auf ihrer Schulter abstützte, strich er mit den Fingern der anderen Hand zärtlich über ihr feines Gesicht. Sie war seine Lotusblume, rein, dem Schlamm entkommen, edel wie eine Lerche.

»Ich wärme uns schnell das Essen noch einmal auf«, flüsterte Frau Xu ihm ins Ohr.

Er schüttelte aber nur den Kopf und zog sie zu sich. »Ein Koch riecht mit seiner Zunge«, sagte er augenzwinkernd. Mit seiner Zunge wolle er jeden Millimeter ihrer wohlriechenden Haut schmecken. Er schlang seinen gesunden Arm um ihre Hüfte und raunte ihr ins Ohr: »Ich rieche jetzt nach Sesam, und du bist meine Sesamblüte, die sich Stück um Stück weiter öffnet.«

Als die Morgendämmerung durch ihr Fenster drang, lauschte Herr Xu, wie die Regentropfen gegen die Glasscheiben prasselten. Seine Frau atmete leise. Er rutschte näher an sie heran. Sie wachte auf, mit einem Blick wie windstilles Wasser.

Ein weiteres Sesamkorn war in das feuchte Beet gefallen, so geräuschlos wie ein Tröpfchen Morgentau. Ihre Haut war geschmeidig wie Seide. Ihre Arme waren um sein buddharundes Gesicht geschlungen, seine kupferbraune Stirn glänzte im Morgenlicht.

*

Die Frauen hatten beschlossen, den Hochofen am Nachmittag anzuzünden, falls der Regen aufhörte – egal, ob Lu Jianling anwesend war oder nicht.

Frau Jiang hatte daran keinen geringen Anteil. Sie werde demnächst ihre Tage bekommen, hatte sie Großmutter Guo und Frau Xu zugeflüstert. Wenn sie aber blute, dürfe man auf gar keinen Fall den Hochofen anzünden, sonst würden alle ihretwegen mit schlechtem Feng-Shui bestraft. »Es würde dem Harmoniedorf Unheil bringen, und in unserem Hochofen würde auch nie Stahl produziert werden«, hatte sie prophezeit.

Großmutter Guos Gesicht hatte sich zunächst verdunkelt, als wenn sich eine Gewitterwolke darüber gesenkt hätte. Ihr Brustkorb hob und senkte sich wie ein Schiff auf hoher See. Da erscholl aus dem Lautsprecher das Lied »Der Ostwind weht, Trommelschläge ertönen. Wer fürchtet sich vor jemandem auf dieser Welt?«

»Ob man an Feng-Shui glaubt oder nicht, wir können es uns momentan nicht leisten, ein Risiko einzugehen«, stellte schließlich Großmutter Guo fest. Sie jedenfalls werde nicht gegen den Himmel aufbegehren. Bleibe bloß zu hoffen, dass der Regen rechtzeitig aufhöre.

Am frühen Nachmittag dann ließ der Regen endlich nach, und alles war vorbereitet.

Wu Mianzi hatte das große Bettgestell aus Eisen in Einzelteile zerlegt, und alle Frauen hatten mitgeholfen, das Regenwasser aufzuwischen. Sie hatten den Hochofen und alle Eisengegenstände, die es einzuschmelzen galt, mit Lumpen getrocknet. Frau Xu nahm ihren Topf zum letzten Mal in die Hand. Dann war alles bereit.

Wu Mianzi hielt eine Fackel vor den Hochofen. Die Frauen fingen an, von zehn an rückwärts zu zählen.

Jiang Minhui stand mit den Kindern in der ersten Reihe und schaute voller Stolz zu ihrem Mann: Wu Mianzi in seiner Uniform der Dongshan-Stahl-Arbeiter strotzte vor Gesundheit. Ein neues Kapitel ihres gemeinsamen Lebens wurde aufgeschlagen, dachte Jiang Minhui für sich. Sie hatte so lange zusehen müssen, wie die einst hünenhafte Gestalt vor ihren Augen so verdorrte, dass es zum Fürchten war. Inzwischen stand er morgens früher als sie auf und ging gelegentlich später zu Bett. Sie blickte voller Zuversicht in die Zukunft.

»Zünd an!«, rief sie laut zu ihm hinüber.

Unter großem Beifall entzündete Wu Mianzi das Feuer.

»Wir haben unsere Kochtöpfe, unsere Hämmer und sogar ein Bettgestell für den Großen Vorsitzenden und den ›Großen Sprung nach vorn‹ geopfert«, beschwor Großmutter Guo den historischen Moment.

»Weiß der das dort oben in Beijing?«, fragte Meng Ying.

»Der Himmelsgott weiß es jedenfalls«, antwortete Jiang Minhui.

21

Kopflos und völlig außer Atem tauchte die Parteisekretärin wie eine verirrte Fliege vor dem Polizisten Zhang im Polizeiamt von Ober-Dongshan auf. Der Grünschnabel erhob sich in aller Eile, schob ihr einen Rattansessel zu und half ihr mit dem anderen Arm, sich hineinzusetzen.

Die Parteisekretärin zitterte am ganzen Leib wie Espenlaub. »Der-der-der Hochofen … Wu … Wu Mian-Mianzi ist tot.« Das Ungeheuerliche verschlug ihr fast den Atem.

Der Polizist schenkte ihr eine Tasse heißen Tee ein.

»… is-ist in die Lu-Luft ge-geflogen. Sein-seine Gliedmaßen nicht, nicht mehr ge-ge-gefunden«, stotterte sie.

Die schmalen Augen, die wie zwei gereifte Weizenähren geformt waren, verrieten Angst. Das Vollmondgesicht, das sonst von Sommersprossen bedeckt war, war kreidebleich.

»Sie hätten jemand anderen schicken können, um uns zu benachrichtigen«, sagte Polizist Zhang leise und fügte hinzu: »Wir werden sofort eine Ermittlung einleiten.« Es erschien ihm wenig sinnvoll, Großmutter Guo in diesem Augenblick weiter zu befragen. »Ich werde jetzt einige Telefonate erledigen«, sagte er so leise wie vorher. »Wenn ich zurückkomme, werde ich Sie zusammen mit den Kollegen zurück ins Harmoniedorf begleiten, dort den Ort des Geschehens absperren und die Spuren sichern.«

»Aber das woll-wollen wi-wir nicht!«, rief Großmutter Guo. »Es gibt auch gar keinen Ta-Tatort, den Sie absperren müssten. Es war ein Un-unfall, kein Mord. Auch Sabotage steh-teht außer Frage.«

Die Parteisekretärin hielt inne und versuchte, in ihrem Gedächtnis Klarheit zu gewinnen. Seit Beginn des Hochofenbaus hatte Wu Mianzi vor Gesundheit nur so gestrotzt. Er war ein völlig anderer Mann geworden. Seine Haut glänzte kupferrot, sein dichtes Haar schimmerte in der Sonne. Bis zu seinem Tod war Wu Mianzi eine wahrhaftige Stütze für alle Frauen im Harmoniedorf gewesen. Mit den Stichworten, die ihr einfielen, beschrieb sie dem Grünschnabel ihren verstorbenen Nachbarn: Wu Mianzi war selbstlos, er lebte den Kollektivismus vor. Es gebe keinen Grund, von einem Selbstmord auszugehen, darauf bestand sie.

Der Grünschnabel hörte ihr aufmerksam zu.

Was war das für ein grausamer Schicksalsschlag für das Harmoniedorf! Zuerst hatte man wegen des Regens und der Abwesenheit Lu Jianlings das Anzünden des Hochofens immer wieder hinausgeschoben. Aber dann hatte man sich wegen Jiang Minhuis Tagen doch dafür entschieden, ihn anzuzünden. Wie hatte sich Jiang Minhui so irren können?

Aber auch wenn die Frauen nicht zur Feier des Tages in die Kantine Nummer 13 gegangen wären und am Kommunismus von Dongshan-Stahl teilgehabt hätten, hätte das Unheil vielleicht abgewendet werden können. Oder wenn Wu Mianzi gemeinsam mit den anderen in die Kantine zum Essen gegangen wäre … Wu Mianzis Tod hätte verhindert werden können, aber der Himmel hatte es so gewollt.

Die Parteisekretärin beteuerte, dass sie noch nie im Leben etwas so Grauenvolles erlebt habe. Der schaurige Anblick werde die Bewohner des Harmoniedorfs bis ans Ende ihres Lebens verfolgen, auch diejenigen, denen die Szene erspart geblieben sei, denn die würden sich das entsetzliche Ausmaß der Tragödie in ihrer Fantasie wohl noch grauenerregender ausmalen.

Der Blick in ihren schmalen Augen wurde leer und blank, ihr verdunkeltes Antlitz zuckte fassungslos vor Schmerz. Er musste zuschauen, wie sie von panischer Angst ergriffen wurde. Allmählich wurden ihre Worte aber klarer, als wäre sie die ganze Zeit über auf der Suche nach ihrer Sprache gewesen und habe sie nun endlich gefunden.

Die Katastrophe geschah im Handumdrehen. Zwischen halb eins und eins hatten sich die Frauen gemeinsam in die Kantine Nummer 13 begeben. Sie feierten das Anzünden ihres Hochofens und den Beginn ihrer Stahlproduktion. Von nun an würden sie an der Seite der echten Dongshan-Stahlarbeiter Stahl produzieren!

»Macht euch bloß keine Sorgen um den Hochofen. Ich kümmere mich darum. Nehmt euch die Zeit und genießt euer Festessen«, hatte Wu Mianzi den abziehenden Frauen nachgerufen. »Vergesst aber nicht, mir etwas Leckeres aus der Kantine mitzubringen!«, hatte er noch hinzugefügt.

In der Kantine hatte Frau Jiang zwei große Schüsseln bis zum Rand mit Reis, Gemüse und Fleisch gefüllt. Das sollte das gemeinsame Mittagessen für Wu Mianzi, sie selbst und ihre Töchter werden, während sie sich mit dem Rücken gegen den Hochofen lehnen würden. Xiamei und Ganggang hatten bereits am Morgen alle kleinen Kinder zu sich genommen und machten mit ihnen einen Ausflug in das Quartier Ober-Dongshan. Großmutter Guo hatte deshalb ebenfalls zwei Schüsseln mit Reis, Gemüse und Fleisch gefüllt und für Xiamei, Ganggang und die anderen kleinen Kinder vorbereitet.

Eigentlich hatte sie sich bei ihrem eigenen Mittagessen beeilen wollen, um Frau Jiang zurück in die Neubergstraße zu begleiten und auf den Hochofen aufzupassen, während Frau Jiang und Wu Mianzi zusammen zu Mittag aßen.

»Lass ihnen ein bisschen Zeit für sich allein«, hatte ihr Frau Xu jedoch geraten.

Und so hatten Großmutter Guo, Meng Ying und Frau Xu gemeinsam die Kantine verlassen. Außerhalb des Eingangstors der Fabrik war Großmutter Guo dann den anderen vorausgeeilt. Sie war wie immer zu ungeduldig gewesen. Als sie in das Gelände des Hochofens einbog, stieß sie einen schrillen Schrei aus.

In einiger Entfernung saß Jiang Minhui mit gespreizten Beinen auf dem Boden. In ihrem Schoß hielt sie einen blutüberströmten Fleischklumpen, der zunächst nicht als menschlicher Kopf wiederzuerkennen war.

Meng Ying und Frau Xu kamen herbeigestürmt und trafen auf eine Großmutter Guo, die wie von Schüttelfrost gepackt war, am ganzen Leib zitterte und entgeistert vor sich hin starrte. Meng Ying sank unverzüglich auf die Knie und übergab sich bei dem schrecklichen Anblick auf ihre Bluse. Frau Xu fauchte wie eine gereizte Bestie und schrie zu Jiang Minhui hinüber: »Lass das los!«

Nach und nach kehrten die anderen Frauen aus der Kantine ins Harmoniedorf zurück, und am Unfallort sammelte sich eine Menge von Zuschauern.

Es war grauenvoll gewesen, wie so ein verunstaltetes

menschliches Haupt auf die Leute gewirkt hatte. Schnell wurde allen klar, dass es sich nicht um den Kopf eines Tieres handelte. Wäre das der Kopf eines geschlachteten Schweins oder eines Wasserbüffels gewesen, wäre niemandem der Schreck in die Glieder gefahren: Sie alle hatten in ihrem Leben schon viele blutverschmierte Tierköpfe zu Gesicht bekommen. Oft genug hatten sie, ohne zu zögern, nach dem Küchenmesser gegriffen, um ein Huhn oder eine Ente zu schlachten, und dies hatte ihnen niemals Angst eingejagt. Die Katastrophe hier aber würde die Frauen bis in ihr Grab verfolgen.

Während Meng Ying sich noch übergeben musste, rief Frau Xu einige der Frauen, die aus der Kantine zurückgekommen waren, zu Hilfe. Zuerst mussten sie Frau Jiang dazu überreden, das blutige Haupt ihres Mannes auf dem Boden abzulegen.

Als ihnen das gelungen war, fiel den Frauen auf, dass Frau Jiang selbst ebenfalls stark blutete, ganz offensichtlich aber war sie nicht verletzt, sondern erlitt gerade eine Fehlgeburt. Lili holte eine Schüssel mit lauwarmem Wasser, eine Decke und einige Kleidungsstücke von sich herbei, und während Frau Xu und Meng Ying Frau Jiang die blutigen Sachen auszogen und versuchten, sie ein wenig zu säubern, verhüllte sie mit der Decke Wu Mianzis Haupt.

Dann brachten vier Frauen Jiang Minhui auf einer Bambustrage ins Krankenhaus Nummer 2, und Frau Xu ermahnte alle, sie dürften den Töchtern noch nichts von Wu Mianzis Tod sagen, und auch den anderen Kindern gegenüber sollte vorläufig nichts Genaueres über den Unfall verlautbart werden. Man sollte ihnen zunächst nur sagen, die Eltern seien mit Verletzungen ins Krankenhaus gebracht worden.

Großmutter Guo begann wehmütig, über die unerträgliche Leichtigkeit des Lebens zu klagen. Wu Mianzi, der vor seinem Tod groß und stark wie Herkules gewirkt hatte, war dennoch so zerbrechlich gewesen wie ein Libellenflügel. Er hatte seinen letzten Atemzug getan, ohne dass jemand an seiner Seite gewesen war. So fragil sei das Leben, so unfair sei sein Los.

»Gute Menschen leben nicht lange, die Geißel des Jahrtausends ist geblieben«, sagte sie, und ihr liefen wieder heiße Tränen über das ganze Gesicht. Sie trauerte aufrichtig um Wu Mianzis Tod, über Jiang Minhuis Verlust des Kindes, das nicht einmal die Welt hatte erblicken dürfen. Sie betrauerte das Los der Familie. Diese Welt und das Leben waren ihrer Nachbarin gegenüber so unfair! Doch als Parteisekretärin musste sie Gerechtigkeit für die Armseligen suchen.

»Wu Mianzi ist für den ›Großen Sprung nach vorn‹ den Märtyrertod gestorben«, fällte sie ihr endgültiges Urteil.

Bevor der junge Polizist seinen Mund hatte aufmachen können, fuhr die Parteisekretärin fort: Das Harmoniedorf fordere eine Märtyrerrente für die hinterbliebene Witwe und deren drei Töchter. Diese der Familie eines Helden des »Großen Sprungs nach vorn« zu gewähren, sei unerlässlich!

*

Am frühen Abend des Unfalltages waren drei Polizisten an den Unfallort gekommen. Ihnen war es gelungen, mithilfe ihrer Taschenlampen alle Leichenteile zu finden, und sie hatten diese mit dem Haupt zusammen zur Leichenhalle des Krankenhauses transportieren lassen. Bevor sie das Harmoniedorf verließen, sperrten sie noch die Unfallstelle ab. Die Neu- und die Altbergstraße befanden sich im Ausnahmezustand.

Inzwischen war Wu Mianzi schon seit drei Tagen tot, und Jiang Minhui lag ebenso lange bewusstlos im Krankenhaus Nummer 2. Das Paar befand sich damit zwar im selben Gebäude, sie aber war noch in der Yang-Welt, er schon in der Yin-Welt.

Jiang Minhui hatte auf dem Operationstisch ihr Bewusstsein verloren und war seither nicht wieder erwacht. Der Stationsarzt hatte bestätigt, dass es sich um eine Fehlgeburt gehandelt habe, bei der die Patientin viel Blut verloren habe.

Sie hatte am gleichen Tag ihren Mann und ihr gemeinsames Kind verloren, die Ärmste – und Wu Mianzi hatte vor seinem Tod noch nicht einmal von ihrer Schwangerschaft erfahren.

An diesem Morgen brachten Lili und Frau Pu nach dem Frühstück eine leicht verdauliche Suppe, die Lili gekocht hatte, im Krankenhaus vorbei. In dem schummerigen Gang vor Frau Jiangs Zimmer herrschte ein wirres Durcheinander, und als sie feststellten, dass gerade ein Leichnam aus dem Krankenzimmer transportiert wurde, brach Lili in Tränen aus, und ihr fiel der Suppentopf aus der Hand.

»Davor habe ich mich zwei Tage lang gefürchtet«, rief sie schluchzend.

Frau Pu bückte sich schnell, um den Topf aufzuheben; der

kleine Porzellanlöffel, mit dem sie Frau Jiang die Suppe hatten einflößen wollen, war in der Mitte zerbrochen.

Nach der Operation hatte die Krankenschwester den Frauen gesagt, sie sollten Frau Jiang das Beste wünschen, sich aber auf das Schlimmste vorbereiten. Jeden Tag hatten sie wie auf glühenden Kohlen gesessen und mit dem Herz in der Hose befürchtet, dass der Tod Jiang Minhui holen und ihre drei Töchter zu Vollwaisen machen würde.

Frau Pu holte ihr Taschentuch hervor und wischte Lili das hübsche Gesicht ab.

Es sei alles ein Missverständnis, erklärte ihnen schließlich eine Krankenschwester. Es sei die Patientin gewesen, die im Krankenzimmer neben Jiang Minhui gelegen habe. Diese sei am Morgen gestorben.

Die junge Frau zeigte ihnen Frau Jiang und deren Infusion und erklärte, dass die Ärzte jegliche andere Nahrungszufuhr untersagt hätten. Sie könne daran ersticken. Sie dürften sie zwar besuchen, ihr aber kein Essen mitbringen.

In den vergangenen Tagen hatte sich Großmutter Guo regelmäßig in das Polizeiamt von Ober-Dongshan begeben, und heute brauste sie vor dem Grünschnabel erneut auf. Sie war des ewigen Zusehens, wie der Grünschnabel alles auf die lange Bank schob, und besonders seiner Ausflüchte überdrüssig.

»Ist ein Tod zu wenig?«, fragte sie mit dem Zeigefinger auf ihn gerichtet. »Hör zu! Ich schwöre, dass ich jeden Tag hierherkommen und dir so lange zusetzen werde, bis du die Bewilligung für eine Märtyrerrente für Jiang Minhui und ihre

Töchter verfasst hast, und zwar in schönen, schwarzen Schriftzeichen auf feinem, weißem Papier.«

»Aber das zu entscheiden, liegt doch gar nicht allein bei mir. Sie wissen, ich habe auch den Weisungen der mir vorgesetzten Stellen zu gehorchen«, hielt Polizist Zhang dagegen.

Die Parteisekretärin verlor endgültig die Geduld mit ihm. Seine sinnlose Untersuchung des Unfalls hatte nur zum Ziel, die Berechtigung der Rentenansprüche von Frau Jiang und ihren Töchtern zu widerlegen. Sie trank ihren Tee aus und blickte ihm unverhohlen ins Gesicht. Es war schon Mittagszeit, und sie hatte seit dem Aufstehen nicht einmal eine Kleinigkeit zu sich genommen. Der Grünschnabel mit seiner Zigarette und seiner Tasse Tee hingegen tat so, als wäre er den ganzen Morgen stark beschäftigt gewesen. Dabei waren alles nur Ausflüchte, um sich nicht mit den Ansprüchen der Opferfamilie befassen zu müssen.

»Wovon soll die Mutter mit den drei Töchtern leben? Sollen die vier Köpfe vom Wind ernährt werden?« Ob er ihr das mal erläutern könne. »Wenn einem Märtyrer nicht der gebührende Ruhm zukommt, wird sich in Zukunft niemand mehr für den ›Großen Sprung nach vorn‹ aufopfern wollen«, fügte sie hinzu. »Zudem hat Wu Mianzi im Ausland als großer Held fürs Vaterland gekämpft.«

Ihr Ton wurde milder, als sie erzählte, dass Wu Mianzi sein Leben dem ›Großen Sprung nach vorn‹ gewidmet habe, weshalb sie ihn im Harmoniedorf mit einer bedeutenden Trauerfeier als großen Märtyrer würdigen wollten. Für die Bestätigung dieser simplen Tatsache benötigten sie jedoch die

Unterstützung des Polizeiamts. Außerdem müsse sein zerfetzter Leib gewaschen und zusammengenäht werden.

Mit kratziger Stimme sagte sie: »Man kann nichts hinter sich lassen. Wu Mianzi hinterließ jedoch den großen Ruhm eines Helden, das Bild eines getreuen, geliebten Ehemanns und das eines liebevollen Vaters. Was kann das Polizeiamt in diesem überaus schwierigen Moment der überlebenden Familie geben?« Sie beantwortete diese Frage selbst: »Die Opferfamilie braucht die Nähe der Partei. Du kannst der Familie helfen, die Wärme der Partei zu fühlen.«

Der Grünschnabel zeigte auf die Akten, die im Regal standen. Sie behandelten nicht nur den Fall Wu Mianzi.

Aus dem Polizeiamt ging Großmutter Guo direkt zu Frau Xu hinüber. Sie wollte keine Zeit mit langen Reden vergeuden und erzählte, der Grünschnabel dresche nur Phrasen. Er sei ein Bürokrat und habe sie gefragt, ob sie ihm mehr von der Familie Pu berichten könne. Er habe gemeint, Wu Mianzi und Herr Pu hätten beide komplexe Hintergründe, und in beiden Akten fehlten noch wesentliche Informationen über deren früheres Leben. Herr Pu wolle angeblich sogar seinen Namen ändern.

»Doch wenn ich ihm über diese beiden Männer und ihre Familien Dinge erzählen soll, die er und seine Kollegen offenbar noch nicht wissen – ich weiß im Übrigen gar nicht, was sie wissen wollen –, muss er mir zuerst versprechen, dass das Polizeiamt von Ober-Dongshan Jiang Minhui und den Töchtern eine Rente auszahlt, die zum Überleben reicht«, sagte Großmutter Guo entschieden.

Frau Xu überlegte kurz, bevor sie sagte: »Der ›Große Sprung nach vorn‹ im Harmoniedorf dient doch dazu, den ›Großen Sprung nach vorn‹ von Dongshan-Stahl zu unterstützen. Also ist Wu Mianzi gewissermaßen für Dongshan-Stahl gestorben.«

Großmutter Guo pflichtete ihr bei: »Genau. Und laut Gesetz haben alle Familienangehörigen von Mitarbeitern staatlicher Fabriken wie Dongshan-Stahl Anspruch auf eine Rente nach einem Arbeitsunfall.«

Was die Chancen eines Rentengesuchs bei Dongshan-Stahl betraf, zeigte Frau Xu sich zurückhaltend. »In der Fabrik werden die Amtsträger sehr wahrscheinlich einwenden, Wu Mianzi sei lange Zeit bettlägerig und zum Zeitpunkt seines Todes überhaupt noch nicht wieder arbeitsfähig gewesen. Mit diesem Vorwand werden sie die Rente abzulehnen versuchen.«

»Aber Wu Mianzi hat doch mit uns nur zusammengearbeitet, um die Produktion in seinem Stahlwerk zu erhöhen«, argumentierte Großmutter Guo.

»Dann werden wir die Unterstützung durch Bai Yongliang benötigen«, sagte Frau Xu.

Großmutter Guo hatte diesbezüglich viele entmutigende Erfahrungen in der Weberei gemacht. Sie mussten unter allen Umständen bedachtsam handeln. »Wir müssen uns unbedingt dagegen wehren, dass Frau Jiang und die Kinder von der Fabrik bloß eine klägliche Abfindung erhalten, die gerade einmal fürs Begräbnis reichen würde.«

*

Meng Ying stieg am Haupteingangstor von Dongshan-Stahl aus dem Bus und ging zum Torpavillon.

»Ich muss dringend den Vorsitzenden Bai in seinem Büro anrufen«, erklärte sie dem Pförtner und stellte sich als eine Cousine Bai Yongliangs vor.

Als der Pförtner telefonisch nur Herrn Bais Sekretär erreichte, ließ Meng Ying ausrichten, der Vorsitzende Bai solle seine Cousine am vereinbarten Ort treffen.

Der Pförtner stieß die bewegliche Metallbarriere zur Seite und ließ Meng Ying das Fabrikgelände betreten. Die ging in Richtung des Bürogebäudes, bog dort aber ab und begab sich zu der am Flussufer gelegenen Fabrik hinab. Das Flussufer selbst war im Gegensatz zur Hauptstraße nicht durch eine Mauer von der Fabrik abgeschirmt. Ein steiler ungepflasterter Naturpfad führte zwischen sehr eng aneinandergebauten Fabrikhallen bis zum Ufer hinab.

»Ich bin mir sicher, dass niemand in der Fabrik außer dir freiwillig zum Flanieren hierherkommen würde«, hatte Meng Ying zu Bai Yongliang gesagt, als er sie zum ersten Mal zu dieser Stelle geführt hatte.

Er hatte seine kurzen Augenbrauen hochgezogen, und die dunklen Augäpfel glitzerten wie schwarze Diamanten. »Darum sind wir ja hier«, sagte er lächelnd.

Am Ufer bot sich ihnen ein schreckliches Bild. Tiefschwarze Fluten ergossen sich aus den Abflussrohren über den unteren Teil des Weges und überschwemmten das Ufer. Es war dort so glitschig, dass man leicht ausrutschen und hinabgezogen werden konnte. Es war, als wollte der Weg sagen: »Rutscht mir doch alle den Buckel runter!«

»Komm, wir gehen ein Stück den Fluss aufwärts. Das Abwasser fließt doch stromabwärts«, hatte er gesagt und auf einen großen Stein gezeigt, der ein gutes Stück von ihnen entfernt am Ufer lag, wo das Wasser deutlich sauberer war. »Wir steigen dort auf den Felsblock.«

Jetzt saß sie allein auf dem Felsen und blickte über den Fluss zum anderen Ufer, das ihr so distanziert, weit entfernt und vage vorkam. Ein schwarz-bräunlicher Qualm hing tief in der feuchten Luft. Der breite Fluss war wild aufgewühlt und schien ihr wie ein turbulentes Sinnbild ihrer Gedanken.

Ein Windstoß drückte einen neuen Rauchschwall in das Flusstal hinunter und zog einen dunklen Vorhang bis hinab zum Horizont. Der Schwefelgestank schien sie krank zu machen, die groben schwarzen Rußpartikel, die vom Himmel herabregneten und durch den Kragen ihrer Bluse an ihren Körper drangen, widerten sie an. Sie ekelte sich vor der Vorstellung, dass sie dadurch allmählich vom Hals bis zur Stirn und über die Ohren hinaus von einem schwarzen Schleier eingehüllt sein würde. Aus ihrer Nase würden gar zwei graue Rinnsale hervorfließen.

Dennoch war sie glücklich, auf dem hohen Felsen zu sitzen und dem tobenden Flusswasser zu lauschen. Sie ergötzte sich an den Rauchschwaden vor ihren Augen, als einer der Schornsteine düstere Wolken ausspuckte und damit ein apokalyptisches Gemälde an den Horizont schmierte. Das Schauspiel hatte wenig gemein mit ihren einfältigen Fantasien von weißen Wolken, die gleich einer Herde Schafe auf einem üppig blauen Himmel herumtollten.

»Deine Schuhe sind fast weggeschwommen!« Bai Yongliang kam auf sie zugerannt und hatte ihre altmodischen ledernen Absatzschuhe, die ihre Mutter ihr vererbt hatte, in der Hand.

Meng Ying stieß sich von dem Felsen ab, verfehlte aber seine ausgestreckten Arme und landete auf dem Bauch auf den Kieselsteinen. Kurz wurde ihr schwarz vor Augen.

Als er ihr aufhalf, hatte er ihre Schuhe auf den Felsen gelegt, wo sie trocknen würden. Sie setzten sich nebeneinander und lehnten sich an den Hang.

»Zum Glück hast du dich nicht im Gesicht verletzt«, sagte er und malte sanft mit den Fingern Kreise um die Schürfwunden auf ihrer rechten Handfläche. »Tut es sehr weh? Lass mich deinen linken Ellenbogen und die beiden Knie ansehen.«

Sie war unschlüssig, ob sie in diesem Moment wirklich würde erregt werden können. Die Luft war dumpf, und ihr Herz schlug träge.

»Wu Mianzi ist gestorben«, sagte sie.

»Meinst du den Mann von Frau Jiang?«, fragte er.

»Ja, der! Er starb bei der Explosion unseres Hochofens. Frau Jiang hat eine Fehlgeburt erlitten und liegt ebenfalls noch im Krankenhaus Nummer 2.«

Bai Yongliang schloss sie in die Arme.

Sie spürte sein Herz wie ein galoppierendes Pferd pochen und roch das Maschinenschmieröl auf seinem Mao-Anzug. Mit den Vorderzähnen biss sie einen Brustknopf des Anzugs ab, worüber sie beide lachen mussten. Meng Ying schob ihm den Knopf mit der Zunge in den Mund.

Er nutzte die Gunst der Stunde, um sie aus ihrer Unlust

herauszuholen. Es kam ihm vor, als sei sie in dicke Schichten von Trägheit und Traurigkeit gehüllt. Doch sie ließ ihn gewähren, und jedes Mal, wenn er sie aus einer weiteren Schicht schälte, wurde sie erregter. Je mehr er das Feuer schürte, desto stärker wurde die Glut. Die Begierde fauchte, durchdrang die finsteren Rauchschwaden, bis die letzten Rußpartikel aus dem hohen Himmel auf sie herunterfielen. Als das Ufer überflutet wurde, hielt er sie fest und umschlang ihre Taille. Kaum war der neugeborene Phönix aus der Asche auferstanden, fiel er auch schon wieder ins Wasser. Sie zogen sich aus und stürmten gemeinsam in das gelbe, frische Flusswasser.

Sie warf den Kopf nach hinten. Sein Blick fiel auf ihre prallen Brüste, um die sich die Wasseroberfläche kräuselte. Er nahm ihre Arme und schlang sie um seinen Hals. Er spürte, wie sein Leib der Versuchung der Wolllust erlag.

»Das ist alles allein wegen deines ›Großen Sprungs nach vorn‹!« Sie riss sich aus seinen Armen und rannte zum Ufer, drehte sich zu ihm und fuhr ihn barsch an: »Dein ›Großer Sprung nach vorn‹ trägt die Schuld daran!«

Er warf sich von hinten auf sie und fiel mit ihr in den lauwarmen Ufersand. Behutsam drehte er sie zu sich und begrub seinen Kopf zwischen ihren üppigen Brüsten.

»Der ›Große Sprung nach vorn‹ verlangt uns allen so viele Opfer ab«, murmelte er besänftigend. »Aber er ist der unausweichliche und schnellste Weg, um unseren Rückstand bei der Industrialisierung aufzuholen.« Dann versuchte er, ihr den Sand von den Brüsten zu lecken.

Sie blickte ihn erstaunt an, schlang ihre Arme noch fester um seinen Hals und ließ ihn ihre Glut erneut entfachen.

Er hielt sie fest, während seine Lippen über ihr flauschiges Ohrläppchen strichen. »Du willst es doch auch, dass unsere Kinder später einmal ein besseres Leben haben als wir.«

Plötzlich tauchte hinter ihren geschlossenen Lidern der Anblick des zerfetzten, blutigen Hauptes auf. Ihr Körper zuckte leicht, und als wenn sich in ihrem Magen ein Sturm zusammengebraut hätte, schwappte ein Schwall von Erbrochenem aus ihrem Mund. Er trug sie ans Wasser und wusch sie, so gut es ging. Es dämmerte bereits.

Danach lag sie neben ihm wie eine verwundete Löwin, während ihr Bauch noch nachbebte. Er strich mit seiner Hand über ihre Brust, machte dabei einen Umweg über ihre Magengegend, bis die Löwin anfing, sich zu beruhigen.

Sie erhob sich, er brachte ihr ihre Kleider und half ihr beim Anziehen.

Als sie das Flussufer verließen, war die Abenddämmerung wieder von dickem, schwarzem Qualm überzogen.

Er ließ sich von der Industrielandschaft berauschen, das war seinen Worten anzuhören. Seine Gesten waren so groß, als ob er an einem Wandgemälde arbeiten würde. »Es handelt sich hierbei um einen zwangsläufigen Schritt auf unserem Weg in die Moderne, nachdem wir vor hundert Jahren die industrielle Revolution leider verpasst haben.«

Meng Ying an seiner Seite stelzte mit ihren Absatzschuhen über die Kieselsteine am Flussufer. Sie machte aus ihrer Langeweile keinen Hehl und kickte demonstrativ Steine aus dem Weg. Seine Phrasendrescherei ging ihr gewaltig auf die Nerven.

Er nahm einen flachen Kiesel in die Hand und ließ ihn

schräg über die Wasseroberfläche schlittern, sodass er zwei Sprünge vollführte. »So funktioniert bei uns in Dongshan-Stahl der ›Große Sprung nach vorn‹ – ein Wurf, zwei Sprünge.«

Meng Ying kam sich vor, als schwirrte ihr eine Wespe vor der Nase herum.

Am Hang zum Flussufer hinab stand ein verlassenes Fabrikbadehaus, wo aus einem Schlauch lauwarmes Wasser tröpfelte. Er setzte sich vor sie auf eine Steinplatte, und während er sie wusch, versprach er ihr, an Wu Mianzis Trauerfeier teilzunehmen. Zudem werde er alles unternehmen, damit die Mutter und ihre Kinder die sozialistische Anteilnahme empfinden würden.

Als Meng Ying gegen Mitternacht zu ihrer Wohnung zurückkehrte, warteten dort vor der Tür zwei Männer aus dem Militärinstitut ihres Mannes auf sie.

*

Im Polizeiamt von Ober-Dongshan war der Grünschnabel damit betraut worden, einen möglichen Zusammenhang zwischen der Familie Pu und der Hochofenexplosion zu ermitteln, auch wenn Großmutter Guo hartnäckig darauf bestand, dass es überhaupt keine Verbindung zwischen den beiden Fällen gab.

»Ein Unglück kommt selten allein«, sagte Frau Song. Jetzt sitze ihre beste Freundin, Frau Pu, den ganzen Tag nur am Bettrand wie eine Puppe. Sie sei wegen der grundlosen Ermittlungen komplett verwirrt. Außerdem mache sie sich

Sorgen um Meng Ying, denn die sei wie aus heiterem Himmel verschwunden.

Immerhin war Jiang Minhui aus dem Totenreich des Yin zurückgekehrt, an dessen Pforten sie sich aufgehalten hatte. Was dort passiert war, darüber konnte man nur rätseln. Entweder hatte der Herrscher des Totenreichs ihren Namen nicht in seinem Verzeichnis gefunden, oder sie hatte sich im Eingang geirrt.

Den Frauen von der Neu- und der Altbergstraße kam es vor, als sei sie wie der Phönix aus der Asche gestiegen. Sie schien sich keinerlei Sorgen mehr zu machen, und ihre Trauer hatte sich in Kraft umgewandelt.

Jiang Minhui holte die Mädchen bei Lili ab und bereitete ihnen ihr Lieblingsgericht zu, Hähnchenwürfel nach Gongbao-Art.

Am Tisch erklärte sie ihnen: »Von nun an werde ich euch sowohl Vater als auch Mutter sein.«

Mei fragte zaghaft: »Wirst du mich jetzt ins Bergdorf, aus dem ich komme, zurückschicken?«

»Meine große Tochter, komm zu mir.« Jiang Minhui schloss Mei in die Arme und flüsterte ihr ins Ohr: »Du bist die große Schwester von Schneeweiß und Schwarzperle. Ihr bleibt alle zusammen Schwestern.«

*

Eine Woche später war Meng Ying plötzlich wieder da und stand mit einem Koffer in der Hand vor ihrer Wohnungstür. Nach ihrer langen Reise sei sie sehr müde, erklärte sie Jiang

Minhui, deren Rückkehr aus dem Krankenhaus sie nicht zu bemerken schien.

War Meng Ying wirklich müde oder einfach nur schlecht gelaunt? Oder wollte sie letztlich nichts von der Nachbarin wissen?

Meng Ying aber war wirklich erschöpft, nachdem sie eine Woche unterwegs gewesen war.

Die beiden Männer hatten ihr in jener Nacht ihre Ausweise gezeigt. Sie kamen von dem Militärinstitut, in dem Meng Yings Mann arbeitete. Sie würden sie umgehend dorthin begleiten, sie solle nur schnell einige Kleider packen.

Mit einem Jeep wurde Meng Ying zum Flughafen gefahren. Nach einem kurzen Flug wurde sie vier anderen Frauen vorgestellt, von denen zwei herzzerreißend weinten.

Doch erst am nächsten Morgen erfuhr sie den Grund dafür.

Sie wurden vom Generalmajor empfangen, der ihnen gratulierte: »Sie sind Witwen von fünf Wissenschaftlern der Klasse Nationalschatz. Ihre Männer, unsere Helden, haben sich für die Entwicklung der fortgeschrittensten Kampfjets geopfert.«

Die beiden Frauen, die bei ihrer ersten Begegnung geweint hatten, hatten das wohl bereits geahnt. Wie sollten sie ohne ihre Männer mit ihren kleinen Kindern weiterleben? Sie hatten je einen einjährigen Sohn. Wie würden die Söhne ohne ihre Väter aufwachsen? Meng Ying erinnerte sich nicht mehr daran, wie die Märtyrerrente geregelt wurde; erhielten Mutter und Sohn je eine eigene Rente? Wenn die Frau erneut heiratete, wäre ihre Rente weiterhin gesichert? Hatte ihre eigene Mutter sie deshalb zurückgelassen, als sie einen neuen Mann heiratete?

»Die Militärtechnologie gehört zu den nationalen Geheimnissen, sowohl zu Lebenszeiten unser Wissenschaftler als auch nach ihrem Tod. Viele exzellente Forscher haben ihr Leben für unser Vaterland geopfert. Noch mehr Helden werden sich für die Zukunft unserer Nation aufopfern«, fügte der Generalmajor hinzu.

Meng Ying dachte an ihre Mutter, als sie und die anderen Frauen nach vorn beordert und offiziell im Namen des Hochsicherheitsinstituts ihrer Männer, des Militärinstituts Nummer 978, zu »Armeewitwen« ernannt wurden. Jede von ihnen bekam eine Urne und eine Flagge mit den fünf Sternen darauf überreicht.

Wie viel Schuld hatten sie wohl in ihren vergangenen Leben auf sich geladen, dass sie so jung schon Witwen hatten werden müssen?, fragten die beiden Frauen, denen gestern schon die Tränen über das Gesicht gelaufen waren. Meng Ying hingegen heuchelte keine Trauer. Die Menschen im Harmoniedorf kannten ihre eingefrorene Miene nur zu gut.

»978 glaubt den Tränen nicht«, betonte der Organisator des Militärinstituts. Mit seinem Finger auf Meng Ying deutend, erklärte er ihr, warum sie ein Vorbild sei im Ertragen von Leid.

Vier Tage lang wurden die fünf Witwen in den Militärflugzeugen, in denen ihre Männer früher gesessen hatten, herumgeflogen. Ein junger Pilot und der Organisator zeigten ihnen Berge und Täler, flogen sie über die schönsten Landschaften in den abgelegensten Tälern. Meng Ying ließ sich aber weder von den Flügen noch von dem militärischen Treiben in Erregung bringen. Hinter ihrer ungerührten Miene ließ sie sich keinerlei Leidenschaft anmerken. Ihr war einfach nur langweilig.

Nun würde die ganze Familie Gu aussterben. Ihr Schwiegervater war als Konterrevolutionär noch vor der Hochzeit des eigenen Sohnes gestorben, während dieser einige Jahre später als Revolutionär gestorben war. Ihre Schwiegermutter, Frau Gu, schlief bereits auf ihrem Sarg und würde von der Revolution im Stich gelassen sterben.

Ihr wurde plötzlich übel, so, als ob sie wieder vor Wu Mianzis bluttriefendem Haupt stünde.

Statt sich vom Militär nach Dongshan zurückfliegen zu lassen, hatte Meng Ying den Zug genommen. Die Urne mit der Asche ihres Mannes platzierte sie in einer Stofftasche unter ihrem Sitz. In der Provinzstadt, wo sie hätte umsteigen sollen, fuhr sie, statt im Bahnhof auf den Anschlusszug zu warten, mit dem Bus in den Stadtpark, wo sie die Asche in den Goldfischteich schüttete und die Urne anschließend versenkte. Dann öffnete sie den Koffer, den das Armeepersonal ihr zum Abschied gegeben hatte, und entfachte mit den Fotos darin ein Feuer. Nachdem so alle Erinnerungen durch die Flammen vernichtet worden waren, kam ihr die Galle hoch. Mit leichterem Gepäck reiste sie anschließend nach Dongshan weiter.

22

Es war wie früher. Jiang Minhui, Meng Ying und Lili trafen sich bei Frau Xu unter dem Phönixbaum, während Großmutter Guo erneut auf das Polizeiamt von Ober-Dongshan gegangen war. Auf dem Tisch unter dem Baum standen eine Kanne Jasmintee und vier Tassen. Bedächtig nahm Jiang Minhui, die festlich gekleidet war, einen Schluck und sagte: »Ich bin allen wirklich zu Dank verpflichtet. Was auch immer mit der Rente geschehen wird – ich bin mir sicher, dass es weder mir noch den Kindern an etwas fehlen wird. Wu Mianzi war vor seinem Tod wieder bei bester Gesundheit und hat sich dem ›Großen Sprung nach vorn‹ gewidmet. Was hätte ihm Besseres widerfahren können, als diesem sein Leben zu schenken?«

Die Frauen bewunderten die Abgeklärtheit, die Unerschütterlichkeit und die Weisheit, die sie früher an Frau Jiang nicht gekannt hatten.

»Sie haben uns nichts zu danken«, erwiderte Frau Xu. »Die Nachbarn sind in schwierigen Zeiten leichter zu erreichen als die entfernten Verwandten, wie es heißt.«

Nachdem sie kurz nachgedacht hatte, fuhr Frau Jiang fort: »Der Hochofen ist zwar am Ende explodiert, aber wir haben bewiesen, dass wir einen aus eigener Kraft bauen können. Damit sowie mit den gewonnenen Erfahrungen beim sozialistischen Straßenbau war nicht alles umsonst, findet ihr nicht?«

»Natürlich nicht«, warf Frau Xu sofort ein.

»Wenn es wirklich so ist, warum setzen wir unsere Arbeit dann nicht fort?«

»Was soll das heißen?«, fragte Lili.

»Mein Mann hat sich früher oft darüber beschwert, dass die Menschen ohne Arbeitsuniformen, ohne die nötige Schutzkleidung, ohne Handschuhe und Arbeitsschuhe ihre schwere Arbeit für den ›Großen Sprung nach vorn‹ verrichten müssten. Könnten wir nicht, statt zu versuchen, Stahl zu produzieren, Arbeitsuniformen, Handschuhe und Mundschutzmasken nähen?«

Frau Xu versank in Gedanken, während Meng Ying Frau Jiang fragte: »Und Sie glauben, dass Dongshan-Stahl die Arbeitskleidung von uns kaufen würde?«

»Selbst wenn nicht: Wir könnten es immerhin versuchen, oder nicht?«, schlug Frau Xu vor. Sie hatte sich von Frau Jiangs Elan anstecken lassen. »Warum eröffnen wir nicht ein Nähatelier, um Schutzkleidung für die Dongshan-Stahlarbeiter zu produzieren? Und bei der Produktion leben wir das Ideal des ›Großen Sprungs nach vorn‹: an einem Tag so viel zu arbeiten, wie man sonst in zwanzig Tagen arbeiten würde.«

Laut der Feng-Shui-Berechnungen von Jiang Minhui kam als frühestes Datum für ein Begräbnis für Wu Mianzi erst eines in drei Monaten infrage. Die Vorbereitungen erforderten also keine Eile, ließ sie Frau Xu und Großmutter Guo wissen, sie könnten inzwischen ruhig mit der Produktion im Nähatelier beginnen. Sie würde sich aber freuen, wenn Frau Xu das Begräbnis zusammen mit Meng Yings Schwiegermutter vorbereiten würde.

Doch als Frau Xu am Nachmittag zu Frau Gu nach Hause ging, um den von Frau Jiang festgelegten Beerdigungstermin für Wu Mianzi zu bestätigen und die notwendigen Vorbereitungen mit ihr abzusprechen, entdeckte sie die alte Frau tot auf dem Deckel ihres Sargs liegend.

So kam es, dass Frau Gu noch vor Wu Mianzi beerdigt wurde. In aller Eile hatte Meng Ying eine Trauerfeier für ihre Schwiegermutter vor dem Haus abhalten lassen.

Die anwesenden Nachbarn glaubten nur zu gut zu verstehen, warum Frau Gus einziger Sohn an dem Tag nicht zurückgereist war. Gu Yong arbeitete ja schließlich für die Hochsicherheitstechnologie des Vaterlands und hätte es sich in diesen hochpolitischen Zeiten wohl kaum leisten können, seiner Mutter, der Frau seines konterrevolutionären Vaters, die sogenannte letzte Ehre zu erweisen.

Als Meng Ying am Schluss der Feier den anwesenden Gästen verriet, dass sie im darauffolgenden Frühling Nachwuchs für die Familie Gu erwarte – ein Zeichen der Hoffnung –, bedauerte man Frau Gu nur umso mehr: Nicht nur war ihr Sohn nicht zur Trauerfeier gekommen, auch die Geburt ihres Enkels würde sie nicht mehr miterleben dürfen. Wenigstens aber habe die Schwiegertochter ihr Pietät erwiesen, befand man.

Einige Tage nach der Beerdigung stellte Meng Ying dem Harmoniedorf das geräumige Haus ihrer Schwiegermutter für die Einrichtung des Nähateliers zur Verfügung.

Damit trennten sich die Aktivitäten der beiden Anführerinnen des Harmoniedorfs voneinander: Während Großmutter Guo weiterhin jeden Tag im Polizeiamt von Ober-Dongshan vorbeiging – solange Wu Mianzi nicht würdig bestattet war und Jiang Minhui und ihren Kindern keine Märtyrerrente zugestanden wurde, würde sie sich auf keinen zweiten »Großen Sprung« mehr einlassen –, bezog Frau Xu mit den anderen Frauen das neue Nähatelier.

Hinter dem Rücken ihrer Schwiegermutter lieh sich Lili sogar eine beträchtliche Summe für das neue Geschäft. Damit könnten sie genug Gaze kaufen, um Mundschutzmasken zu nähen, schlug sie vor. Guo Min und seine Kollegen in der Gießerei müssten ständig die gleichen alten und verschmutzten Masken tragen, dabei gelte der Staub in der Gießerei als besonders gefährlich für die Lungen.

Frau Jiang hingegen brachte wieder die Produktion von Schutzhandschuhen für alle Arbeiter ins Spiel, und Frau Song sprach davon, dass sie auch bald Arbeitsuniformen nähen sollten, wenn es ihnen denn gelänge, Nähmaschinen zu einem vernünftigen Preis zu erwerben.

Die Frauen im Nähatelier hatten Frau Pu bereits völlig aus dem Gedächtnis verdrängt, ebenso wie sie Großmutter Guo ausgeblendet hatten.

Im Polizeiamt von Ober-Dongshan sollte die Parteisekretärin jetzt endlich mit dem Grünschnabel kooperieren, um die dubiosen Motive für Herrn Pus Antrag auf Namensänderung aufzudecken. Wer seinen Namen ändern wolle, der wolle seine Identität verändern. Aber warum sollte man seine Identität verändern wollen? Doch nur, weil man etwas zu verbergen habe, erklärte der junge Polizist Großmutter Guo.

Zur Sicherheit erwähnte sie noch einmal den Handel, den sie mit dem Grünschnabel geschlossen hatte: dass er Wu Mianzi zur Beerdigung einen Märtyrertitel verschaffte und dessen Witwe und Töchtern eine Märtyrerrente. Erst dann würde sie ihm die Geschichte von Shuwen, der jüngsten der drei Töchter der Pus, erzählen.

Shuwen, die mit ihren kugelrunden Augen, dem hohen Nasenrücken, den langen Wimpern und dem maronenbraunen, lockigen Haar typisch ausländisch-dekadent aussehe, und Xiamei seien früher in derselben Klasse und beste Freundinnen gewesen. Doch irgendwann zu Beginn des »Großen Sprungs« sei Shuwen in eine Nachbarklasse versetzt worden, womit sich die beiden Freundinnen aus den Augen verloren und Shuwens Schulprobleme angefangen hätten. Sie sei von diesem Zeitpunkt an stiller, niedergeschlagen und so häufig krank gewesen, dass keinerlei Lebenskraft und Vitalität einer sozialistischen Schülerin mehr zu erkennen gewesen seien. Die Mädchen, die mit Shuwen in einer Klasse waren, hätten Xiamei erzählt, diese sei völlig durchgedreht.

Als Xiamei sie darauf angesprochen habe, habe Shuwen ihr erzählt, dass sie ab sofort nicht mehr Pu Shuwen heiße. Ihr Nachname werde von Pu zu Nin geändert. Sie erzählte Xiamei von ihren zwei älteren Schwestern. Sie hätten im hohen Norden gewohnt, weit weg von Dongshan, doch beide Schwestern seien tot. Sie seien auf einer Militärfarm vergewaltigt worden und hätten sich daraufhin das Leben genommen.

Nachdem ihr Vater fern von zu Hause die beiden Schwestern begraben habe und dort geblieben sei, habe Shuwen niemanden mehr sehen wollen, und die Leute hätten zu glauben begonnen, was über sie gemunkelt worden sei: Shuwen sei verrückt geworden. Frau Song habe der Parteisekretärin gegenüber bestätigt, dass sie in eine Anstalt eingeliefert worden sei. Seither verlasse auch Frau Pu ihre Wohnung nicht mehr.

Großmutter Guo seufzte. Was das alles aber mit dem Antrag auf Namensänderung oder gar mit Wu Mianzi zu tun habe, wisse sie nicht.

Polizist Zhang erklärte ihr, Shuwen sei mittlerweile als vermisst gemeldet worden, und er bestand darauf, dass es einen Zusammenhang zwischen der Vermisstenmeldung, dem Antrag auf Namensänderung und der Hochofenexplosion geben müsse, den er aufdecken wolle. Das Problem aber sei, dass die persönlichen Akten von Pu Zhenghui bei Dongshan-Stahl lägen, im Regal von Herrn Tang. Er benötige jedoch die lückenlos ausgefüllte Personalakte, um die Reinheit der Partei beschützen und im Fall der Familie Pu ermitteln zu können. Er habe Herrn Tang bereits angeschrieben, doch bis ihm die Unterlagen vorlägen, könne er nichts für Großmutter Guo tun.

Mit der »Reinheit der Partei« kannte sich die Parteisekretärin aus. Der Partei und dem Polizeiamt bereitete nichts stärkere Kopfschmerzen als jemand mit »unsauberen« persönlichen Geschichten. Das war wie ein mit einem Flecken verschmiertes Blatt oder ein von einem Virus infizierter Körper. Eine undurchsichtige Person war für die Gesellschaft eine tickende Zeitbombe, die die Aufmerksamkeit des Kontrollsystems auf sich ziehen musste, denn ohne diese Kontrolle wäre die Gesellschaft wie eine Schule ohne Erzieher. Mit den beiden jungen Frauen, die ihre Jungfräulichkeit verloren hatten, war es wie mit einem zerbrochenen Krug, bei dem auch nach der Reparatur immer noch Risse sichtbar blieben und der leicht wieder kaputt gehen würde. Wäre die Polizei weitsichtiger gewesen und hätte ein dichtes Kontrollnetz über die Bevölkerung gelegt, dann wären diese jungfräulichen Körper nicht besudelt worden. Das war es, was Herr Pu mit der Namensänderung vor der Partei verstecken wollte. Aber was hatte es mit der verschwundenen Shuwen auf sich? Das alles hatte doch nichts mit der Hochofenexplosion zu tun!

»Aber ein Mensch verschwindet doch nicht einfach so. Wohin soll sie denn verschwunden sein?«

Auf dem Heimweg war Großmutter Guo so entrüstet, dass sie lauthals vor sich hin schimpfte.

*

Der Vorsitzende Bai bewegte sich weiter auf seiner von der Sonne beschienenen Straße.

»Seit seiner letzten Rede im Stadion deutete alles darauf hin, dass er befördert wird«, prophezeite Li Yun ihrem Nachbarn.

Guo Min nickte zustimmend. Denn alles, was die beiden Dongshaner im Flur ihrer Wohneinheit in letzter Zeit über den Fabrikdirektor Herrn Duan vorhersagt hatten, war in Erfüllung gegangen. Sie hatten gemutmaßt, dass dieser nach der groß angelegten Inspektion des Großen Vorsitzenden Dongshan-Stahl sicherlich bald verlassen würde, und tatsächlich war Herr Duan danach wie im Nu vom Erdboden verschluckt worden. Das Gerücht machte die Runde, dass er in die Hauptstadt zurückversetzt worden sei. Der Nachfolger von Herrn Duan hatte dann nur knapp zwei Monate in der Fabrik verbracht und war mittlerweile ebenfalls wieder weg.

»Herrn Tang fehlt einfach das Format, diese angesehene Stelle zu bekleiden«, sagte Guo Min.

»Damit wäre die Reihe jetzt an Bai Yongliang«, antwortete Li Yun.

»Darum hat Herr Duan vermutlich seine Tochter in Dongshan zurückgelassen. Bai Yongliang wird bestimmt bald sein Schwiegersohn werden«, fügte Guo Min hinzu.

»Und Herrn Duans Name wird immer im Zusammenhang mit dem ›Großen Sprung nach vorn‹ der Fabrik Dongshan-Stahl genannt werden.«

»Beim Besuch des Großen Vorsitzenden haben die beiden sich schließlich reichlich Meriten erworben. Wenn Herr Duan deswegen den Einzug ins Zentralkomitee schafft, profitiert Bai Yongliang auch davon«, stellte Li Yun fest.

All diesen euphorischen Vorhersagen zum Trotz schenkte keine Frau aus dem Harmoniedorf Bai Yongliang große Beachtung. Die meisten von ihnen hatten schon seine letzte große Mobilisierungsrede ignoriert, und nachdem der Hochofen mit Wu Mianzi in die Luft geflogen war, waren sie jeder Politik in der Fabrik müde. Im Harmoniedorf konnte ohnehin kein Stahl mehr hergestellt werden, und im Nähatelier hatten sie wirklich Besseres zu tun, als Bai Yongliangs Reden zu lauschen.

Ausgerechnet Frau Jiang aber wollte diese Mobilisierungsrede von Bai Yongliang unbedingt im Stadion hören. Am Ende der Rede werde mit einem Kanonenschuss ein neuer historischer Stahlproduktionsrekord gefeiert, und anschließend werde noch eine feierliche Siegesparade durch die Ringstraße des Oberen Dongshan hinab zu derjenigen des Unteren Dongshan führen. Für sie und ihre Kinder wäre das bestimmt eine tolle Abwechslung. Sie überredete Lili, die keine besondere Lust auf die Veranstaltung hatte, sie zu begleiten.

Die Mobilisierungsrede sollte um zehn Uhr anfangen. Als sie eine halbe Stunde vor Beginn im Stadion ankamen, war dieses bereits gut gefüllt. Frau Jiang, Lili, Xiamei und Ganggang, die mitgekommen waren, um auf die kleineren Kinder aufzupassen, befürchteten bereits, dass sie zu spät gekommen waren, um einen guten Platz zu ergattern. Sie hielten sich nahe an der Innenmauer, als eine neue Menschenwelle wie eine Lawine durch den Eingang vor ihnen drang. Ganggang kletterte auf die Mauer, woraufhin Frau Jiang auch Qiangqiang und Longlong beim Hinaufklettern half, damit die Jungen von dort mehr sehen und hören konnten.

»Schaut, wie viele Menschen gekommen sind, um Onkel Bai zu hören«, sagte sie gerührt zu den drei Jungs.

Sie selbst konnte immerhin durch eine Lücke auf die Bühne blicken, wenn sie sich auf die Zehenspitzen stellte. Unterwegs hatte sie Lili noch vorgeschwärmt: »Bai Yongliang ist unser Leuchtturm im Ozean.«

Dieser betrat nun die Bühne.

»Der Herbst naht schon, aber wo bleibt die Ernte?« Bai Yongliang drohte und mahnte, das Vaterland dürfe das Ziel der Verdoppelung der Stahlproduktion nicht aus den Augen verlieren!

Frau Jiang und Lili hatten ganz und gar nicht damit gerechnet, dass der Vorsitzende Bai seine Rede auf diese Weise eröffnen würde. Sie hatten eine kurze Siegesrede erwartet, woraufhin dann die Kanone abgefeuert worden wäre. Bai Yongliangs pessimistische Töne aber ließen keine Hoffnung auf einen baldigen Kanonenschuss aufkommen.

Eine halbe Stunde redete Bai Yongliang bereits, und Lili war schon längst in Gedanken woanders, als sie in der Menge Meng Ying entdeckte, die ganz in der Nähe stand.

Meng Ying hatte sich erst in letzter Minute entschieden zu kommen, da ihr die Idee gefiel, dass das Kind in ihrem Bauch so die Stimme seines Erzeugers kennenlernen würde. Sie verspürte einen gewissen Triumph dabei, dass das Kind von dem frisch verheirateten Mann stammte.

Nach ihrer Rückkehr vom Militärinstitut hatte sie einen Brief Bai Yongliangs in der Post gefunden, in dem er ihr offenbarte, dass er tatsächlich Aihua, die Tochter von Herrn Duan, geheiratet habe. Er sei jedoch nicht dafür verantwortlich, betonte er, dass seine Frau ihren Eltern nicht in die Hauptstadt gefolgt, sondern bei ihm in Dongshan geblieben sei.

Meng Ying selbst beabsichtigte nicht, Bai Yongliang über den Tod Gu Yongs in Kenntnis zu setzen, von dem auch keiner im Harmoniedorf etwas wusste: Obwohl Gu Yong tot war, war er offiziell immer noch am Leben. Dabei spielte es für sie nicht die geringste Rolle, dass sein Tod der militärischen Geheimhaltung unterlag – schließlich galt alles Mögliche als Geheimnis der nationalen Sicherheit, ob es nun Gu Yongs Tod, dessen Tätigkeit oder die Flugversuche mit Militärflugzeugen war. Aber Gu Yong war einen Märtyrertod gestorben, was seine Mutter auf ihrem Sargdeckel liegend wie über eine innere Antenne empfangen haben musste, woraufhin sie den Tod einer Märtyrermutter starb. Und Meng Ying erhielt die außergewöhnliche Rente einer Märtyrerwitwe. Und auch davon sollte keiner im Harmoniedorf etwas wissen.

»Vor hundert Jahren erreichte die Kriegsflotte der westlichen Mächte Guangzhou«, hörte Lili jetzt Bai Yongliang sagen.

Damit legte er seinen Finger in die offene Wunde der beiden verlorenen Opiumkriege gegen die Imperialisten. »Hätten der Papiertiger und sein Helfershelfer den Sturmangriff gegen uns damals nicht unternommen, stünden wir heute auf dem Gipfel der Weltzivilisation.« Der drückende Schmerz darüber, dass dies nicht so war, war ihm anmerken. »Wacht auf, meine proletarischen Brüder und Schwestern!«

Jiang Minhui stellte sich immer wieder auf die Zehenspitzen, um einen Blick von Bai Yongliang zu erhaschen. Mit Lili, Mei und Ningning zusammen war sie hinter hohen Menschenmauern gefangen wie ein Frosch in einem Brunnen.

»Warum marschierten die Imperialisten im frühen neunzehnten Jahrhundert in unser Mutterland und trampelten auf unserer Souveränität herum? Weshalb müssen wir seither unter ihrer Unterdrückung leiden, werden international isoliert und missachtet? Uns wird nur deshalb die Würde verwehrt, weil wir damals keine modernen Schlachtschiffe bauen konnten! Und das lag wiederum daran, dass unser Land nicht industrialisiert war. Vor allem verfügten wir damals über keine Stahlindustrie.«

Durch die Lautsprecher klang es, als hämmerte Bai Yongliang dabei immer wieder mit der Faust auf das Rednerpult, um seine Aussagen zu untermauern.

»Wacht auf, meine Klassenbrüder und -schwestern! Mögen die Leidtragenden aller Völker aufstehen!«

Das Publikum stampfte mit den Füßen, während es ohrenbetäubend schrie: »Nieder mit den internationalen Feinden! Führt den erbitterten Kampf gegen die Imperialisten weiter! Vernichtet die Volksfeinde und befreit das Proletariat der ganzen Welt!« Das war wie die Aufwärmgymnastik im Militärtraining.

Kurz darauf kippte Bai Yongliangs Stimme in einen beleidigten Ton, und das Stadion versank in dumpfer Stille. »Unser Mutterland wurde verwüstet, entehrt«, sagte er düster.

Dann aber holte Bai Yongliang, der bisher wie immer frei gesprochen hatte, einen Zettel aus der Brusttasche seiner Mao-Uniform, und seine Stimme erscholl wieder kräftig aus dem Lautsprecher: »Am 1. Oktober 1949 hat unser Großer Vorsitzender auf dem Tiananmen-Platz der Welt unsere Rückkehr verkündet. Unsere neue Republik ist aufgestanden. Vergessen wir nicht: Wir leben in einer historischen Epoche, in der wir es mit jeder anderen politischen Macht aufnehmen können, denn wir haben den Klassenkampf bereits überwunden. Hinsichtlich der Wirtschaft aber hege ich größte Sorge davor, dass wir übereilig werden und uns ständig an Kampagnen wie ›Alles für die Menschen, alles zusammen ...‹ beteiligen. Die politische Autokratie wird unweigerlich den Weg der wahren Loyalität und Beratung blockieren und es den verabscheuungswürdigen Verrätern ermöglichen, Land und Leuten Schaden zuzufügen. Das übereilte Wachstum der Wirtschaft ist wie ein hohes Fieber: Es wird die Gesellschaft nur für eine Weile zu falschem Wohlstand führen und schließlich die Volkswirtschaft abtöten. In einem gesunden demokratischen System aber, in dem es korrekte Richtlinien, Gesetze und Vorschriften gibt, können wir gemeinsam mit unseren Händen eine neue Welt errichten. Unsere Kinder, unsere Enkel und die Enkel unserer Enkel werden dann nicht mehr in Not und Elend leben müssen. Wir dürfen auf unser Volk, die Kultur, unsere Berge und Flüsse stolz sein, denn wir leben in Frieden und Reichtum. Der Fleiß unseres Volks und die Weisheit unserer Vorfahren werden weitere Früchte in die Welt hinaustragen.«

Bai Yongliang faltete das Redemanuskript zusammen und steckte es zurück in seine Brusttasche. Dann blickte er erneut zu seinem über zehntausend Personen starken Publikum im Stadion. Die linke Hand auf dem Mikrofon, war sein rechter Arm mit großer Geste weit nach vorn gerichtet. »Wach auf, du mächtiger Löwe, nach deinem hundertjährigen Schlaf!«

Jiang Minhui stimmte in den bebenden Jubel ein.

Mei und Ningning, die sich an Lilis Beine drückten, diskutierten gerade begeistert darüber, wie großartig ihr Onkel Bai geworden sei.

»So viele Leute sind gekommen, um ihm zuzuhören!«, flüsterte Ningning.

Mei flüsterte zurück: »Ich bin gar nicht mehr sicher, ob er meine Mutter im Bergdorf heiraten wird.«

»Ich glaube das eigentlich auch nicht mehr. Er hat jetzt sicher viele Herzensdamen.«

»Meinst du?«

»Ja, er braucht bestimmt keinen Ehevermittler mehr. Schau bloß, wie viele Frauen hier herumstehen.«

Lili fragte die beiden, ob sie noch Luft bekämen. Die Mädchen kicherten zwar die ganze Zeit, konnten sich in der Menschenmenge aber kaum bewegen. Lili wunderte sich darüber, dass die Rede zu keinem Ende kommen wollte. Sie fand es stickig schwül.

»Wollen wir hinausgehen, Mädchen?«, fragte sie Mei und Ningning.

»Nein!«, kam die doppelte Antwort.

Als die Ersten aus dem Publikum sich auf den Weg aus dem Stadion machten, sagte Xiamei leise zu Frau Jiang, auch sie gehe wohl besser mit Schneeweiß und Schwarzperle nach Hause. Die beiden Mädchen hätten definitiv die Grenzen ihrer Geduld erreicht und würden nicht mehr weiter zuhören wollen. Meng Ying war ebenfalls bereits auf dem Heimweg; ihr Baby im Bauch hatte lange genug die Stimme seines Erzeugers gehört.

Aus dem Lautsprecher tönte es weiter: »Meine echten Dongshaner und Dongshanerinnen, wir blicken voller Zuversicht in die Zukunft. Wir verdienen eine nachhaltige Politik und eine nachhaltige Wirtschaft. Das ist unsere Antwort!«

Qiangqiang und Longlong hatten, während sie mit Ganggang auf der Mauer des Stadions saßen, schon längst aufgehört, der Rede zuzuhören, und tuschelten miteinander.

»Hört jetzt auf zu plappern und bleibt sitzen«, sagte Ganggang zu den beiden kleinen Jungs.

Noch schien den meisten unklar zu sein, ob die Versammlung jetzt zu Ende war, als sich auf einmal der Menschenstrom in Bewegung setzte, als wäre eine Schlammlawine ausgelöst worden, und das Publikum versuchte, den Ausgang des Stadions zu erreichen.

Plötzlich hörte Ganggang die beiden Mädchen aufschreien: »Lili geht es nicht gut!«

Er rief den beiden Jungs zu, sie sollten brav weiter auf der Mauer sitzen bleiben und auf ihn warten, was auch immer passieren werde, und sprang von der Mauer. Er warf sich gegen das anschwellende Menschengedränge, um zu Mei und Ningning zu gelangen, bevor die Mädchen zu Boden gestoßen wurden. Rasch zog er die Mädchen aus dem Gewimmel der Erwachsenenbeine und drückte sie an die Mauer, auf der er eben noch gesessen hatte. »Wartet hier auf mich!«, schärfte er ihnen ein.

Ningning versuchte, Mei zu beruhigen. Sie habe gehört, Lili leide an einer Krankheit, die man »verrücktes Schäfchen« nenne, wisse allerdings nicht mehr, wo sie das aufgeschnappt habe.

Inzwischen war Frau Jiang zu Lili geeilt. Diese stützte sich auf den Mann neben ihr, Speichel lief ihr aus dem Mund. Ganggang reichte Frau Jiang eine Hand voll Gras, die diese zwischen Lilis Ober- und Unterkiefer zu stopfen versuchte, damit sie nicht auf ihre Zunge biss.

»Sie wird sich bald wieder beruhigen«, meinte Frau Jiang.

Gemeinsam machten sie und Ganggang sich daran, Lili

aus dem Gewühl hinauszutragen. Nach und nach lichtete sich das Gewühl, und Ganggang eilte zurück zu den Kindern, die tatsächlich artig auf beziehungsweise an der Mauer auf ihn gewartet und das Gewühl bestaunt hatten.

Frau Jiang hatte zwei Männer mit einer Trage gefunden. Als diese von Frau Jiang wissen wollten, in welches Krankenhaus sie Lili bringen sollten, wies diese sie an, sie zunächst zu einer Praxis für chinesische Medizin in der Nähe des Stadions an der Ober-Dongshaner Ringstraße zu bringen.

Dort wog ein alter Arzt mit wehendem weißem Bart gerade an der Theke Kräuter ab. Als er Lili erblickte, wies er die Männer an, diese auf die Bambusliege zu legen, Jiang Minhui solle auf der langen Bank Platz nehmen und warten.

Sie beobachtete, wie der alte Arzt Lilis Mund vom Gras befreite. Die schmalen Lippen zitterten nicht mehr. Behutsam schob er ihr einen Bambusstab zwischen die Zähne, um zu vermeiden, dass sie sie wieder zusammenbiss. Dann fühlte er ihr etwa fünfzehn Minuten lang den Puls an beiden Händen, bevor seine verdorrten Finger die schmalen Handgelenke wieder losließen.

»Die Patientin leidet an Schafswahnsinn«, verkündete er seine Diagnose.

Er hatte das Vertrauen Jiang Minhuis schon an der Türschwelle gewonnen. Schlimm wäre es für sie gewesen, wenn Lili bei einem jungen Arzt gelandet wäre. Der Medizinerberuf war in ihren Augen eine Sache der Erfahrung, und das Schlimmste in einer Praxis für chinesische Medizin war, wenn man dort nicht über die nötige Erfahrung verfügte.

»Leidet sie schon lange an dieser Krankheit«, wandte sich

der Arzt fragend an Jiang Minhui, doch diese hatte Lili noch nie krank erlebt.

»Ich verschreibe ihr jetzt zwei Kräutermittel, die ihre Schwangerschaft nicht schädigen werden. Sie werden ihre Gesundheit stärken und die Symptome der Krankheit lindern. Wegen des Kindes kann ich erst nach der Geburt mit einer gründlichen Medikamententherapie anfangen, um die Ursachen zu bekämpfen.«

Als Jiang Minhui hörte, dass Lili schwanger war, begannen bei ihr die Alarmglocken zu schellen, und sie entschied, Lili doch noch ins Krankenhaus Nummer 2 von Dongshan-Stahl tragen zu lassen.

»Ich möchte dort noch eine zweite Diagnose von einem Arzt der westlichen Medizin einholen«, erklärte sie.

Die Schlange vor dem Anmeldungsfenster im Krankenhaus Nummer 2 war so lang wie immer und reichte bis in die Wartehalle. Es dauerte lange, bis es Jiang Minhui gelang, Lili aufnehmen zu lassen, doch schließlich wurde diese auf die Intensivstation gebracht.

Alles nur dank der Bekanntschaft mit Doktor Cheung! Zu Hause würde sie es Guo Min erzählen. Auch in der Neubergstraße, im Harmoniedorf, sollten alle davon erfahren. Ganz erleichtert liefen ihre Füße in den schwarzen Baumwollschlappen auf dem Heimweg, als trügen sie Siebenmeilenstiefel. In diesem Augenblick merkte sie, wie stark sie Wu Mianzi vermisste.

*

Sie hätte ja gerne die Kinder selbst ins Stadion begleitet. Eigentlich wolle sie unbedingt mehr Zeit mit den Kindern verbringen, bevor die im Herbst mit der Schule anfingen, sagte Li Yun zu Guo Min.

Beide saßen nach ihrer langen Schicht vor dem Hauseingang in der Neubergstraße und warteten auf die Kinder und Lili.

Das wäre bestimmt gut, pflichtete Guo Min ihr bei. Aber es sei einfach viel zu anstrengend für sie, rund um die Uhr im Labor zu arbeiten und sich daneben noch um die Kinder kümmern zu müssen.

»Ich fühle mich die ganze Zeit angespannt wie ein Bogen«, bestätigte Li Yun.

»Nach der Kampagne kannst du dich zusammen mit den Kindern bestimmt ein wenig ausruhen.«

»Nach der Kampagne ist vor der Kampagne.«

»Da hast du recht. Hast du dir denn die Übertragung der Rede angehört?«

Li Yun schüttelte den Kopf.

»So viele neue Rekorde hat man in den letzten zwanzig Jahren zusammen nicht aufgestellt«, meinte Guo Min.

Li Yun fragte schnippisch zurück: »Wie viele Stunden arbeitet man denn auch unterdessen daran?«

»Nun, zumindest für den ›Großen Sprung nach vorn‹ ist die Rechnung wohl aufgegangen. Hör mal, was jetzt wieder kommt!«

»Wichtige Nachricht!«, ertönte es aus dem Lautsprecher der Fabrik. »Alle Angestellten von Dongshan-Stahl werden um ihre Aufmerksamkeit gebeten. Bai Yongliang wurde heute als

Konterrevolutionär enttarnt und befindet sich auf der Flucht. Bai Yongliang ist ein Wolf im Schafspelz. Seit Jahren hat er sich unter den Proletariern versteckt und das Vertrauen der Partei und unseres Volks ergaunert. Mit seiner Schönrederei, Schmeichelei und Lobhudelei erhoffte er, sich hochrangigen Kadern unserer Partei durch Eheschließung anzunähern, um sie an sich zu binden und so von Nepotismus profitieren zu können. Auf seine Veranlassung wurde damals das geplante Abendbankett einschließlich der Tanzparty für den Großen Vorsitzenden im Anschluss an die Inspektion bei Dongshan-Stahl abgesagt. Der Vorsitzende nahm tausende Meilen auf sich, um Dongshan zu inspizieren, aber Bai Yongliang behauptete, es wäre Personenkult, wenn die Kantine wegen des Großen Vorsitzenden und der Delegation einen ganzen Tag für die Angestellten geschlossen bleibe. Er behauptete, dass der Große Vorsitzende gegen den bourgeoisen Lebensstil eingestellt sei und die Tanzparty deshalb abgesagt werden müsse. Dabei arbeitet unser Großer Vorsitzender doch nur für die Nation und das Volk so aufopferungsvoll und hätte sich einen Abend lang bei Tanz und Musik entspannt. Für den Schaden, den Bai Yongliang dem Volk und unserer Fabrik gegenüber angerichtet hat, müssen wir ihn in den Gerichtssaal der Geschichte zerren und unser Volk über ihn urteilen lassen. Jeder, der ihn gesehen hat, melde sich sofort bei der Polizei.«

Li Yun sprang auf und rannte zu ihrem Nachttopf, wo sie sich übergeben musste.

Guo Min wollte ihr gerade folgen, um sie zu fragen, ob er ihr helfen könne, als Jiang Minhui und Ganggang auf ihn zugeeilt kamen.

»Lili ist auf der Versammlung zusammengebrochen und liegt auf der Intensivstation«, sagte sie außer Atem. »Aber sie ist außer Gefahr. Sie werden alles tun, um eine Fehlgeburt zu verhindern.«

Guo Min hatte diese Nachricht noch nicht verdaut, als Qiangqiang, die Neubergstraße entlangkam. Ihm liefen Tränen übers Gesicht.

Als Qiangqiang die Erwachsenen sah, rannte er zu Jiang Minhui. Er zerrte an deren Seidenbluse, während er heulend und mit fast heiserer Stimme rief: »Longlong ist tot!«

23

Nach Bai Yongliangs Mobilisierungsrede war kein Kanonenschuss abgefeuert worden, es war lediglich eine kleine Parade veranstaltet worden. Ganggang erzählte, er habe Longlong und Qiangqiang von der hohen Mauer des Stadions hinuntergeholt und sei mit allen vier Kindern Richtung Ober-Dongshaner Ringstraße gelaufen, auf der bereits ein dichter Menschenstrom vorbeigezogen sei. Im dichten Getümmel hätten die Leute darüber geredet, dass Bai Yongliang ganz und gar nicht die Rekordsatelliten der Stahlproduktion gelobt habe. Jemand habe Bai Yongliang sogar beschuldigt, gegen den »Großen Sprung nach vorn«, gegen die Partei und das Volk zu sein. Umgehend seien zwei Gruppen in ein wüstes Handgemenge geraten, und er habe die Kinder aus den Augen verloren. Dann habe er Mei und Ningning nach ihm rufen hören, Longlong und Qiangqiang aber seien verschwunden geblieben. Er habe gehofft, sie hätten den Weg ins Harmoniedorf allein gefunden.

Was mit den beiden Jungen geschehen war, konnte lediglich gemutmaßt werden. Vermutlich war Longlong zu Boden gestoßen und von der Menge zu Tode getrampelt worden. Aber das würde man wahrscheinlich nie mehr herausfinden, denn Qiangqiang war seither sichtlich verwirrt. Er zerrte wildfremde Menschen an der Kleidung und teilte ihnen mit, dass sein Freund tot sei; etwas anderes war aus ihm nicht herauszubekommen.

Bai Yongliang war so rasch aus dem Himmel zu Boden gestürzt, wie er seinerzeit einem Satelliten gleich in den

Himmel emporgeschossen war. Doch so war es nun einmal: Je höher man aufstieg, desto tiefer fiel man auch.

Ohne Li Yun hätte niemand aus dem Harmoniedorf den kurzlebigen Kometen kennengelernt. Immerhin war es Glück im Unglück, dass Li Yun, als Bai Yongliang wie die Sonne hoch am Himmel strahlte, Charakter bewiesen hatte und nicht in seine Falle getappt war.

Allerdings fragte man sich, warum Li Yun nach Longlongs Tod alles zurückgelassen hatte, wo Ningning die Mutter jetzt doch mehr als je zuvor gebraucht hätte.

Gerüchten zufolge hatte Li Yun die entstellte Leiche ihres Sohnes in Herrn Tangs Büro getragen. Doch was war dort passiert, und wohin hatte Li Yun sich anschließend begeben?

Als einige Tage später der Leichnam einer Frau in Tangjiatuo ans Flussufer getrieben wurde, war man sich im Harmoniedorf sicher, dass es sich um Li Yun handelte, die überwältigt von Kummer in den Fluss gesprungen war – auch wenn der Grünschnabel und sein Team die Tote nicht hatten identifizieren können.

Der Grünschnabel berief eine Versammlung im Harmoniedorf ein, um eine Erklärung abzugeben. Er eröffnete seine umständliche Rede mit einer Bemerkung über den Klassenkampf: Es gehe also darum, die tieferen politischen Motivationen zu ermitteln. Dass ein oder zwei Personen aus einer so großen Bevölkerung verschwänden, würde immer wieder vorkommen. Man solle nun bloß keinen Elefanten aus einer Mücke machen. Schließlich seien gerade so viele Frauen im Harmoniedorf schwanger. »Stellen wir uns doch nur vor, wenn die Menschen nicht auch wieder verschwinden würden und keiner den Platz freigeben würde, dann würde es auf unserem Erdball bald zu eng werden.« Er erwähnte Wu Mianzi und die Familie Pu, Li Yun und Longlong nannte er allerdings nicht bei ihren Namen.

Großmutter Guo schaute ihn mit aufgerissenen Augen und offenem Mund an. Dann kehrten ihre Gedanken zurück zu Wu Mianzi: Wie lange hatte dieser Mann in seinem Kühlfach auf seine Beerdigung warten müssen? Und was würde sie noch alles unternehmen müssen, damit das Polizeiamt Ober-Dongshan und der Grünschnabel endlich der Auszahlung einer Märtyrerrente an die Opferfamilie zustimmen würden?

Schließlich ergriff Frau Xu das Wort: Ningning, Mei und ihre kleinen Schwestern seien Waisenkinder des »Großen Sprungs nach vorn«. Die Mädchen brauchten das Harmoniedorf jetzt mehr als je zuvor. Sie würde Ningning gern ein neues Zuhause anbieten.

Doch Großmutter Guo widersprach: »Lili hat Ningning gleich von Anfang an wie ihre eigene Tochter behandelt.« Für sie selbst spiele es keine Rolle, wie viele Kinder Lili und Guo Min auf die Welt bringen würden: Sie würde Ningning stets als ihre älteste Enkelin betrachten. Außerdem würde sie, solange sie lebte, Frau Jiang und ihre Töchter mit einem Beitrag aus ihrer eigenen Rente unterstützen. Doch sie würde dafür sorgen, dass, wenn sie sterbe, das Ober-Dongshaner Polizeiamt für die finanzielle Sicherheit der Märtyrerfamilie garantiere. Darauf würde sie bestehen!

*

Dass Lili immer noch stationär beobachtet wurde, lag nicht an ihrem Schafswahnsinn, sondern an dem Baby in ihrem Bauch. Seit Wu Mianzis Tod fühlte sich Großmutter Guo unablässig von Pech verfolgt, und das winzige Leben im Bauch der Schwiegertochter stellte für sie das ganze Glück ihres restlichen Lebens dar. Ihrer Meinung nach sollte Lili bis zur Geburt zur Beobachtung im Krankenhaus bleiben, um eine mögliche Fehlgeburt zu verhindern.

Guo Min war jeden Tag ins Krankenhaus gefahren, doch Lili hatte in den ersten beiden Tagen nach ihrer Einlieferung stets geschlafen, wenn er gekommen war; die Schwestern versicherten ihm jedoch, sie würden sich gut um Lili kümmern. Sie nahmen vermutlich an, dass Lili mit Doktor Cheung verwandt sei.

Am dritten Abend brachte er Lili Hühnerbrühe ins Krankenhaus. Lili war wach und freute sich über die Suppe, doch als er nach dem Essen das Geschirr abwaschen ging und wieder ins Krankenzimmer zurückkam, war Lili erneut eingeschlafen.

Guo Min setzte sich zu ihr ans Bett. Es hatte angefangen zu dämmern, und im schummrigen Licht leuchtete seine Lili wie eine Jasminblüte in der Nacht, deren betörender Duft ihm in die Nase stieg. In ihm erweckte das die Erinnerung an eine der letzten Sommernächte. Lili hatte eine kleine Kette mit Blüten von Nachtjasmin um den Hals getragen und tief geschlafen. Auf Zehenspitzen war er in das Zimmer geschlichen und hatte sich ihr genähert. Es war, als wäre er eine nach Nektar dürstende Biene gewesen, während sich die schlafende Lili ihm gegenüber wie die Göttin der Erde großmütig bis uneigennützig gezeigt hatte. Er war zwischen allerlei bunten Kronblättern geflogen, die bei jeder noch so kleinen Berührung erzitterten. Er hatte sich zu ihr gelegt, gemeinsam waren sie wie auf einem Lotusblatt auf dem offenen See gerudert.

Plötzlich wachte Lili auf und erzählte Guo Min verstört, dass sie von ihrer Mutter geträumt habe.

Guo Min legte ihr eine Hand an die rosige Wange und redete ihr gut zu: »Vielleicht beginnst du intensiv von deiner Mutter zu träumen, weil du selber Mutter wirst.«

Sie nahm seine Hand und schob sie auf ihren warmen Bauch unter der Decke. »Darin backt gerade unsere kleine Süßkartoffel.«

Seine Finger streichelten ihren noch flachen Bauch, um anschließend die zwei weiter oben liegenden kleinen Hügel zu erklimmen, deren Gipfel etwas spitzer als früher emporragten. Die bescheidenen Hügel würden bald anschwellen, habe ihr die Krankenschwester versprochen, verriet sie ihm mit einem scheuen Lächeln.

»Du bekommst bestimmt ein wunderschönes Baby.«

Kichernd schüttelte Lili den Kopf. »Das glaube ich nicht. Ich habe heute einige Neugeborene gesehen, sie sehen alle so zerknittert aus, als hätte man sie zu bügeln vergessen.«

Plötzlich wurde sie wieder ernst und deutete auf einen Hahn in einem Tragekorb, der auf der Fensterbank stand. Der Hahn hatte ein glänzendes, pechschwarzes Federkleid mit grün changierendem Stich, sein Hahnenkamm leuchtete hellrot wie Lippenstift. Sein majestätischer Blick verriet der Kampfgeist. Das Tier musste teuer gewesen sein.

»Ich habe ihn einer Patientin im Nachbarzimmer abgekauft.«

»Soll ich dir Hahn in roter Soße machen?«

»Den habe ich für dich gekauft. Schau dich selbst im Spiegel an. Du arbeitest mittlerweile jeden Tag drei Schichten. Schon jetzt bist nur noch Haut und Knochen. Das hältst du nicht durch, und das Baby und ich brauchen dich doch nach der Geburt.«

Lili erzählte ihrem Mann von Frau Liu in der Altbergstraße, die auf Transfusionen mit Hahnenblut zur Kräftigung schwor, als eine Krankschwester in das Zimmer trat und Ruhe für Lili forderte.

Guo Min stand unverzüglich auf und wollte das Krankenzimmer verlassen.

»Geh mit dem Hahn zu Frau Liu; sie kann dir alles erklären«, sagte Lili zum Abschied.

Auf der Straße bekam Guo Min zu hören: »Da haben Sie aber tief in die Tasche gegriffen für so einen Hahn. – Jeder bekommt das, wofür er bezahlt.« Sein Hahn habe einen majestätischen Blick, der viel Kampfgeist verrate. Guo Min solle ihm etwas Öl in den Futterreis geben, dann würde sein pechschwarzes Federkleid immer schön glänzen.

Zu Hause fütterte Guo Min dem Hahn erst einmal vorsichtig Reis mit etwas Rapsöl. Kurz darauf bekamen dann alle Neuberger das stolze Tier zu sehen, als es durch die Straßen stolzierte und nicht einmal der Parteisekretärin Respekt bezeugte.

Am nächsten Tag ging Guo Min zu Frau Liu in die Altbergstraße.

»Jeder, der es sich heute leisten kann, lässt sich Hahnenblut spritzen, um seine Gesundheit zu stärken; am besten einmal in der Woche«, erklärte diese ihm. Ihr eigener Vater sei zwar trotz Hahnenbluttransfusion gestorben, aber das liege nur daran, dass die Familie zu spät von diesem Wundermittel erfahren habe. Der alte Mann habe in zwei Monaten nur zweimal Hahnenblut gespritzt bekommen, das habe leider nicht ausgereicht. »Du aber kannst das wirklich gebrauchen. Schau doch mal, du bist nur Haut und Knochen.«

Guo Min zuckte zusammen, denn Lili hatte die gleiche Redewendung verwendet. Er gestand Frau Liu, dass er bisher noch nie etwas von einer Hahnenbluttransfusion gehört hatte.

Darauf erklärte sie Guo Min: »Du musst nicht jedes Mal mit dem Hahn in ein großes Krankenhaus gehen, eine Hahnenbluttransfusion bekommst du auch ohne Wartezeit in jeder kleinen Fabrikklinik. Und wenn du ihm immer nahrhaftes Futter gibst, wird sein Blut schön dick bleiben«, riet sie ihm.

Also klemmte sich Guo Min nach dem Abendessen den Hahn unter den Arm und sagte zu seiner Mutter: »Ich gehe vor meiner Schicht noch einmal schnell mit ihm in die Klinik.«

»Kommst du danach wieder nach Hause, oder musst du heute noch in die Fabrik?«, fragte Großmutter Guo.

»Ich komme nach Hause«, antwortete Guo Min, der bald ein glücklicher und gesunder Vater zu werden hoffte.

Als Guo Min mit dem Hahn aus der Klinik zurückkam, erwartete ihn Frau Liu fieberhaft erregt vor der Tür zu seinem Wohnblock in der Neubergstraße.

»Lass dich anschauen! Du hast ja richtig Farbe bekommen.« Sie klatschte vor Freude in die Hände. »Jetzt leg dich schnell ins Bett, damit das Blut sich in deinem ganzen Körper verteilen kann.«

Die Frau steckte in einem regelrechten Redefluss, und Guo Min war sich nicht sicher, ob er alles, was die Frau erzählte, begriff. Er solle viel Wasser trinken, damit das dickflüssige Blut in den Adern verdünnt werde und nicht verklumpte und zu Bluttofu werde, erklärte sie ihm.

Guo Min versprach Frau Liu, ihren Anweisungen genau Folge zu leisten. Dass das Hahnenblut sich zu Bluttofu verklumpen könnte, war einfach eine zu schreckliche Vorstellung.

Großmutter Guo hatte sich bereits mit Ningning und Mei in ihr Himmelbett gelegt. Sie müsse am nächsten Morgen früh ins Polizeiamt eilen, hatte sie wie jeden Abend den beiden Mädchen erklärt, bevor sie das Licht ausgeschaltet hatte.

Nach Longlongs Unfall und Li Yuns Verschwinden hatte sie zuerst nur Ningning zu sich genommen, bis das Mädchen gefragt hatte: »Kann Mei auch bei uns schlafen? Das Himmelbett ist doch groß genug für uns drei.«

Großmutter Guo schnarchte wie ein Traktor, und die beiden Mädchen konnten nicht einschlafen. Sie vermissten Lili und flüsterten sich noch lange gegenseitig ins Ohr. Sie waren sich sicher, dass sie die ganze Nacht ihre Augen gar nicht schließen würden, doch auf einmal waren sie zu müde, um noch ein weiteres Wort herauszubringen, und schliefen gleichzeitig ein.

Am nächsten Morgen konnte man nicht sagen, dass Guo Min noch ein schwacher Mann war, denn bei einem Mann, der nicht mehr aufwachte, spielte es keine Rolle, ob er schwach oder stark war. Großmutter Guo war früh aufgestanden und saß schon lange vor dem Grünschnabel im Polizeibüro, als Mei und Ningning wach wurden. Sie schlichen durch Guo Mins Zimmer, um in die Küche zu gelangen.

Plötzlich fingen die Mädchen so laut an zu heulen, dass die Wände erzitterten. Später behaupteten sie, sie hätten gesehen, wie Guo Min mit den Füßen gestrampelt habe, bevor er seinen letzten Atemzug getan habe und sein Körper steif geworden sei. Die Nachbarn zweifelten daran, und einige fragten sich, ob sie vielleicht alles nur geträumt hätten.

Frau Jiang hatte dem Toten die noch geöffneten Augen geschlossen. Guo Min sei mit einer freundlichen Miene gen Himmel aufgestiegen, erzählte sie den draußen zusammengelaufenen Nachbarinnen. Die Untergrund-Feng-Shui-Meisterin war seit Frau Gus Tod wieder für jede Himmelfahrt im Harmoniedorf zuständig.

Als Ningning und Mei das Ober-Dongshaner Polizeiamt erreichten, fanden sie dort Großmutter Guo vor, die dem Polizisten Zhang gegenübersaß. Die beiden Mädchen hatten von Frau Xu den Auftrag bekommen, Großmutter Guo so schnell wie möglich nach Hause zu holen, ihr aber vom Tod Guo Mins nichts zu sagen.

Als die Parteisekretärin ihren einzigen Sohn tot auf dem Bett liegen sah, stürzte sie zu Boden. Vier Nachbarinnen eilten herbei und halfen, sie auf das Himmelbett zu legen.

Frau Jiang setzte sich zu ihr an den Bettrand und krempelte beide Ärmel hoch, um Großmutter Guo eine Knetmassage zu geben. Während die Feng-Shui-Meisterin mit den Fingern die Haut an Großmutter Guos Hals zusammenkniff, redete sie ihr im Flüsterton gut zu: »Dein Sohn ist ganz friedlich fortgegangen. Er sah so aus, als läge er mit geschlossenen Augen in tiefem Schlaf.«

Großmutter Guo lag reglos da, und an ihrem Hals bildete sich ein dattelgroßer dunkler Fleck. Frau Jiang setzte nun die Knetmassage an den Innenseiten der Ellenbogen fort. Doch erst als Frau Jiang sie hinter ihren Knien zu kneifen begann, wachte die Parteisekretärin aus ihrer Erstarrung auf. Tränen strömten aus ihr wie aus einer gewaltigen heißen Quelle heraus. Sie versuchte, den Blick zu heben, und schlug sich heftig mit den Fäusten gegen die Brust.

Im Schmerzkrampf rief sie: »Du gehst wie ein Bettler. Hast du das verdient, mein Sohn?« Ihre Stimme klang so heiser wie beleidigt.

Ningning und Mei setzten sich je auf eine Seite und weinten zusammen mit der Parteisekretärin, bis ihre Tränendrüsen ausgetrocknet waren.

*

Am Abend hätte sich Frau Xu gerne länger mit ihrem Mann unterhalten, der ihr sicher auch mehr über Bai Yongliang erzählen könnte. Am nächsten Morgen würde sie ihm dann auch das neue Nähatelier zeigen, das gerade im Haus von Frau Gu entstand.

Aber der Chefkoch schüttelte nur müde den Kopf. Nach dem Frühstück werde er direkt für seine Vortragstournee in die Provinzstadt abgeholt, er müsse unbedingt schlafen gehen.

»Übrigens, ich bin der Partei ohne Probezeit beigetreten«, verriet er ihr, während sie seinen kranken, geschwollenen Arm mit Sesamöl einrieb.

»Dass du das vorhast, hast du bisher noch nie erwähnt.«

Zur Antwort zog er lediglich die gesunde Schulter hoch.

Sie sagte: »Es sind schon mehrere Seelen als Satelliten vom Harmoniedorf gen Himmel geflogen.«

Herr Xu überhörte diese Bemerkung seiner Frau allerdings und sagte zu ihr: »Wenn ich zurückkomme, will ich das Herzchen klopfen hören.« Sie solle gut auf sich und das Baby im Bauch aufpassen.

*

Das Totenbett aus Bambus mit den Totenlichtern war auf der Straße unterhalb des Fensters der Familie Guo aufgestellt worden. Die Totenwache für Guo Min, so hatte Jiang Minhui Frau Xu gegenüber ausgeführt, würde sieben Tage und Nächte dauern, bis die Seele den Yin-Fluss überquert hatte.

Als Ningning in dieser Nacht in Meis Bett aus ihrem Traum aufwachte, schüttelte sie die Freundin wach. »Ich möchte ein ewiges Licht für Longlong anzünden«, sagte sie schluchzend.

Mei rieb sich die Augen und pflichtete dann ihrer Freundin bei: »Das ist eine gute Idee. Ich will auch ein ewiges Licht für meinen Vater Wu Mianzi anzünden.«

»Meinst du, meine Mama ist auch tot?«, fragte Ningning.

Mei schloss sie in ihre Arme und fing ebenfalls zu wimmern an.

»Erinnerst du dich noch, was du immer zu mir gesagt hast, wenn ein Zwilling stirbt, folgt der andere ihm nach?«, fragte Ningning. »Ich werde dann wohl auch sterben, um Longlong zu folgen.«

Laut schluchzend erzählte sie, dass sie geträumt habe, Longlong habe die eigene Himmelfahrt verpasst. »Denkst du, dass Mama deswegen zu ihm gegangen ist? Um ihn bei seiner Himmelfahrt zu begleiten? Soll ich auch ein ewiges Licht für Mama anzünden? Wenn sie noch am Leben ist, ist das Licht für Papa, auch wenn ich den nie gesehen habe. Weißt du, er ist gestorben, noch bevor Longlong und ich geboren waren«, jammerte Ningning jetzt ganz bitterlich.

Mei legte Ningnings Hand in ihre eigene. Gemeinsam gingen sie in die Küche, um für jede einen kleinen Teller aus der Anrichte zu holen. Mei hatte bei ihrer Mutter abgeguckt, wie man ein ewiges Licht bastelte. In beide Teller leerte Mei Rapsöl, dann schnitt sie zwei Schnüre als Dochte zurecht.

»Ich zünde noch ein zweites ewiges Licht für den anderen Papa an, der am Berg beim Kräutersuchen gestorben ist«, entschied Mei und holte einen weiteren Teller.

Als beide mit je zwei ewigen Lichtern an der Küchentür standen, fragte Ningning die Freundin plötzlich ernst: »Bist du sicher, dass du keine Angst vor den Toten hast?«

»Man fürchtet sich nicht vor bekannten Toten, hat meine Mutter mir einmal gesagt.«

Ningning nahm das nickend zur Kenntnis, doch bei der Haustür wurde sie wieder von Ängsten geplagt. »Kannst du vielleicht auch meine beiden Ewiglichter für Longlong und meine Mama unter Guo Mins Totenbett stellen?«

Während Ningning hinter der Eingangstür wartete, war ihr angst und bang, dass sie ihre Mama wirklich nie mehr sehen würde, und war traurig, weil sie nicht früher gewusst hatte, dass Longlong, während er in den Himmel emporgeflogen war, den Weg nicht gefunden hatte.

Als Mei zurückkam, hatte sie Tränen in den Augen. Beim letzten Licht hatte ihre Hand ein wenig gezittert, weshalb sie etwas Öl verschüttet hatte. Sie hatte dann aus einem anderen Teller ein bisschen Öl umgefüllt und hoffte nun sehr, dass es für beide Teller ausreichen würde.

Ningning merkte davon nichts und erklärte entschlossen: »Von den beiden ewigen Lichtern ist eins für Longlong, das andere für Papa. Papa wird Longlong den Weg zeigen. Und Mama wird wieder nach Hause kommen. Wir werden gemeinsam weiterleben.«

Nun waren die zwei Mädchen viel zu aufgeregt, um gleich wieder einzuschlafen.

»Meinst du, Lili wird jetzt auch bald sterben?«, fragte Ningning flüsternd.

Mei guckte die Freundin mit großen Augen an.

»Na ja, ich frage mich halt, ob der Tod ansteckend ist, und ich will nicht, dass Lili im Krankenhaus stirbt«, erklärte sie weiter.

Einmal habe Lili ganz von sich aus gebratenen Reis mit Ei für sie und Longlong in Sesamöl zubereitet – selbst heute erinnere sie sich noch daran, wie gut das Essen geduftet habe. Und am Morgen der Mobilisierungsversammlung habe Lili ihr eine Magnolie Michelia mit einer Sicherheitsnadel an die Bluse gesteckt.

»Ich glaube nicht, dass Lili stirbt. Bisher sind doch nur Männer gestorben«, überlegte Mei. »Die Frauen werden nur vermisst. Vielleicht kommen sie eines Tages wieder zurück.«

»Ich will unbedingt, dass Mama bald zurückkommt.«

»Außerdem glaube ich nicht, dass Guo Min auch Lili angesteckt hat«, erklärte Mei. »Lili ist viel gesünder als er. Sie war auch nie so mager. Weißt du, ich habe gehört, wenn man ständig ›das Eine‹ im Bett macht, magert jeder Mann mit der Zeit ab.« Hastig erklärte sie der Freundin, was das hieß: »Die Liebesaffäre zwischen Lili und Guo Min hat seine Gesundheit ruiniert. Aber du darfst das nie sagen, schwörst du das?«

Aber Ningning wusste schon von ihrer Mutter, dass man solche unanständigen Dinge nicht aussprechen durfte.

»Weißt du, die Hahnenbluttransfusion hat einfach nicht gereicht. Wenn man ›das Eine‹ macht, muss man anschließend zehn Eier essen, um nicht an Kraft zu verlieren. Guo Min und Lili machen ›das Eine‹ aber zu oft«, erklärte Mei.

Ningning schaffte es kaum, an ihren beiden Händen die dafür notwendigen Eier zu zählen. Eine frischgebackene Mutter bekam gerade einmal Marken für dreißig Eier während des Monatsbetts.

Mei überlegte. »Ich glaube, wir sollten entscheiden, dass Guo Min für den ›Großen Sprung‹ gestorben ist. Mein Papa übrigens auch. Er starb bei der Hochofenexplosion, also für die Stahlschmelze des ›Großen Sprungs‹.«

»Longlong hat sich auch für den ›Großen Sprung‹ aufgeopfert, nämlich wegen einer Mobilisierungsversammlung.«

Ningning und Mei waren jetzt beide davon überzeugt, dass alle drei wegen des »Großen Sprungs« den Tod gefunden hatten. Das bedeutete, dass sie alle den Märtyrertod gestorben waren.

»Aber könnte man nicht auch sagen, dass Guo Min ein bisschen an einer Liebesaffäre gestorben ist?«, fragte Ningning.

»Dann würden die Leute sagen, Guo Min sei nicht mehr rein.« Mei blinzelte rasch und begann der Freundin zu erklären: »Die Revolutionäre, der Schnee und eine Frau, die noch nicht ›das Eine‹ gemacht hat, die sind alle rein.«

»Also alle guten Dinge sind rein, oder?«

»Rein heißt auch treu. Unsere Partei ist rein.«

Mei fiel Frau Lius Tochter ein. Diese war mit einem jungen Mann im Bett erwischt worden. Ein Nachbar, der über der Familie wohnte, hatte vorgeschlagen, die beiden ins Spital zu bringen, damit abgeklärt würde, ob sie mit ihm eine Affäre hatte.

»Die Liebesaffäre ist aufgeflogen, deshalb ist sie unrein.«

»Wäre sie denn rein geblieben, wenn die Affäre nicht aufgeflogen wäre?«

»Wenn sie nicht von einem Arzt untersucht worden wäre, würde es keiner wissen, auch Großmutter Guo nicht.«

Am Schluss einigten sich die beiden Mädchen darauf, dass Guo Min auch einen Heldentod für seine Liebesbeziehung gestorben sei, die schönste Frau in der ganzen Straße aber nicht sterben dürfe. Getröstet schliefen sie endlich wieder ein.

Am nächsten Morgen brachte Frau Jiang der Parteisekretärin ein Dampfbrötchen mit einer Schale Reissuppe als Frühstück ans Bett. Großmutter Guo starrte mit leerem Blick zum Baldachin ihres Himmelbetts empor. Der dumpfe Schmerz der Mutter über den Verlust ihres einzigen Sohnes wollte nicht nachlassen.

Frau Jiang redete ihr gut zu: »Nimm etwas zu dir.«

Großmutter Guo aber stieß das Frühstück weit von sich.

»Du musst das so sehen: Dass ihr dieses Leben als Mutter und Sohn geführt habt, war eine große Fügung. Guo Min war der pietätvollste Sohn, den sich jede Mutter auch nur erträumen kann.«

Frau Jiang bemerkte, wie der starre Blick einem Blinzeln wich. Sie stellte das Frühstückstablett auf dem Nachttisch des Himmelbetts ab und versuchte, mit den beiden freien Händen der Parteisekretärin die Schulter zu streicheln.

»Weißt du, wie stolz sich Guo Min im Jenseits fühlen wird, wenn er allen von seiner Mutter, der Parteisekretärin, erzählen kann! Jeder im Harmoniedorf hat euch um eure Beziehung zueinander beneidet.«

Die Parteisekretärin starrte nur vor sich hin. Ihr Körper war steif, blieb reglos wie eine Säule.

»Der Tod ist für alle Menschen gleich. Der Große Vorsitzende hat im letzten Koreakrieg seinen ältesten Sohn auf dem Schlachtfeld gegen die amerikanischen Imperialisten verloren. Stalin ist gestorben. Er war genauso machtlos wie jeder andere Sterbliche im Angesicht des Todes. Auch er muss nach seinem Tod seine Reinkarnation abwarten, die sich nach seinem Karma richtet. Und auch er würde, hätte er schlechtes Karma gehabt, als nichts Besseres als ein Esel zurückgekommen und müsste sich bis zum nächsten Tod abrackern. Freuen wir uns doch über den Tod: Je früher man stirbt, desto rascher wird man wiedergeboren.« Ihre Stimme hob sich. »Ich bin mir sicher: Im nächsten Leben dürftet ihr beide abermals als Mutter und Sohn wiedergeboren werden.«

Großmutter Guo blickte kurz auf zur Feng-Shui-Meisterin und murmelte vor sich hin: »Ich will gar nicht mehr zurückkehren, das bedeutet ohnehin nur Leiden. Ich will nicht zurückkehren, um zu leiden.«

*

Ningning schreckte aus einem Albtraum auf.

»Es hat geregnet, die ewigen Lichter sind sicher alle erloschen«, rief sie aus und rüttelte an Meis Arm.

Als die Mädchen ans Fenster traten, regnete es zwar nicht, aber es herrschte eine trübe Nebelsuppe. Ningning zerrte die Freundin zu Großmutter Guos Wohnung hinüber.

»Sie ist sicher wieder zum Polizeiamt gegangen«, vermutete Mei. Da entdeckten die beiden Mädchen das Frühstück auf dem Nachttisch.

»Komm, wir setzen uns in ihr Himmelbett und essen Dampfbrötchen«, schlug Mei vor.

Sie nahm eines von den Brötchen aus der Schale und

teilte es in der Mitte. Die Hälfte drückte sie Ningning in die Hand.

»Meine Mutter wird auf alle ewigen Lichter aufpassen«, versicherte sie ihrer Freundin.

Von Großmutter Guos Fenster aus sahen die beiden Mädchen allerdings die ewigen Lichter nicht.

»Hab keine Angst«, sagte Mei noch zu Ningning.

*

Es war bereits der sechste Tag der Totenwache, aber trotz der Trauerzeit hatten sich die Frauen entschlossen, endlich das Nähatelier zu eröffnen.

»Zerschneiden wir bei dieser Gelegenheit auch unsere Pechsträhne!«, rief Frau Xu, als sie feierlich die vor die Tür gespannte Schnur mit einer Schere durchtrennte.

Bis jetzt war Lili von dem Unheil abgeschirmt worden, doch nach einer langen Beratung mit Jiang Minhui und Meng Yin hatte Frau Xu entschieden, sich mit den beiden Frauen ins Krankenhaus zu begeben, um Lili nach Hause zu bringen.

Als sie in die Wohnung der Guos kamen, war Großmutter Guo nicht da. Sie war sicher wieder einmal zum Polizeiamt gegangen, vermuteten die Frauen und werteten das als gutes Zeichen.

Sie kochten Tee und ließen Lili sich auf einen Hocker setzen. Erst jetzt erklärte ihr Frau Xu die Situation.

Sogleich begann Lili zu wimmern und erklärte, dass sie das vorausgeahnt habe, und krümmte sich vor Schmerz.

Erst nach langer Zeit gelang es den Frauen, sie mit dem Argument zu beruhigen, dass dies dem Baby in ihrem Bauch nicht guttue. Sie überredeten sie, sich in Großmutter Guos Himmelbett zu legen und sich zu schonen.

Als Letztere auch am Abend nicht nach Hause zurückgekehrt war, lief Frau Xu selbst zum Polizeiamt Ober-Dongshan. Dort erfuhr sie, dass man die Parteisekretärin seit Guo Mins Tod nicht mehr gesehen hatte. Man könne vorläufig jedoch nicht mehr tun, als sie als vermisst zu melden.

Am nächsten Morgen erschien Lili zum Erstaunen aller im Nähatelier. Sie hatte ein weißes Bettlaken gefunden und eine neue Arbeitsuniform von Guo Min aus dem Kleiderschrank geholt. Mit flinken Händen nähte sie in kurzer Zeit aus dem Bettlaken ein Leichenhemd für Guo Min und machte sich anschließend daran, die Arbeitsuniform abzuändern. Diese bestand aus festem Jeansstoff, den zurechtzuschneiden nicht leicht war. Lili jedoch erwies sich als eine sehr geschickte und fantasievolle Schneiderin. Sie trennte zuerst die beiden Latzhosenträger ab, korrigierte die sackförmige Hüfte und schnitt die Hosenbeine bis zum Hosensaum so auf, dass sie trompetenförmig auseinandergingen. Guo Min die Hose anzuziehen, würde leicht sein, und zugleich würde das verkrüppelte linke Bein nicht auffallen.

»Du fliegst aber schick in den Himmel«, murmelte sie vor sich hin.

Sie rief sich in Erinnerung, wie gut Guo Min einst ausgesehen hatte, als seine Beine noch gesund gewesen waren und er noch nicht so überarbeitet gewesen war.

»So steigst du zum Himmel empor, wie ich dich kennengelernt habe«, flüsterte sie.

Sie arbeitete bis in die Nacht hinein und hätte noch länger gearbeitet, wenn Meng Ying und Frau Xu sie nicht gedrängt hätten, nach Hause zu gehen. »Morgen ist auch noch ein Tag. Dein Baby im Bauch muss sich jetzt erst einmal erholen«, ermahnten sie sie.

Vor der großen Trauerfeier am nächsten Tag wollte Lili eine letzte Stunde allein mit Guo Min verbringen. Ihr Kind sollte ebenfalls Abschied von seinem Papa nehmen können. Wenn es an der Zeit sei, den Verstorbenen neu einzukleiden, werde sie die Frauen rufen, damit sie ihr dabei halfen.

Aus Eukalyptusblättern hatte Lili aromatisiertes Badewasser gekocht. Während sie Guo Min nun mit der Schere die schmutzige Arbeitskleidung vom Leib schnitt, redete sie mit ihm. Sie reinigte ihn mit einem Tuch, das mit Eukalyptuswasser befeuchtet war, und kämmte ihm zum Schluss das Haar mit Sesamöl.

Als die Nachbarsfrauen ihr schließlich dabei halfen, Guo Min die neue Kleidung anzuziehen, waren alle voll des Lobes über die Trompetenhosen aus Jeansstoff. Guo Min sehe mit seiner kurzen blauen Jacke über einem schneeweißen Hemd und den Trompetenhosen nicht nur schick aus, sondern sei ein echter Augenschmaus. Man würde ihn mindestens zehn Jahre jünger schätzen.

Die Trauerfeier selbst fand um zwei Uhr nachmittags statt. Polizist Zhang und sein Assistent kamen frühzeitig mit Wu Mianzis Urne, während Herr Tangs Assistent von Dongshan-

Stahl erst in letzter Sekunde auftauchte und Meng Ying Longlongs Urne übergab, bevor er wieder fortging.

Ningning hoffte, dass ihre Mama auftauchen würde, Shuwen auch. Vielleicht würden auch Onkel Bai erscheinen und Großmutter Guo zurückkehren!

Feierlich eröffnete Frau Xu die Trauerfeier mit den Worten: »Wir gedenken heute der Märtyrer des ›Großen Sprungs nach vorn‹.«

Das veranlasste Mei, ihrer Freundin einen Stoß in die Rippen zu geben und ihr zuzuflüstern: »Siehst du, habe ich dir doch gesagt.«

Polizist Zhang, der mit seinem Assistenten in der ersten Reihe saß, erhob sich, um die erste Rede zu halten.

»Es gibt Tode, die schwerer wiegen als der Berg Tai; es gibt aber auch solche, die leichter sind als eine Daunenfeder«, wandte er sich an das Harmoniedorf. »Wer sich für die Revolution, für den ›Großen Sprung nach vorn‹ aufopfert, der stirbt einen Tod so schwer wie der Berg Tai. Ein konterrevolutionärer Tod hingegen ist ein selbstsüchtiger Tod, ein Tod gegen den Großen Vorsitzenden und gegen unser Volk. Dieser Tod wäre wertlos und ohne jedes Gewicht.«

»Dieser Galgenvogel drischt doch nur Phrasen«, flüsterte Frau Xu Meng Ying zu, worauf sich diese erhob.

Die Luft schien dicker zu werden, und Meng Yings Stimme kratzte, als sie sagte: »Es ist keine natürliche Katastrophe, die in so kurzer Zeit so viele Leben gefordert hat. Sie sind für uns alle gestorben, und genauso hätte es jede Familie und jeden Einzelnen von uns treffen können. Leben verschwinden wie Sand am Flussufer. Menschen bangen aufgrund ihrer

Ideale um ihr Leben und begeben sich auf die Flucht. Da ist es besonders schwer nachvollziehbar, dass Frau Jiang und ihre Töchter bis heute noch keinen einzigen Yuan ihrer Märtyrerrente zu Gesicht bekommen haben. Wie soll die Familie so weiterleben?«

Ein Raunen ging durch das Publikum. Alle schauten zum Grünschnabel hinüber.

»Wir beerdigen unsere Toten heute, um das Weiterleben zu feiern. Wir haben uns versammelt, um sie auf dem Hochofenplatz zu ehren, damit wir ihren Tod nie aus den Augen verlieren.« Tränen standen ihr in den Augen.

Frau Jiang legte Meng Ying eine Hand auf die Schulter und übernahm das Wort von ihr. Sie beschrieb, wie Guo Min lächelnd in den Himmel geflogen war; in seinen Adern fließe noch das Blut aus dem Hahn, den seine Frau ihm geschenkt habe. Er trage ein Kleid für das lange Leben aus haltbarstem Denimstoff, das Lili ihm am Vortag genäht habe. Mit der neuen Arbeitsuniform werde er sich auch im Jenseits als echter ehemaliger Dongshaner erweisen, werde auch dort geehrt werden.

Dann erinnerte sie daran, wie sie Wu Mianzi kennengelernt hatte, und wandte sich schließlich direkt an diesen: »Du hast trotz aller Schikanen und Ungerechtigkeiten nie an den Menschen gezweifelt. Den ›Großen Sprung nach vorn‹ hast du von Beginn an als gemeinsame Aufbauarbeit betrachtet, die jeden angeht, auch Leute wie dich, über den in den Akten nichts Gutes steht. Seitdem du uns verlassen hast, hast du uns so liebevolle Träume geschickt. Wir sind deine Anhänger. Wir werden nach deinem Ideal leben und arbeiten, bis dein Traum erfüllt sein wird.«

Ningning flüsterte Mei ins Ohr: »Warum trägt man nach dem Tod noch ein Kleid für ein langes Leben?«

Mei antwortete mit bedrückter Stimme: »Guo Min setzt sein Leben jetzt im Himmel fort.«

Ningning war plötzlich ungemein traurig darüber, dass Longlong kein solches Langlebenskleid erhalten hatte.

In diesem Moment wurden die Kinder von Frau Jiang nach vorn gerufen: »Steht auf und kniet euch hin. – Ehrt die Toten mit drei Kotaus.« Sie wies hinüber zu den beiden Urnen und dem aufgebahrten Guo Min.

Als Ningning sich wieder vom Boden erhob, rief sie tränenüberströmt: »Meis Papa starb auf jeden Fall einen Tod, der schwerer als der Berg Tai ist, und Guo Mins Tod war der zweitschwerste.«

Frau Jiang wies Ningning an, leise zu sein.

Die aber schüttelte den Kopf und redete laut schluchzend weiter: »Longlong ist auch keinen Tod gestorben, der so leicht wie eine Feder war. Er war doch noch kein ausgewachsener Drache. Wenn der ›Große Sprung‹ nicht sein Leben gefordert hätte, wäre er, wie sein Name es verhieß, zu einem doppelten Drachen geworden, der über Dongshan geflogen wäre. Longlong war tapfer und anständig, und er hat mir immer von seinen Bonbons abgegeben.«

Sie kniete noch einmal vor Longlongs Urne nieder und machte vor dem Zwillingsbruder drei weitere Kotaus. Beim Aufstehen holte sie die Tüte voll mit Pagodenbonbons aus der Tasche, legte sie auf die Urne und sagte: »Nimm du die mit, Longlong.«

Am Abend lagen Lili, Ningning und Mei in Großmutter Guos Himmelbett, konnten aber alle drei noch lange nicht schlafen.

Ningning erklärte Lili, wie traurig sie über Guo Mins Tod sei. Sie hätte vorhin auf der Trauerfeier auch sagen sollen, dass Guo Min immer so viel Glück ausgestrahlt habe. »Er hat wie ein glücklicher Buddha ausgesehen mit seinen großen Froschaugen.«

Lili lachte laut auf. »Findest du ehrlich, dass Guo Min Froschaugen hatte?«

»Mei findet es auch, oder? Er trug, und weißt du, das fand ich komisch, dieselbe Frisur wie der Vorsitzende Mao.«

Lili musste wieder lachen, ermutigte aber das kleine Mädchen dazu, weiterzureden. Ningning schwor ihr, dass sie keinen zweiten Mann kenne, der eine Frisur wie der Vorsitzende Mao trage.

»Mei findet aber, Guo Min fehlten dessen dicke Backen und das Doppelkinn. Oder, Mei?«, fragte Ningning.

Mei schnitt von der anderen Bettseite her eine Grimasse.

»Guo Min fehlte auch der Kugelbauch«, fügte Ningning noch hinzu.

Sie lagen eine Weile schweigend da, bis Ningning leise sagte: »Weißt du was, Lili? Ich werde Longlongs Todestag ab sofort Doppelter-Drachen-Tag nennen.«

»Ja, das machen wir. Wir führen auch einen Wu-Mianzi-Tag und einen Guo-Min-Tag ein«, antwortete Lili.

»Genau, und sobald einer von uns den Doppelten-Drachen-Tag erwähnt, wissen die anderen gleich, dass an dem Tag eine Mobilisierungsrede gehalten wurde. Wenn wir vom Wu-Mianzi-Tag reden, wissen wir, dass während des ›Großen

Sprungs nach vorn‹ viele Hochöfen gebaut wurden und zahlreiche Menschen bei den Hochofenexplosionen gestorben sind. Wir müssen einfach nur die Toten nennen, dann erinnern wir uns an all die Ereignisse, die mit ihnen verbunden sind.«

Mei schwieg und blinzelte lange, bis sie unvermittelt sagte: »Hört mal, wir bringen nichts mit, wenn wir geboren werden. Wir nehmen auch nichts mit, wenn wir sterben.«

»Das hat doch deine Mutter gesagt, oder?«, fragte Ningning. »Aber ich glaube, es stimmt nicht ganz. Was ist denn mit dem Großen Vorsitzenden Mao? Klar, er brachte nichts mit, als er geboren wurde. Aber ich glaube, er wird alles mit sich nehmen, wenn er stirbt.«

Mei schaute die Freundin fragend an.

»Es heißt doch, wir dürfen den Großen Vorsitzenden niemals vergessen. Er wird also unser Gedächtnis mitnehmen, wenn er stirbt. Er wird auch den teuersten Sarg bekommen, und man wird ihm die allerwertvollste langlebige Leichenkleidung nähen. Auf der allergrößten Trauerfeier der Welt werden leckerste Fleischbällchen, Hühnerfleisch, Fisch, Schwein und Wasserbüffelfleisch serviert werden. Er wird auch viele mit sich nehmen, Menschen wie deinen Vater, meinen Papa, deinen Onkel und alle, die für den Großen Vorsitzenden, für die Partei gestorben sind. Er wird einen anderen Tod sterben als alle anderen.«

Der Tod wurde den beiden Mädchen immer vertrauter, und sie gewöhnten sich an die Beerdigungen, ob im Harmoniedorf oder im Nachbarquartier, bei denen Meis Mutter als Feng-Shui-Meisterin engagiert wurde.

24

Plötzlich war alles anders.

Das Gerede über Bai Yongliang, Großmutter Guo, Li Yun die Familie Pu oder die Ursache von Guo Mins Tod verstummte. Und auch die Lautsprecher der Fabrik wurden abmontiert, man verabschiedete sich von den Ungetümen und wollte wieder in die eigene innere Welt zurückkehren.

Diese innere Welt war das Nähatelier der Frauen. Das Projekt hatte zunächst wie eine seltsame Idee von Frau Jiang geklungen, doch nach und nach nahm es Gestalt an. Frau Xu hatte die Leitung des Teams übernommen, und Lili hatte in den Tagen nach der großen Trauerfeier aus alten Arbeitsuniformen weitere Trompetenhosen genäht. Als ihnen das Geld ausging und sie ohne Weiteres keine Arbeitsuniformen mehr auftreiben konnten, investierte Meng Ying ihr Privatvermögen in das Atelier. Für diese Anschubfinanzierung stellte sie lediglich die Bedingung, dass jede, die eine der neuen Trompetenhosen trug, fleißig auf dem Steinplatz-Areal promenieren und wie auf einem Laufsteg das neue Beinkleid präsentieren müsse.

Das hatte zunächst zur Folge, dass das Publikum am Unter-Dongshan-Ring, das sich für das Herz von ganz Unter-Dongshan hielt, zu spotten begann, die Neu- und Altberger liefen seit Neuestem in Leichenhosen herum.

Meng Ying entgegnet darauf lediglich schulterzuckend: »Der Fuchs mag eben keine sauren Trauben.«

Bald darauf löste sich der Spott in Luft auf, und die Trompetenhosen »Made in Harmoniedorf« wurden immer beliebter. Einige Tage nach der Trauerfeier war nämlich ein Beerdigungsfoto Guo Mins in dessen so schickem wie langlebigem Leichenkleid, der kurzen Jacke und den Trompetenhosen, in der lokalen Tageszeitung »Stahlblume« unter der Überschrift »Wir geben unserem Märtyrer das letzte Geleit« erschienen. Zwar handelte das dazugehörige Porträt nicht von Guo Min, sondern von jemand anderem, der für den »Großen Sprung nach vorn« seine Pflicht und Schuldigkeit getan hatte, aber der zuständige Journalist berichtete in dem Artikel auch ausführlich von den Näharbeiten am Leichengewand.

Den Frauen aus dem Nähatelier war unklar, womit sie diese Erwähnung verdient hatten, doch schon am nächsten Tag vermeldete Meng Ying den anderen Frauen: »Innerhalb von anderthalb Stunden sind fünfundvierzig Bestellungen von zwanzig verschiedenen Kunden eingetroffen.«

Meng Ying erwies sich als blitzgescheite Fachfrau für Marketing. Sie betrachtete es als wichtigstes Ziel, dass ihre Trompetenhosen nicht mehr weiter mit Leichenkleidung assoziiert wurden. Frau Jiang und Frau Song schlugen vor, dafür die Bezeichnung »Großer-Sprung-nach-vorn-Hose« einzuführen.

»Um Himmels willen! Nur das nicht! Das kommt überhaupt nicht infrage! Wir haben gerade die heiße Phase des ›Großen Sprungs‹ hinter uns gelassen. Viele Menschen haben dafür sogar ihr Leben geopfert«, entgegnete Frau Xu.

»Wie wäre es mit ›Friedenshose‹?«, fragte Frau Pu, die seit der Trauerfeier ihren Verstand wiedergefunden hatte.

»Oder ›Auffahrtshose‹?«, warf Lili ein.

»Nein, wir nennen sie ›Satelliten-Jeans‹«, sagte Frau Xu entschieden.

Die anderen Frauen fanden das eine sehr gute Idee.

Frau Pu wurde dazu auserkoren, die Buchhaltung zu übernehmen, wobei Meng Ying sie beaufsichtigen sollte.

Als Erstes dankte Frau Pu Meng Ying für deren mutige Investition. Allerdings lasse sich erst abschätzen, ob die Investitionssumme in einem oder in zwei Jahren an sie zurückgezahlt werden könne, wenn das Geschäft in Schwung gekommen sei. Vorläufig werde es noch keine feste monatliche Entlohnung an die Mitarbeiter geben, stattdessen schlug sie eine Gewinnbeteiligung vor, die fair unter allen Mitarbeiterinnen aufgeteilt werden solle.

Frau Xu legte die Strategie für die nächste Zeit fest. »Wir halten für alle Aufträge eine Türe offen. Natürlich wäre es sehr attraktiv für uns, wenn wir für Dongshan-Stahl Arbeitsuniformen und Handschuhe nähen könnten. Jedes Geschäft mit Dongshan-Stahl bedeutet für uns einen hohen Gewinn ganz ohne Risiko.« Sie hielt kurz inne, bevor sie fortfuhr: »Momentan näht Lili noch ganz allein. Die anderen Frauen helfen ihr lediglich beim Zuschnitt der Stoffe. Es wäre aber gut, wenn immer eine damit beginnen würde, auf der zweiten Maschine zu üben.« Sobald die erforderlichen Mittel da wären, würde »Satelliten-Jeans & Co.« als Erstes mehr Nähmaschinen beschaffen.

Meng Ying würde künftig gemeinsam mit Frau Song für den Einkauf und den Verkauf zuständig sein, Xiamei und Ganggang sollten damit beginnen, Nähkurse zu organisieren, während Frau Jiang das Mädchen für alles blieb.

Nachdem die Aufgaben auf diese Weise verteilt waren, setzte sich Frau Xu mit Meng Ying, Lili, Jiang Minhui, Frau

Pu und Frau Song zusammen, um den Verkaufspreis der Hosen festzusetzen. Sie kamen zum Schluss, dass sie, wenn sie dem Müßiggang frönten, gar nichts verdienen würden. Sie waren sich schnell einig, den Verkaufspreis nicht an die unmittelbaren Arbeitskosten zu knüpfen, stattdessen wollten sie zunächst ein breites Publikum mit ihren Satelliten-Jeans ansprechen und dafür sorgen, dass möglichst viele Bewohner von Unter-Dongshan sich ihre Hosen leisten konnten.

»Wir sollten so kalkulieren, dass jede Hose von uns zwei Yuan billiger ist als eine Hose, die man im Laden kauft«, schlug Frau Xu vor.

Am Schluss einigten sie sich jedoch darauf, dass es in Anbetracht des Glamour-Faktors reiche, wenn der Preis einer Satelliten-Jeans nur einen Yuan unter dem der teuersten Hose im Kaufhaus von Dongshan angesetzt werde.

Für die Frauen vom Harmoniedorf bedeutete das Nähatelier, dass von jenem Tag an nicht mehr nur die echten Dongshan-Männer Geld verdienten. Sie stemmten nun endlich die andere Hälfte des Himmels empor, hieß es. Dank Lili standen sie nach der Explosion des Hochofens nicht wieder bei null, sondern stiegen in einer steilen Spirale nach oben. Wenn die Produktion der Satelliten-Jeans erst einmal in größerem Maßstab angelaufen war, würden sie abwarten, wie sich alles Weitere entwickelte. Das galt auch für die Gerüchte darüber, ob oder wann Bai Yongliang festgenommen werde und ob Großmutter Guo und Li Yun wieder nach Hause zurückkämen. Selbst die Märtyrerrente für die Familie Jiang hatte ihre Wichtigkeit eingebüßt, denn das Atelier bot Jiang

Minhui eine Verdienstmöglichkeit, mit deren Hilfe sie für sich und ihre Töchter sorgen konnte.

Lili war gleichsam über Nacht in eine höchst gestalterische Tätigkeit hineinkatapultiert worden. Sie nähte jeweils fünf bis sechs Jeans in einem Durchgang, wobei sie den Schnitt fortwährend weiterentwickelte. Nebenbei entwarf sie dazu passende Damenblusen und -jacken. Die Frauen betrachteten den einst von Großmutter Guo so beschimpften »faulen Knochen« voller Erstaunen und Bewunderung.

Die von Lili entworfenen Hosen und Jacken, dazu auch neu geschnittene weiße Blusen, führten zu einer weiteren großen Verkaufswelle und brachten Lili und dem Atelier zusätzlichen Erfolg ein. Die Frauen, die früher ohne Anstellung und daher zu Kindererziehung und Hausarbeit verurteilt gewesen waren, nähten und putzten jetzt, wischten den Boden und brachten Stoff oder fertig genähte Kleidungstücke zu Kunden nach Hause. Im Harmoniedorf herrschte dank des Ateliers Vollbeschäftigung. Als die Räumlichkeiten des Ateliers im Haus der verstorbenen Frau Gu zu klein wurden, musste ein Teil der Angestellten mit den nach und nach neu angeschafften Nähmaschinen von zu Hause aus arbeiten.

Auf Meng Yings Vorschlag hin wurde auf alle Hosen und Jacken ein Etikett mit dem Schriftzug »Satelliten-Jeans« genäht. »So machen wir mit jedem Kleidungsstück gleich auch noch Werbung für uns«, hatte sie die anderen von ihrer Idee überzeugt.

Eines Nachmittags acht Wochen vor dem Frühlingsfest fragte Frau Jiang plötzlich: »Warum entwerfen wir nicht eine neue Kleidungskollektion extra für das Frühlingsfest?«

»Ja, und wie wäre es, wenn Lili eine Jacke und eine Hose entwerfen und nähen würde, bei der die Frauen ganz einfach nur noch die Größe anpassen müssen?«, nahm Frau Xu den Vorschlag auf.

Die anderen Frauen stimmten ihr sofort begeistert zu. Zum Frühlingsfest kleidete man sich traditionell neu ein, und entsprechend schwierig war es, jeweils kurz vorher noch einen Schneider zu finden. Wenn jede Frau selbst die letzten Änderungen und Anpassungen vornehmen könnte, wäre das für viele eine große Erleichterung.

Innerhalb von nur einer Woche konnte Meng Ying den großen Erfolg dieser Idee vermelden: Es seien bereits zweihundert Jacken und ebenso viele Hosen verkauft worden.

Das Atelier beschäftigte mittlerweile mehr als als fünfzig Frauen und wuchs ständig weiter. Die Bargeldbeträge, die inzwischen jeden Tag eintrafen, konnten nicht mehr am gleichen Tag gezählt werden. Die Löhne, die die Frauen nun erhielten, wurden alle fünfzehn Tage ausgezahlt, damit das Bargeld wieder unter die Leute kam und niemand lange darauf aufpassen musste.

»Nachdem bald jeder in Dongshang in unseren Satelliten-Jeans herumläuft, sollten wir darüber diskutieren, aus dem Gewinn Frau Jiang und ihren Töchtern eine monatliche Märtyrerrente auszuzahlen«, schlug Frau Xu schließlich vor.

Frau Jiang aber lehnte dies dankend ab, worauf sie die freudige Nachricht verkündete, dass sie an Neujahr einen guten alten Armeekameraden von Wu Mianzi heiraten werde. Die Frauen entschieden auf der Stelle, dass sie dem Brautpaar die Hochzeitskleider schenken wollten.

25

Zwei Wochen nach dem Frühlingsfest hielt Zhu Hui mit seinem Lastwagen in der Neubergstraße. Eigentlich wollte er zu Lu Jianling, doch da dieser nicht da war, brachten Ningning und Mei ihn zu Frau Lu.

Kaum hatte diese den Lastwagenfahrer in ihre Wohnung gebeten, brach es aus ihm heraus: »Lu Jianlings Heimatdorf ist von der Erde verschluckt worden. Es ist nichts mehr da! Alles ist weg, als ob ein Tornado gewütet oder ein Drache an den Menschen Rache geübt hätte. Sämtliche Häuser, Menschen, der stellvertretende Parteisekretär, dessen Frau und ihr Baby, der Bruder des Stahlschmelzmeisters – sie alle sind von einer Schlammlawine begraben worden!«

Xiamei lief in die Küche, um Tee zu holen, bevor sie sich zu ihrer Mutter und Zhu Hui setzte. Sie beobachtete, wie Zhu Hui allmählich zur Ruhe kam. Als sein wachsbleiches Gesicht wieder ein bisschen Farbe zurückgewonnen hatte, fragte Xiamei, ob der Drache denn nur im Heimatdorf ihres Vaters gewütet hätte.

Zhu Huis Finger klopften nervös auf den Tisch. Nach einem Moment des Schweigens sagte er: »Ich weiß es nicht genau, ich war nicht dabei, als das Unheil die Kommune heimsuchte. Ich war lange nicht dort.« Er seufzte. »Meine Eltern waren vom Wesen her keine besonders anpassungsfähigen Menschen, euer Onkel wegen seiner Behinderung übrigens auch nicht. Meine Eltern aber konnten bei der Feldarbeit richtig anpacken – ›das Gesicht zur Erde, den Rücken gen Himmel‹, wie man so schön sagt. Auch nach Beginn des

›Großen Sprungs nach vorn‹ lehnte mein Vater es ab, seine Felder kollektivieren und von der Kommune übernehmen zu lassen. Er sträubte sich auch dagegen, dass alle Kommunenmitglieder in der Kommunenkantine aus einem Topf essen sollten. ›Wenn jeder so viel in sich hineinstopft, wie er will, wäre auch eine Goldmine in kürzester Zeit erschöpft‹, sagte er stets. Er meinte, man verhalte sich nur deshalb so, weil der Reis nicht aus der eigenen Vorratskammer stamme. Außerdem mochte er das Essen aus der Kommunenküche nicht, er aß nur, was aus der Küche meiner Mutter kam. Während dein Onkel zu einem Gewinner der Kollektivierung wurde, gehörten meine Eltern zu ihren Verlierern.« Zhu Huis Augenlider fingen an zu zittern.

Beim Aufwachen habe nur ihr linkes Augenlid ein wenig gezittert. Das bedeutete, dass es noch möglich war, die Katastrophe zu vermeiden, indem man Geld spendete. »Aber jetzt sitzt du hier und erzählst uns von der katastrophalen Verwüstung des Heimatdorfs meines Mannes«, klagte Frau Lu.

Zhu Hui fuhr fort mit seiner Erzählung:

»Die beiden Nachbarkommunen, die eures Onkels und die meiner Eltern, standen seit Beginn des ›Großen Sprungs nach vorn‹ in Konkurrenz zueinander und waren sogar in so etwas wie eine Feindschaft verwickelt. Immer glaubte die eine, dass die andere sie bei der Produktion übertrumpfen und ihr dadurch einen Gesichtsverlust zufügen würde. Nachdem die Kommune bei meinen Eltern eine private Vorratskammer entdeckt hatte, drohte man ihnen öffentlich damit, sie verhaften zu lassen. Ich habe sie schließlich zu meiner Schwester gebracht, die siebzig Kilometer weit weg wohnt.

Seitdem mache ich beim Erztransport keinen Umweg mehr über die Kommune und habe seither auch Lu Jianling nicht mehr gesehen.«

Xiamei schenkte allen Tee nach. Sie verstand nur zu gut, was mit Zhu Huis Eltern passiert war. Jeder, der dermaßen gegen den »Großen Sprung nach vorn« kämpfte, wurde über kurz oder lang auf dem Dorfplatz attackiert, denunziert und schließlich als Konterrevolutionär eingesperrt.

Zhu Hui nahm erneut einen Schluck Tee, dann senkte er plötzlich seinen Kopf. Xiamei hörte, wie seine Tränen herabtropften.

»Jetzt sind sie tot. Nach einer Auseinandersetzung in der Kommunenkantine bei meiner Schwester haben die beiden sich das Leben genommen.«

»Was ist geschehen?«, murmelte Frau Lu.

»Beim Anblick des Gedränges um den Eintopf in der Kommunenkantine gerieten sie in Panik. Sie hatten entdeckt, dass die einen schon die dritte Portion bekamen, während andere noch gar nicht an der Reihe gewesen waren. Als sie sich beschwerten, bekamen sie zu hören, dass sie den ›Großen Sprung nach vorn‹ verleumdeten und den Staat zersetzten.«

»Wann ist das geschehen?«, fragte Xiamei.

»Letzte Woche. Meine Schwester hat mir eine Nachricht geschickt, und ich bin sofort zu ihr gefahren. Bei der Gelegenheit hat meine Schwester mir auch erzählt, dass das ganze Dorf deines Onkels von einer Schlammlawine verschluckt wurde.«

Er wandte den Blick zum Fenster und holte ein Stofftuch aus der Hosentasche hervor. Nachdem er sich etwas beruhigt hatte, erzählte er weiter:

»Es heißt, dass ein Damm gebrochen sei. Man kann sich vorstellen, dass mit dem Bau des Reservoirs wohl in aller Eile begonnen und bei dessen Ausführung gepfuscht worden war. Damals herrschte bereits überall Nahrungsmangel, weshalb die Arbeiter das Reservoir mit hungrigen Bäuchen hatten bauen müssen. Die beiden Kommunen waren angeblich schon vor einem Jahr von einer kleinen Überschwemmung heimgesucht worden. Dass es in diesem Jahr zu einer solchen Katastrophe gekommen ist, lässt sich auf die radikale Abholzung der Wälder zurückführen. Kein einziger Baum auf den Bergen sei stehen geblieben. An jenem Tag sei der ganze Berge ins Rutschen geraten, es habe einen richtigen Bergsturz gegeben, durch den das Dorf eures Onkels von Schlamm und Geröll überschwemmt worden sei.«

Xiamei und ihre Mutter hörten ihm aufmerksam zu. Gerne hätte Xiamei ihn gefragt, ob der Drache sich inzwischen beruhigt habe, doch sie blieb ruhig.

Zhu Hui fuhr fort: »Nach der Beerdigung meiner Eltern wollte ich mit dem Lastwagen so nah wie möglich an den Eingang des Dorfes fahren. Die Schlammlawine hat das ganze Dorf und alle Leute darin begraben. Was zurückgeblieben ist, ist ein einziges Bild der Zerstörung und des Todes. Und in der Kommune meiner Eltern und in der meiner Schwester herrscht jetzt eine Hungersnot. Die Kommunenkantinen sind geschlossen worden, weil jegliche Nahrung Mangelware geworden ist.«

Xiamei und Frau Lu wischten sich die Tränen aus den Gesichtern.

»Eigentlich wollte ich Meister Lu persönlich berichten,

was mit seinem Bruder und seinem Heimatdorf geschehen ist. Bis er etwas von der Kommune über seinen Bruder gehört hätte, hätte es noch lang gedauert.«

»Er hält sich derzeit in einer Stahlfabrik in der Hauptstadt auf, um seine verbesserte Methode der Stahlschmelze weiterzuvermitteln. Danach reist er noch in drei weitere Stahlfabriken in anderen Städten.«

Xiamei stand auf und ging in die Küche, um das Mittagessen zuzubereiten. Sie übernahm anstelle ihrer Mutter die Rolle der Gastgeberin.

Als Zhu Hui die beiden Mädchen in seinem Lastwagen entdeckte, war er schon aus der Stadt Dongshan herausgefahren. Er wurde wütend. Was um Himmels willen wollten die beiden kleinen Mädchen denn bei ihm? Wie hatten sie sich so lange im Wagen verstecken können?

Ningning sagte: »Mei ist nur mitgekommen, um mich zu begleiten.«

»Um dich wohin zu begleiten?«, fragte Zhu Hui.

Da die beiden Mädchen merkten, wie verärgert der Mann vor ihnen war, war Mei zu eingeschüchtert, um den Mund aufzumachen.

Ningning aber fügte hinzu: »Wir folgen dir bis an das Ende der Welt, bis wir meine Mama, Großmutter Guo und Onkel Bai gefunden haben.«

Zhu Hui lachte auf und fragte zurück: »Einfach so? Bis ans Ende der Welt? Wer ist denn deine Mama, und wer sind Großmutter Guo und Onkel Bai?«

Dieses Mal traute Mei sich, für Ningning zu antworten:

»Ningnings Mutter heißt Li Yun. Sie ist die einzige echte Dongshanerin im Harmoniedorf.«

»Mei, das stimmt doch gar nicht mehr. Alle Frauen sind jetzt echte Dongshanerinnen, auch deine Mutter ist eine. Sie haben im Harmoniedorf das Atelier ›Satelliten-Jeans & Co.‹ aufgebaut.«

»Hört mal zu, Mädchen. Lasst uns eine Mittagspause machen. Da hinten kann ich anhalten, und wir setzen uns ins Grüne, wo ihr mir dann erzählt, warum ihr abgehauen seid. Ist das in Ordnung?«

»Wir haben aber gar nichts zu essen«, wandte Ningning ein.

»Ich habe zwei Dampfbrötchen dabei, dazu noch ein wenig eingemachtes Gemüse und zwei Dosen Fleisch.«

»Du hast Dosenfleisch?«, rief Ningning ganz erstaunt, während Mei ihr ins Ohr flüsterte, sie solle besser mit den unanständigen Fragen aufhören.

»Die zwei Fleischdosen haben mir meine Eltern vererbt.«

»Oh, dann sind deine Eltern auch tot?«, fragte Mei.

Zhu Hui nickte und fragte: »Wieso auch?«

»Ich bin Halbwaise, und Mei auch. Und wenn ich meine Mama nicht finde, bin ich sogar Vollwaise.«

»Das tut mir wirklich sehr leid für euch. Ihr seid beide noch so kleine Mädchen. Was ist denn passiert?«

Zhu Hui hielt am Straßenrand und half den beiden, aus dem Lastwagen zu klettern.

»Mei, ist es in Ordnung, wenn ich ihm alles erzähle?«

Mei nickte.

»Mein Papa starb, noch bevor ich und Longlong geboren wurden, deshalb kenne ich ihn gar nicht«, fing Ningning rasch an zu erzählen. »Aber er starb keinen so schlimmen Tod wie Meis Väter. Mei hatte im Gegensatz zu mir nämlich zwei Väter. Ihr Vater im Bergdorf starb einen selbstlosen Tod, als er Heilkräuter für die Dorfbewohner suchte, ihr Vater im Harmoniedorf starb hingegen für den ›Großen Sprung nach vorn‹. Er war ein Märtyrer, aber Frau Jiang, Mei und ihre zwei Schwestern erhalten trotzdem keine Märtyrerrente. Deshalb heiratet ihre Mutter schon bald einen Kollegen ihres verstorbenen Vaters.«

»Oh je, das ist alles etwas zu viel für euch. Wollen wir uns hier hinsetzen? Hier hat es früher dichte Teebüsche gegeben, aber jetzt ist nur noch ein kleines Grünfleckchen davon übrig geblieben. Die Felder werden alle für die Hochöfen genutzt. Wenigstens sind wir hier einigermaßen vor dem Qualm geschützt.«

»Mein Vater ist bei einer Hochofenexplosion gestorben«, sagte Mei.

»Habt ihr also auch Hochöfen gebaut?«

»Der ist schon lange in die Luft geflogen. Am gleichen Ort ruht jetzt Meis Vater, der Märtyrer Wu Mianzi, gemeinsam mit Guo Min und meinem Bruder Longlong.«

Zhu Hui packte das Mittagessen aus. Es waren zwei Dampfbrötchen, von denen er eines in zwei Hälften teilte, die er mit Dosenfleisch und ein wenig eingemachtem Gemüse füllte und anschließend den beiden Mädchen reichte.

»Hier. Ich hoffe, es schmeckt euch.«

»Das Fleisch ist köstlich«, schwärmte Ningning.

»Ist Longlong auch bei der Explosion ums Leben gekommen?«

»Nein, Longlong ist nach der Mobilisierungsrede von Onkel Bai im Stadion umgekommen«, erwiderte Mei.

Ningning kamen die Tränen. Sie legte ihre Brötchenhälfte in den Schoß und murmelte: »Die Erwachsenen haben ihn zu Tode getrampelt.«

»Kommt«, sagte Zhu Hui. »Wir essen zuerst die Dampfbrötchen auf, bevor sie hart werden.«

Als sie aufgegessen hatten, sagte Zhu Hui: »Hört zu, ihr beiden, ich muss heute noch Eisenerz abholen und es zurück nach Dongshan bringen. Wollt ihr wirklich mitkommen?«

Ningning nickte entschlossen. »Ich will meine Mama finden«, sagte sie mit fester Stimme.

Während der Weiterfahrt durften beide Mädchen vorne in der Fahrerkabine neben Zhu Hui sitzen.

»Wohin ist deine Mama gegangen?«

»Ihre Mama ist nach Longlongs Tod nicht mehr nach Hause gekommen.«

»Ist das so, Ningning?«

»Ja, das ist so.«

»Ist sie vielleicht zu deiner Tante oder deiner Großmutter gefahren?«

»Ich habe keine Tante.«

»Ist Großmutter Guo deine Großmutter?«

»Sie ist die Schwiegermutter von Lili. Ich selbst habe keine Großmutter.«

»Aber wenn ich euch richtig verstanden habe, wollt ihr Großmutter Guo doch auch suchen, oder?«

»Sie ist die Parteisekretärin. Wenn wir sie finden, finden wir auch meine Mama.«

»Ningning hat recht. Als Parteisekretärin sollte sie doch wissen, wo alle Frauen aus ihrem Quartier sich aufhalten. Aber jetzt ist auch sie verschwunden.«

»Sie ist in ein buddhistisches Kloster gegangen«, behauptete Ningning.

»Wer sagt das?«, fragte Zhu Hui.

»Lili«, antwortete Ningning.

»Was hat Lili gesagt?«

»Wenn man keinen Ausweg mehr sieht, geht man ins buddhistische Kloster. Erinnerst du dich auch daran, Mei?«

Mei guckte etwas irritiert.

»Warum hat Großmutter Guo denn keinen Ausweg mehr gesehen?«, fragte Zhu Hui.

»Nun, erst hat Großmutter Guo versucht, nach dem Tod meines Vaters für uns eine Märtyrerrente zu erstreiten, aber das Polizeiamt von Ober-Dongshan hat das immer wieder abgelehnt«, antwortete Mei.

»Ja, und dann ist auch noch ihr Sohn gestorben. Guo Min«, ergänzte Ningning.

»Ist Guo Min denn auch wegen des ›Großen Sprungs nach vorn‹ gestorben?«

»Eher indirekt«, antwortete Ningning.

»Wie eher indirekt?« Zhu Hui schaute Ningning fragend an.

»Lili, also seine Frau, ist nach der Mobilisierungsrede von Onkel Bai krank zu Boden gestürzt. Sie musste ins Krankenhaus Nummer 2 transportiert werden«, antwortete Ningning.

»Und?«

»Guo Min arbeitete drei Schichten am Tag. Er war wegen des ›Großen Sprungs nach vorn‹ so dünn wie ein Affe.«

»Stimmt das, Mei?«

Mei nickte nur.

»Er ging mit einem Hahn unter dem Arm in die Fabrikklinik. Am nächsten Morgen ist er dann nicht mehr aufgewacht«, sagte Mei.

»Hat er eine Hahnenbluttransfusion bekommen?«

»Ja. Aber woher weißt du das?«, fragte Ningning erstaunt.

»Ich habe schon einmal davon gehört. Eine Bluttransfusion soll Stärkung bringen.«

»Warum verwendet man denn dafür kein Menschenblut?«

»Wenn der Hunger im Bauch nicht gestillt werden kann, hat man auch kein Blut übrig, das man spenden könnte. Und weil niemand Blut spendet, ging Guo Min eben mit dem Hahn in die Klinik.«

Die Mädchen konnten Zhu Hui überhaupt nicht mehr folgen.

»Und was ist mit eurem Onkel Bai? Ihr meint doch Bai Yongliang, oder?«

Beide Mädchen nickten heftig.

»Viele Leute haben ihn gesucht.«

»Viele Frauen?«, fragte Ningning.

»Warum viele Frauen? Wie kommt ihr denn auf die Idee?«

»Er wollte einmal Meis Mutter heiraten«, sagte Ningning.

»Ist das so, Mei?«

»Meine jetzige Mutter wollte ihn mit meiner anderen Mutter im Bergdorf verkuppeln, damit meine Mutter aus dem Dorf in Dongshan das Aufenthaltsrecht bekommt und ich zur Schule gehen kann.«

»Aber Onkel Bai wollte das nicht?«

»Er ist jetzt so bekannt, dass ihn alle Frauen heiraten wollen«, erwiderte Mei.

»Wisst ihr denn nicht, dass er bereits verheiratet ist, und zwar mit der Tochter unseres früheren Parteisekretärs? Aber ich glaube nicht, dass die Frau weiter bei ihm bleiben wird.«

»Warum denn nicht?«

»Habt ihr denn nicht gehört, dass er im ganzen Land gesucht wurde?«

»Wollten denn alle im ganzen Land seine Rede hören?«

Zhu Hui schüttelte den Kopf. »Leider nicht. Die Polizei hat ihn gesucht. Offiziell gilt er als Konterrevolutionär.«

»Hat er etwa Revolutionäre und Proletarier getötet?«, fragte Mei.

»Er hat den ›Großen Sprung nach vorn‹ kritisiert.«

»Und das ist alles?«, fragte Ningning und blickte ernst zu Zhu Hui hinüber. »So toll ist der wirklich nicht. Alle werden ganz anders dadurch. So ist Herr Xu zwar inzwischen wieder zu Hause, aber er ist nun nicht mehr der beste Koch auf der Welt. Sein Arm ist geschwollen wie ein Hefeteig und stinkt, und das nur, weil er dem ›Großen Sprung nach vorn‹ Schritt für Schritt gefolgt ist.«

»Ich kenne Herrn Xu. Er war tatsächlich einmal ein Spitzenkoch. Wisst ihr, warum sein Arm krank geworden ist? Jeder wollte ihm die Hand schütteln, die der Große Vorsitzende geschüttelt hat. Seit Monaten ist er ununterbrochen unterwegs, muss vor Leuten reden und ihnen die Hände schütteln.«

»Mei, du hast heute doch auch gesagt, dass du gegen den ›Großen Sprung nach vorn‹ bist«, sagte Ningning zu ihrer Freundin.

»Ich habe nur gesagt, dass ohne den ›Großen Sprung nach vorn‹ mein Vater nicht gestorben wäre und meine Mutter nicht den neuen Mann heiraten müsste.«

»Was ist denn falsch daran, dass sie ihn heiratet? Dadurch bekommst du doch wieder einen Papa?«

Mei blickte Zhu Hui in die Augen und überlegte kurz, bevor sie ihre Sorgen aussprach: »Nach den zyklischen Tierkreiszeichen ist nächstes Jahr das Jahr der metallenen Ratte. Das kommt nur alle sechzig Jahre einmal vor. Es wird kein gutes Jahr werden. Meine Mutter hat vorhergesagt, dass es nächstes Jahr eine Katastrophe geben wird. Aber er möchte mit meiner Mutter am Neujahrstag heiraten. Meine Mutter war eigentlich dagegen. Sie hat das vor einer Woche zu Hause gesagt, aber jetzt hat sie uns gesagt, dass sie mit ihm ihr restliches Leben verbringen wolle, ob im Glück oder im Unglück.«

»Deshalb möchtest du von zu Hause fortgehen?«

»Ich weiß nicht. Aber auf jeden Fall möchte ich Ningning helfen, ihre Mama zu finden.«

»Guck mal, Mei«, rief Ningning aufgeregt. »Da ist eine Pagode! Neben der Pagode ist sicher ein Tempel. Das muss ein buddhistisches Kloster sein. Dort finden wir bestimmt Großmutter Guo, und sie wird uns verraten, wo Mama ist. Vielleicht finden wir auch Onkel Bai. Meine Mutter hat immer gesagt: ›Dreißig Jahre nach Westen, dreißig Jahre nach Osten – heute ist man Konterrevolutionär, ein anderes Mal ist man ein großer Held.‹«

Zhu Hui brachte den Lastwagen vor dem großen Turm zum Stehen. Ernst blickte er die Mädchen an. »Ningning, was du gesehen hast, ist keine Pagode, sondern ein Wachturm. Aber wir können gucken gehen, ob wir Onkel Bai hinter dem elektrischen Zaun entdecken.«

ENDE

ZUR AUTORIN

Wei Zhang wurde während der Kulturrevolution in Chongqing, V.R. China, geboren. Dort studierte sie Anglistik. 2007 erschien ihr erstes Buch »Zwischen den Stühlen: Geschichten von Chinesinnen und Chinesen in der Schweiz« (NZZ Libro). 2018 legte sie mit »Eine Mango für Mao« (Salis) ihren ersten Roman vor. »Satellit über Tiananmen« ist ihr zweiter Roman. Sie schreibt auch für das Feuilleton der Neuen Zürcher Zeitung und unterrichtet daneben als Hochschuldozentin zu interkulturellen Themen.

Foto: Dominic Büttner

DO
① FRAU JIANG & WU MIANZI
+mei, schneeweiss, schwarzperle
MENG YING
② GROSSMUTTER GUO / GUO MIN & LI LI
LI YUN & ning ning, long long
FAMILIE LU + xiaomei, gang gang, qiang
③ FRAU & HERR XU
④ FRAU SONG
FRAU PU
✻ MENG YINGS ALTES HAUS
ALTBERG-STR.
UNTERE RINGSTR.

DANKSAGUNG

Ich danke dem Virologen und Physiker Prof. em. Günther Klotz, meinem Verleger André Gstettenhofer, meiner Lektorin Kristina Wengorz sowie meiner Korrektorin Gertrud Germann.

Ich danke ferner der Schweizer Kulturstiftung Pro Helvetia für die grosszügige Unterstützung meiner Arbeit an diesem Roman.

Wei Zhang

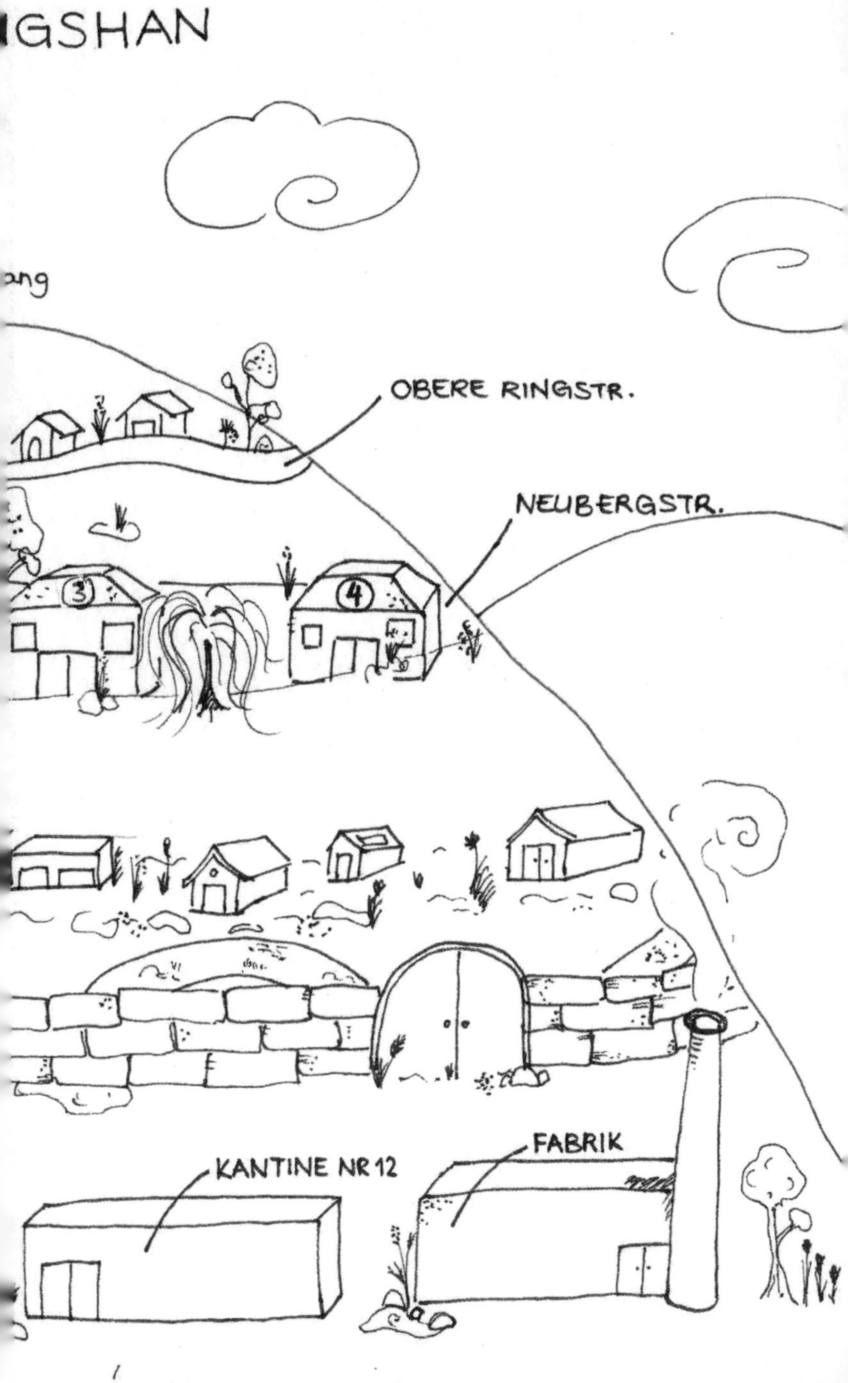
GSHAN
ang
OBERE RINGSTR.
NEUBERGSTR.
3
4
FABRIK
KANTINE NR 12